아들의 겨울

김주영

Published by MINUMSA

Winter of Son
Copyright © 1983 by Kim Joo-young
All rights reserved.
Printed in Seoul, Korea.

For information address Minumsa Publishing Co.
506 Shinsa-dong, Gangnam-gu, 135-887.
www.minumsa.com

Third Edition, 2005

ISBN 89-374-2010-4(04810)

오늘의 작가 총서 10

김주영

아들의 겨울

민음사

차례

아들의 겨울

1

나에게 부끄러움을 가르친 사람은 어머니였다.

어느 날 갑자기 어머니는 나를 뜰로 불러냈다. 뜰 한 모퉁이엔 깨진 항아리 한 개가 팽개쳐져 있었다. 그 항아리에 반쯤 채워진 물을 손끝으로 튀기면서 어머니는 내게 명령했다.

"옷을 벗어라."

그때까지 어머니는 함부로 그런 말을 한 적이 없었다. 이를테면 내가 옷을 벗어야 할 입장에 있더라도 어머니는 그 말들을 곧잘 바꾸어 말했던 것이다. 옷을 갈아입어라, 목욕을 해라, 물을 건너라, 속때를 씻어야 한다는 식으로 발랑 까지지 않게, 그리고 어느 정도의 넉넉한 여유를 두고 옷을 벗어야 할 입장을 말해 왔었다. 그런데 오늘 아침 어머니는 드디어 내게 옷을 벗으라고 명령해 왔던 것이다.

"아, 냉큼 못 벗어?"

엉거주춤하니 서 있는 나를 끌어당기며 어머니는 다시 한 번 다그쳤다. 물론 나는 어머니가 왜 갑자기 내 옷을 벗기려 하고 있는가를 알고 있었다.

그것은 학교 때문이었다.

어머니의 첫아들이 학교에 입학하는 날이었고 나 역시 그랬다. 그래서 어머니는 내게 목욕을 시키려 하고 있는 거였다.

"인석아? 빨리 벗어. 그 모가지가 뭐냐? 까마귀가 널보고 형님 하겠다."

그녀는 내 모가지를 냉큼 낚아채선 항아리에다 쑤셔박을 듯 수선을 떨었다.

"벗으람 벗지, 인석아 뭐가 그리 대단한 거라고 유세를 부려? 네 깐 놈 자지야 개도 안 물어간다."

항아리 곁에다가 나를 세워놓고 그녀는 우선 내 바지부터 아래로 후딱 까내렸다. 속옷 따위는 입지 않았으므로 바지 하나만 까내려도 때가 새까만 내 알몸이 그대로 드러났다. 벗긴 바지를 툇마루에다 훌쩍 던지고 난 그녀는 다시 내게로 와선 윗옷을 벗겼다.

"니도 누깔이 있거던 봐라, 이 때를 안 씻고 그대로 선생님을 뵈러 갈 테냐?"

그녀는 내 겨드랑이와 모가지와 사타구니와 오금 밑을 샅샅이 까뒤집어 보이면서 수다를 떨기 시작했다.

"추워."

내가 말했다.

"추워도 참아라. 이 땟국을 부엌 바닥에서 씻을 순 없지 않어?"

그녀는 아마 대단한 결심을 한 것 같았다. 나를 냉큼 들어올려선 항아리 속에다 집어넣었다. 그리고 한 바가지의 물을 내 정수리 위에다 끼얹었다.

"동네 사람 보기에 부끄럽지 않니?"

물론 선생님이란 사람은 내겐 생소한 동물이었고 그 동물은 이 때까지 내가 경험한 모든 것보다는 훨씬 어렵고 근엄한 존재이며, 이 지방의 모든 사람들 위에 군림할 수도 있는 위엄있는 동물이란 것을 어렴풋이나마 알고 있었지만, 그를 만나러 가야함에 이토록 창피스러운 곤욕을 치러야 한다는 것이 한마디로 반갑지가 않았다.

나는 찔끔거리고 울기 시작했다. 그러나 어머니는 내 앙탈 따위에는 개의치 않았다. 내가 울기 아니라 지랄을 벌인다 하더라도 이것만은 꼭 해야 한다고 작정해 버린 것 같았다.

내 온몸이 벌겋게 달아오르고 욱신거리도록까지 내 살갗에 숨어서 시어터지고 있는 때를 벗기는 데만 어머니는 오직 열중해 있었다.

우리 집에는 대문이 없었다. 뜰을 나서면 곧바로 장거리였고 장거리에서 조금만 나서면 길거리였다. 그 장거리로 누가 지나가게 될지 몰랐다. 마을의 어른들이라면 몰라도 내 또래의 아이들이라도 지나가다가 자지를 드러내놓고 때를 벗기고 있는 나를 발견이라도 한다면 어떡하나, 그리고 그 조롱을 어떻게 감당해야 하는 것일까. 그래서 나는 징징 울면서 시선을 줄곧 뜰 밖에다 주고 있었다. 다행스럽게도 내가 그 창피스러운 목욕을 마칠 동안 장거리 밖으로는 아무도 지나가는 사람이 없었다.

"이제 됐다."

내 볼기짝을 손바닥으로 딱 때리면서 어머니가 그렇게 말했다. 그리고 다시 나를 냉큼 안아올려 툇마루까지 옮겨주었다.

"방문 열어봐라. 새 옷이 있어."

과연 방 안에는 반짝반짝 빛이 나는 쇠단추 다섯 개가 온전히 달려 있는 옷 한 벌이 놓여 있었다. 언제 준비해 둔 것인지 알지 못했던 터였으므로 그 새 옷을 발견하는 순간, 나는 몹시 놀랐다.

쇠단추 다섯 개가 온전히 제자리에 달려 있는 옷을 나는 아직 한 번도 입어본 적이 없었을뿐더러 바지 길이가 복사뼈까지 내려오는 옷을 입어본 적 또한 없었다. 무엇보다 내가 놀란 것은 어머니는 그런 옷을 살 수 있을 만큼 부자가 아니었는데도 드디어 그런 옷을 나를 위해 살 수 있었다는 것이었다.

"이제 인간 같다."

단추 다섯 개를 허겁지겁 꿰고 서 있는 나를 보고 어머니가 대견스러워하며 말했다. 그녀는 나를 불러 우선 옷매무새의 앞뒤와 옆모습, 그리고 바지의 기장과 윗도리의 어깨넓이 등을 눈여겨 살펴본 뒤 아직도 덜 닦인 채였던 내 목덜미의 물기를 손바닥으로 쓱 닦아내며 말했다.

"학교 알지?"

"알어."

"그럼 먼저 솔방솔방 걸어가거라. 내가 뒤쫓아갈게. 그리고 앞으로는 너 혼자서 다녀야 하니까."

물론 나는 썩 내키지 않았다. 아직 한 번도 만나본 적이 없는 선생님이란 것을 만나러 혼자서 가야 하는 게 두려웠고, 또한 새 옷을 입었다는 쭈뼛쭈뼛함이 없지 않았기 때문이었다.

"인석아 썩 나서지 못해?"

아직도 방구석에서 미적거리고 있는 나를 어머니는 또 한 번 윽박질렀다.

"혼자서?"

"누가 혼자 가라더냐? 내 곧장 뒤따라간다지 않았냐."

학교라면 나 혼자서라도 얼마든지 갈 수 있는 곳이었다. 학교 다니는 아이들의 뒤를 따라 몇 번인가 교문 앞에까지 따라가 본 적이 있을 뿐만 아니라 교문 앞에 있는 해바라기밭에 숨어든 적도 있었기 때문이었다. 해바라기씨를 훔쳐먹기 위해서였다. 그러나 한 번도 그 선생님이란 사람들과 맞닥뜨려 본 적도 없었고 하물며 인사를 나누어본 적은 더욱 없었다. 내가 만약 학교에 간다면 내가 치러야 할 몇 가지 곤혹스러운 사실들을 알고 있었다.

"박무도?"

선생님은 아마 나를 이렇게 호명할 것이었다. 그러면 내가 그 앞으로 걸어나가야 할 테고 내가 그의 코앞에까지 다가가는 것을 기다려 선생님은 크고 흰 손을 들어 내 이마를 쓱 쓰다듬으면서,

"음. 박무도냐? 녀석 똑똑하게 생겼군. 제자리로 가 있어요."

그리고 나는 다시 재잘거리는 대열 속으로 끼어들어야 할 것이다. 선생님은 드디어 소리칠 것이었다.

"자, 모두들 앞으로 나란히."

아이들이 앞에 선 아이들의 두 어깨에 손을 맞대어 올리면 선생님은 다시 말할 것이었다.

"바로."

아이들이 손을 내리면 그는 또다시 말하겠지.

"자 다시 한 번 해봐요. 앞으로 나란히."

나는 아이들이 그것과 똑같은 동작을 몇 번인가 되풀이하는 꼴을 학교의 담 너머로 구경한 적이 있었다. 앞으로나란히와 바로를 어느 땐 굉장히 지루하도록 반복함으로써 선생님은 아이들을 지치게 만들기도 했고, 때로는 주눅이 들게도 만들었고, 때로는 아이들을 울게도 만들었다.

그 최면사와 같은 선생님을 만나러 가는 차제에 어머니는 앞서 가라는 것이었다. 그것은 내게 두려움이 아닐 수 없었다. 그것이 두려웠던 것은, 그런 하찮은 동작을 수십 번 강요당한다 하더라도 아

이들은 절대로 불평하지 않았고, 아이들이 절대로 불평하지 않음으로 해서 선생님이란 사람은 더욱 기세등등해서 아이들을 닦달해 쌓던 것이었다. 그 선생님이란 사람의 손에는 언제나 가느다란 회초리가 들려 있었다.

그 회초리는 어떤 땐 게으른 아이에게 어떤 땐 투박한 아이에게 또는 꼴찌로 달려가는 아이의 정수리에 간단없이 내려졌고 때로는 장딴지를 후려치기도 했다.

그곳으로 내가 가야 한다는 것이 몹시도 두려웠던 것이다. 그러나 어머니의 성화가 불같았으므로 나는 뜰을 나서서 우선 가는 척해야 한다고 생각했다. 뜰을 나서서 왼쪽으로 꺾으면 길모퉁이에 곧장 이발소가 있었다. 그리고 이발소를 지나면 이 마을에선 제일 큰 여인숙이 있었고 그 여인숙을 지나면 양조장이 있었다. 양조장을 지나면 대문이 커다란 집이 한 채 있었고 그다음엔 우체국이 있고 우체국을 지나서야 학교로 올라가는 길이 해바라기밭 이랑 사이로 보였다.

나는 우선 대단히 느린 걸음으로 면사무소 올라가는 길을 가로질러 이발소 앞을 지났다.

그 이발소 앞을 지날 때 나를 부르는 남자의 목소리가 들려왔다.

"무도야!"

그것은 이발소 주인이었다. 정수리가 홀딱 벗겨진 그 이발소 주인을 나는 싫어했다. 그는 아주 낡아빠진 구식 바리캉 두 개로 이 마을의 모든 남자들과 아이들의 대갈통을 도맡아서 깎아 먹고살았다. 그뿐만 아니었다. 간혹은 객지에서 흘러들어와 옆집인 여인숙에서 묵는 손님들에게까지 그 악바리 같은 바리캉을 주저없이 갖다 대고 대갈통을 박박 깎아내렸다. 도대체 바리캉에다 기름을 칠하는 법도 없었고 나사를 조이지도 않았다. 머리 때와 녹이 한데 엉킨 그 기계 두 개로 다섯 식구를 먹여살리고도 힘이 남아돌아서 이발소 밖을 지나다니는 모든 마을 사람들과 입에 담지 못할 욕설로 농담을 주고받았다.

"최 과부 어디 가요?"

그는 어머니를 곧잘 이렇게 불렀다. 그 물음에 어머니는 대개 아는 척하지 않았지만 이발소 주인은 개의치 않았다. 누가 부르고 대답하고 말을 건네고 함에 빡빡한 절차 같은 게 필요 없는 사람이었다. 제 잘난 멋에 제가 하고 싶은 말을 지껄이면 그만이었다. 어떻게 보면 무던하고 바보 같게도 보였지만 오직 그 불여우 같은 바리캉 두 개를 갖고 있다는 것만으로 이 마을의 아이들에겐 두려운 존재일 수밖에 없었다. 그가 나를 아는 척하고 나선 것이다.

"너 오늘 학교 입학하러 가는구나."

도대체 어떻게 해서 그가 내 입학 날짜를 알고 있는 것일까. 그렇다고 저 사람뿐만 아니라 이 마을의 모든 사람들이 내 입학을 알고 있는지도 몰랐다.

"녀석, 넌 선생님한테 매를 좀 맞아야 인간이 될 놈이야."

이발소 주인이 이렇게 말하고 길바닥에 누런 가래침을 탁 뱉어 붙이고는 창호지가 너덜너덜한 창문틈 사이로 문어대가리를 안쪽으로 쓱 감아들였다.

"씨팔, 니가 무슨 상관여?"

하고 대들고 싶었지만 앞으로 내 머리통을 깎을 때 바리캉을 씻지도 않고 획획 밀어붙이거나, 바리캉의 바닥을 내 정수리에 아프도록 갖다 밀어붙여 눈물이 쏙 빠지게 만들까봐 난 참을 수밖에 없었다.

난 일단 걸음을 멈추고 여인숙 대문 앞에서 어머니를 기다리기로 마음먹었다. 혼자서 학교까지 가게 되어버리는 것은 아무래도 두려웠다. 나는 여인숙의 대문 주춧돌 위에 우선 걸터앉았다.

주춧돌 위에 앉자마자 마당 안쪽으로 열려 있는 대문 아래로 조그만 흙발 두 개가 서 있는 것을 발견했다. 나는 그것이 여인숙집 딸인 희자의 발이란 걸 금방 알아차렸다. 희자는 저능아였다. 나이가 나보다는 일곱 살이나 위인데도 아직 학교에 갈 엄두를 못내는 계집애였고 그리고 나이가 일곱 살이나 아래인 나와 어울려 놀았다.

대문 뒤에 가만히 서 있는 그 두 개의 흙발이 희자의 것임을 알 수 있었던 것은 고무신의 왼쪽 오른쪽이 바뀌어 있었기 때문이었다. 그 계집애는 고무신의 왼쪽 오른쪽을 가려낼 수도 없을 만큼 캄캄한 병신이었다. 그런데도 내가 그녀와 어울리길 좋아했던 것은 그 계집애는 병신 주제에도 불구하고 항상 무언가 물컹물컹 처먹고 있었기 때문이었다. 그리고 그것을 내 쪽이 원한다면 몽땅 뺏어먹을 수도 있는 여지가 많은 아이였고 자신이 먹고 있던 것을 몽땅 빼앗긴다 하더라도 그것이 빼앗겼다는 낭패로까지는 느낄 줄 모르는 아이였기 때문이었다. 또한 그러한 이점이 없다면 그 계집애와 놀아줄 아이 또한 이 마을엔 없었다.

지금도 대문 뒤에 숨어 서서 무엇을 먹고 있을 게 틀림없었다. 계집애는 자기 집 안에 있는 무엇이든 대담하게 훔쳐낼 줄 알고 그것이 그 계집애의 짓인 이상 어른들도 크게 꾸짖지 않았다.

나는 살금살금 대문으로 기어가서 그 흙발을 힘껏 꼬집었다.

"너 희자지? 나와."

대문 뒤쪽에서 희자의 목소리가 느릿느릿 들려왔다.

"아퍼."

입에 뭔가를 한껏 우겨넣은 그 목소리는 희자의 것이 아니게 들렸다.

"너 떡 먹지?"

나는 이를 앙다물고 다그쳤다. 계집애가 천천히 대문 뒤를 돌아서 내 앞으로 다가왔다. 그녀의 손에는 벌써 아무것도 들려 있지 않았다. 너무 늦게 계집애를 만난 것이었다.

"다 먹었어?"

낭패한 표정으로 묻자, 계집애는 먼저 입 안엣 것을 꿀떡 삼켜넣은 다음, 고개를 두세 번 먼 느낌이 들도록 크게 주억거렸다.

"쌍년!"

하고 내가 돌아서려 하자, 그녀가 말했다.

"나는 봤다."

이번엔 계집애의 고개가 양옆으로 이죽거리기 시작했다.

"뭘 봤어 이년아?"

"나는 봤다."

"뭘 봤냐구? 너 떡 있는 곳 알고 있지?"

"아니."

"그럼 또 뭐야?"

"나는 봤다."

떡가루가 입가에 묻어 있는 계집애의 고개가 좌우로 이죽거릴 때마다, 빗질한 지 오래된 타래머리가 너덜거렸다. 그 타래머리에 값비싸 보이는 머리핀이 떨어질 듯 대롱거렸다.

"이런 바보, 뭘 봤다는 거야?"

내가 다그치자, 계집애의 고갯짓이 그 순간 멈추어지면서 이번엔 두 입술을 앞으로 툭 불거지게 빼물었다.

"때릴려구."

"이 병신아 내가 왜 널 때려."

"안 때릴 거지?"

"그래 안 때려. 뭘 봤어?"

“니 자지.”

“자지?”

“나는 봤다. 니 자지.”

“내 자지?”

“그래그래. 팔뚝만하더라. 니 자지가 팔뚝만하더라.”

계집애는 제 왼쪽 팔을 허공에 쳐들더니 바른손으로 도마질하듯 왼팔을 갖다대고 가늠질해 보였다. 계집애의 가늠질하던 바른손이 왼손의 어깻죽지에까지 내려오자 나는 눈앞이 칵 막히는 것 같았다. 내 자지가 그 계집애에게 발견된 것은 또한 그렇다 치더라도 그녀의 어처구니없는 과장이야말로 나를 금방 주눅들게 만들었기 때문이었다.

어떻게 해서 내 조그만 자지가 그녀에겐 그렇게 크게 보였을까. 나는 그것을 이해할 수 없었다. 무엇보다 그녀의 그 대단한 착각을 돌이킬 수 있는 재주를 나는 갖지 못하고 있었다. 왜냐하면 그 계집애는 한번 자기의 눈에 비친 사물의 형태나 질량에 대해서 올바른 판단이었건 아니었건 간에 맨 처음의 그것으로만 알려 하였고 또한 그것이 대단한 발견인 것처럼 동네 아이들에게 나발불고 다니기를 좋아했기 때문이었다.

그녀의 눈에 비친 모든 것은 객관적인 분석이나 판단의 도움이 필요치 않았다. 오직 그녀 자신의 판단과 느낌에 아낌없는 신뢰를 갖고 있을 뿐이었다. 그것에 대해서는 한 번도 그녀를 설득해서 성공해 본 적이 없었다.

나는 우연하게도 매우 커다란 적이 내 앞에 버티고 서 있다는 것을 깨달았다. 그것은 내 힘으로는 어떻게 할 수가 없는 큰 바윗덩어리와 같은 것이었다. 나는 그녀를 때려누이고 그리고 그녀의 뱃구레를 타고 앉아 내 자지가 아직은 보잘것도 없는, 어머니의 판단과 같이 개에게 던져주어도 물어가지 않을 만큼 소용가치가 없는 물건임을 설득시켜야 한다고 생각했다. 그렇다면 이 장소는 매우 적당하지가 못했다.

우선 이 장소는 그 계집애의 집 대문간이었고 그리고 많은 사람들이 대문 밖을 지나다니게 되어 있었기 때문이었다. 그녀를 어디 호젓한 곳으로 데리고 가서 갑자기 때려누이고 뱃구레를 걸치고 앉아 아주 삽시간에 그녀의 착각을 묵사발로 만들어야 했다. 그렇다면 지금 이 자리에서 그녀에게 공포감을 주는 일체의 행동은 삼가야 했다. 나는 어깨를 내려뜨리고 그리고 아주 낮은 목소리로 말했다.

"내 자지 한번 보여줄까?"

그녀가 불쑥 대답했다.

"나는 아까 봤다."

"그러니까 한 번 더 보란 말야."

"팔뚝만하지?"

"이번엔 굴뚝만한 통자지를 보여줄게. 안 보겠어?"

"니는 굴뚝통만한 자지도 있어?"

"그래. 난 자기가 세 개나 있단 말야!"

"그짓말."

"야 이 병신아, 넌 그것도 모르니?"

"모른다 모른다 왜?"

"그러니까 보란 말야. 날 따라오면 세 개를 다 보여줄 테니깐."

"그래 보러 가자."

"조금 멀어도 되지?"

"그래. 멀어도 좋아, 학교만 아니라면."

계집애가 무심코 던진 마지막 말에 나는 일순 섬뜩했으나, 그러나 내가 학교에 가서 시간을 보내는 동안 내 소문이 온 동네에 퍼질 걸 생각하면 우선 희자부터 처치해야겠다는 것이 더 바빴다.

희자는 나를 따라 순순히 대문간을 나섰다. 그녀는 궁금증 뒤에 내 영악한 음모가 도사리고 있다는 것을 물론 알 리 없었기에 순순히 따라나선 것이다. 우리는 이발소 앞을 피해서 양조장이 있는 길 쪽으로 걸어가서 다시 오른쪽의 긴 골목을 빠져나와 큰길을 건넜다.

나는 아직도 희자를 데리고 갈 적당한 장소가 생각나지 않아서 퍽 심란해져 있었다. 우리는 무조건 큰길을 건너서 읍내 쪽으로 가는 긴 논둑길로 들어섰다. 논둑길로 들어섰지만 사방은 너무나 확 트여 있었다. 우리 두 사람이 엎치락뒤치락할 알맞은 장소는 아직 없었다. 제법 긴 논둑길을 우리는 걸었다. 그러자 희자가 보채기 시작했다.

"빨리 보여줘."

그녀는 졸랐다.

"아직 멀었어."

"아퍼."

그녀는 언제나 아프다고 말했다. 피곤한 것도, 을씨년스런 것도, 시들하고 나태한 것도, 정말 아픈 것도, 간지러운 것도 아프다고만 말했다. 그런 잡다한 감각개념 중에 어느 것에 해당한다는 것은 언제나 이쪽의 재치와 기지로 알아채 주어야 했다. 지금은 아마 다리가 아프다는 뜻일 게다.

"아직 멀었다니깐."

"난 아퍼."

"그럼 자지를 한꺼번에 세 개나 구경하는 게 쉬울 줄 알았어?"

"그래 안 아퍼."

"이 바보야, 나이 열네 살이나 처먹은 년이 왜 그렇게 철이 없니?

참지 못하구선."

논둑길을 벗어나, 읍내로 가는 큰길로 다시 올라섰다. 우리가 오뉘못이 길 양옆에 놓여 있는 정자나무 고개를 쳐다보았던 것과 동시에 나는 희자를 어디로 데리고 가야 하는가가 머리에 떠올랐다.

그것은 정자나무 고개턱에 있는 옹기점이었다. 그 고개에는 두 개의 커다란 옹기점이 산중턱에 우람하게 누워 있었다. 그곳에서 옹기를 구울 때면 온 마을이 밤이 대낮같이 밝혀지곤 하였다. 옹기점이 마을을 내려다보는 고개 중턱에 자리하고 있었기 때문에 더욱 그랬다. 일 년에 두세 번이나 그렇게 옹기를 구워내면 다른 날들은 쥐죽은 듯 조용했다.

옹기 굽는 사람들을 좀처럼 마을에 와서 나돌아다니지를 않았다. 설령 나돌아다닌다 하더라도 대개의 마을 사람들이 그들을 상대해 주질 않았다.

여남은 가구가 그 옹기굴 주변에 움막 같은 집을 짓고 살았다. 남자들은 우락부락했고 여자들은 언제나 파리한 얼굴들이었다.

옹기점에서 일하는 사람이 한번은 이발소에 들른 걸 본 적이 있었다. 그들은 대개 아이들처럼 머리를 박박 배코를 쳤다. 수염도 기르지 않는가 보았다. 조용히 이발소에 들어와서 구석자리에 앉았다간 자기 차례가 오면 말없이 의자에 가서 앉았다. 이발소 안 주사(주인을 많은 사람들이 그렇게 불렀다)가 바리캉으로 머리를 박박 깎아내리는데도 그 사람은 눈물 한 방울 흘리는 법이 없이 흡사 비석처럼 무뚝뚝하게 앉았다간 돈을 치르고 나가버렸다. 그런데 이상하던 것은 그 박박 깎은 머리통이 흡사 못생긴 모과처럼 울퉁불퉁하던 것이었다. 그것은 몹시 불쾌하게 느껴졌다.

"상놈들 대갈통은 깎아봐도 마찬가지라니깐."

안 주사가 그렇게 씨부리던 걸 들은 적이 있었다.

우리가 옹기점에 닿았을 적엔 숨이 거의 턱에 와닿아 있었다. 그리고 기진맥진해 있었다. 나는 그녀의 손을 잡고 그 옹기굴의 입구를 가만히 들여다보았다.

굽히었다가 식은 흙덩이들이 굴의 입구에 뒹굴고 있었다. 흙덩이가 돌처럼 굳어 있었고 어떤 것은 반짝거리고 빛이 났다.

굴속은 어두침침했다. 우리는 눈시울을 몇 번인가 껌벅거려 굴속의 어둠에 눈을 익혔다. 텅 비어 있을 줄 알았던 옹기굴 속엔 의외로 두 사람 정도가 지나다닐 수 있는 통로를 가운데 두고 양옆으로 구워진 옹기들이 차곡차곡 쌓여 있었다.

"들어갈래?"

내키지 않았으나 희자에게 물었다. 그것이 필요없는 질문이란 것을 나는 알고 있었다. 왜냐하면 희자에게 그런 결단력을 기대한다는 자체가 바보스러운 일이기 때문이었다. 그녀는 내가 돌아서면 따라나올 것이고 내가 들어간다면 뒤따라 들어올 것이었다. 그러나 이상하게도 희자는 그때 대답했다.

"들어가자."

"들어가?"

나는 짐짓 놀란 표정으로 그녀에게 다시 물었다.

"그래 들어가자."

"자신 있어?"

내가 다시 다그치자, 그녀는 제법 야멸친 표정을 지어 보이면서 대답했다.

"나는 안 아퍼."

"정말 안 아퍼?"

"나는 안 아퍼."

"안 아프다면 됐어."

우리는 옹기들이 쌓여 있는 굴속의 경삿길을 천천히 올라갔다. 공기는 의외로 써늘했다.

굴 저쪽에 빛이 새어드는 곳이 있었다. 양옆으로 트인 입구가 또 있는 모양이었다.

"보여줘."

뒤따라오던 희자가 갑자기 이렇게 말했다. 나는 우뚝 섰고 그리고 마침내 희자 앞에서 옷을 벗어 보여야 한다는 것을 깨달았다. 그것은 희자와의 약속이었기 이전에 내 진짜의 모습을 그녀에게 보여줌으로써 그 어처구니없는 착각을 교정시켜 주어야 할 다급한 내 자신의 문제부터가 먼저였기 때문이었다. 그러나 어쩐지 그것이 내키지 않았다. 옷을 벗어 보이지 않고 내 입장을 설득시킬 방법은 없을까. 그녀는 다시 말했다.

"보여줘."

그 순간 나는 희자의 나이가 나보다는 곱절이나 되는 열네 살의 계집애라는 것에 신경이 쓰이기 시작했다. 내 자지를 보는 순간, 그녀가 웃어버리지나 않을까. 그런 생각도 들었다. 나는 우선 말했다.

"내 자진 사실 팔뚝만한 게 아냐."

한참 동안이나 생각하는 모습으로 서 있던 그녀가 말했다.

"니 자지는 팔뚝만해."

"아냐."

"나는 봤다."

옷을 벗어 보인 것은 그녀의 대답이 그렇게 떨어지고 난 뒤였다. 나는 바지를 발랑 까내리고 그리고 오른손으로 내 자지를 가리키며 말했다.

"자 봐, 이 병신아. 정말 팔뚝만하니? 자세히 보란 말이야, 이 병신 같은 계집애야."

희자는 고개를 깊숙이 수그려서 내 사타구니를 열렬하게 들여다
보았다. 몹시 창피스러웠지만 참고 기다리는 수밖에 없었다. 나는
실로 친구를 잘못 사귀어 왔구나 하고 생각했다.

정신을 올바로 차릴 줄 아는 아이와 놀아왔다면 적어도 이런 곤
욕만은 치르지 않아도 얼마든지 편안했을 테니 말이다. 나는 그녀
를 재촉했다.

"인젠 다 봤니? 이 병신아?"

참다 못해, 그녀의 정수리를 한번 쿡 찔러주었다. 드디어 안도의
한숨 같은 걸 푹 내쉬는 듯한 그녀의 대답이 건너왔다.

"다 봤어."

"그래도 팔뚝만하니? 이 병신 같은 계집애야?"

그녀는 대답하지 않았다. 대답할 요량은 않고 희자는 내게로부
터 서너 걸음 떨어져나가더니 흡사 나무등치처럼 털썩 굴바닥에 스
스로 나가자빠졌다. 그러곤 자신의 손으로 치마를 걷어올리곤 말
했다.

"자."

나는 희자를 이해할 수 없었다.

2

나는 우선, 열네 살이나 된 계집애의 두 다리가 소금물에 결이 죽
은 배추잎사귀처럼 빈약한 것에 놀랐다. 그런 형편없는 두 다리를
치맛자락 밖으로 쳐들어 뽐내며 계집앤 다시 도도하게 말했다.

"자."

그렇게 외치면서도 계집앤 나를 쳐다보지 않았다. 누운 자세 그

대로에서 턱을 뒤통수 쪽으로 바싹 올려세우고 멀리 뒤편으로 뚫려 있는 굴의 막장께를 바라보고 있었다. 자신의 빈약한 두 다리를 놓고 내가 어떤 행동을 하든 정작 자기와는 아무런 상관이 없다는 듯한 태도였다.

그러나 나는 새 옷을 지금 당장 망가뜨리고 싶진 않았다. 그녀의 사타구니를 구경하려면 흙바닥에다 무릎을 착실히 꿇어야 할 것이고 도금(鍍金)이 됐을지도 모를 다섯 개의 윗도리 새 단추에 흙을 묻히게 될지도 모르기 때문이었다. 더욱이나, 공격적이기로 유명한 계집애가 내 머리통이 자기의 사타구니로 디밀어지는 순간 나를 냅다 차버릴지도 몰랐다. 내가 나동그라진다면 나는 다섯 개의 단추 중에 한두 개 쯤을 잃어먹게 될지도 몰랐다.

어머니는 내게 가차없는 매질과 함께 숱한 악담과 저주를 아낌없이 퍼부을 것이었다. 그녀의 저주를 받는 것은 싫었다. 왜냐하면 그 저주 끝엔 으레 내게 끼니를 굶겨왔기 때문이었다.

"싫엇."

나는 칼로 자르듯, 누워 있는 희자에게 소리를 질렀다. 계집애의 사타구니를 구경하려다가 한두 끼의 밥을 굶는 불상사를 자초하기는 싫었다.

"왜 싫어?"

계집앤 뻔뻔스럽게도 다시 물었다.

"누가 모를 줄 알어? 날 차버릴려구 그러지?"

"왜 싫어?"

"싫단 말이야, 빨랑 일어나 이 바보 같은 계집애야."

"난 안 일어나."

"일어나란 말이야, 내가 바보 같은 꾀병에 넘어갈 줄 알어?"

누워 있는 계집애와 티격태격하는 동안, 나는 미처 등 뒤에 그 사내가 와 있다는 것을 눈치 채지 못하고 있었다.

언제부턴가 내 말에 쉴 새 없이 대답을 하면서도 계집애의 시선만은 엉뚱하게도 내 어깨 너머의 다른 곳을 보고 있다는 것을 그제야 깨달았다.

그때, 나는 뒤쪽을 돌아다보아야 한다고 생각했다. 획 몸을 돌려잡는 순간 건조하고 결이 억센 사내의 한 손이 금방 내 얼굴을 덮쳤다. 그리고 어금니를 부드득 가는 듯한 그 사내의 목소리가 들려왔다.

"요런 때려 박살을 낼 놈."

순식간에 사내로부터 목덜미를 휘어잡힌 나는 늑골이 찡하도록 칵칵 가슴이 막혀왔으나 당장 사내의 손아귀를 벗어날 재간은 없었다.

——이것 놓으란 말예요.

우선 그렇게라도 소리칠 수 있는 기회가 있었으면 했다. 그러나 그 항변을 뱉어낼 수 있는 여유조차도 사내는 용서할 수 없는 모양이었다.

나는 사내의 억센 한 팔에 대롱대롱 매달려 굴 바깥으로 내동댕이쳐졌다.

"요런 못된 놈이 있나? 요놈 거기서 무슨 못된 짓을 하려 했어?"

사내는 내 대답을 들으려 하지도 않았다. 그리고 그가 왜 나를 내동댕이쳐야 하는지에 대해서도 해명하려 들지 않았다.

굴 바깥에 쌓아둔 장작더미에 엉덩방아를 찧으면서 나는 희자가 경사진 굴 바깥길을 부살같이 달려내려가는 것을 보았다.

"요놈, 뉘집 소생이냐 네가?"

역시 사내는 내 대답을 기다릴 만한 여유가 없는 모양이었다. 장작더미에 내동댕이쳐진 내 뒷덜미를 다시 잡아채려고 성큼 다가서는 사내의 얼굴을 나는 비로소 정면으로 바라보았다.

언젠가 안씨(安氏)의 이발소에서 한 번 본 일이 있는 그 옹기점 사내였다.

—상놈들의 대갈통은 깎아봐도 마찬가지라니깐.

씹어뱉듯 하던 안씨의 말이 떠오르는 것과 동시에 나는 다시 사내에게 뒷덜미를 쥐어잡히고 말았다. 손아귀를 힘껏 뿌리쳐보았으나 그것은 고목(古木)에다 깔딱낫을 찍는 것만큼이나 무모한 짓이었다.

"요놈, 맛 좀 봐라."

사내는 단단히 화가 난 모양이었다.

"세상이 아무리 말세라기로서니 요놈아, 니가 벌써 고런 장난을 해볼텨?"

도대체 오늘은 알 수 없는 것의 연속이었다. 왜 오늘은 알 수 없는 것들과 이렇게 숨가쁘게 맞닥뜨려야 하는 건지 알 수가 없었다.

우리 동네에서 일어나는 일이라면 나는 대개 알고 있는 것들이 많았다.

아침에 뜨는 해는 비봉산(飛鳳山) 봉우리를 비껴서 뜨며, 우체국의 대머리 까진 늙은 체부(遞夫)는 조그만 유리벽을 사이에 두고 항상 의심쩍은 눈으로 바깥쪽을 내다보면서 우표를 팔고 있으며, 마을의 맨 끝쪽에 있는 철물점의 젊은 주인이 절름발이란 것도 나는 알고 있었다. 심지어 나는 우리 마을을 드나드는 버스가 하루에 두 대꼴로만 운행되고 있다는 것도 알고 있었다. 겨울철이면 그 털털거리는 버스가 정류소에 가쁜 숨을 몰아쉬며 와닿았다. 버스의 창에는 뿌우옇게 성에가 끼어 있었다.

그 버스엔 많은 낯선 사람들이 혹은 웃으며 또는 수심에 가득차서 실려가고 실려왔다.

승객들은 손으로 차창에 낀 성에를 닦아내고, 바깥에서 오들오들 떨고 서서 버스를 구경하는 내게 희미한 미소들을 띄워보내곤 했다.

나는 그들이 어디로 가고 있는지는 알 수 없었다. 다만 그들은 나로선 도무지 상상할 수 없는 멀고먼 바깥세상의 사람들과 만나기 위해서 길고긴 여행을 하고 있다는 것만은 알고 있었다.

그들은 추위에 떨고 서 있는 나에게 사과껍질을 던져주기도 했으며 때로는 아주 엄격한 얼굴을 하곤 저만치로 물러서라는 시늉을 해보이기도 했다.

그들은 도대체 어디로 가고 있는 것일까. 내가 갖고 있는 거리감각으로썬 그들이 도착할 곳을 상상할 수는 없었다. 그들은 해가 떠서 저무는 거리보다 훨씬 긴 여행을 하고 있었기 때문이었다. 해는 비봉산에서 떠서 후평(後坪)마을의 대나무숲 뒤로 지고 있었지만 그 버스가 가는 찻길은 대나무숲이 있는 후평동의 산모퉁이 뒤를 돌아나가곤 했다.

내가 알 수 없었던 것이 그것뿐일 만치 나는 아는 것이 많았다. 그러나 오늘 왜 희자가 옹기점에서 벌렁 나자빠졌는지 또 뒤이어 이 사내가 내 뒷덜미를 이토록 직사하게 죄어잡아야 하는지를 모르기 시작한 것이었다.

그뿐이 아니었다.

나를 대롱대롱 매달고 사내는 다시 옹기점 옆에 있는 움막 같은 곳으로 걸어가고 있었다.

거기까지 가는 동안 한사코 사내의 품 안에서 벗어나려고 악다구니를 다했으나 사내를 나를 쉽사리 포기하지 않았고 거의 완벽한 힘으로 나를 옭아맨 채 광명단을 칠한 옹기들이 말려지고 있는 넓은 공지를 가로질러 움막 속으로 나를 끌고 들어갔다. 움막에 들어가자, 사내는 이상하게도 잡고 있는 내 목덜미를 놓아주었다. 모가지에 가시를 걸고 있는 아이처럼 캑캑거리고 있는 내게 사내는 일생에 단 한 번뿐일 것 같은 수치에 찬 시선을 꽂으면서 물었다.

"너 이놈, 거기서 뭘 했노?"

나는 사내의 질문에 대뜸 대답을 건네줄 수가 없었다. 늑골의 끝에까지 숨어버린 것 같은 호흡을 목구멍으로 몰아잡기 위해 연거푸 밭은기침을 쏟아놓아야 했다. 그러는 중에도 나는 대답보다는 사내가 소홀한 틈을 타서 바깥으로 달아나야 한다고 생각했다. 그러나 사내가 내 옆에 바싹 다가서 있었으므로 기회는 쉽사리 올 것 같지가 않았다.

"이놈, 그 가시나하고 무슨 짓을 했지?"

그는 연거푸 이렇게 물었다.

"놀았어요."

적의가 가득한 시선을 사내의 인중에다 꽂으며 드디어 나는 사내의 질문에 대답하는 것에 성공했다.

"놀았다?"

의구심과 곤욕이 서린 표정을 하고 내가 한 말을 사내는 한 번 곱씹었다.

"그래요."

"그래요?"

"그럼요."

사내는 급기야 내 정수리를 칵 쥐어질렀다. 그러나 나는 고개를 빳빳하게 세우고 사내를 똑바로 쳐다보았다.

"요 녀석 봐라?"

사내는 나를 냉큼 들어올려서 옹기를 짓는 쳇바퀴 위에다 올려놓았다.

그리고 한 손으로 내 정수리 위에서부터 단단히 죄어누르고 그 것을 축(軸)으로 하여 쳇바퀴를 돌리기 시작하는 것이었다.

내 몸뚱이가 구심력을 잃고 쳇바퀴 바깥으로 벗어나려 하면 그는 정수리를 누르고 있는 한 손의 힘을 죄었다.

나는 알고 있었다. 옹기를 만드는 사람들이 쳇바퀴 위에다 찰흙을 나무삽으로 퍼올려 놓고 주걱에다 물을 적셔가면서 발로는 쳇바퀴를 돌리기 시작하던 것이다. 쳇바퀴가 빙글빙글 돌아가면 물주걱으로 쳇바퀴 위에 놓인 찰흙을 일으켜세웠다.

시간이 흘러가는 동안 일어선 찰흙은 심상치 않게도 한 개의 항아리로서 골격을 이루어갔다. 양손을 앞뒤에다 붙였다 떼었다 하는 동안 찰흙은 항아리의 몸통으로서 체격을 이루어가고 나중엔 손잡이가 붙여지는가 하면 무늬가 들어가고, 그리고 다시 항아리의 입이 생겼던 것이다.

나는 작년에 그것이 만들어지는 과정을 움막의 벽 틈으로 엿본 것이 있었다. 항아리를 만드는 사람들은 부정을 탄다고 아이들을 움막 안으로 불러들이지 않았다.

나는 항아리가 될지도 몰랐다.

그렇지 않다면 쳇바퀴 위에다 올려놓고 돌려댈 까닭이 없었기 때문이었다. 그러나 나는 곧장 안심했다. 내 몸뚱이가 찰흙으로 되어 있지 않다는 것을 금방 생각해 냈기 때문이었다.

그렇다면 이 사내가 지금 하고 있는 짓은 도대체 무엇인가. 그것을 알 수가 없었다. 알 수가 없었을 뿐만 아니라 나는 바야흐로 속이 느끼하니 역겨워오기 시작했다.

"내려줘요."

가까스로 소리질렀지만 사내는 들은 척도 하지 않았다.

사내의 커다란 체구가 흡사 물이 흘러가듯 까물까물하게 내 시선 앞을 흘러가고 있었다. 성에 낀 차창의 유리를 통해서 바라보이는 버스의 승객들처럼 희미하고 아득하게 보이기도 했다. 그랬다간 이발소의 거울에서처럼 이마가 유난히 길어졌다간 콧잔등이 아마보다 더 넓어지게 보이기도 하였고, 입이 하늘 쪽으로 찢어진 것 같게도 보여지기 시작했다. 내 몸뚱이가 일순 허공으로 붕 떠오르고 있다는 느낌과 함께 하늘과 땅이 뒤엉켜서 몇 바퀴나 휘그르르 바람을 일으키며 돌아서 이마 위로 무겁게 쏟아져 내리는 듯한 착각과 함께 나는 눈을 감아버렸던가 보았다.

내가 다시 깨어난 것은 해가 거의 저물어갈 무렵이었다.

나는 옹기점 옆에 있는 건초더미에 모잽이로 처박히듯 누워 있었다. 한쪽 볼이 건초더미에 파묻혀 있었고, 그리고 건초더미가 썩어가는 냄새가 풍겨왔다.

누운 자세 그대로 멀리 후평동 대나무숲 쪽으로 기우는 해를 바라보았다.

붉은 노을이 하늘 한켠에 나처럼 모잽이로 길게 누워 있었다. 나는 약간의 오한을 느꼈지만 내처 그대로 누워 있었다. 사방은 물속처럼 조용했다.

나에게 맹맹이를 먹이던 사내도, 벗은 두 다리를 버둥거리던 희자도, 어머니도 보이지 않았다. 나는 흡사 허공을 날다가 지쳐서 떨어진 커다란 왜가리처럼 건초더미 위에 나동그라져 있을 뿐이었다.

갑자기 어머니가 보고 싶었다. 가만히 뱃구레 아래에 있던 손을 꺼내 눈자위를 만져보았다. 거기엔 눈물이 흘러내리고 있었다. 내가 왜 울어야 하는 건지 몰랐으면서도 지금은 울고 있는 게 가장 믿음직한 태도라고 생각한 것 같았다. 운다는 것은 어머니를 보고 싶게 해주어서 좋았다. 가슴이 찡하도록 어머니가 보고 싶다는 지금이 나는 좋았다.

건초더미에서 천천히 일어났다. 사방을 두리번거려보았으나 사람들의 그림자는 보이지 않았다. 멀리 발아래 바라보이는 동네에서 사람들이 떠드는 소리가 귀에 명료하게 들려왔다.

어머니는 좀처럼 나를 안아주는 법이 없었다. 오히려 나보다 한 살 아래인 내 동생을 자주 안아주는 편이었다. 사내면서도 하는 짓이 꼭 계집애 같은 동생을 어머니는 더 좋아하는가 보았다.

나를 꾸지람할 적에 어머니는 언제나 내 동생을 가리켰다.

"순도를 봐라, 이놈아."

어머니가 가리키는 손끝 저쪽에는 언제나 순도가 죄지은 애처럼 죄송스러운 얼굴을 하고 서 있었다. 내가 미워하는 순도를 어머니는 귀여워하고 있었다. 나는 그것을 알고 있었다. 녀석은 어머니를 속상하게 만드는 짓은 하지 않았기 때문이었다.

녀석과 내 차이는 단 한 가지였다. 녀석은 자기가 하고 싶은 일이 있으면 언제나 어머니의 허락을 얻었다. 그러나 나는 내가 하고 싶은 일은 언제나 내 자신이 내키는 대로 했다. 그것은 어머니를 괴롭히고 싶지 않았기 때문이었다. 내가 만일 녀석이 하는 식으로 이해를 구하고 허락을 얻는다면 어머니는 언제나 정반대였다.

"안 돼."

그녀는 언제나 그렇게 대답했다. 어머니가 찬성하지 못하는 일을 나 혼자서 해치움으로써 어머니의 속을 썩이지 말아야 한다고 생각했지만 그러나 그때마다 결과는 '이놈아, 순도를 보아라.' 로 끝나 버리던 것이었다. 그러나 나는 한사코 어머니를 좋아하고 있었다. 왜냐하면 내가 외따로 있다는 생각이 들면 맨 먼저 보고 싶은 사람은 언제나 어머니였기 때문이었다.

오늘 역시 예외일 수는 없었다. 나는 거의 미친 아이처럼 옹기점을 달려내려와서 집으로 가는 논둑길로 달렸다.

배가 고팠다. 그러고 보니 점심을 굶었다. 점심 한 끼를 굶어버렸다는 것이 그렇게 분할 수가 없었다. 일단 공복감이 허리에 가득히 괴어오르자 나는 어머니보단 밥을 먹어야 한다고 생각했다.

물론 순도 녀석은 끼니를 굶는 법이 없었다. 밖에 나가 놀다가도 끼니때가 되면 토끼새끼처럼 집으로 돌아와서 토끼가 풀을 아작아작 씹어먹듯 앙증스럽게 밥숟갈을 입으로 퍼올렸다.

바로 그때였다. 나는 내 윗도리 앞섶이 몹시 너덜거리고 있다는 것에 신경이 쓰이기 시작한 것이다. 논둑길을 건너뛸 때마다 윗도리 앞섶이 한쪽 팔에 와서 너덜거리고 있다는 것을 깨달은 것이다. 걸음을 멈추고 윗도리를 살펴보았다.

정확하게 두 개의 단추가 달아나고 없었다. 맨 위엣것과 맨 아래의 것이었다. 윗도리 안쪽 섶에 그 단추가 달려 있던 실밥만이 남아 있고 단추 두 개는 보이지 않았다. 그것을 발견한 순간, 드디어 내가 오늘 학교에 입학식을 하러 가야 했어야 할 입장이라는 것과 그것을 위해 새 옷으로 갈아입은 처지라는 걸 깨달았다.

멀리 바라보이는 학교의 양철지붕 위에 낙조(落照)가 떨어지고 있었다. 모든 것이 끝난 기분이었다. 어머니를 만날 수도 없으며, 더욱이 부엌으로 기어들어가서 순도 녀석이 먹다 남긴 식은밥을 먹을 수도 없다는 것을, 그리고 지금쯤은 학교는 완전히 파한 후라는 것도 알았다. 나는 그러므로 당당히 집으로 돌아갈 수 없게 된 아이라는 것도 깨달았다. 나는 단추를 찾아내고 싶었다.

내 입장이 절망적인 지경까지 가 있다 할지라도 단추 두 개만이라도 찾아서 내가 집으로 돌아갈 수 있는 보잘것없는 명분으로 삼고자 하였다. 그러나 그것 역시 허사였다.

오던 길을 되돌아가는 동안 한 개의 단추도 발견되질 않았고 엎드려 있던 건초더미나 움막 부근에서도 역시 마찬가지였다. 희자가 누워 있던 장소에서부터 시작해서 사내에게 멱살을 잡혀 움막까지 올라가는 길, 그리고 어떻게 해서 내가 내동댕이쳐졌는지 모르는 건초더미까지 근 삼십 미터나 되는 길 사이를 열 번 이상이나 되짚어 살펴보았지만 끝내 단추의 행방은 묘연하였다.

세 시간이나 넘게 나는 숨어버린 단추와 숨바꼭질을 벌였으나 끝내 허사였다. 단추는 너무나 완벽하게 숨어버려서 그들의 숨소리조차도 들을 수가 없었다.

나는 그 세 시간을 내내 혼잣소리로 징징 울었던가 보았다. 나중엔 목청을 높낮이로 조절해 가며 흥얼흥얼 혼자서 울었다.

끝내엔 날이 저물었다. 날이 어두워지면 공연히 무서워진다는 것을 나는 알고 있었다. 어두워지면 그 어둠 속에선 귀신들의 축제가 열리게 된다는 것도 짐작하기 어렵지 않았다.

측간에 가면 달걀 귀신이 있고 뒤꼍에 가면 몽당빗자루 귀신이 있고, 호젓한 오솔길에는 처녀 귀신이 머리를 풀고 기다리며, 우물 속에선 과부 귀신이 물장구를 치고 있다가 두레박을 타고 올라오며, 산등성이에서는 늙은 할멈 귀신이 지팡이를 깔고 앉아서 쉬고 있다는 것을 나는 충분히 알고 있었다.

그런 귀신의 축제 속을 지나왔거나 협박에도 살아남은 많은 어른들의 얘기를 들어서 알고 있었다.

마지막으로 가장 오랜 시간을 보낸 건초더미에서 나는 퍼뜩 어른들의 귀신 이야기를 머리에 떠올렸다. 그와 함께 건초더미 바깥으로 한 발짝도 내놓을 수가 없게 된 나를 발견하고 말았다.

두 다리는 쥐가 내린 듯이 뻣뻣해졌고 두 개의 콧구멍이 한꺼번에 맹해져 왔다. 산등성이에 앉았던 몽당빗자루 귀신이 나를 발견하고 내 두 개의 콧구멍에다 이미 마늘 두 쪽을 틀어막아 버린 것인지도 몰랐다.

나는 건초더미 위에 모가지를 처박고 폭 꼬꾸라졌다. 그러자 산등성이에 지팡이를 놓고 쉬고 있던 늙은 귀신이 쭈르르 달려와선 지팡이 끝으로 내 뒷덜미를 쓱 건드리면서 말했다.

"에따, 고놈 볶아먹으면 맛도 있겠다."

그러자 몽당빗자루 귀신이 지팡이 대신 앞을 쓱 막아서면서 말했다.

"내가 먼저 찍었다."

"젊은 것이 당돌하구나."

"늙었다고 애새끼를 혼자서 볶아먹을 작정이냐?"

"그럼 이년아, 버르장머리가 없구나."

"귀신끼리 젊고 늙은 것이 있다더냐?"

"이년 내 지팡이 맛 좀 보려나?"

"내 빗자루는 놀구."

"에끼, 이년."

"에끼, 이 늙은 할멈."

아, 정말 죽고 싶었다. 귀신들에게 잡혀먹히기 전에 난 먼저 죽어버리고 싶었다. 내가 먼저 죽어버리는 것이 내가 살 길 같았다.

나는 건초더미 속으로 깊숙이 디밀었던 모가지를 획 빼내었다. 그리고 지팡이 귀신과 몽당빗자루 귀신을 향해 있는 힘을 다해 소리질렀다.

"저리 가, 저리 가, 저리 가란 말이야. 안 가면 죽여버릴 거야. 날 볶아먹지 말란 말이야."

두 손을 불끈 감아쥐고 나는 허공을 향해 휘둘렀다.

"날 볶아먹지 말란 말이야."

목구멍이 칵 잠겨오도록 몇 번인가 그렇게 소리치고 또 소리질렀다. 그러곤 나는 아무것도 볼 수 없었다.

3

　내가 등교를 할 수 있었던 건 그 알량한 입학식이란 것이 끝난 닷새 뒤였다.
　옹기점 건초더미 속에서 도망쳐 나온 이후, 나는 이틀 동안이나 문밖 구경을 할 수 없었다. 그것은 까닭을 알 수 없었던 몸살 때문이었다.
　처음엔 양쪽 팔굽이 나른해 오면서, 이마가 뜨거워오기 시작했고, 자꾸만 찬물만 들이켜고 싶었으면서도 나는 추웠다.
　"무도가 굉장히 놀랐던가 보지요?"
　"그러게 말입니다."
　"마침 길 앞을 지나던 장꾼들이 있었기에 망정이지."
　"그러게 말입니다."
　"애가 워낙 악다구니여서 낭패구려."
　"그러게 말입니다."
　"애가 제 애비를 닮았지요?"
　"그러게 말입니다."
　"화났수?"
　"화났습니다."
　어머니와 아랫집 칠성이 엄마가 주고받는 멋대가리없는 대화가 뜰 바깥에서 꿈속처럼 들려왔다. 칠성이 엄마가 다시 물었다.
　"왜 화났수?"
　"쓸데없는 말 자꾸 물으니까 화가 날 수밖에."
　"미안하우. 그럼 난 갈게요."
　"가다가 자빠지지나 말아요."
　어머니는 내처 화가 나 있었으므로 내 등교는 외로워야 했다. 나는 닷새 전과 똑같이 이발소 앞길을 따라 학교에 갔다.

"이 녀석아, 채순미 알지? 채순미 선생을 찾아가."

어깨가 허옇게 드러나는 속치마만 걸친 어머니가 방문을 반쯤 열고 뜰을 나서는 내게 악을 썼더랬다. 그러나 나는 애써 채순미라는 사람을 찾을 필요가 없게 되었다.

교무실 유리창에다 들창코를 갖다대고 쓱쓱 문지르며 교무실 안팎을 드나드는 사람들 중에 도대체 어떤 놈이 채순미인가 하고 그럭저럭 생각하고 있었더랬는데, 갑자기 내 이름을 부르는 목소리가 등 뒤에서 들려왔기 때문이었다.

"박무도?"

뒤돌아보니 그건 여자였다. 어머니보다는 젊어 보였고 희자 계집애보다는 늙어 보였다.

"너 박무도지?"

유리창에 묻은 콧물을 슬쩍 닦고 있는데 그녀가 다시 물었다.

"네."

"늦었구나, 날 따라올래?"

그녀는 다가와서 우선 내 뒤통수를 한번 쓰다듬어주었다. 나는 고개를 숙인 채 그녀의 발을 내려다보았다. 하얀 양말을 신고 있었다.

생판 모르는 여자가 내 이름을 정확히 발음하고 있다는 것에 우선 호감이 갔다. 그리고 머리를 쓰다듬던 손으로 내 손을 잡는 한편, 한 손을 들어 길고 멀어 보이는 복도의 한끝을 가리키면서 그녀가 말했다.

"우리 교실은 저쪽에 있다."

"싫어요."

"왜?"

나는 그녀의 손에 잡힌 팔을 비틀어 빼면서 대답했다.

"난 채순미를 찾아야 해요."

"채순미?"

"네."

"너의 어머닌 참 똑똑하신 분이구나. 바로 내가 채순미다."

그녀의 말투로 보면 가능만 하다면 우리 어머니조차도 가르치고 싶어서 안달이 나 있다는 태도였다. 그러한 그녀를 정면을 대항하고 나서기엔 내 자신이 너무 어리다는 걸 금방 알아차릴 수 있었다. 이제 그녀를 거절할 명분이 내겐 없었다.

"네 동무들이 널 기다리고 있단다."

건조한 공기가 복도 저편으로부터 불어왔다. 우리는 많은 교실 앞을 걸어갔다. 마룻바닥에 찰찰 끌리는 슬리퍼 소리가 냉정하고 차갑게 들려왔다. 그 소리가 싫었지만 그녀의 입으로부턴 나를 유혹하기 알맞은 갖가지의 달콤한 말들이 쉴 새 없이 쏟아져내렸다.

"무도는 새로운 친구들이 많이 생겨서 좋겠다."

교실에 들어서기 직전까지 채순미는 그렇게 말했는데, 그러나 나는 곧장 그녀의 염려가 기우에 지나지 않았음을 느꼈다.

교실의 맨 뒤편 신발장 바로 앞에 있는 책상에는 새로운 동무가 아닌 옛 동무 희자가 느닷없이 앉아 있었기 때문이었다. 그리고 내가 더욱더 눈을 익혔을 땐 거기엔 더 많은 나의 마을 옛 동무들이 앉아 있었더랬다. 그러나 내 편에선 그들이 격의없이 반가웠던 반면, 그들은 애써 나와 마주친 시선을 돌리는 축들이 많았다.

채순미가 말하던 것처럼 많은 나의 친구들이 벌써 먼저 자리를 차지하고 나를 기다리고 있었다. 그러나 그들은 나를 외면하고 있었다. 왜냐하면 녀석들은 이 교실 바깥에 있을 적에 한두 번쯤은 내게 시비를 걸어왔던 경험들이 있었고 그리고 그 시비는 녀석들의 참패로 끝났던 기억을 안고 있었기 때문이었다.

"앉아라."

채순미가 희자의 바로 옆자리를 가리켰다.

"이 병신아, 넌 언제 왔어?"

자리에 앉기 전에 이를 앙다물면서 난 희자에게 물었다.

"오늘 왔다."

"벼엉신."

"니가 병신."

"이걸 칵 그냥."

그때 회초리로 흑판을 딱딱 치며 채순미가 말했다.

"자, 두 번째 시간입니다아."

그리고 곧장 그 쑥스럽고 수치스러운 수업은 시작되었다. 채순미가 선창을 하면 아이들은 똑같이 뒤따라 소리질렀다.

─시냇가에 엄마소가 있습니다.

─시냇가에 엄마소가 있습니다아.

내가 희자에게 물었다.

"너 여기 왜 왔어?"

"왜 왔어?"

"이 병신아, 난 공부하러 왔다."

"이 병신아, 난 공부하러 왔다."

─시냇가에 송아지가 있습니다.

─시냇가에 송아지가 있습니다아.

내가 다시 말했다.

"이 병신아, 내 하는 대로 왜 따라만 하니?"

"이 병신아, 내 하는 대로 왜 따라만 하니?"

─송아지가 음매 하고 울었습니다.

—송아지가 음매 하고 울었습니다아.

"이년아, 너 죽고 싶어?"

"이년아, 너 죽고 싶어?"

희자가 그렇게 대답하고 턱을 앞으로 쑥 내밀었다.

—엄마소도 음매 하고 울었습니다.

—엄마소도 음매 하고 울었습니다아.

그때, 희자가 큰 소리로 울기 시작했다. 수업은 중단되었고 채순미는 곧장 우리들의 자리로 다가왔다.

"네가 때렸니?"

그녀는 서슴없이 나를 지적하며 물었다.

"네."

"왜 그랬지?"

"이 병신이, 내 말하는 대로 따라하잖아요."

"뭐라고 말했는데?"

"엄마소도 음매 하고 울었습니다아 했죠."

"희자 그러면 못써, 선생님을 따라 해야지 무도를 따라 하면 안 돼요."

채순미는 제자리로 돌아갔고, 수업은 다시 시작되었다. 그녀의 시선이 줄곧 우리들 자리에 꽂혀 있다시피 했으므로 난 희자를 더 이상 괴롭혀줄 틈이 나지 않았다.

똑같은 내용의 이야기는 선창과 복창으로 지루하게 계속되었다. 그러므로 나는 할 일이 없어지고 말았다. 그냥 입을 열었다 닫았다 하면서 소리를 내는 척하고 있을 뿐이었다.

치근거리던 희자는 이제 딸꾹질이 시작되었다. 계집앤 딸꾹질 때문엔지는 몰라도 복창을 하지 않고 있었다. 이런 병신을 앉혀놓고 글을 가르치겠다고 소리소리 질러쌓는 채순미라는 여자가 나는 바보스러워 보이기 시작했다.

　그뿐이 아니었다. 그녀가 목청을 돋우어가며 가르치고 있다는 내용이 또한 병신스럽기 짝이 없는 것이었다.

　——시냇가에 엄마소가 있습니다.

　——시냇가에 송아지가 있습니다.

　——송아지가 음매 하고 울었습니다.

　——엄마소도 음매 하고 울었습니다.

　——하늘에는 흰 구름이 떠갑니다.

　——시냇물은 강으로 흘러갑니다.

　그런 치욕을 당해 보기는 처음이었다. 암소가 마룻바닥에 나자 빠져서 놀 리가 만무하고 암소가 울면 송아지는 으레 따라 울게 마련이었다. 시냇물이 하늘로 떠갈 리 만무하였고, 흰 구름이 시냇물처럼 강으로 흘러가기를 난 기원하지도 않았다.

　그들은 우리들이 소리질러 확인하지 않았어도 아침에 눈을 뜨고 들길로 나가보면 송아지는 시냇가의 풀잎사귀를 뜯고 있었으며, 흰 구름은 하늘을 누비고 시냇물은 예사처럼 흘러가고 있었다. 이런 것을, 너무나 당연한 것을 확인받기 위해 어머니는 내게 새 옷을 사 입혀야 했다는 것이 또한 수치스러웠다.

　그들이 바보가 아니라면 귀신에 홀린 것이 분명해 보였다. 그런 지식 속에는 전연 새로운 것이 없었다. 정말 궁금한 것이 있다면 어머니보다 훨씬 젊어 보이는 채순미에 관한 것들이었다.

　——시냇물은 강으로 흘러갑니다.

　——시냇물은 강으로 흘러갑니다아.

　그때, 나는 자리에서 벌떡 일어났다. 그리고 앞에 선 그녀에게로 다가갔다.

　"박무도 왜 그러지?"

그녀가 다시 물었다.

"오줌 마려워?"

"아뇨."

"그럼."

"궁금한 게 있어요."

"옳아, 질문이 있다는 거군. 그렇다면 다시 자리로 돌아가서 손을 들어요."

나는 다시 희자의 옆자리로 돌아가서 앉았다.

"자 이제 손을 들어요."

나는 손을 들었다. 그녀가 회초리 한끝으로 나를 곧바로 가리키면서, "물어봐요 뭐가 궁금하죠?" 하고 물었다. 자리에서 일어나면서 나는 재빨리 말했다.

"선생님은 보지가 몇 개죠?"

그녀는 한쪽 귀에다 손을 모아잡고 상체를 앞으로 기울였다.

"선생님은 여자니깐 보지가 몇 개냐니깐요?"

그때 옆자리에 앉았던 희자가 벌떡 몸을 일으켜 곧장 나를 가리키면서 대답했다.

"박무도 자지는 세 개."

자랑스러운 희자는 고개를 외로 꼬아 보이며 다시 자리에 앉았다.

나는 그때, 싸움질을 하지 않고 붉어지는 어른의 얼굴을 처음으로 보았다. 그리고 도둑질을 하지 않고도 수치를 겪고 있는 어른의 얼굴을 처음으로 보았다.

채순미는 그런 얼굴로 잠시 나를 뚫어져라 바라보았다. 그리고 조용히 손에 들었던 회초리를 책상 위에 놓았다. 그녀의 오른손에 하얀 분필가루가 묻어 있었다. 그 손이 떨리고 있는 것을 나는 보았다. 분필가루가 하얗게 내려앉은 한 손으로 이마를 짚으면서 그녀

는 교실을 나갔다. 그녀의 양어깨가 한순간 목덜미 쪽으로 모아지
더니, 드디어 흐트러지기 시작했다. 그녀는 긴 복도 저편에 있는 교
무실 쪽으로 달려가기 시작했다.

"야 인마."

한 아이가 내 책상 앞에 와서 버티고 서 있는 것을 알았다. 고개
를 들어 녀석을 바라보았지만 전연 낯선 얼굴이었다.

얼굴이 희고 건강해 보였다. 녀석은 나보다는 힘이 세 보였고 더
군다나 철이 들었다는 표정을 짓고 있다는 것에 일단은 질렸다. 녀
석이 말했다.

"그런 질문이 어디 있어?"

"왜?"

"그런 바보 같은 질문이 어디 있어 인마?"

"그럼 뭐라고 물어야 돼?"

"이 자식 형편없는 바보구나."

"난 바보가 아냐."

"이 자식 봐, 바보가 아니라구? 선생님은 보지가 하나뿐이란 말
야. 그것도 몰라서 창피하게 물어?"

"너가 어떻게 알어?"

"내가 보진 않았지만, 다들 그렇단 말야."

어떤 확실한 맥락을 잡을 수는 없었지만, 난 지금 어떤 위기에 놓
여 있다는 것을 눈치챘다. 내게 와서 따지고 있는 이 낯선 녀석의
건강한 어깨와 그리고 내 항변에도 불구하고 흐트러지지 않는 표정
따위는 내 앙칼진 한 주먹 따위론 쉽게 결판나지 않을 것 같은 일말
의 불안이 내 가슴을 휘젓고 지나갔다.

난 녀석을 똑바로 쳐다보았다. 그러자 녀석은 한 발쯤 뒤로 물러
나더니 주먹 쥔 두 손을 허공에다 곤두박아 세웠다.

"너 덤빌 테야?"

녀석의 관자놀이가 부르르 떨리고 이마의 핏줄이 불끈 솟았다. 그러나 나는 내처 자리에 앉아 있었다. 나는 이 새로운 상대에게 금방 뛰어듦으로서 범하게 될지도 모를 실수와 창피를 순간적으로나마 가늠질해 보았다.

"난 덤비지 않을 거야."

그리고 시선을 내리깔았다.

"다음부턴 그런 바보 같은 질문은 하지 말어."

그렇다고 해서 내가 녀석과의 대결을 포기한 건 아니었다. 예상할 수 없었던 커다란 적이 내 앞에 불쑥 나타나긴 했어도 쉽게 굴복하려 했던 놈이라고 생각했다면 그건 녀석의 오산이었다. 내가 만일 녀석에게 굴복한다면 난 이제 완전히 외톨이가 될 것이었다. 지금까지 내게 억눌려 지내던 수많은 애송이들이 내게 새로운 도전을 해올 것이었다. 그 많은 도전을 치르는 것보다는 녀석 하나를 굴복시키는 일이 어렵고 험한 길이라 할지라도 그것이 내가 택할 길임을 나는 깨달았다. 그 기회는 그리고 생각하던 것보다는 빨리 다가왔다.

교무실로 달려갔던 채순미는 좀처럼 다시 나타날 조짐이 보이지 않았다. 아이들이 교무실 쪽으로 고개를 내밀고 소리를 지르고 떠들어보았으나, 그녀는 물론 다른 반의 선생들도 모른 척하고 있었다. 그래서 흐지부지 수업은 끝나고 말았다.

교무실까지 쫓아갔던 한 아이가 집으로 돌아가도 좋다는 채순미의 전갈을 받아왔기 때문이었다. 그러나 그 전에 벌써 내 옆에 앉았던 희자는 보이지 않았다.

수업이 끝나고 집으로 돌아갈 때쯤에서 나는 옆으로 모여든 몇몇 아이들에게 불쑥 말했다.

"난 팔씨름은 자신있어."

한 아이가 대답했다.

"달리기라면 나두 자신있어."

내가 다시 말했다.

"난 이십까지는 눈 감고도 욀 수 있어."

한 아이가 대답했다.

"난 한자로 내 이름을 쓸 줄 안다."

"난 희자와 쌈해두 이긴다."

"희자는 바보니깐."

"난 아무리 높은 나무라도 오를 수 있어."

"난 물속에서 오래도록 있을 수 있어."

"난 물속 바닥을 헤엄칠 수 있어."

"우리 형은 한번 물속에 들어가면 한숨 자구 나와."

무엇으로 이 애송이들을 굴복시킬 수 있는 것일까. 어떻게 하면 내 위력이 그들을 놀라게 해서 그 낯선 녀석의 귀에까지 들어가고 그래서 녀석을 의기소침하게 만들 수 있는 것일까. 그러나 우선 이 애송이 녀석들조차도 그 당장 굴복시키지 못하고 있었다. 나는 비로소 생각난 듯 말했다.

"난 수수께끼를 알고 있어."

네댓의 아이들이 물었다.

"뭔데?"

"벙어리가 밥을 달라고 할 땐 뭐라고 하겠니?"

"벙어리니까 손으로 밥을 달란 시늉만 할 거야."

"그럼 장님이 밥을 달라고 할 땐?"

아이들이 대답 없이 나를 쳐다보았다.

"모르겠지?"

　"알아."
라고 한 아이가 그때 말했다.
　"장님은 말을 할 수 있으니까 밥을 달라고 말하겠지."
　나는 그 녀석을 콱 쥐어박고 싶었으나 꾹 눌러 참았다. 그런 것
이 아이들을 굴복시키는 방법으로선 비겁한 짓이라는 걸 알고 있었
기 때문이었다. 그리고 또한 그런 행동이야말로 내 주변에 모여 있
던 아이들을 그 녀석에게로 자연스럽게 빼앗기는 결과를 낳을지도
모른다는 생각도 희미하게 들었다.
　비로소 나는 내 자신이 매우 급박한 사태에 놓여 있다는 것을
알았다. 나는 최후의 비수를 뽑듯 비장한 각오로 한마디 내뱉어 버
렸다.
　"난 양조장에서 술밥을 훔칠 수 있어."
　아이들이 갑자기 발길을 멈추고 서서 나를 바라보았다. 나는 못
을 박듯 분명하게 한마디 더 던졌다.
　"너희들이 다 먹을 수 있도록 말야."
　한 아이가 땅에 침을 탁 뱉더니 내게 말했다.
　"못해."
　"왜 못해?"
　"넌 맞아죽을 거야."
　"안 맞아죽어."
　"넌 그 사람을 이길 수 없어."
　"난 도망치는 덴 명수야."
　내 목소리는 불안으로 떨리고 있었다. 아이들도 그것을 금세 눈
치 채고 대개는 절망과 동정이 담긴 시선을 내게 보내고 있었다. 그
러나 난 더 이상 그들에게서 물러설 순 없었다. 교실에서 그 녀석으
로부터 당한 치욕의 상처를 치유받고 싶다는 그 욕구가 나를 용서

하지 못하고 있었다.

"난 지금 당장 그것을 해낼 수 있어."

전연 자신이 없었는데도 그 말을 거침없이 뱉어버리고 말았다.

술도가(釀造場)에서는 매일 술밥을 짓고 있었다.

동네의 악다구니들이 언제나 술밥을 건조시키는 술도가 근방에서 서성이곤 하였다.

그러나 그곳엔 항상 사람이 지키고 앉아 있었다.

나는 그 사람의 이름도 알고 있었다. 박술(朴述)이라고 부르는 그 사람은 술밥이 널려 있는 마당 한쪽 멍석가에 술통을 거꾸로 깔고 앉아 화투패를 떼고 있거나, 땅 위에다 금을 그어놓고 혼자서 고누를 두기도 했다.

관자놀이가 툭 불거져나온 그 사내는 좀처럼 말이 없었지만 화가 한번 났다 하면 낫으로 남의 어깻살을 푹 찍어낼 수 있을 만큼 간담이 있고 일을 벌인 뒤에 올 잡다한 골칫거리를 먼저 생각하는 버릇이 없었다.

술밥이 널려 있는 멍석가로 간혹 닭들이 와서 치근덕거리면 한두 번은 옆에 있는 지게받이 작대기로 쫓아냈지만 종내 기어들면 그 작대기로 닭을 잡아먹어 버렸다. 그리고 순순히 닭값을 주인에게 물어주면서 말했다.

"반값만 받으슈."

닭 주인은 아무 말 없이 눈에 불이 철철 흐르는 듯한 박술의 비위를 건드리지 않으려고 오리걸음으로 물러가곤 했다.

그 사내는 여름 내내 베잠방이만을 입고 지냈는데 그가 걸어가는 것을 멀리서 바라보면, 그 베삼방이 속으로 늦은가을 서리맞은 수세미같이 거무튀튀한 자지가 사타구니 사이에서 덜렁거리는 것이 보였다.

그 사내는 비가 와서 궂은 날이나 술도가에 일이 없을 땐 항상 마을의 맨 끝에 있는 대장간으로 찾아가서 소일한다는 것을 나는 알고 있었다.

그는 아마 대장간의 주인과 동향(同鄕)인 모양이었다. 대장간의 주인은 매우 늙었으므로 매질이 서투르고 힘겨워 보였다. 그 일을 박술이란 사내가 때때로 가서 헌신적으로 거들어주곤 하였다. 그는 이 마을에서 어느 누구보다도 힘센 팔뚝을 가지고 있었다. 그는 어느 곳에선가 사람을 반쯤 죽여놓았던 일로 삼 년 간이나 형무소 생활을 했다는 경력을 갖고 있었다.

그 사내는 끼니때가 되면 다른 사람들처럼 밥은 먹지 않고 탁배기를 마셨다. 불거져나온 관자놀이 부근에다 항상 얼마만큼의 불안한 취기를 이겨 발라가지고 술도가 앞을 지나가는 젊은 여자들을 뚫어져라 바라보는 괴상한 습성이 있었다.

흰 테가 없이 두루뭉술한 시커먼 고무신을 맨발로 신고 다녔는데, 그 고무신에서는 항상 땀이 밀리는 소리가 삐걱거리고 들려왔다.

마을에서 그를 상대하여 농을 지껄일 수 있는 유일한 사람이 희자네 집 옆에 있는 이발소의 안 주사였다. 그는 안 주사에게서 언제부터인가 공짜머리를 깎고 있었다. 삼팔식 머리라고 해서 가리마를 중심으로 하여 한쪽은 민머리가 드러나도록 박박 깎았지만 나머지 가리마 저쪽 부분은 머리숱을 조금 길게 살려서 깎았다. 그 대신 이발소의 안 주사는 술도가로 찾아가서 박술에게 공짜 술을 얻어먹는다는 걸 나는 알고 있었다. 그러나 그가 마을 끝에 있는 대장간에 일을 거들어주러 가는 날엔 대체로 술을 마시지 않고 갔다.

그 대장간의 노인이 언제 이렇게 물었다.

"자네 한잔하지, 출출한데."

"별말씀을, 지가 언제 술을 마실 줄 아나요."

노인은 그냥 빙긋이 웃고 대답이 없었더랬다. 그러나 그러한 모든 것을 나는 알고 있었지만 그것보다 모든 마을 사람들이 모르고 있는 것을 나는 단 한 가지 그 사내에 대해서 알고 있는 것이 있었다.

나는 벌써 두 번인가 그 현장을 목격한 바가 있었기 때문이었다. 그 두 번째의 현장을 목격한 것은 보름 전쯤이었다.

아랫배가 터질 것 같은 요기(尿氣)를 느끼고 캄캄한 밤중에 잠이 깬 나는 으레 그러했듯이 윗목에 있는 요강을 찾아 기어가기 시작했고, 그리고 요강을 찾아내선 시원하게 배설을 마치고 다시 자리에 누웠다.

그때, 옆자리에 자던 어머니가 없어졌다는 것을 깨달았다. 나는 으스스 떨며 일어나서 방문을 열고 툇마루로 나섰다. 그때, 윗방에서 사람의 말소리가 들려오기 시작했다.

"한 번 더."

하고 여자가 앙탈하듯 말했다.

"밤새울 거여?"

무딘 남자의 목소리가 느릿느릿 대답했다.

"사람 환장만 시켜놓구선."

"중놈이 고기맛을 알면 승방의 빈대를 남기지 않는다더니 원."

"고기맛 보인 건 누군데."

"그야 무도 애비겠지."

"세상버린 사람 들춤 뭘 해."

"나 내일 매질 거들러 가야 하니깐 너무 보채지 말어."

"그러니까 딱 한 번만 더하잔 말여."

"내가 이런 색골 물귀신을 만나서 원……."

여자의 목소리가 어머니란 걸 알고 있었지만 그 사내가 바로 박술이었음을 안 건 한 차례의 숨가쁜 소리가 지루하게 끝나고 신발을 툇마루 아래로 툭 던지는 소리를 듣고, 그리고 신발을 삐걱거리며 마당 저편으로 걸어나가는 사내의 뒷모습을 보고서였다.

그는 툇마루 한끝에 오도마니 앉아 있었던 나를 눈치채지 못한 채 곧바로 길을 가로질러서 양조장 쪽으로 사라지던 것이었다.

멀리 비봉산 산자락에서 희미하게 뻐꾸기가 울고 있었다.

사내가 양조장 쪽으로 사라지고 난 뒤 윗방에서 어머니가 나왔다.

그도 역시 나를 발견하지 못하고 툇마루를 내려서 곧장 우물가로 걸어갔다. 그리고 한밤중에 귀신처럼 물을 퍼올려선 조심스럽게 물소리를 내가며 엉덩이께를 열심히 씻었다.

그때, 어머니는 툇마루에 앉아 있는 나를 발견한 모양이었다.

우물가에서 일어난 어머니가 뜰을 가로질러 걸어오다가 나를 발견하고 소스라쳐 놀랐다.

"무도냐?"

나는 대답하지 않았다. 이상하게도 나는 비봉산에서 울어쌓는 뻐꾸기 소리처럼 외롭고 쓸쓸하고 그리고 개똥 같다는 기분이 들었다.

한참 동안이나 어두운 뜰 한가운데 서서 나를 바라보던 어머니가 와락 내게로 달려와선 내 몸 전부를 안았다.

"내가 죽일 년이다."

어머니는 울었다. 굉장히 많이 울어서 어머니는 딸꾹질을 했다. 난 그처럼 많은 울음을 쏟아놓는 어머니를 그때까지 보지 못했다.

그때, 자꾸만 흥건히 눈물이 괴어나오는 내 눈언저리를 두 손등으로 번갈아 닦아주면서 어머니가 말했던 것이다.

"입학식 날엔 하이카라 옷을 한 벌 사주마. 선생님 말씀 잘 듣고 훌륭한 사람 되어서 너만은 이 에미처럼 더러운 꼴이 되지는 말어라."

그 새벽이 하얗게 새기까지 어머니는 내 앙가슴에 손을 밀어넣고 한없이 쓰다듬고 쓰다듬었다. 지금까지 그녀로부터 받아볼 수 없었던 애정의 응어리가 그 손바닥에서부터 떡고물처럼 뚝뚝 묻어나고 있다는 것을 느낄 수 있었다.

장터 쪽으로 난 지게문에 희미한 여명이 와서 기대고, 산자락에서 들려오던 뻐꾸기 울음이 그쳤을 때, 나는 다시 깜빡했던 새벽잠에서 깨어났다.

그때 부엌에서 삭정이가 뚝뚝 부러지는 소리가 들려왔고 아궁이의 불길이 구들짝 속으로 휘몰리는 소리도 들려왔다. 부엌과 뜰을 드나드는 어머니의 치맛자락이 문설주를 스쳐가는 소리와 항아리에서 일렁이는 헹굼물 소리조차도 놓쳐지지 않고 들려왔다.

어머니가 부엌에 있다는 사실 하나가 그처럼 가슴 뿌듯할 수가 없었다. 아침마다 찌뿌드드하게 잠이 깨면, 일상(日常)으로 내 귓바퀴를 맴돌아서 오히려 선잠이 깬 기분을 잡쳐주곤 하던 그 소리가 겨울 냇가에서 얼음이 익어가는 소리처럼 신선하고 귀에 달았다. 내게 어머니란 사람이 존재하고 있다는 사실이 전연 놀라운 사실로 받아들여졌다. 그 놀라움은 다행하다는 감정과 은연중 맞잡혀 있었다.

내가 애송이들에게 술밥을 훔칠 수 있다고 장담으로 버틴 것은 그러한 사건이 배면(背面)에 깔려 있었으므로 가능했다.

우리는 드디어 술도가가 왼편으로 바라보이는 좁은 길 어귀에 닿아 있었다. 나는 일단 뒤따라오던 여섯 명의 아이들에게 돼지우리가 있는 담벼락 뒤에 붙어 있으라고 손짓으로 지시했다. 공포와 기대로 얼굴들이 하얗게 질린 아이들이 벌레처럼 돼지우리 뒤에 숨기를 기다려 나는 고양이걸음을 하고 술도가의 앞마당 쪽으로 다가갔다. 그리고 나는 하마터면 소리를 질러버릴 만큼 놀라버린 것이었다.

술밥이 말려지고 있는 멍석들 한쪽에서 희자란 년을 발견했기 때문이었다.

뜰에는 여섯 개의 멍석들이 서로 잇대어져서 널려 있었고 그 위에선 하얀 술밥들이 두껍게 깔려서 햇볕 아래 알알이 빛나고 있었다.

물론 나는 그곳에서 술밥을 지키고 앉아 있는 사내를 발견했다. 술통을 거꾸로 깔고 있는 사내는 술밥을 열심히 먹어대고 있는 희자를 무방비의 상태로 앉아 지켜보고 있었다. 그것은 놀라운 사실이었다.

그 사내는 술밥을 먹고 있는 희자를 용서하고 있었던 게 아니라 그것을 허용하고 있었기 때문이었다. 이 마을에 있는 어느 누구도 심지어 그와 친한 이발소의 안 주사까지도 그 사내가 바라보고 있는 앞에선 한 주먹의 술밥도 먹을 수 없다는 것을 우리 모두는 알고 있었다.

그 놀라운 광경을 담벼락에 붙어서서 바라보고 있는 나를 발견한 것은 그 사내가 아니고 희자가 먼저였다. 큰 밥덩이를 바야흐로 입으로 넣기 위해서 얼굴을 먼발치로 쳐들며 눈을 크게 뜨려는 찰나, 술도가 담벼락 한컨에 골통을 삐죽 내밀고 서 있는 나를 희자는 발견한 모양이었다.

4

나를 발견한 계집애는 입안엣것을 우선 황급히 삼키고는 혓바닥을 쑥 빼내물어 보였다. 그 순간 나는 계집애에게 살점이 부르르 떨리는 듯한 적의(敵意)를 느꼈다.

희자가 헛바닥을 쑥 빼물어 보인 데 대한 앙심으로서가 아니라, 내가 가고 싶던 곳에 그 병신은 언제나 먼저 와서 육갑을 떨고 있었기 때문이었다. 그것이 용감한 나를 모질게도 수치스럽게 만들었다.

나로선 명절때도 얻어먹기 힘들던 약밥 같은 걸 그 병신은 심심찮게 먹고 다녔고, 내가 신고 싶은 운동화를 그 병신은 바른쪽 왼쪽을 엇바꾸어 신고 다녔다. 그뿐이 아니었다. 내 아버지는 캭 뒈지고 없었지만 계집애의 아버지는 마을의 의용(義勇) 소방대장이었다. 게다가 그 사람은 내가 이 마을에서 가장 부러워하고 있는 사람 중의 하나였다. 마을의 서쪽 끝에 있는 잎담배 적재창고에서 불이 났을 때였다.

어디선가 사이렌 소리가 지악스럽게 불어대기 시작하자, 놀란 마을 사람들이 봇물처럼 길바닥으로 쏟아져나왔다.

"담배 창고에 불이 났다아."

면사무소의 잡역부였던 곰배팔이 최동칠이 눈깔을 하얗게 까뒤집고 소방대창고로 뛰어들자, 담배창고에서 시꺼먼 연기가 불쑥 치솟았다.

소방대엔 두 사람이 마주서서 지랄하듯 펌프질을 해야 호스 구멍에서 겨우 물이 올라오는 수동식 급수기 한 대가 있었다. 온통 붉은색인 그 급수기 몸통 한켠에는 '火の用心'이란 일본말이 흰 페인트로 씌어 있었고, 두 개의 찌그러터진 나무바퀴가 몸통 양쪽에 천연덕스럽게 매달려서 급수기가 굴러가지 않으면 안 된다는 극명절대(克明絶對)의 역할을 담당하고 있었다.

그 알량한 급수기를 창고에서 꺼낸 건 곰배팔이 최동칠이었다. 그러자 어디선가 희자네 아버지가 나타났다. 몇 사람들에 의해서 그 급수기가 금방 빠그라져 내려앉을 듯이 호들갑을 떨며 길바닥을 내닫자, 담배창고엔 벌써 검붉은 불기둥이 하늘을 들쑤셨다.

그 무지막지한 화재가 알량한 급수기에서 나오는 물로써는 비유컨대 고목에 깔딱낫이었다. 흡사 겁먹은 암소 엉덩이에서 오줌줄기 질금거리듯 나오다 말다 하는 호스의 물로써는 그 화재와 대적할 순 없었다.

그러나 그 호스를 메고 불길을 잡는 역할을 하는 사람이 희자네 아버지였다. 화재현장으로 달려온 그 많은 사람들 중에서도 불길과 가장 가까이 접근할 수 있는 사람이 소방대장이었고, 그에게만 시원하게 분무되는 소방호스의 방향조절을 할 수 있는 특권이 주어져 있었다.

그것이 내가 하고 싶은 일이었다. 그런데도 그 일을 병신 같은 희자를 낳게 한 장본인인 그 아버지가 하고 있다는 것이 도대체 분수에 맞지 않아 보였다. 그러나 어느 한 사람도 그 모순에 불평을 늘어놓지 않았다. 그러므로 저렇게 용감한 사람이 어떻게 해서 저런 병신 같은 계집애를 낳게 했을까 하는 의구심이 나를 더욱 괴롭혔다.

노루는 반드시 노루새끼를 낳으며 돼지는 돼지새끼를 낳고, 계란에선 닭이 나오고, 미나리밭에선 미나리가 자라고, 밤나무에선 밤이 열리는데도 용감한 소방대장이 희자를 낳는다는 건 참으로 환장하게 모를 일이었다.

그런 희자가 언제나 내가 가고 싶었던 곳에 먼저 와 있다는 게 신기하고 개똥 같았다.

혓바닥을 불쑥 내밀어 보이던 희자가 그때, 손으로 박술의 한쪽 발을 툭 건드렸다. 그러곤 한 손으로 양조장 담벼락에 붙어선 나를 가리켰다.

사내는 내게 일별을 보내면서 앉았던 술통 위에서 벌떡 일어섰다.

"이 자식, 너 거기서 뭘 해?"

그때 나는 벌써 일이 틀려버렸다는 걸 눈치챘다. 사내는 분명히 내 얼굴을 보았을 터이고 그리고 내가 누구의 자식이란 것도 동시에 확인했을 터였다. 그런데도 사내의 입에서 터져 나온 '이 자식 너 거기서 뭘 해.' 라는 식의 돼먹잖은 쌍소리는 사내의 어머니와의 관계에서 우러나옴직한 자각의 연상작용과는 거리가 먼 행동이란 걸 깨달았기 때문이었다. 그렇다 해도 금방 포기해 버릴 수도 없는 노릇이었다. 돼지우리 뒤에는 내가 거두어갈 전과(戰果)를 학수고대하고 있는 악다구니들이 기다리고 있을 뿐만 아니라 사내의 돼먹잖은 쌍소리쯤으론 금방 주눅이 들 나 또한 아니었기 때문이었다.

한편으로는 그 사내가 미처 내 얼굴을 확인하지 못한 채 무작정 내뱉은 위협이었을지도 모른다는 희미한 기대도 있었다. 나는 용기를 내어서 숨어섰던 담벼락 밖으로 한 발을 불쑥 내밀었다.

나를 노출시킴으로써 '내가 나' 라는 것을 확연하게 인식시켜 볼 심산이었다. 내가 획책하는 바가 곧바로 전달되어서 사내가 스스로 눈길을 아래로 내리깔기를 기대했다. 그러나 그 묵인에의 기대는 금방 쌍소리로 뒤바뀌어 들려왔다.

"너 이 새끼, 또 술밥 훔치러 왔지?"

내가 도저히 가늠해 내기 어려운 것은 어른들이 갖고 있는 짐작이란 것에 대한 확신감이란 것이었다. 그들은 내가 막연하게 목표를 설정하거나 속으로 희미하게 인식하고 있는 일들을 극명하게 구체화시켜서 족집게로 뽑아내듯 내 행동의 끝장을 예견하고 마는 기절하고 자빠져도 시원찮을 신통한 재주를 갖고 있다는 것이었다.

그것이 나를 오기 상하게 만들었다. 그 모욕적인 말버릇이야말로 나 같은 아이들을 심란하게 만들었고 버릇없게 만들기 안성맞춤이었다.

나는 우선 달아날 틈을 엿보며 그러나 분명한 어조로 사내를 향해 소리 질렀다.

"뺑코 까지 말어."

"뭣이?"

사내가 저만치서 귀를 모았다.

"뺑코 까지 말란 말야."

"저 자식 봐라? 뺑코가 뭐야?"

"술통에 빠져버려."

그리고 나는 뒤돌아 뛰었다. 돼지우리 뒤쪽에 숨어서 나를 지켜보던 악다구니들이 내가 뛰기 시작하자 저들도 냅다 뛰기 시작했다.

우리는 목이 메스껍도록 뛰어서 학교의 서편 탱자나무 울타리까지 갔다. 사내는 우리를 뒤따라오지는 않았다. 가쁜 숨을 할딱거리던 아이들이 드디어 나를 심판하기 시작했다.

"야, 무도야. 너 거기서 뭘 했니?"

"그 자식하고 싸웠지."

"말이 되니?"

"말이 되니까 말을 하지?"

"넌 못해."

"뭘 못해?"

"넌 술밥을 못 가져왔잖아."

"누가 가져왔다고 했어?"

"약속했잖아?"

"약속했지, 그렇지만 술밥보다 더 기뚱찬 게 너들 있다면 어떡할래?"

"술밥보다 기뚱찬 게 어디 있니?"

이 아이들을 오늘 해가 져버리기 전에 실망시킬 수는 없었다. 내가 저희들보다는 뭔가 다르다는 것을 보여주고 싶었다. 그들은 생

각할 수 없는 희한하고 유별난 것을 내가 알고 있다는 것을 보여줘
야 했다.

구차스러운 변명만을 늘어놓는다는 것이 얼마나 곤욕스러운 일
이며 비열한 태도인가를 나는 알고 있었다. 그러나 아이들은 간단
없이 질문을 던지며 내가 형편없는 졸장부란 것을 확인받고자 했다.

"싸웠다는 건 말도 안 돼."

"아냐, 정말 술통에 처박혀 버리라고 했다구."

"그런다고 그 사람이 술통으로 빠져죽겠느냐구?"

"언젠가는 술통에 빠질 거야."

"왜?"

"원숭이는 나무에서 떨어져죽는다구. 그러니까 그 자식도 술통
에 빠지지 않으면 죽기가 어렵지."

"그건 억지야."

"어째서 억지란 거니?"

"그 사람은 술통보다 키가 크니깐."

나는 더 이상 아이들을 설득시킬 재간이 없었다. 그 사내의 키가
양조장에 있는 술통보다 크다는 것을 미처 생각 못한 건 크나큰 실
수였다.

사내가 키가 술통보다 크다는 한 녀석의 말대답이 아이들을 흩
어지게 만드는 결정적인 단서가 된 모양이었다. 한 녀석이 용기를
내서 떠나버리자 내 눈치를 살피던 아이들도 슬슬 흩어져버렸다.
어느새 나는 외톨이가 되었다.

나는 탱자나무 울타리 옆에 오래도록 앉아 있었다. 집으로 돌아
갈 엄두가 나지 않았다. 이젠 철저하게 외톨이가 되어버릴지도 모
른다는 슬픔이 나를 엄습하기 시작했다.

언뜻, 고개를 들어 하늘을 보았다. 내가 혼자일 때는 언제나 하

늘을 처다보고 싶어질 때가 많았다.

노을이 붉게 지고 있었다.

일본 사람들이 남기고 간 목조건물인 교장사택에 노을이 비치고 있었다. 사택에 있는 유리창들이 노을을 받아 주홍빛으로 번쩍거렸다. 그 사택의 대문의 언제나 굳게 닫혀 있었다.

학교 서편 쪽의 탱자울타리가 그 사택의 정문 앞에까지 두 줄로 이어져가다가 끝나 있었다. 사택 뒤쪽에 커다란 도랑이 움푹 패여 있었고 그 뒤엔 높다란 창고건물 한 채가 시야를 가로막고 서 있었다.

일본인 교장 식구들이 그곳에서 일본말을 지껄이며 조용히 살았다. 어느 날 그들은 떠나버리고 말았다. 그들이 사택을 버리고 떠나던 날 학교의 급사영감이 목젖이 붓도록 울었다는 이야길 들었다.

손가방 하나만을 달랑 챙겨들고 교장 식구들이 사택을 떠난 지 한 시간도 못 되어 곰배팔이 최동칠이 어금니를 바드득 사리물며 사택의 대문을 들어섰다. 그의 나머지 한 손에는 다듬이방망이가 들려 있었다.

울어쌓던 급사영감이 벌떡 일어나서 곰배팔이를 붙잡고 늘어졌다.

"자네 왜 이러는가?"

"왜 이러는가 몰라서 묻소?"

"왜 이래?"

"이 영감탱이 가만 보니까 일본놈들 패구나?"

"자네 무슨 말 하는가?"

"때려부숴야 돼. 왜 부수면 안 돼?"

"부수다니? 무슨 심사로?"

"내 심사를 몰라서 묻소?"

곰배팔이는 아랑곳않고 벽장문을 열어젖뜨리고는 그 안에 쌓아둔 집기와 가재도구들을 다듬이방망이로 박살을 내기 시작했었다. 힘에 부치어 방구석으로 팽개쳐졌던 급사영감이 일어나며 악을 썼다.

"네 이놈, 양팔이 성한 위인들도 보고만 있는데 네놈 주제에 그 꼴 가관이다."

집기도구를 박살내던 최동칠의 방망이가 쉴 참 두지 않고 방구석에서 마침 일어서고 있던 영감의 어깻죽지에 그대로 쫓아가서 서너 번이나 연거푸 지악스럽게 내려쳐졌다.

"아쿠—."

견골(肩骨)이 움푹 패도록 가쁜 숨을 몰아잡고 영감이 다시 벽을 타고 주저앉자 최동칠은 방망이를 내던지며 소리질렀다.

"이놈아, 내 딸이 조선글을 배우다가 퇴학을 맞았어."

그 이후에는 사택에서 사람의 말소리가 들려오지 않았다. 새로 부임한 교장이 몇 번인가 둘러보고 이곳저곳 수리할 곳을 점검하곤 하였으나 공사가 시작되진 않았다.

유리창엔 먼지가 내려앉기 시작했고 문틀이 삐걱거리기 시작했다. 창호지가 회갈색으로 바래고 대문짝이 어긋난 채로 물려서 삐걱거리게 두었다. 일본인 교장이 기르다가 버리고 간 고양이 한 마리가 담쟁이덩굴 가지가 앙상하게 뻗어간 돌담 위에 웅크리고 앉아 해바라기를 하는 게 간혹 눈에 띄곤 하였다.

나는 탱자나무울타리 아래에서 오래도록 웅크리고 앉아 노을이 와서 먼지 낀 사택건물의 유리창을 비추다가 서서히 사그라져들어가고 다시 저녁 어스름이 밀려와서 그 건물을 감싸안는 모습을 바라보았다. 창고건물 뒤쪽의 넓은 공지 건너쪽에 있는 마을에서 저녁 끼니때가 되어도 집으로 돌아오지 않는 아이를 부르는 여자들의 목소리가 아련히 들려왔다.

문득 어머니가 보고 싶었다. 왜 그 어머니와 친한 사이인 박술이란 사내가 나를 도둑으로 몰아붙이는 데 거침없었던 것인지 이해가 가지 않았다. 어머니와 같이 잤던 사람이면 친할 수밖에 없을 것이었고, 그 친한 어머니의 아들인 내게도 그에 버금가는 호감을 갖고 있었어야 했을 게 내가 생각하는 계산이었다. 그러나 그 사내는 시종일관 내게 '이 자식아'로 시작해서 '훔치러 왔지'로 끝내 주었을 뿐이 아닌가.

그것은 소방대장이 희자 같은 병신을 낳게 된 연유가 무엇인지보다 훨씬 풀기 어려운 수수께끼인 것 같았다.

무엇보다, 사내와의 꼴같잖은 대거리로 인해 아이들을 잃어버렸다는 것이 내게는 치명적인 타격이었다. 이 심각한 상황은 눈치채지 못하면서도 내가 술밥을 훔칠 의도였다는 것만은 용하게 간파해내는 그 사내의 편협스러운 시선에 언젠가는 치명적인 일격을 가해야겠다고 이를 악다물었다.

내가 채순미를 발견한 것은 바로 그때였다.

그녀는 때마침 사택건물에 연이어진 탱자울타리를 따라 걸어가고 있었다. 그녀는 이쪽에 웅크리고 앉아 있는 나를 미처 발견하지 못한 것 같았다.

그랬어야 옳았을 것이, 그 시간에 학교의 울타리 밑에 턱을 괴고 앉아 있을 사람이 있을 리 없었고 있었다면 나처럼 고민이 있는 놈이었을 것이었다. 고민이 있다 하더라도 학교의 울타리까지 가서 궁상을 떨 까닭 또한 없을 것이었다.

나는 무엇보다 채순미가 인적이 끊긴 지 오래인 사택건물을 목표로 하고 걸어가고 있다는 것에 놀랐다.

그녀가 걸어가고 있는 길의 마지막은 사택의 대문 앞에서 끝나 있었고 그 길이 막히는 자리에서 훌쩍 날아서 새가 되지 못하는 이상 대문 안으로 들어서는 길밖에는 채순미가 해야 할 일이 따로 있을 수 없었다.

나는 자리에서 일어나 몸을 울타리 아래로 바싹 붙이면서 그녀를 뒤따라갔다.

날씨는 어두웠지만 그녀가 뒤돌아선다면 나는 금방 발견되고 말 것이었다.

내가 그런 은밀한 행동을 개시한 것은 채순미의 행동거지가 매우 부자연스러워 보였다는 것에 있었다. 물론 인적이 드문 곳이긴 했지만 그녀는 자신이 사택으로 향하고 있다는 사실이 행여나 행인들에게 들킬까봐, 발뒤축에 숨을 죽여가며 울타리 그늘 속으로만 몸을 숨겨 걸어가고 있었기 때문이었다.

어른들은 비밀스러울 때만 그런 걸음걸이를 한다는 걸 나는 알고 있었다. 우리들이 나뭇등걸에 붙은 매미를 잡으려 하거나 풀잎 위에 내려앉은 잠자리를 잡으려고 다가가야 할 때 쓰는 접근방법을 어른들은 무슨 음모를 꾸미려 할 때에만 그따위 걸음걸이를 차용(借用)하고 있었다.

그녀는 이제 길의 막다른 부분에 다다랐다. 그리고 문짝이 엇갈려 삐걱거리는 대문을 두 손으로 가만히 안쪽으로 밀었다. 대문이 열리고 그녀가 사택건물의 마당 안쪽으로 흡사 솜이불에 물이 먹어들듯 은밀하게 기어들었다.

사택 안으로 들어서서 뜰을 왼쪽으로 끼고 돌아 다시 창고건물 쪽으로 돌다보면 거기에 조그만 광이 있었다.

그녀는 그 광의 문을 똑똑 두드렸다. 그리고 문을 살짝 열고 도둑고양이처럼 안으로 기어들어갔다.

나는 몸을 날리다시피 하여 그 광 뒤쪽 판자벽에 가서 가만히 기대섰다.

"언제 왔어요?"

나는 그 목소리가 채순미의 것이란 걸 금방 알아챘다. 그 광 속
엔 공교롭게도 채순미보다 먼저 도착해 숨어 있는 또 한 사람이 있
다는 것에 나는 깜짝 놀랐다. 게다가 그것은 목청이 굵직한 남자였
다. 그 굵은 목청이 대답했다.

"벌써 삼십 분이야."

"어머?"

"괜찮아, 난 옛날부터 기다리는 덴 도통한 사람이니까."

"글쎄 어두워지기 기다리는 데 혼났지 뭐예요."

채순미는 짧게 한숨지었다. 그리고 잠시 지푸라기 같은 것이 서
로 잇대어 부스럭거리는 소리가 들렸다.

"키스해 줘요."

채순미가 말했다.

"그 말 좀 어색하잖어?"

"입맞춰 줘요보단 실감이 더 나요. 서양에서 건너온 풍속이어서
그런지는 몰라도……."

두 사람이 잠시 서로 쿡쿡 웃었다. 그리고 다시 부스럭거리는 소
리가 들려왔다. 어금니를 사리문 채 신음하는 듯한 채순미의 목소
리가 간헐적으로 들려왔다.

나는 몹시 궁금했다.

도대체 저 남자가 누구일까. 채순미와 잠을 자려고 하는 광 속의
남자는 누구일까. 지금까지 내가 이 마을에서 만났던 모든 사람들
을 순식간에 머리에 떠올리곤 그 얼굴들 하나하나에 악센트를 주어
채순미와 잠을 자도 좋을 만한 인물을 골라봤지만 확신이 가는 인
물을 골라낼 수가 없었다.

"이 광이 우리에겐 천국이지?"

그 사내가 제법 가라앉은 목소리로 말했다.

"이 천국을 잃게 돼요 우린."

"무슨 소리지?"

"거기서 손 빼요."

"음? 가만있어."

"다음 주엔 이 집 수리가 시작된대요. 이제야 수리허가가 났대요."

"우린 어떡하지?"

"어떡하긴 어떡해요? 그럼 이런 상태로만 지속할 거예요?"

"또 구박주는군."

"손 빼라니까요, 차가워."

"가만있으면 금방 따뜻해져."

"나 오늘 울었어요."

"왜?"

"차마 입에 담을 용기조차 없지 뭐예요."

"뭔데 그래?"

"말해요?"

"말해 봐."

"저기 이발소 아래 최 뭐라고 하는 과부 있죠?"

"그래 있다더군."

"그 집 맏아들인 박무도란 애가 오늘에사 등교를 했지 뭐예요."

"그래서?"

"근데 그 못된 놈의 자식이 글쎄 시간 중에 느닷없이 손을 들지 않겠어요? 질문이 있다는 거예요."

"엉뚱한 질문을 하더라 이거지? 애들이란 종종 그런다구."

"근데 그게 보통으로 엉뚱한 질문이 아니었단 말예요."

“뭔데?”

“글쎄 그 못된 놈의 자식이 날보구선 아, 창피해, 글쎄 선생님은 그게 몇 개냐는 거예요.”

“그거라니?”

“몰라용.”

“그거?”

“그렇다니까요.”

사내가 잠깐 뜸을 들이고 난 다음 낄낄거리며 웃어대기 시작했다.

“정색을 하고 물었단 말이지?”

“그렇다니까요.”

“아, 통쾌해.”

“뭐라구요?”

“사실은 나도 어릴 적엔 그게 상당히 궁금했거든. 그런데도 용기가 없어서 물어보지 못했지. 뭔가 미지근하고 말야. 결국 그것이 하나뿐이란 걸 알아내는 데는 열여섯 해를 소비해야 되었지만.”

“정말 실망했어요.”

“그 엉뚱한 녀석을 한번 만나고 싶군.”

“듣기 싫어요. 태호 씨도 똑같군요.”

태호란 사내는 다시 낄낄거리고 웃기 시작했다. 채순미가 씹어 뱉듯 말했다.

“못된 놈의 새끼, 다시 한 번 그런 질문 해봐라, 퇴학을 시켜버릴 테니깐.”

“그러지 마, 얼마나 순수해.”

“시끄러요. 나 화났단 말예요.”

“그럼 활 풀어야지.”

다시 두 사람은 말이 없었다. 말이 없었던 반면 광 안에 있는 짚

단이 부스럭거리는 소리가 더욱 명료하게 들려왔고 종내엔 광의 판자벽이 서서히 삐그덕거리기 시작했다. 판자벽이 일정한 간격을 두고 격렬하게 삐그덕거리는 소리를 나는 볼따구니로 선명하게 느낄 수 있었다. 때때로 신음소리가 들려왔다. 나는 그들이 무엇을 하고 있는가를 알 수 있다. 어머니가 그랬듯 그들도 자고 있는 것이었다.

어른들이란 이상했다. 우리들은 서로 좋으면 같이 매미를 잡으러 다니거나 돼지감자를 파내 훔쳐먹거나 메뚜기를 잡아서 나누어 가졌지만 어른들은 좋으면 서로 잤다. 그리고 그들은 그 좋다는 일을 언제나 은밀한 곳을 골라다니면서 저지르고 다녔다. 우리들이 좋은 것은 낮이어야 한다. 왜냐하면 우리는 곯아떨어져 잠을 자야 했기 때문이었다.

얼마나 시간이 흘렀을까. 둘 중 하나가 코를 팽 풀어내는 소리가 들려왔다. 그때, 채순미가 피곤한 목소리로 말했다.

"우리 언제까지 이래야 하죠?"

"참아."

"언젠가는 마을에 소문이 퍼질 것 아녜요?"

"할 수 없지."

"태호 씨 실직이 오래갈까 무서워."

"안심해, 일본 유학까지 한 놈이 면서기를 할 순 없잖아. 서울서 연락이 올 거야. 깝치지 말고 기다려."

"빨리 당당하고 싶어서 그래요."

"이해해."

"안아줘요. 꼭 껴안아줘요."

"추워?"

"추워요."

그랬다. 드디어 나도 추웠다. 채순미같이 덩치 큰 어른이 춥다는

데 밤톨만한 내가 춥지 않다면 그건 거짓말이었다. 드디어 나는 자신도 모르게 오들오들 떨며 거기에 서 있었다는 걸 깨달았다. 나는 밤하늘을 바라보았다.

별빛이 쏟아지듯 밝았다. 은하수가 하늘 한쪽을 비스듬히 가로질러 비봉산 봉우리 위에 걸려 있었다. 발가벗은 갓난아이가 울어대듯 은하수에 담긴 별들이 몸 전체로 울고 있는지도 몰랐다. 별들은 울기 때문에 빛나 보이는지도 몰랐다.

나는 그들을 광 속에 남겨둔 채 사택건물을 걸어나왔다. 양쪽 겨드랑이 속에다 손을 엇바꾸어 끼면서 나는 학교 서편의 탱자나무울타리를 따라 천천히 걸어나왔다.

'그 못된 놈의 자식이 선생님은 그게 몇 개냐는 거예요.' 라고 하던 채순미의 목소리가 내 귀에 쟁쟁하게 되살아났다. 한 번만 그런 질문을 더 하면 퇴학을 시켜버리겠다고 벼르던 말도 떠올랐다.

나는 퇴학이란 말이 무엇을 의미하는 것인지 어렴풋하게나마 기억하고 있었다.

최동칠이 일본인 교장이 남기고 떠난 가재도구를 방망이로 박살을 냈던 것은 자기 딸이 조선글을 배우다가 학교에서 퇴학을 맞았기 때문이라고 했다. 퇴학이란 그런 식으로 학교를 쫓겨나는 걸 의미하는 거다. 그런데 나 역시 조선글을 배우고 있었다. 그렇다면 나도 퇴학을 당할 만반의 준비가 되어 있는 셈이었다. 그런데 채순미가 그걸 가르치고 있었다. 선생이 조선글을 가르치고 있으면서 그걸 배우고 있는 나를 퇴학시킨다고 벼르는 것은 이해할 수 없었다.

'송아지가 음매 하고 웁니다.' 라고 소리친 건 바로 채순미 자신이 아니었던가. 그러나 나는 걱정하지 않아도 좋았다. 난 어쩌면 내 편에서 자진하여 학교를 그만두게 될지도 모르겠기 때문이었다.

'하늘에는 구름이 흘러갑니다.' 라고 좁은 교실에서 떠들고 있기

64

보다는 차라리 정류소로 가서 버스를 타보고 싶었다. 어디서 굴러와서 어디로 달려가고 있는지 모를 그 버스를 타고 멀고먼 구릉 너머의 낯선 곳으로 가보고 싶었다.

그것은 진작부터의 내 꿈이었다. 낯선 사람들이 그 차창 속에서 희미한 웃음을 내게 던져주었듯 나 또한 낯선 사람이 되어 구릉 너머의 동네 아이들에게 희미한 웃음을 던져주며 버스를 타고 어디론가 자꾸만 가고 싶었다.

그 여행이 보장만 된다면 비로소 나는 다시 채순미에게 가지고 있는 보지가 몇 개냐고 물어볼 것이었다. 그녀는 두 번째 질문에선 나를 퇴학시켜 버리겠다고 벼르지 않았던가. 학교라는 존재가 적어도 내게선 굴레의 역할밖에는 아무것도 아니란 것을 나는 하루의 등교에서 알아버린 것이다.

그 첫날의 등교는 내가 치명적인 타격을 입도록 만들지 않았던가. 나를 따르던 많은 아이들이 결정적으로 내게서 돌아서게 만들었고 나보다 힘이 센 아이가 그 방 안에 버티고 있다는 수치를 맛보게 만들지 않았던가.

그리고 골백번도 더 들어본 송아지 울음소리를 천연덕스럽게 가르쳤고, 어머니와 같이 잔 사내가 내가 나인 것을 몰라주고 도둑놈으로 몰아붙임에 거침없었다는 크나큰 배반과 만나게 해주지 않았던가.

종내엔 내 질문에는 일언반구의 대답도 없이 교실을 나가버렸던 선생님이란 여자가 얼토당토않은 광 속의 남자에게 뭔가 일러바친다는 투로 나를 매도함으로써 내 염통을 건드리지 않았던가.

더욱이 그 태호란 사내는 내가 알 수도 없는 미지의 인물이 아니었던가. 그 개자식은 나와는 아무런 상관도 없는 인물이 아닌가. 학교란 그런 식으로 나를 뒤숭숭하게 만들었고 수치와 배반만을 내게 잔뜩 짊어지우는 개떡 같은 곳이었다는 걸 알아버린 것이었다.

그러나 나는 또 한 가지 그 태호란 사내가 누구인가를 알아내는 데는 성공한 셈이었다.

등교시간이 되어도 미적거리고 있는 내게 매질을 하게 된 어머니의 성화 때문에 할 수 없이 학교로 가는 길목의 희자네 집 대문 앞까지 걸어나갔다. 그때 얼굴이 몹시 창백한 한 사내가 대문간에서 두 팔을 크게 벌리고 아침공기를 마시며 서 있는 게 보였다. 전연 낯선 얼굴이었다.

그때, 이발소의 창문이 드르륵 열리면서 안 주사가 창밖으로 그 특유의 문어대가리를 쑥 내밀었다.

"태호 씨 안녕하십니까?"

"아, 일찍 나오셨군요."

사내는 안 주사에게 씽긋 웃어보였다. 구레나룻에 푸릇푸릇한 면도자국이 있는 사내의 얼굴이 그토록 창백할 수가 없었고 웃을 땐 희디흰 치아가 가지런히 내다보였다.

키가 큰 그 사내는 얇은 티셔츠를 가볍게 걸치고 있었는데 이런 시골에서는 좀처럼 볼 수 없었던 고급스러운 옷차림을 하고 있었고 어딘지 모르게 차가운 귀티가 온몸에 흐르고 있었다.

"날씨가 좋습니다."

안 주사가 비봉산 구릉에 핀 아침하늘을 올려다보면서 제법 유식을 떨자, 사내가 대답했다.

"오랜만에 마셔보는 시골공깁니다."

"고향공기란 언제 마셔도 훈훈하지요."

"옳은 말씀입니다."

나는 그 사내의 이름이 태호가 아니었다 했어도 어젯밤의 광 속에서 들었던 목소리의 장본인이란 것쯤은 금방 깨달을 수가 있었다.

사내의 나이가 훨씬 어려 보였는데도 안 주사는 깍듯이 존댓말을 썼고 그 사내 역시 도회 사람들이 흔히 그러듯 사람을 깔보는 듯이 시선을 비스듬히 내리깔고 대답하곤 하였다.

전연 새로운 사람이 우리 마을에 들어와 살고 있었다는 것에 나는 놀랐다. 그가 안 주사와 격의없는 아침인사를 나눌 수 있을 만치 오래도록 이 마을에 머물러 있었는데도 어째서 내 눈엔 발견되지 않았는지 궁금하였다.

그리고 더욱더 나를 놀라게 한 건 그가 바로 희자네의 막냇삼촌이라는 것이었다.

그 병신 같은 계집애가 나를 웃기는 대목이 바로 그런 것에 있었다. 계집앤 그 사내가 자기 삼촌이란 것을 모르는 모양이었다. 내가 물었을 때 희자는 대답했다.

"그 사람 우리 동생이야."

"이름이 뭐니?"

"몰라."

"태호다 태호, 이 병신아."

"그래 태호다."

나는 비로소 희자란 계집애는 내가 가지지 못한 많은 것을 가지고 있는 주인공임을 확실히 깨달았다. 드디어 나는 희미하게 희자를 존경하기 시작했던 것이다.

그 계집앤 병신에서 우상(偶像)으로 변모되기 시작했다. 나는 나를 따르던 내 쫄자들을 잃어버린 대신 내가 받들 우상을 발견한 셈이었고 그리고 어느새 내 자신이 한 초라한 쫄자의 위치로 전락되어 있음을 느꼈다.

그것은 진정한 슬픔이었던 대신 또한 진정한 기쁨을 내게 안겨 주었다.

나는 그 태호란 사내가 특이한 인물이란 걸 알았다. 이 마을에서 쫓겨났던 일본인 교장보다 더욱 준엄한 분위기를 갖고 있으면서 그 것을 속으로 숨기려 하고 있다는 걸 깍듯한 대인관계에서 읽을 수 있었기 때문이었다.

그러한 그가 채순미라는 개떡 같은 여자와 입맞추기를 예사로 한다는 것은 어딘가 이가 맞아떨어지지 않았지만 그것이 또한 나를 보호해 주는 중요한 역할을 하게 되었다.

어느 날 나는 채순미에게 질문을 던진 적이 있었다. 벽두부터 얼굴이 새파래진 그녀가 나를 바라보았다.

"선생님, 퇴학이 무엇입니까?"

"너 그런 말 어디서 들었니?"

"광에서요."

"광이라니 무슨 광이란 거니?"

"저 교장선생님 집 광에서요."

"거기에 그런 말이 씌어 있던?"

"아뇨."

"그럼?"

"선생님이 광 속에서 그런 말 했잖아요?"

"내가?"

"그럼요."

나는 벌을 받지 않았다. 그 대신 새파래졌던 채순미의 얼굴이 홍당무처럼 빨개졌다. 그녀는 오히려 벌을 받는 아이처럼 뒷덜미에 빳빳하게 힘을 주고 나를 바라보며 한참 동안이나 서 있었더랬다. 이튿날로 나는 정류소 소장 아들 녀석을 밀쳐내고 부급장 자리에 발탁되었다. 광 속의 퇴학처분은 오히려 나를 일약 부급장이란 지위에 올려놓았고 희자는 그런 부급장의 정신적인 부급장이 되었다.

나는 무작정 반의 새로운 영웅으로 부각된 것이었다. 채순미가
왜 나를 부급장 자리에 발탁한 건지 까닭을 알 수 없었으나 그렇다
고 굳이 사양할 까닭 또한 없었다. 왜냐하면 나는 잃어버렸던 내 쫄
자들을 다시 찾게 되었고 희자를 정점으로 한 패거리를 형성할 수
있었기 때문이었다.

그럼으로 하여 새로운 고민이 나를 괴롭히기 시작했다. 그것은
일약 영웅이 된 내 이미지가 손상되지 않고 어떻게 지속되어 나가
야 하는가에 대한 참담한 고심이 바로 그것이었다.

5

언젠가 내 앞에 버티고 서서 성긴 이빨을 사리물며 덤빌 테면 덤
벼보아란 식으로 별러대던 녀석. 채순미의 보지는 한 개일 뿐이라
고 단호하게 못박던, 얼굴이 희멀건 바로 그 녀석. 내 쫄자들을 단
숨에 몰아간 그 녀석. 그 녀석을 밀어내고 내가 부급장에 발탁되었
다는 사실이 우선은 나를 통쾌하게 만들었다. 선생님은 왜 그런 위
험부담을 자청하고 나선 것일까. 어째서 유지의 아들을 단숨에 수
치스럽게 만들어버린 것일까. 무엇에다 쓰려고 나를 부급장 자리에
다 그것도 하루아침에 바꿔 앉혀버린 것일까.

채순미의 급작스러운 변덕에는 내가 가늠해 낼 수 없는 석연찮
은 많은 문제들이 있긴 하였지만 나는 입을 열지 않기로 마음먹었
다. 그녀로 인하여 내 지체가 한결 선명해진 것은 분명하고, 태호란
남자가 그녀와 같이 잠자도 되는 사이이며, 그 태호란 사람이 희자
의 삼촌이란 일련의 연관관계에 내가 먼저 돌을 던질 필요만은 없
었기 때문이었다. 그들이 갖고 있는 연관관계는 내게 몹시도 소중

한 것이었다. 그 소중함이 포용하고 있는 현실이 내겐 중요한 것이었다.

첫째 나는 반의 다른 어떤 아이들보다 많이 떠들어도 된다는 보장이 그 소중함의 현실에서 얻어지는 귀중한 수확이었다. 채순미는 내게 벌을 주지 않았기 때문이었다. 아니 벌을 주지 않았을 뿐만 아니라 그녀는 내가 숫제 지랄을 한대도 그리고 내가 시간 중에 버릇없이 졸고 있는 한이 있더라도, 그리고 내가 국어책을 따라읽지 않는 한이 있더라도 나를 외면하거나 묵인하고 있어주었다.

둘째는 그러한 연관관계 속에 편입되어 있는 희자가 유일한 내 친구이며 내 우상이란 점에 있었다.

희자는 나를 사랑했다.

우린 자주 엉겨붙어 싸웠고 때론 눈두덩 위에 가차없이 손톱자국을 내곤 했지만, 우리들이 서로 사랑하고 있다는 근본적인 감정의 앙금만은 손상받지 않아도 좋았다.

더욱이 내가 희자를 더욱더 사랑하게 된 것은 그의 아버지가 양조장의 공동투자가의 한 사람이란 걸 어머니로부터 듣고 난 후였다.

비로소 나는 박술이란 인물이 술밥을 먹고 있는 희자를 왜 묵인하고 있었던가를 알게 되었다. 그랬지만 그런 사실을 희자는 한 번도 내게 뽐내 본 적이 없었다.

아니 그 병신은 어쩌면 그런 사실조차도 모르고 있었을지도 몰랐다. 그 사실을 모르고 있었다면 희자는 내게 더욱더 멋진 계집애일 수 있었다.

자기 자신이 많은 것을 가지고 있으면서도 그 가지고 있다는 사실에 무관심하거나, 미처 깨닫지 못하고 있는 사실이야말로 얼마나 멋진 인간의 모습인가.

내가 들어서 알고 있는 많은 이야기 속엔 신선이란 수염이 허연 노인의 모습이 있었다.

그 노인은 이 세상을 송두리째 혼란으로 빠뜨릴 수 있는 무한한 권세와 힘과 예언의 지혜를 갖고 있었다. 그러나 그 할아버지는 절대로 지혜를 남발하거나 악인을 위해 소모하진 않았다. 그리고 죽어서는 안 될 많은 사람의 생명을 구하고도 자신을 뽐내거나, 보상받으려 들지 않았으며 자신의 모습을 많은 사람들에게 드러내지도 않았다.

그는 언제나 사라졌다.

그리고 언제나 숨어 있었다.

그는 자신이 갖고 있는 권세와 지혜를 뽐내지 않았으며, 부자나 비겁한 사람을 위해 그것을 휘두르지도 않았다.

그는 언제나 가난과 핍박받는 사람들을 위해 숨어서 이 세상을 도마질했던 것이다.

어쩌면, 희자도 그런 계집애인지도 모른다는 생각을 나는 하고 있었다. 더욱이 희자는 내 이미지를 그대로 유지할 수 있는가에 대한 불안감을 씻어줄 중요한 구경거리를 어느 날 내게 제공해 주었던 것이다.

일요일 아침에 그녀는 오랜만에 우리 집으로 나를 찾아왔다.

"왜 왔어?"

울타리 가지를 꺾어 희자의 어깨를 툭툭 치면서 내가 물었다.

비봉산에서 올라온 해가 울타리 사이사이에 빛살을 비추고 있었다. 누가 소리라도 꽥 지르면, 깨져버릴 듯 하늘은 맑았다.

"가자."

"어딜 가, 이 병신아?"

"저기."

희자년은 막연히 비봉산 쪽을 가리켰다.

"저기가 어디냐구?"

"저기."

"이 병신아, 저기가 어디야? 너 또 옷 벗으려구 그러지? 난 싫어 이 계집애야."

"소 잡으러 가자."

"뭐?"

"소 잡으러."

"병신 육갑떠네. 병신 같은 네게 잡힐 소가 어디 있냐? 이건 황소를 똥파리쯤으로 아는 모양이군."

그러나 희자는 못내 아쉽다는 표정을 지으며 한 손은 줄곧 비봉산 쪽을 가리키고 있었다.

그제야 이 병신이 무엇을 의미하며 노리고 있는 게 무엇인가를 알아차렸다.

그랬다. 이 계집앤 지금 도수장(屠獸場)을 가리키고 있음이 분명했다.

그곳은 마을과는 아득히 멀리 떨어져 있었다. 비봉산으로 오르는 깊은 계곡의 초입에 그 썩어가는 기와집은 항상 중생대의 거대한 파충류의 뼈대처럼 무서움을 뿌리며 서 있었다.

비바람에 지친 담록색의 이끼가 성긴 기왓장 갈피 사이로 피어 있었고, 그 이끼 속에 씨앗을 내린 잡초가 악바리로 자라나서 바람에 떨었다.

장마때마다 떨어져나온 구들장만한 흙벽들이 뜨락의 잡초 위에 흡사 쇠가죽처럼 누워 있곤 했다. 흙벽을 젖혀보면 그 속엔 도마뱀이 떼지어 살고 있었다.

뜨락 주변엔 말라비틀어진 쇠똥이 뒹굴었고 뒷모퉁이엔 몇 년 전에 죽은 개의 시체가 뼈대를 앙상하게 드러내고 똑바로 누워 있었다.

그 집은 한쪽 귀퉁이로 쓰러져가고 있었다. 그런데도 칠성이 아버지와 그 큰아들은 그곳에서 쉴 새 없이 소를 잡았다. 일본놈 순사가 항상 칼을 차고 나타나선 칠성이 아버지가 소를 잡는 광경을 지켜보곤 하였다.

그 일본놈 순사는 칠성이 아버지가 소의 모가지에서 흘러나오는 것을 받은 핏사발을 건네받곤 했는데, 그때마다 두 눈을 꼭 감고 사발의 피를 죄다 마시곤 소금을 목구멍에 털어넣었다.

칠성이 아버지가 다시 핏사발을 건네주면 그 순사는 두 손을 앞으로 내밀어 훼훼 저으면서 말했다.

"다이조브, 다이조브."

그 도수장은 시멘트로 바닥이 되어 있었다. 그러나 그 바닥은 오랜 세월에 켕기어왔기 때문에 조선지도의 도계(道界)처럼 복잡하게 갈라져 있었고, 그 갈라진 틈 사이로는 바퀴벌레가 떼를 지어 들락거렸다. 쓰러져간 소들이 남긴 주검의 핏자국이 시멘트바닥 여기저기에 무명 옷섶자락에 남은 인두자국처럼 선명하게 남아 있었고, 유월 가뭄에 논바닥처럼 갈라진 사방의 나무기둥엔 애벌미세흙만 남은 흙벽이 넝마처럼 흔들거렸다.

그러나 소는 언제나 그곳에서만 잡혔다. 여자는 물론 아이들이 그곳에 접근한다는 것은 생각조차 못할 일이었고 칠성이 아버지와 그의 큰아들과 인부들이 두어 사람, 그리고 일본놈 순사만이 그 도수장을 무상으로 출입할 수 있는 유일한 사람들이었다.

그러나 때로는 죽음의 핏사발을 얻어먹으려는 몇 사람의 지방유지들이 도수장까지 칠성이네를 따라가곤 하였다.

그곳을 희자가 지금 가보자고 나선 것이었다.

나는 희자를 만나기 전에 칠성이 아버지와 몇 사람이 바소쿠리가 얹힌 빈 지게를 지고 암소를 몰고 길을 건너가는 것을 보았다. 오늘은 그 소를 잡는 날이란 것쯤은 나도 알고 있었다.

그러나 나는 겁이 났다.

칠성이 아버지에게 뒷덜미가 잡혀 도수장 쇠똥구덩이에 대가리라도 처박히는 날이면 나는 아무래도 도마뱀에 자지를 물릴지도 몰랐고 시난고난하다가 그 일로 죽어버릴지도 몰랐기 때문이었다.

마을의 젊은 사람들이 겨울밤에 묵내기나 엿내기를 할 때 간담을 시험해 보는 장소로 곧잘 쓰기도 하는 그 도수장, 그곳에선 낮에도 소죽은 귀신이 나와서 아이 밴 여자만을 잡아먹는다는 이야기를 나는 들어서 알고 있었다.

"싫어."

나는 희자에게 단호히 말했다.

"가자."

"싫어, 이 병신아."

그러나 희자는 나를 꾀어낼 수 있는 방법을 벌써 알고 있었다. 계집애는 그때 치마밑으로 손을 밀어넣어서 한참 부스럭거리던 끝에 땟국이 조르르 묻은 호두알 두 개를 불쑥 내밀었다.

우리들의 타협은 언제나 그런 식이었다.

희자는 그 주위에 있는 모든 아이들이 그녀를 거부한다는 것을 너무나 잘 알고 있었다. 그런 반면 희자 편에선 아이들의 단호하고 끈질긴 거부반응에 대한 대응조처가 무엇인가를 터득해서 알고 있었다.

똥이 묻어 있기 일쑤인 그 계집애의 속바지 한쪽엔 주머니 하나가 달려 있었다. 그 주머니 속엔, 항상 내게는 경이롭고 신기하며 구경하기 어려웠던 자질구레한 물건들이 들어 있었다.

희자가 양조장 앞마당에서 술밥을 먹을 수 있었던 건 계집애의 아버지가 양조장의 공동투자가였기 때문이라기보다는 희자가 그 주머니에서 내놓은 ‘라이터’라는 부싯돌 비슷한 물건 때문이란 걸 나중에야 알았고 그 라이터의 원래 주인이 계집애의 삼촌인 태호란 사람이라는 것은 혼자서 중얼거리던 안 주사의 말끝에서 얻어낸 정보였다.

호두 두 개를 받아챙긴 나는 희자를 따라 걷기 시작했다.

“너 이거 어디서 훔쳤니?”

기름땟국이 반지르르하게 묻은 호두알 두 개를 내보이며 계집애에게 다그쳤다.

“몰라.”

“몰라? 정말 몰라?”

“몰라.”

“너네 삼촌 거지? 너네 삼촌이 이걸 갖고 있는 걸 난 여러 번 보았단 말야.”

“아냐.”

“아니래도 좋아. 여하튼 난 오늘 이걸 빠개먹어 버릴 테니깐.”

우리들은 곧장 마을의 뒷길로 해서 비봉산 자락으로 나 있는 작은 봇도랑길로 올라섰다.

멀리 산자락 아래에 엎디어 있는 도수장의 기와지붕이 아득히 바라보였다. 몹시 주저스러웠지만 희자와의 약속은 지켜야 한다는 내 소신이 나를 더욱더 끌어당겼기 때문이었다. 왜냐하면 이러한 약속이 지켜지지 않을 적에 나는 다시는 희자의 속주머니를 노릴 수 없겠기 때문이었다.

희자는 멍청했지만 약속이 지켜지지 않았다는 사실만은 아무리 오래전의 일이라 할지라도 분명히 기억하는 기똥찬 재간만은 갖고 있었기 때문이었다.

햇볕이 따가웠다.

우리는 봇도랑으로 내려가서 손으로 물을 퍼올려 잠시 목을 축였다.

이제부터 도수장 안에 있는 사람에겐 들키지 않도록 밭둑 아래로 고개를 낮춰 따라가야 했다.

밭둑을 몇 개 넘으면 도수장 부근을 넉넉하게 구획짓는 돌담이 둘러쳐져 있었다. 그 돌담을 따라 다시 어깨를 죽이고 한참 기어가다 보면 바로 도수장 뒤쪽 판자벽에 도달할 수가 있었다.

우리가 그 돌담의 초입에 이르렀을 때 도수장 밖에 매놓은 암소의 서글픈 울음소리가 들려왔다.

우리는 돌담 위로 가만히 고개를 디밀어올리고 충혈된 암소의 눈을 바라보았다.

엉덩짝에 쇠똥을 덕지덕지 묻히고 있는 암소는 몹시 깡말라 있었다. 그러나 앞에 던져준 기름진 풀먹이는 거들떠보지 않은 채, 먼 산모퉁이 쪽으로 고개를 쳐들며 울고 있었다. 우리는 충혈되어 크게 떠진 암소의 두 눈을 바라보았다.

그는 분명 자신의 죽음을 예감하고 있었다. 그의 울음소리는 찡하게 우리들의 뇌리에 닿았다.

나는 비로소 채순미가 왜 그토록 애써 우리들에게 '운다는 것'을 맨 처음으로 가르치려고 애썼는지를 알 듯도 하였다.

——시냇가에서 엄마소가 울었습니다.

——송아지도 음매 하고 울었습니다.

그랬다. 채순미가 우리들에게 가르친 그 '운다는 것'의 의미는 지금까지 내가 진정으로 겪어왔던 일상적인 울음과는 다른 무엇의 의미가 숨어 있었던 게 확실했다.

그것은 이른바 진실을 의미하는 건지도 몰랐다. 박술과 만난 이후 툇마루에서 나를 붙잡고 울던 어머니와 지금 자신의 죽음을 예감하고 있는 암소의 저 목쉰 울음은 어쩌면 일맥상통하는, 진실이 떡고물처럼 뚝뚝 떨어지는 그러한 것인지도 몰랐다. 채순미가 우리들에게 가르치려고 한 것은 곧바로 그런 진실에서 토해지는 울음들과의 만남을 예비하는 것이라는 걸 나는 그 순간 어렴풋이 깨달을 수가 있었다.

내가 알고 있었던 모든 울음은 '시냇가에서 엄마소가 음매 하고 운다'는 현상 자체에 불과했던 것이라면, 선생님인, 채순미가 내게 가르치려고 한 것은 그 엄마소가 뱉어내려고 하는 울음의 동기와, 허위가 여과된 진실이었는지도 몰랐다.

그때, 희자가 말했다.

"운다."

"……."

"운다."

"……."

"엄마소가 음매 하고 웁니다."

"……."

"시냇가에 엄마소가 있습니다."

"……."

"송아지도 음매 하고 울었습니다."

내가 대답을 해주었거나 아니었거나 간에 희자는 제법 큰 소리로 그렇게 외어댔던 것이다.

나는 상기된 희자의 얼굴을 한참이나 쳐다보았다. 그렇게 진지했던 희자의 얼굴을 난 지금까지 한 번도 바라본 적이 없었다.

희자는 아직까지 한마디도 국어책을 읽을 줄을 몰랐고 채순미의 선창에 한마디도 따라읽은 적도 없으며 그것을 귀담아들으려고도 하지 않았다. 그러한 희자가 물론 앞뒤가 조금씩 엇바뀌긴 했지만 국어책에 나오는 문장을 정확하게 지껄이고 있다는 것이 신기하고 놀라웠다.

도수장에 매여 있는 암소의 울음소리를 듣고, 한 줄도 읽을 줄 모르던 국어책을 외어대는 희자의 그 불가사의를 내가 캐낼 수 있는 재간만은 아무래도 없을 것 같았다.

어쩌면 그것이, 희자가 설령 바보천치였다 할지라도 진실의 목소리와 통하는 문에만은 나보다 훨씬 더 가까이 접근해 있었다는 뜻인지도 몰랐다. 아니면 나보다는 훨씬 더 높은 인간적 차원에 접근되어 있는지도 몰랐다.

"넌 이제 보니까 대가리가 좋구나."

나는 희자년에게 그렇게 씨부렸다.

희자는 그냥 씩 웃었다. 아무런 뜻도 담겨 있지 않은 그녀의 웃음에서 나는 이루 형언할 수 없는 존경을 느꼈다.

어쩌면 채순미는 우리 모두를 가르치고 있는 것이 아니고 희자만을 가르치고 있는 것인지도 몰랐다. 우리 모두가 과연 도수장에 매여 있는 암소를 바라보며 국어책에서 배운 그대로를 읊어낼 수 있을 것 같지가 않았다. 그러나 그 책을 한 번도 따라읽은 적이 없는 희자는 그것을 정확하게 말하고 있었지 않은가.

희자는 혹시, 옛날이야기책에 나오는 백 년 동안의 잠 속에 빠진 알 수 없는 나라의 공주님인지도 몰랐다. 백 년 동안의 잠에서 어쩌다가 재채기를 해서 바보천치로 다시 우리들의 마을에 태어났는지도 몰랐다.

그 공주님이 느닷없이 내 목덜미를 힘껏 꼬집었다.

"왜 그래?"

공주님은 담 너머 쪽을 가리켰다.

"이랴이랴, 이놈의 소 웬 지랄이여."

칠성이 아버지가 도수장 밖에 매놓은 암소의 고삐를 풀고 도수장 안쪽으로 끌고가려 하고 있었다. 끌려가지 않으려는 소가 뒷걸음질치며 반항하자, 고삐의 끝으로 소의 불두덩을 힘껏 때렸다.

주춤했던 소가 도수장 쪽으로 걸어갔다. 그리고 한 번 더 우뚝 서더니 멀리 허공으로 고개를 쳐들고 뱃구레를 터뜨릴 듯한 큰 소리로 울부짖었다.

"죽는다."

공주님이 말했다.

우리는 다시 잡초 속에 누워 있는 돌담을 따라 도수장의 뒤편으로 기어갔다. 가슴에는 방망이 두 개가 다듬이질을 하고 있었다. 나는 아래위의 이빨이 저절로 딱딱 부딪히는 것을 느꼈다.

판자벽 틈으로 도수장 안 풍경들이 낱낱이 빤히 들여다보였다.

칠성이 아버지의 큰아들이 소를 바닥 한가운데다 세워놓고 소고삐를 매우 단단히 죄어잡고 서 있었다. 인부 한 사람은 뒤편에서 쇠꼬리를 역시 꽉 당겨 잡고 있었다.

소가 똥을 싸기 시작했다. 그 묽은 똥이 시멘트바닥에 척척 소리를 내며 떨어지자, 쇠고삐를 잡고 있던 인부가 옆으로 껑충 뛰어 비켜서면서 말했다.

"어따, 그놈 푸짐하기도 하다."

우리는 번들거리는 쇠도끼를 뒷등에다 감춘 채, 암소의 주위를 빙빙 돌고 있는 칠성이 아버지의 두 눈이 소의 그것처럼 충혈되어 있는 걸 유심히 바라보았다.

소의 코에서 콧물이 줄줄 흘러내렸다.

우리 마을을 지나는 오전버스 한 대가 길게 뻗어간 미루나무길에 뽀얗게 먼지를 일으키며 달려가는 모습이 보였다.

이윽고, 칠성이 아버지가 소의 정면에 바싹 다가섰다. 가서 섰다고 느낀 순간 그는 단번에 들고 있던 도끼를 소의 정수리에다 힘껏 내리꽂았다. 그러나 암소는 넘어지지 않았다.

그가 도끼를 들어 다시 소의 정수리에다 내리꽂았다. 잠시 주검 같은 침묵이 흘렀다.

소는 네 다리에 경련을 일으키더니 드디어 통나무처럼 바닥으로 느닷없이 넘어졌다.

칠성이 아버지가 도끼를 가마때기 위로 던지고, 담배를 꺼내 입에 물었다.

어느새 날아왔는지 까마귀 두 마리가 도수장 추녀끝에 날아와서 깍깍 짖었다.

해는 중천에 와 있었다.

이글이글 타고 있는 해를 향해 까마귀가 다시 짖었다. 칠성이 아버지가 밖으로 나와서 추녀끝에 앉은 까마귀에게 돌을 던졌다. 까마귀가 날아가는 저편 산모퉁이 위에 솔개 한 마리가 한가로이 하늘을 휘젓고 있었다.

넘어진 소의 목줄기에 칠성이 아버지는 식칼로 일자로 죽 선을 그었다. 가죽이 삐진 사이로 소의 하얀 속살이 일자로 드러났다. 그 사이에 칼끝을 집어넣어 살과 가죽을 분리시켰다. 얼마간의 가죽이 확보되자, 그는 드디어 암소의 모가지에다 칼을 깊숙이 꽂았다.

시퍼런 칼을 목줄기에다 꽂아선, 날이 선 쪽과 뒤쪽을 엇바꾸어 휘저었다. 그곳에서 선지피가 쏟아져서 벗겨놓은 가죽살 위에 괴어 오르기 시작했다.

"사발 줘."

칠성이 아버지가 인부 한 사람에게 꾸짖듯 말했다. 인부가 가마때기 위에 놓인 더러운 사발을 건네자, 그 선지피를 한 그릇 푹 떠서는 칠성이 아버지가 꿀꺽꿀꺽 마셨다. 그러나 그가 선지피를 마시는 모습을 바라보는 사람은 아마 우리 둘 뿐인가 보았다. 나머지 사람들은 달려들어 소의 가죽을 벗기는 일에 금방 열중을 하고 있었기 때문이었다.

한 그릇,

두 그릇,

세 그릇,

비워낸 핏사발을 다시 가마때기 위로 툭 던지는 칠성이 아버지 입가에 묻어 있는 선지피를 판자틈으로 엿보면서 우리들은 몰래 치를 떨었다.

누구의 칼질에 의해선가 소의 내장이 일시에 밖으로 쏟아져나왔다. 김이 무럭무럭 솟아오르고 있었다.

칠성이 아버지가 다시 그 엄청난 부피의 내장 속에 두 손을 깊숙이 집어넣어 한참이나 헤집더니 새까만 쓸개 한 개를 끄집어냈다.

그는 조심스럽게 쓸개주머니를 뚝 떼어내더니 입을 쩍 벌리고 누런 이빨 사이로 쓸개를 집어넣었다. 그리고 우물우물 그것을 씹었다.

"성님 요사이 이상해."

"뭐가?"

우물거리며 쓸개를 씹던 칠성이 아버지가 불쑥 농을 걸어오는 인부를 뒤돌아보았다.

"전엔 별로 잡숫지 않더니?"

"다 볼일이 있어서지."

"성님, 그것 때문이지?"

"그것 때문이라니."

"어, 그거 말요, 다 안다니까요."

"이 종자가 무슨 말이여."

"큰아들이 여기 있으니, 내 탁 털어놓지는 못하겠시다."

"에끼, 이놈아. 이 추잡한 소리 동네방네 사그리 불고 다니진 말어."

"내가 어디 한두 살 먹은 어린애유?"

"그러니까 하는 말이여."

"알겠시다. 그 대신 술이나 한잔 사시유. 못하겠으면 내 형수님 좀 괴롭힐 테니께."

"그 사람 귀에 들면 난 죽어."

"그러니까 술 사라는 거지."

"알겠네."

줄곧 농담을 주고받으면서도 사람들은 일손을 게을리 하진 않았다. 죽어 자빠진 소는 어느새 뼈와 살이 분리되고 각이 떠져서 그들이 지고 온 빈 바소쿠리 위에 실렸다.

시뻘건 고기들을 바소쿠리 위에다 실을 적마다 사람들은 낑낑거렸다. 조금 전까지도 먼 하늘을 바라보며 목쉰 소리로 울어대던 암소의 그 처절했던 모습을 이젠 찾을 길이 없었다.

우리는 그 울음소리를 머릿속에 그려가면서 한 암소의 죽음이 희화적인 모습으로 변모되어 하나하나 상품이 되어가는 과정을 눈여겨보았다.

그렇게 큰 짐승이 죽어진 이후에 남기는 모든 것이 그처럼 철저하게 그리고 확실하게 처리되는 과정을 우리는 그때까지 구경한 적이 없었다.

이제 그 이름 모를 소는 완전히 처리되어 네 개의 바소쿠리에 실렸다. 소고삐를 거두어 사리면서 칠성이 아버지가 퉁명스럽게 말했다.

"자네들 앞서 가게."

큰아들인 오덕과 두 사람의 인부들을 앞서 보낸 칠성이 아버지는 도수장 앞 축대 앞에 나가앉아서 다시 담배 한 대를 피워 물었다. 고무신을 벗어서 거기에 묻은 핏자국을 축대에다 쓱쓱 문질렀다.

우리는 이제 자리를 떠나야 했다. 그러나 칠성이 아버지가 축대 앞에 앉아 있는 한 우리는 단 한 치도 움직일 수가 없었다.

우리들이 만약 그의 도살장면을 처음부터 끝까지 목격했다는 걸 그가 눈치챈다면 우리들의 머리 위에 떨어질 그 형벌의 모습이 어 떠하겠는가를 예상하기란 어려운 게 아니었다. 그는 아마 그 소고 삐로 우리들을 도수장 기둥에다 묶어두기로 작정할 것이었다.

나보다 훨씬 큰 아이가 도수장 구경을 왔다가 그에게 들켜서 밤이 어둡도록 그 도수장 기둥에 포박지어졌던 사실을 나는 기억하고 있었다. 그러나 나는 그러한 형벌을 받지 않고 처음부터 끝까지 그들의 도살장면을 목격할 수가 있었다는 것이 여간 다행했을 뿐만 아니라, 내 졸개들에게 이 치가 떨리는 모습을 하나도 빼놓지 않고 이야기해 줄 수 있다는 미래에 대한 기대가 또한 나를 치떨리게 만들었다.

아이들은 놀랄 것이다. 그리고 나를 부러워할 것이며, 나를 영웅 대접해도 충분한 아이로 알아줄 것이다. 그것이 부급장이 된 이후에 희자가 내게 준 최초의 요긴하고 중요한 선물임을 나는 깨달았다. 채순미조차도 내가 그런 광경을 차지했다는 사실에 놀라자빠질 것임에 틀림없었다.

그러나 칠성이 아버지는 좀처럼 축대 위에서 일어날 줄을 몰랐다. 우리는 숨을 죽여 그가 떠날 채비를 하기 위해 일어나주기를 기다렸다. 그러나 거기엔 우리들이 전연 예기치 못한 새로운 사건이 일어나고 있었다.

우리는 칠성이 아버지가 앉아 있는 모습에서 잠시도 한눈을 팔지 않았으므로, 그 사람이 어떤 길을 따라서 도수장의 칠성이 아버지 앞에 나타났는지 전연 눈치채지 못했다. 어쨌든 그 박술이란 사람은 칠성이 아버지가 앉아 있는 축대 앞에 땀을 뻘뻘 흘리면서 버티고 섰다. 먼저 보낸 짐꾼들은 그땐 이미 보이지 않았다. 사람이라곤 이 주위에선 그들과 우리들뿐이었다.

"이 잡놈의 새끼, 칼잽이 주제에 건방지게 오입질을 해먹어?"

박술이 칠성이 아버지 앞에 버티고 서서 첫 번으로 내뱉은 말이 그러했다. 그러자 나는 그때 칠성이 아버지 입가에 흐르는, 사람을 깔보는 듯한, 그리고 사람을 오기들게 만들기에 꼭 알맞은 냉소가 흐르는 것을 보았다.

"이놈아, 난 칼잽이다. 그러면 넌 뭐냐? 넌 술아잽이냐? 풀무쟁이냐?"

"이 개 같은 쌍놈. 지금 뭐라 했지?"

그때, 칠성이 아버지가 축대 위에서 벌떡 일어나며 소리질렀다.

"술아잽이냐? 풀무쟁이냐?"

"이 백장놈의 새끼 소 밑구멍으로 빠져도 한이 덜 찰 놈."

"니 애비가 그랬으면 좋겠다."

바로 그때였다. 나는 박술이 고의춤에서 무언가 번쩍하고 꺼내드는 물건을 보았다. 그것은 새하얗게 날이 선 손잡이가 짧은 낫이었다.

6

그 낫은 칠성이 아버지 어깨 위에서 뱀꼬리처럼 바르르 떨었다.

그리고 낫의 한끝이 햇빛을 날카롭게 가르며 칠성이 아버지 어깻죽지에 가서 깊이 꽂혔다.

"이노옴!"

그 순간 우리는 칠성이 아버지 입에서 그런 저주가 터져나오는 것을 들었다. 어깻죽지에 꽂았던 낫을 박술이 다시 빼내 쳐들었을 때 우리는 칠성이 아버지가 도수장의 축대 아래로 통나무처럼 굴러 떨어지는 걸 보았다.

두 손으로 어깨를 싸잡고 축대 아래로 떨어지는 칠성이 아버지의 허연 눈자위엔 서릿발처럼 차가운 체념이 짙게 서려 있었다. 두 무릎을 꿇고 앞으로 폭삭 엎어지면서 칠성이 아버지는 박술의 고의춤을 잡고 늘어졌다.

박술이 얼른 뒤로 한 발 물러섰다. 그러나 박술은 그대로 물러서진 않았다. 다시 허공으로 낫을 쳐든 그가 땅에 엎드린 칠성이 아버지의 옆구리에다 낫을 꽂았을 때, 나는 더 이상 참지 못하고 "왝." 소리치며 두 손으로 얼굴을 가리고 말았다. 얼마가 지났을까. 나는 얼굴을 가렸던 손가락 사이로 박술이 서 있던 곳을 가까스로 바라보았다.

그곳엔 이미 박술은 없었다.

무성히 자란 잡초들 사이에 칠성이 아버지가 등을 보인 채 엎드려 있을 뿐이었다.

멀리로 마을의 초가지붕들이 보이고 잿빛 지붕 위로, 백지장같이 하얗게 바랜 햇볕이 윤감을 잃고 있는 노인처럼 피곤하게 내려앉아 있었다.

마을은 문득 알 수 없는 깊은 정적에 깔려 있었고, 그 정적을 뚫고 낮닭이 목쉰 소리로 길게 울었다. 트럭 한 대가 후평동 산모퉁이를 달려가고 있었다. 미루나무가 양편으로 도열한 좁은 국도에선 뽀얗게 먼지가 피어오르고 있었다.

"가자."

나는 무조건 희자의 한 손을 잡았다. 그리고 도수장의 돌담 아래에 난 가파른 외길 쪽으로 허겁지겁 뛰어내려갔다.

뒤를 돌아보지 않기로 했다.

박술이 허공에 낫을 치켜든 채 멧돼지처럼 뒤따라온다면 나는 제풀에 기가 꺾여 숨지고 말 것만 같았다.

왼손에 잡혀 있는 희자의 손목은 흡사 나무작대기처럼 가벼웠다.

밭둑을 기어오를 때도, 그리고 봇도랑을 건너뛸 때도, 왼손에 잡힌 희자의 손목은 흡사 나무막대기처럼 가볍게 내게 맡겨져서 한 아이를 끌고 간다는 가벼운 부담감조차도 전연 느낄 수가 없을 정도였다.

거렁뱅이 노인이 움막을 짓고 산다는 돌무덤 옆을 지나서야 나는 마을의 맨 끝쪽에 있는 엿장수집 담장 위로 암탉 한 마리가 푸드덕 날아오르는 것을 보았다.

그때서야 나는 걸음을 멈추었다,.

집 안쪽에서 장기를 두다가 싸움이 난 청년들의 다툼질하는 소리가 들려왔다.

뒤를 돌아다보았다.

박술은 아무 데도 없었다.

멀리로 도수장이 보였다. 비봉산 자락에 도수장은 여느 때처럼 한쪽 추녀끝을 땅에다 축 늘어뜨리고 늙은 개처럼 그렇게 서 있었다. 한 마리의 짐승이 비명에 죽어갔고, 더군다나 어깨와 뱃구레를 낫으로 찍힌 칠성이 아버지가 풀더미 위에 엎어져 있는데도 그 도수장이 예처럼 천연덕스러운 모습을 하고 서 있다는 게 도대체 믿어지지가 않았다. 그것은 지금의 내 눈앞에 보여서는 안 될 모습이

어야 했다. 그러나 이 세상의 모든 것들 중 어느 것이 꼭 있어야 하며 어느 것은 없어도 좋을 것인가를 확연하게 구분지어 생각한다는 일이 내게선 멀고먼 나라의 실개천 이름을 외우라는 것보다 어려운 일이었다.

나는 비로소 옆에 있는 희자를 돌아다보았다. 그러나 공주님은 그곳에 없었다.

내 손에 쥐어 있던 것은 공교롭게도 다 썩은 한 개의 작은 막대기일 뿐이었다.

나는 그때서야 가슴이 발아래로 꽝 하고 무너져 내려앉는 소리를 들었다. 나는 희자의 손목을 잡은 게 아니고 도수장의 흙담에 붙어 있던 나무막대기를 잡은 것이었다.

뭐랄까, 나는 비탈진 밭에서 캐낸 감자를 씹은 때처럼 헛구역질이 나고 아려왔다. 희자를 두고 오다니, 나는 굴욕감을 느꼈고, 그리고 내 자신에게 욕지거리를 퍼부었다. 그렇다고 지금 당장 도수장 쪽으로 다시 뛰어가고 싶지는 않았다. 죽음이란 공포와 다시 맞닥뜨리기는 죽음보다 싫었기 때문이었다. 내가 살고 싶다는 건 희자를 만나는 것보다 더 절실했다. 그러나 내가 희자가 있는 도수장으로 다시 뛰어가지 않는다고 해서 그리고 설령 희자를 포기해 버린다고 해서 그러한 문제가 소멸되는 것도 해결되는 것도 아니었다. 오히려 문제는 더욱더 확대될 것이 분명했다. 희자는 그 충격적인 장면에서 그만 까무러쳐버린 게 분명했다.

그 계집애도, 지금은 내게서 영웅이 된 그 공주님도 칠성이 아버지처럼 도수장 뒷곁 판자틈에 가로누워 눈자위를 하얗게 까뒤집고 하늘을 바라보며 누워 있겠지. 정말 미치고 환장할 지경이었다. 나는 희자를 구해 내야 했고 희자를 구해 내자면 누구에겐가 응원을 얻어야 한다는 것을 느꼈다. 그런데 그것이 전연 막연했다.

누구에게 도수장에서 벌어진 참극을 발설하느냐는 것이었다. 그것은 대단한 모험이었다. 그 모험을 내가 자진해서 저지르기는 싫었다. 왜냐하면 그 참극은 내 자신에 의해서 이루어진 사건이 아니라, 박술이란 사람에 의해서 벌어진 사건이라는 데 전적인 이유가 있었다. 내가 책임질 일이 아니라 내가 보복받을지도 모를 사건이었고, 더욱이 그 박술이란 사람은 어머니와 잠자리를 같이한 사람이라는 데 내 주저는 모든 것에 앞서 깊이 간여하고 있었다.

그때 생각해 낸 아이가 순도였다.

그 녀석, 언제나 나보다는 더 똑똑하다고 칭찬받는 내 동생 순도녀석. 그 녀석이라면 이 사건에 내가 어떻게 대처해야 한다는 것을 사리 분명하게 가르쳐줄 수 있을 것 같았다.

나는 다시 뛰기 시작했다.

녀석이 집에 있을지는 몰랐다. 집이 아니라면 우체국 부근에 있을지도 몰랐다. 집이 아니라면 우체국 부근에 있을 것이었다.

녀석은 우체국 사택에 살고 있는 사팔뜨기 계집애하고만 놀았다. 그 사팔뜨기 계집애는 예뻤다. 그런데도 왜 사팔뜨기여야 했는지 몰랐고, 사팔뜨기인데도 그 계집애가 왜 예쁘게 보이는지 또한 모를 일이었다. 그 계집애의 아버지는 우체국장이라고 했다.

그 우체국장은 허리가 항상 꾸부정했고 갈지자로 걸었다. 사람들은 그가 체전부 시절에 무거운 우편배낭을 메고 다닌 탓으로 허리가 꾸부정해 버렸다고 말했고 그것도 일종의 직업병이라고 말하며 낄낄거리곤 했다.

그는 키가 작달막하던 일본인 우체국장이 쫓겨가 버린 뒤에 말단 체전부에서 일약 우체국장으로 승진되어 버렸다. 청년 시절에 그는 일본인 순사집 담장에 달린 호박 한 덩이를 훔쳐따다가 들켜서 주재소로 끌려가서 호되게 얻어터진 것까지는 좋았는데 그 사건

이후 콧날이 한쪽으로 돌아가 버린 뒤, 그것을 감추느라고 항상 맞보기안경을 쓰고 다녔다.

맞보기안경알 아래에 매달린 그의 코는 못나게 익은 탱자처럼 거무죽죽했고 콧구멍엔 코털이 항상 삐죽하니 밖으로 돋아 있었다. 사람들과 만나 잠깐 얘기할 시간만 생기면 그는 잘 가꾸어 기른 새끼손가락의 긴 손톱을 콧구멍 안으로 비집어 넣고 코청소를 일삼았다.

그가 우체국장이 된 이후 첫 번째로 열린 졸업식 때 그는 이 마을 지방유지 어느 사람보다도 긴 송별연설을 했다. 그의 연설은 매듭도 없이 길었으므로 졸업생들은 종내엔 학교를 떠난다는 슬픔조차도 잊어버리고 그 우체국장을 힐끔거리기 시작했다. 이른바 그 우체국장은 나설 자리인지 삼가야 할 자리인지를 가리지 않고 연설할 기회만 주어진다면 때와 장소를 가리지 않고 주책없이 일어나 되잖은 연설을 장황하게 늘어놓음으로써 모임이나 식전에 김을 빼버리곤 하였다.

그 우체국장의 사팔뜨기 딸과 순도는 거의 매일같이 그림자처럼 붙어다녔다.

순도가 그 계집애와 터놓고 지낸 이후부터 얻은 성과는 소인이 찍히지 않은 형형색색의 우표를 많이 가지게 된 것이었다.

어느 날 우연히 나는 순도 녀석이 그 계집애로부터 우표딱지를 옭아내는 장면을 목격한 일이 있었다.

계집애가 우체국 탱자울타리 아래서 공기받기를 하며 혼자 놀고 있었다. 그때, 어디서 나타났는지 탱자울타리 뒤쪽으로부터 순도 녀석의 빤질빤질한 대가리가 불쑥 솟아올라왔다.

"야, 이 사팔뜨기야."

녀석은 계집애를 보자, 주저없이 그렇게 내뱉었다. 계집애는 그러나 들은 척도, 뒤돌아보지도 않았다.

"너네 아버진 유자코지?"

계집애는 여전히 공기놀음만 하고 앉아 있을 뿐이었다.

"아버진 유자코에 딸은 사팔뜨기. 헤헤헤 재미있다 그지?"

그때 계집애가 획 돌아앉으면서 순도에게 쏘아붙였다.

"아버지한테 이를래."

"일러라 찔러라. 보리밭에 불 질러라. 유자코보고 유자코라는데 이 계집애야 뭐가 심통이니?"

"그래두."

"그래두라니?"

"그래두 어른보구 그러는 게 아냐."

"어른이니까 유자코지. 애들이 유자코 가진 거 봤니?"

"못 봤다 못 봤다, 못 봤으면 어쩔래?"

"사팔뜨기니까 못 봤지."

"애들에겐 유자코가 없다문서?"

"그러니까 너네 아버지 걸 보란 말이야. 이 보지쟁이야."

계집앤 앉았던 자리에서 발딱 일어나 순도 앞으로 바싹 다가서서 버티면서 말했다.

"너 정말 그럴 테야?"

"안 그럴게."

"안 그런다고 하구선 지금은 왜 그래?"

"우표딱지를 안 주니까 그러지."

계집애가 순도를 이끌고 우체국 뒷마당 쪽으로 걸어가는 것을 나는 본 적이 있었다.

순도는 영악했다. 녀석은 고양이처럼 철저하게 영악했다. 그것처럼 순도녀석은 형인 나조차도 우라지게 오갈들게 만들거나 오기

상하게 만드는 데는 별난 재주와 요령을 갖고 있는 녀석이었다.

언젠가 어머니가 장터에서 탁구공만한 사탕 두 개를 사다준 적이 있었다. 물론 우리들은 공평하게 한 사람이 한 개씩 나누어 입 안에 넣고 단물을 빨기 시작했다. 우리들은 서로 마주 바라보며 사탕이 점점 작아지고 있다는 것에 그 아쉬운 단맛을 즐겼고, 때때로 얼마나 작아졌나를 확인하기 위해 입 안에 뒹구는 사탕을 끄집어내선 요리조리 살펴보곤 했다. 그때 녀석이 자신의 입 안에 든 사탕을 꺼내더니 불쑥 내게 제의해 왔다.

"우리 바꿀래?"

"바꿔?"

"그래."

나는 내 입안엣것을 끄집어내 보았다. 확실히 순도녀석 것보다는 작았다. 원래의 형태에서 순도 것이 삼분의 일이 줄었다면 내 것은 삼분의 이쯤이 축나 있었다. 물론 나는 대찬성이었다. 사탕 속에 구멍이 뚫려 있다 치더라도 내가 속지 않고 녀석이 손해나는 짓이란 건 명백한 사실이었기 때문이었다. 그러나 녀석의 그런 제안이 매우 엉뚱했다. 손해날 짓을 눈앞에 빤히 바라보면서 저지르고 다닐 녀석이 아니란 건 알고 있었지만 나는 그것이 녀석이 오랜만에 내게 보이는 선심으로 알아새겼다.

"네 걸 먼저 줘."

녀석은 자신의 입안엣것을 꺼내 한쪽 손에 들고 다른 한 손을 내밀면서 먼저 내 것을 내놓으라고 독촉했다.

그것은 한편은 손해를 봐야 하고 한편은 이득을 보게 된다는 명백한 조건 사이에선 매우 당연한 요구라는 걸 나는 알고 있었다.

내게서 사탕을 받아쥔 녀석은 그것을 당장 입으로 가져가더니 송곳니로 반쪽을 뚝 잘라서 으적 씹었다. 그러곤 나머지 반쪽을 다시 내게 쑥 내밀면서 말했다.

"안 바꿔."

녀석이 씹던 사탕은 녀석의 다른 손에 아무런 피해 없이 그대로 온전히 남아 있었다.

그 비열하고 야비한 사건으로 녀석은 내게 초죽음이 되도록 얻어터졌지만 결국 녀석의 입으로 들어간 반쪽의 사탕은 속수무책으로 잃어버린 것이었다.

녀석은 그랬다. 영악하고 용의주도했다. 상대의 약점이 무엇인가를 알았고 그 약점을 두 배쯤으로 뛰어오른 차원에서 이용할 줄 아는 무서운 아이였다.

내가 이런 판국에 순도를 머리에 떠올린 건 매우 당연한 귀결이랄 수 있었다.

난 곧장 집으로 녀석을 찾아가기를 포기하고 뜀박질로 우체국 뒷마당으로 쫓아갔다. 그곳에 예의 사팔뜨기 계집애가 또 혼자서 놀고 있었다.

"순도 못 봤니?"

"봤어."

하고 계집애가 사팔뜨기눈을 모잽이로 뜨면서 대답했다. 숨이 턱에 와 붙어 있는 나를 계집앤 적이 불안한 시선으로 바라보았다.

"어딨어?"

내가 메마른 목소리로 되받아 묻자, 계집앤 심드렁하게 대답했다.

"집에 갔어. 조금 아까."

"이 계집애야, 진작 말하지."

"진작 말했잖아?"

발끈하는 계집애를 버리고 우체국 뒷마당을 나왔다. 우체국을 나서면 철물점이 있고 철물점과 양조장 사이엔 학교 뒷문으로 들어가는 작은 골목길이 나 있었다. 양조장을 지나선 희자네 여관, 그리고 이발관을 지나면 우리 집이 있을 것이었다.

나는 양조장 앞을 지나친다는 게 몹시 주저되었지만 그곳에 박술이란 사람이 예전처럼 술통을 거꾸로 놓고 버티고 앉았을 리 만무하겠고 보면 먼 길을 돌아서 시간을 지체시킬 필요는 없다고 생각했다. 어쩌면 지금쯤 희자는 숨이 끊어져버렸을지 몰랐다. 희자는 살아야 했다. 희자가 죽어선 안 된다고 생각했다. 그 죽음에 뜻이 있고 없고 간에 그녀가 죽는다는 건 내게선 칠성이 아버지가 죽는 것보다 싫었다.

도수장 근처 갈밭 속을 헤매던 박술이 뒤꼍에 누운 희자를 발견하고 다시 새하얗게 날이 선 낫자루를 허공으로 치켜들지도 모를 일이었다. 그가 희자를 발견했다면 십중팔구 그러지 않고는 배겨나지 못할 것이다. 왜냐하면 그가 저지른 살인현장을 희자가 목격했음을 박술은 확신하고 있을 것이기 때문이었다.

그러나 그런 생각은 내 크나큰 기우였다. 나는 벌써 철물점 앞에서 희자를 발견할 수 있었기 때문이었다.

그녀는 그저께처럼 햇볕이 고즈넉이 내리쬐는 넓은 양조장 마당 한가운데 흡사 모래껍질을 즐기는 암탉처럼 천연스럽게 활개를 뻗고 앉아 있었다. 그리고 나는 그곳에서 박술을 함께 발견하였다. 그 사람이, 조금 전까지 충혈된 두 눈을 부릅뜨고 칠성이 아버지의 뱃구레에 낫을 찍던 박술이, 예전처럼 술통을 거꾸로 깔고 앉아 술밥을 먹고 있는 희자를 내려다보고 있었다. 나는 갑자기 눈앞이 까마득해 오는 것을 느꼈다. 턱에 와 떨어지던 숨결이 깜박 조이는 듯 끊기는 느낌이었다. 자신도 모르게 두 다리가 폭 꺾이면서 길바닥에 사그라지듯 쓰러지고 말았다. 나는 철물상회 문짝 뒤에 픽 쓰러져버렸다. 온몸의 기운이 발가락끝으로 바람처럼 빠져나가는 것을 느꼈다.

상상할 수도 없었던 현실이, 도열한 병사들처럼 그곳에 가지런히 펼쳐져 보이고 있었다는 것이 나로선 감당할 수 없으리만큼 크나큰 충격이었다. 아니 그것은 충격 따위는 벌써 뛰어넘고 있는 불가사의한 것이었다. 그러나 그것은 한 치의 틀림도 없는 현실이었고, 그리고 내가 갑자기 장님이 되었거나 정신착란증에 걸린 것도 아니었다.

그때, 희자가 먼저 철물상회 문앞에 맥없이 쓰러지는 나를 발견하고 손가락질을 하고 있었다.

희자가 이쪽으로 걸어오는 것을 계기로 박술은 장기훈수를 하다가 아쉽게 일어서는 사람 모양으로 입맛을 쩝쩝 다시며 술통을 뒤집어들고 양조장 건물 안쪽으로 들어가버렸다.

두 사람이 비켜버린 양조장 앞마당에는 햇볕과 정적만이 고스란히 남아서 파닥였다.

"놀자."

어느새, 내 발 한쪽을 툭 하면서 희자가 말했다. 그녀는 조그맣게 뭉쳐 쥔 술밥 한 덩이를 내게 내밀었다.

나는 턱에 손을 괴고 앉아서 한참이나 내 무릎 앞에 난쟁이그늘을 만들고 서 있는 희자의 얼굴을 바라보았다.

그랬다. 거기엔 아무도 없었다.

물속에 가라앉은 낙엽처럼 뜻없는 계집애의 멍청한 얼굴이 쓰러진 곳에서 일어나야 할 나를 기다리고 있을 뿐이었다.

"너 어디 갔었니?"

나는 가까스로 그렇게 물었다. 목청은 담뱃재가 꽉 들어찬 것처럼 칼칼하고 메스꺼웠다.

나는 물을 먹고 싶었다. 철물상회 안집에는 우물이 있었다. 그 우물로 달려가서 한 두레박의 물을 퍼올려 더위에 지친 개처럼 나는 소리내어 물을 마셨다. 그제야 눈동자가 바로 박혀오는 느낌이었다.

"너 어디 갔었니?"

다시 희자에게 물었다.

"저기."

희자는 도수장 쪽을 가리킨 게 아니었다. 공교롭게도 그녀는 양조장 쪽만을 가리키고 있었다.

"너 여기 언제 왔어?"

"아까."

"아까 언제 말야 이 병신아?"

"아아까."

"이런 병신, 아아까가 언제냐구?"

"몰라."

"너 암소 죽는 거 봤지?"

"몰라."

"암소가 이렇게 죽는 거 봤잖아?"

내가 암소가 죽어 넘어지는 시늉을 하자, 희자가 대답했다.

"그래 봤다. 나는 봤다."

"언제 봤냐구?"

"벌써."

희자는 시간이 흘러가고 흘러나오는 것에 대한 온전한 자각의식이 없었다. 그 계집애에겐 한 시간 전도 벌써였고 삼 년 전의 일도 벌써였다. 신바람이 나면 앞으로 다가올 일조차 벌써라고 말할 계집애라는 걸 나는 알고 있었다.

내가 지금 당장 그녀로부터 얻어내고자 하는 해답은, 박술의 살인현장을 그녀와 같이 본 것이냐 아니면, 내가 구경에 열중해 있던 사이에 희자는 벌써 나를 버리고 그 현장에서 떠나버렸느냐 하는 점에 있었다. 그러나 지금 당장 우물가에 마주서서 칠성이 아버지가 넘어지는 걸 봤느냐고 따지고 싶진 않았다.

공연히 그래선 안 된다는 느낌이 들었던 것은, 도수장에서 내가 목격한 살인장면은 어쩌면 착각이었는지도 모른다는 생각이 문득 떠올랐기 때문이기도 했다. 왜냐하면 박술이란 사람의 행동이, 조금 전에 사람을 죽인 장본인으로 생각하기엔 너무나 천연덕스러웠기 때문이었다. 장기훈수를 하다가 일어나는 사람처럼 그는 어슬렁거리며 양조장 안쪽으로 걸어들어가지 않았던가.

"너 나하고 저어기 도수장 갔었지?"

나는 그렇지만 뭔가 확인하고 싶어서 희자를 다그쳤다.

"그래."

"거기서 암소가 죽은 거 봤지?"

"봤다."

"또 뭐 봤지? 암소 죽는 거 말고 말이야."

"그래서 왔다."

"어디로?"

"여기."

"왜 나 혼자만 두고 왔어. 이 바보 같은 계집애야."

"배고파서."

"그래서 술밥 생각이 났니?"

"응."

"많이 먹었니?"

"응."

희자는 언제나 많이 먹었다고 했다. 아침, 점심, 저녁, 그리고 한 개의 과자를 먹어도 그녀는 항상 많이 먹었다고 대답했다. 많이라는 어휘를 희자는 즐겨쓰는 편이었다. 어쩌면 희자는 조금이라는 말은 모르고 있는지도 몰랐다.

그것처럼 희자는 모든 것이 단순했다. 그러므로 희자에겐 소가 넘어졌거나 사람이 넘어졌거나 넘어지는 것은 하나로 정리되어 있을지도 몰랐고, 도끼로 내려찍었든 낫으로 찍어내렸든 찍어내렸다는 한 가지 사실로만 정리된 상황의 전부일 수도 있었다. 그러나 나는 희자의 말대답에서 무언가 석연치 못한 여러 가지 징조들이 보이고 있었다는 데 일말의 불안을 느꼈다.

내가 그처럼 진지한 태도로 다그치고 있는데도 희자는 내가 먹다 놓아둔 두레박의 물에 손을 담근다든지, 우물 속에 대가리를 집어넣어 소리지르는 장난을 친다든지 해서 딴청을 피웠고, 곧장 밖으로 나가려는 채비를 서둘렀다든지 했기 때문이었다. 나는 어쩔 수 없었다. 그러나 적어도 며칠간은 희자년과 그림자처럼 꼭 붙어 다녀야겠다는 생각만을 도사려먹고 지금 당장은 희자를 다그치지 않기로 작정한 것이다.

그녀를 어떻게 다루어야 한다는 것쯤은 나대로 터득하고 있는 요령이 있었다. 희자가 도수장 담벼락에 붙어서서 '암소가 음매 하고 웁니다.' 하고 느닷없이 국어책을 외었듯이 느닷없이 '사람이 죽었다.' 라고 소리칠지 또한 모르겠기 때문이었다. 그런 면에서 희자야말로 언제 터져 자빠질지 모를 시한폭탄 같은 계집애였고, 시한폭탄 같았으므로 끊임없는 내 관심의 대상이 되어올 수도 있었다.

우리는 철물상회 안마당의 우물가에서 한동안 물장난을 하다가 밖으로 나왔다.

바로 그때였다.

나는 도수장에까지 칠성이 아버지를 따라갔던 짐꾼들과 그 첫째

아들이 동저고릿바람으로 철물점 앞길을 황망히 뛰어가는 것을 보았다. 그들은 한결같이 얼굴이 하얗게 질려 있었다. 몇 사람이 그들의 뒤를 또한 무작정 따라가며 뭐라고 소리치고 있었지만 무슨 말인지 알아들을 수 없었다.

나는 희자를 데리고 그의 집 앞에까지 왔다. 그리고 나는 명령했다.

"너네 집에 들어갓."

"안 돼."

"들어가 있어 이년아."

"안 돼."

"너 잡혀가고 싶어?"

"안 돼."

"잔말 말구 집구석에 틀어박혀 있으라구. 순사가 오면 널 달랑 잡아낚아서 꽝 쏴버린다는 거 몰라?"

"안 가."

"이 병신아, 정신 차리라구. 제발 들어가 있어. 내가 또 부르러 올 테니까."

"언제?"

"저녁에."

못내 아쉽다는 표정으로 희자가 대문 안쪽으로 사라지기를 기다려 나는 집으로 돌아왔다. 삼십 분이나 흘렀을까. 나는 칠성이 어머니가 우리 집 뜨락 앞을 엎어질 듯이 뛰어가는 것을 보았다.

마을은 순식간에 수라장이 된 느낌이었다. 그들은 저마다 소리질렀다.

"칠성이 아버지가 죽었다."

"마을에 살인났다."

거적때기에 싸인 칠성이 아버지의 사체가 집으로 옮겨지고 곧이어 통곡소리와 발악이 들려오기 시작했다.

순경들이 초상집으로 몰려오고 온 마을의 반쯤이나 되는 듯한 많은 사람들이 그 집으로 몰려왔다.

"이런 변괴가 있나."

"누가 이런 엄청난 일을 저질렀을까."

우리 바로 이웃이었는데도 그 집을 기웃거리지 않았던 것은 어머니나 나나 마찬가지였다.

얼굴이 새하얘진 어머니가 툇마루에 고즈넉이 앉아서 비봉산 자락을 바라보고 있었다. 흡사 그린 듯이 앉아서.

나는 박술이 칠성이 아버지를 내려치기 전에 두 사람이 마주나누던 몇 마디의 말을 또록또록 기억하고 있었다. 그들이 격렬하게 주고받던 말의 의미는 도대체 무엇일까. 그것을 알 것도 같았고 또한 막연한 것이기도 했다.

뭔가 희미하게 짚여오는 것은 그들의 대화 속에 어머니를 두고 이르는 것 같은 냄새가 있다는 것이었다. 그것은 숲 속을 거닐 때에 얼굴에 걸리는 묵은 거미줄처럼 떨쳐버릴래도 떨쳐버릴 수 없는 끈적끈적한 바로 그것이었다.

장텃길에서 치마끈이 터져버린 여자처럼 처음엔 당황을 감추지 못하던 어머니가 나중엔 모닥불에 쌓이는 재처럼 사그라져서 앞산 먼 자락을 바라보고 앉아 있는 모습에서 난 무턱대고 슬픔을 느꼈다.

나는 어머니를 사랑하고 있었다. 이 세상 어느 곳에서도 내가 어머니보다 더 사랑하는 것은 없었다.

어머니가 이 살인사건에 연루되어야 하는 것이 그러므로 나는 싫었다. 적어도 내가 보기엔 어머니는 사람을 죽이진 않았다. 그런데도 가슴에 싹트기 시작하는 불안은 자꾸만 커져가는 느낌이었다.

7

밤이 다가왔다.

칠성이네 집 담장에 붙어 있던 마을 사람들이 혀를 끌끌 차면서 하나둘 집으로 돌아갔다. 몇몇 사람을 제외한 대다수의 마을 사람들은 칠성이네 집 안으로 들어가서 울음에 지쳐 목이 잠긴 칠성이 어머니를 잡고 위로하는 기색은 없었다. 사람들은 평소부터 칠성이네를 내심으로 경계해 왔다. 왜냐하면 그들은 백정(白丁)이었기 때문이었다.

소를 잡는 날이면 마을 사람들은 칠성이네 집 헛간을 개조해서 만든 푸줏간으로 모여들었다. 그리고 식칼을 들고 푸주질을 하고 있는 칠성이 아버지에게 거만하게 말했다.

"이 사람 육고기 한 칼 주게."

그렇게 말하면 칠성이 아버지는 "네." 하고 암소의 허벅지살을 식칼로 썩 베어서 저울에 담아내곤 하였다. 마을 사람들이 무턱대고 거만을 떠는데도 그는 별로 아랑곳하지 않았다. 그러나 오뉘못에서 살고 있는 독짓는 사람들은 거기 와서 "이 사람 육고기 한 칼 주게." 하진 않았다. 그들은 이 마을에서 칠성이 아버지를 '천 주사' 라고 불러주는 유일한 사람이었다.

나를 건초더미에 꼰질러박았던 그 사내가 칠성이 아버지 앞에서 쩔쩔매는 꼬락서니를 본 적이 있었다. 그도 고기를 사기 위해 푸줏간에 들렀다.

"천 주사 고기 두 근만 주십시오."

푸줏간 바닥에 놓인 숫돌에다 식칼을 썩썩 갈고 있던 칠성이 아버지는 들은 척도 하지 않았다.

사내가 다시 말했다.

"천 주사 고기 두 근만 주슈."

그때, 칠성이 아버지는 숫돌을 갈고 있던 자세에서 고개도 돌리지 않고 대답했다.

"자네 줄 고기 이 집에 없네."

"그러지 마시고요."

"그러지 말라니?"

"잔뜩 놔두고 왜 그러슈?"

"잔뜩 있어도 자네 줄 육고기는 없네."

"그러지 마세요."

비로소 자리에서 일어선 칠성이 아버지는 두 눈을 부릅뜨고 그 사내를 노려보았다. 그의 한 손에는 날이 시퍼렇게 선 식칼이 들려 있었다.

"겨로 배를 채우면 됐지 상것 주제에 고긴 무슨 고기야? 네 이놈 썩 나가지 못해?"

뒤통수를 긁적거리며 푸줏간을 쫓겨나가는 그 사내를 칠성이 아버지는 끝까지 노려보고 섰던 것이다. 그러나 칠성이 아버지가 시신(屍身)이 되어 집으로 실려온 지금, 집 안으로 들어가서 진정으로 같이 슬퍼해 주고 있는 사람들은 다름 아닌 오뉘못에서 살고 있는 독짓는 마을 사람들뿐이었다.

먹구름이 덮여 있는 하늘엔 간간이 달빛이 나왔다간 사라졌다. 샛바람이 불고 있었다. 곧장 밤비라도 쏟아질 듯 음산한 바람이 돌담을 스쳐가는 소리에 나는 오랫동안 귀를 기울이고 있었다.

잠이 오질 않았다. 칠성이 아버지는 정말 죽은 것일까. 사람이 죽고 나면 다시 살아날 수는 정말 없는 것일까.

그렇다면 죽은 사람은 도대체 어떻게 된단 말인가. 세상을 버렸다는 말은 도대체 무엇을 의미하는 것일까. 죽은 사람들만 모여사는 동네가 따로 있는 것인가. 그럼 그곳에선 무얼 먹고 사는 것일까. 칠성이 어머니는 그들만이 살고 있는 마을에 출입할 수 없는 것일까. 저렇게 슬피 우는 것을 보면 그들 부부는 아마 다시는 못 만나게 되는 것인지도 모르지. 궁금한 것이 한두 가지가 아니었지만 어머니에게 그런 것을 물어볼 용기가 나지 않았다.

어머니는 칠성이 아버지의 시신이 도수장에서 실려온 이후로 아직 누구와도 말을 건네지 않고 있다는 것을 알고 있기 때문이었다.

나는 자리에서 가만히 숨을 죽이고 일어났다. 그리고 문을 열고 밖으로 나갔다.

차갑고 습기 밴 바람이 금방 내 목구멍을 막았다. 나는 살금살금 칠성이네 집 가까이로 다가갔다.

그 야트막한 초가집에는 우리 집과는 달리 사방으로 돌담이 쳐져 있었고 사립문까지 있었다. 그 사립문에는 지등(紙燈) 하나가 매달려 있었다. 그 지등은 바람이 불 적마다 흔들렸고 지등이 흔들릴 적마다 속에 꽂아둔 촛불이 자지러질 듯 껌벅거렸다.

칠성이 어머니는 아직도 목쉰 소리로 울고 있었다. 저주와 비통함과 원통과 원망이 한데 뒤엉킨 그 울음소리는 잠들 수 없었던 내 잠자리에까지 쉴 새 없이 들려왔다. 어머니도 잠들지 않고 그 울음소리를 듣고 있었는지 몰랐다.

칠성이네 집은 울음소리 이외엔 아무런 움직임도 없었다. 푸줏간의 문은 굳게 잠겨 있고 섬돌 위에는 몇 켤레의 고무신이 어지럽게 널려 있었다. 칠성이 아버지의 기침소리가 들려오던 그 집 윗방에서, 울음소리는 스산한 바람결을 타고 끊어졌다간 다시 이어지곤 했다.

개 한 마리가 사립문을 앞발로 밀치고 나와선 어디론가 재빨리 마을 아래쪽으로 달아나고 있었다. 달아나는 개의 입에 시커먼 육고기 덩어리 하나가 물려 있는 것을 나는 보았다.

나는 칠성이네 집 돌담을 끼고 뒤꼍으로 돌아갔다. 그 음산한 울음소리를 좀 더 가까이서 듣고 싶었기 때문이었다. 칠성이 아버지의 죽음에 대해서 품고 있는 내 의문과 관심에 대한 어떤 해답 같은 걸 줄 수 있는 건덕지가 있다면 지금 당장은 음산하게 들려오는 그 울음소리뿐이었기 때문이었다.

그 울음소리만이 지금 당장은 이 돌연한 죽음에 대한 현실적인 표현일 수 있었고 그 울음소리만이 죽음이 품고 있는 모든 의문에 대한 유일한 단서였기 때문이었다. 그의 죽음을 현장에서 똑똑히 목격한 터이지만 나는 아직도 죽음 자체를 뼈아픈 현실로 받아들일 만한 건덕지가 없다는 생각을 하고 있었다. 이를테면 내가 잠자리에서 숨죽이고 일어나 울음소리의 근원을 찾아 거기까지 가게 된 것은 칠성이 아버지의 죽음을 현실로 느끼고 그것을 확인하고 싶었던 알 수 없는 충동 때문이었다.

아무런 다른 이유가 없었다. 그 죽음에 대한 보다 확실한 단서를 얻어냄으로써 앞으로 내가 우리 어머니를 상종하는 데 뭔가 손쉬울 것만 같은 그런 막연한 기대를 갖고 있었기 때문이었다.

예상했던 대로 담장을 따라 뒤꼍으로 돌아가면서부터 울음소리는 보다 현실적인 아픔으로 들려왔다. 그녀가 침을 삼키는 소리, 간간이 손바닥으로 방바닥을 치는 소리도 들려왔고 코를 치맛자락에다 팽 하고 푸는 소리도 들려왔다. 괴괴한 침묵에 잠겨 있는 그 집은 흡사 무섭고 큰 동물이 가만히 땅바닥에 엎디어 있는 형국이었다.

나는 담장에다 귀를 갖다대고 두 다리를 꺾고 앉았다. 바로 그때였다. 누군가가 내 뒷덜미를 획 가로채는 것과 거의 동시에 커다란 손이 와서 내 눈과 코와 입을 한꺼번에 틀어막았다. 그리고 한 손으로 나를 냉큼 들쳐업었다.

　나는 그 사내의 등에 업혀 한참이나 뛰었다. 그 사내가 나를 다시 내려놓은 곳은 우리 집 앞이었다.

　"이 녀석, 남의 초상집은 왜 기웃거려."

　그가 박술이란 것을 목소리로 알아들었다. 나는 너무나 놀랐으므로 그의 질문에 당장 무어라고 대답할 겨를조차 없었다. 숨통이 꽉 막힐 만큼 놀랐으므로 나는 거의 정신을 잃고 어둠 속에 스산하게 서 있는 사내의 시꺼먼 몸뚱이를 바라보고 있었다.

　"이놈아! 이 오밤중에 초상집은 왜 기웃거리느냐구?"

　칠성이 아버지의 뱃구레에다 낫을 찍어내리던 그 사내에게 내가 뭐라고 대꾸할 수 있는 말이 있을 수 있단 말인가. 나는 그만 그 자리에서 깜빡 꼬꾸라지고 말았다.

　"야 요 녀석 봐라? 요것이 어른을 놀릴 줄 안다?"

　사내는 그 커다란 손으로 내 한쪽 볼따구니를 탁탁 치고 있었다. 나는 어렴풋이나마 사내의 몸에서 느끼한 술냄새가 풍겨오는 것을 느꼈다. 술냄새뿐이 아니었다. 어디서 무얼 하다가 왔는지는 몰라도 사내의 몸에선 후끈한 땀냄새도 풍겨왔다.

　내가 잠시 까무러쳤던 것은 어쩌면 그의 살인현장에 내가 있었다는 낌새를 알아차려버렸는지도 모른다는 낭패감 때문이었다. 아니나 다를까, 우리 집 담장 밑에다 나를 꼰질러박고 박술은 족치기 시작했다.

　"이 녀석 꾀부려도 소용없어."

　"……."

　"너 거기서 뭘 했어?"

　"……."

　"너 왜 거길 갔었어?"

　"그냥."

겨우 한숨을 돌린 나는 가까스로 그렇게 대답하면서 시꺼먼 밤 하늘을 등에 지고 서 있는 박술의 헝클어진 대갈통과 넓고 견고한 어깨를 바라보았다. 박술의 입에선 쉴 새 없이 마늘 냄새와 탁배기 냄새가 풍겨왔다. 사내는 두 손을 허리에다 꼬나얹고, 여차하면 내 모가지를 비틀어 버릴 수도 있다는 듯 으름장을 놓았다.

"이놈아, 오밤중에 잠은 자지 않고 남의 집 담밑엔 재미로 놀러 갔더냐?"

"아뇨."

"그럼 뭣 하러 갔어? 니 에미가 밖으로 내쫓든?"

"네."

옳구나 하고 나는 얼른 거짓말을 들이댔다. 사내는 의외라는 듯 고개를 몇 번 갸우뚱거렸다.

"그으래?"

하고 다시 물었다.

"네."

"왜 쫓아냈어?"

"오줌을 쌌거든요."

킥킥거리며 박술은 한참이나 웃었다. 웃고 있는 사내의 몸에서 다시 물씬하게 땀냄새가 풍겨왔다. 도대체 박술은 이 한밤중에 무 얼 하고 있었기에 그처럼 땀을 흘려야 했을까. 그런 의문은 용하게 도 그의 손아귀에서 풀려나 다시 방으로 돌아와 누웠을 때까지도 나를 끊임없이 괴롭히던 것이다.

"빨리 들어가 자. 니 에미가 걱정한다, 이놈아."

박술은 내 등을 툭 치며 그렇게 말했다. 나는 뒤를 돌아다보지 않고 무서운 삽살개에 쫓기는 아이처럼 등골에 오싹하는 한기를 느 끼며 방 안으로 달려오고 말았다.

박술을 칠성이네 집 담장 밖에서 만나게 될 줄은 정말 예견할 수 없었던 일이었다. 그 사내는 땀을 뻘뻘 흘리며 어디에선가 달려와서 나처럼 그 담장 밖에서 집 안의 동정을 살피고 있었던 게 분명했다. 그렇다면 그가 그 집 담장 밖에서 귀를 기울이며 찾고 있던, 아니면 알려고 했던 것은 도대체 무엇이었을까.

그러나 그런 의문을 풀어낼 수 있을 만큼 나는 크지도 않았고 또한 유능하지도 않았다. 다만 그렇게 다행일 수 없었던 것은 박술이 그 살인현장에서 나를 발견하지 않았다는 한 가지 확증만은 얻어낸 셈이었다.

만약 내가 살인현장에 있었다는 사실을 그가 눈치챘다면 나는 물론 그와 같이 잤던 우리 어머니조차도 에의 낫으로 찍어버렸을지도 모를 일이다. 아니 박술은 십중팔구 그렇게 했을 거였다.

그런 확증은 무척이나 나를 기쁘게 만들었다. 왜냐하면 나는 자유로울 수가 있었기 때문이었다. 이 마을의 구석 어디를 가더라도 또한 어느 아이를 만나더라도 나는 고개를 아래로 내리깔며 눈치를 살피지 않아도 될 것이고 이 사건의 뒷얘기를 지껄이는 자리에 부담없이 끼어들 수도 있을 것이기 때문이었다.

그러나 아무리 떨쳐버리려 해도 나는 도저히 그 악몽의 괴로움에서 벗어날 수가 없었다.

박술이 눈치채지 않고 있다 하더라도 나는 어렴풋하게나마 죽어간 칠성이 아버지에게 뭔가 해야 할 일이 남아 있는 유일한 사람이란 자각에서 오는 헤아릴 수 없는 고독감이 쉴 새 없이 나를 몰아붙였던 것이다. 그랬다. 나는 고독했다. 이상하게도 나는 어른스럽게 고독해지기 시작했다.

박술의 관심 밖으로만 튀어나온다면 모든 게 자유롭고 모든 것이 예전처럼 되돌아설 것만 같았던 당초의 예상은 완전히 빗나가고 있었다. 나는 마음대로 지껄이고, 마음대로 장난을 치고 뒹굴며, 옛날처럼 헤헤 웃고 학교 동쪽 변소 옆에서 삼학년 아이들을 붙잡아서 한판 승부를 걸기도 했던 모든 것이 너무나 부질없었음을 느끼기 시작했다.

“너 요사이 왜 그래?”

교무실에다 나를 불러 세우고 채순미가 걱정스러운 얼굴로 물었을 때 나는 그 질문에 합당한 대답을 찾지 못해서 시종 주저주저하였다.

“맥빠진 녀석처럼 왜 그래?”

고독한 사람은 맥빠져 보인다는 것을 나는 그때서야 깨달았다. 그랬다. 외로운 사람은 언제나 맥빠져 보였다. 마을 변두리 토담집에 혼자 살고 있는 거렁뱅이 영감도 외로웠기 때문에 맥빠져 보였고 마을에서 먼 도회라는 곳으로 도망을 나갔다가 다시 집으로 돌아오는 청년도 외로웠기 때문에 맥빠져 보였는지 몰랐다.

“아무것도 아녜요.”

나는 여전히 시선을 발아래로 내리깔고 채순미의 질문에 겨우 그렇게 대답할 수밖에 없었다. 나는 그때처럼 채순미의 질문이 바보스러워 보이고 병신 같아 보이긴 처음이었다.

“선생님들은 모든 것을 알고 계신다. 네가 집에서 잠을 자고 공부하고 누구하고 놀며 무슨 생각을 하고 있는지 그런 모든 것을 알고 있단 말야.”

언젠가 채순미는 내 정수리에 매를 톡톡 치면서 그렇게 말했던 것이다. 드디어 나는 채순미의 그때의 말이 새빨간 거짓말이며 다만 나를 붙들어 족치기 위해서, 나를 굴복시키기 위해서, 나를 자기 편으로 만들기 위해서, 내 위에 군림하기 위해서, 제가 편하게 나를 가르치기 위한 한 방법에 불과한 협박이었음을 드디어 깨닫게 되었다는 뜻이었다.

바보스러운 채순미의 질문을 받자, 나는 지금까지 변소 뒤를 지나가는 삼학년 애새끼들을 붙잡고 한판 승부를 걸었던 지금까지의 내 행동이 얼마나 가증스러웠던가를 깨닫게 되었다. 그것과 함께 나는 요사이 와서 느닷없이 내 키가 담배 한 개비 길이만큼이나 자라났다는 것을 의식했다.

바야흐로 내 상대는 낯짝이 희멀건 정류소 소장 아들녀석은 아니었고 변소 주변을 배회하는 삼학년 아이들도 아니었다. 드디어 나는 채순미야말로 나와 한판 승부를 겨룰 수 있는 상대로 부상되고 있다는 것을 깨닫기 시작했다.

나는 아무것도 아니었다는 조금 전의 대답을 곧장 정정했다.

"정말은 어떤 일이 있었어요."

막연하게 내 이마에 시선을 꽂고 있던 채순미의 눈자위가 그때 생기가 도는 듯했다. 일순 내 농간에 끌려드는 채순미의 바보스러움에 쾌재를 불렀다.

"무슨 일이냐? 왜?"

"그저 그렇고 그런 거죠 뭐."

"얜? 그저 그렇고 그렇단 대답을 하면 안 돼. 선생님에게 얘기해 줄 수 없겠니?"

"아무것도 아녜요."

"그러지 말고 말해 주렴."

"글쎄요."

"녀석. 또 어른스럽게 구는구나."

"헤헤헤."

"그렇게 웃는 게 아냐."

"그러믄요?"

"사내는 허허 웃어야지."

"허허허."

"그래 됐어. 이제 말해 주겠니?"

"말 못 해요."

"꼭 그럴 사정이라도 있니? 그렇다면 어머니를 찾아가서 물어 볼까?"

"어머니는 몰라요."

"어머니는 모르다니 그렇다면 큰일났게?"

"뭐가 큰일나요?"

"네가 왜 그렇게 맥이 빠져 있는지를 어머니가 모르고 계시다면 그것이야말로 큰일 아니니?"

채순미는 정말 사건이라도 일어났다는 듯이 눈자위를 한 번 하얗게 뒤집었다간 답삭 내 두 손을 감아쥐었다.

채순미는 물론 어른이었다. 나는 그것을 인정하고 있었다. 그러나 그런 어른이 조그만 내가 품고 있는 속사정을 몰라 안절부절못하는 꼴을 보고 있으려니 웃긴다는 생각이 들었다. 더욱이 연극을 꾸미면서까지 내 발설(發說)을 유도하려는 노력은 더욱 가증스러웠다. 나는 턱을 가슴 앞으로 잡아당기면서 거만하게 말했다.

"엄마라도 모를 수가 있죠."

나는 좀 더 어른스러워 보였으면 좋겠다고 생각했으나 그렇게 되고 있는지는 알 수 없었다.

"그건 안 돼, 엄마는 모든 것을 알고 있어야 한다. 더군다나 너는 우리 반에서 모범생이고 또 부반장 아니니?"

"부반장이죠."

"그러니까 넌 반의 어느 누구보다도 선생님과 가까워야 해. 가깝다는 게 뭔지 아니? 서로가 가슴속에 품고 있는 생각을 거침없이 털어놓는 거야."

그랬다. 채순미의 마지막 한마디 말이 나를 몹시 뒤흔들어놓았다. 채순미를 가깝게 느끼는 것은 사실이었다. 아니 박술과 채순미를 두고 볼 적에 채순미의 비중은 박술에 비견할 바가 아니었다. 그 살인자보다는 부반장의 감투를 안겨준 채순미가 내게 더 가깝다는 건 너무나 명백한 사실이었다.

그 사실이 문득 나를 괴롭혔다. 그런데도 이상하게 그 살인사건의 전말을 채순미에게 털어놓아선 안 된다는 강박감은 어디서 오는 것일까. 이상하게 나는 그때 어머니의 얼굴을 떠올렸다. 어머니가 일그러진 얼굴을 하고 허공 저쪽에서 나를 지켜보고 있었던 것이다. 그것은 괴로운 환상이었다.

그 순간 나는 후회하고 있었다. 채순미와의 한판 승부를 노렸던 내 객기를 후회하기 시작했다. 그러나 채순미는 조금도 고삐를 늦추지 않았다. 그녀는 아마 내 표정 위에 서리는 감정의 앙금을 놓치지 않고 관찰하려고 애쓰고 있었다.

어른들은 그랬다. 그들은 말하지 않고 있는 아이들의 심중을 꿰뚫어보는 비상한 재간을 갖고 있었다. 아이들의 표정 하나에도, 아이들이 무심결에 빚어내는 행동 하나만을 가지고도, 그 아이의 의사가 무엇이며 속셈이 어떠한 것이며 무엇을 바라고 있는가를 용하게 집어낼 줄 아는 비상한 재간을 갖고 있다. 그러나 아이들은 그것을 할 줄 몰랐다. 아이들은 언제나 말한다. 말로써 상대를 감지하고 말로써 내 자신의 태깔을 빛내야 했다. 그러므로 난 아직 어른이 아니고 아이에 머물러 있는지도 몰랐다. 아니 그건 확실했다. 왜냐하면 난 채순미의 표정만으로썬 속셈이 무엇인지 눈치챌 수 없다는 것을 깨닫고 있었기 때문이었다.

나는 채순미 앞에서 달아날 궁리에 골몰하기 시작했다.

"난 집에 가고 싶어요."

"집에 보내주지. 선생님이 밤중까지 너와 같이 놀아줄 순 없겠으니까."

"그러니까 전 가겠어요."

"네가 맥빠져 있는 까닭을 기어코 말 못하겠니?"

"전 맥빠지지 않았어요."

"난 그렇게 보이는데."

"아녜요."

"앞으로 너와 내가 친하지 않아도 좋다는 뜻이니?"

"아뇨."

"그럼 말해, 선생님 화나신다 그러면."

"화내지 마세요."

"그럼 말해."

"나중에요."

"나중에 언제?"

"내일."

"정말이니?"

"네."

"그럼 내일 얘기하기로 하자. 선생님은 항상 널 걱정하고 있다는 거 잊어버려선 안 된다."

채순미는 내 뒤통수를 쓰다듬어주었다. 따뜻한 그녀의 손길이 가만가만 내 목덜미를 쓰다듬고 있을 때, 나는 하마터면 뒤돌아서서 "칠성이 아버지는 박술이가 죽였어요." 하고 소리칠 뻔했다.

채순미에게 풀려난 나는 텅 빈 운동장을 가로질러 천천히 걸었다.

서산에 노을이 지고 있었다. 노을이란 언제나 내겐 좋았다. 후평동 산마루 위로 검붉게 지는 노을 때가 되면 나는 조금씩 배가 고파

왔고 그 배고픔이 안겨다주는 야릇한 향수와 고독감 같은 것을 나는 어머니를 사랑하듯 좋아하고 있었다. 노을이 주는 이상한 적막감과 노을 다음에 올 푸짐한 잠자리와 밤의 이야기를 상상하고 나는 때때로 휘파람을 불었다. 휘파람은 후평동의 대밭 사이를 지나서 산을 적시고 있는 노을에 같이 묻어서 알 수 없는 나라로, 내가 갈 수 없는 나라로, 내 휘파람에서 뽑아진 노래가 멀고먼 여행을 하게 된다고 나는 생각하고 있었다.

멀고먼 나라, 나는 휘파람처럼 그들의 나라로 가고 싶었다. 그곳에 무엇이 있는지 나는 몰랐다. 칠성이 아버지처럼 죽어간 사람들이 살고 있는 곳인지도, 어른들만 사는 나라인지도, 아이들만 사는 나라인지도 몰랐다. 내가 그 나라에 간다면 칠성이 아버지가 왜 죽었는지를 소리질러 대답할 수 있을 것만 같았다. 어머니가 그것을 용서해 줄는지는 모르겠기 때문이었다. 그때는 지금처럼 철저한 외로움을 느끼지 않아도 될 것이었다.

그때, 나는 문득 내 자신에 놀랐다. 내가 걸어나가야 할 곳은 교문을 따라 해바라기가 열지어 자라고 있는 학교 앞길이어야 했다. 그러나 무심코 걸어가고 있는 곳은 학교 동편으로 트인 작은 내리막길이었다.

울타리가 없는 그 내리막길 저쪽에는 우물이 하나 있었다. 나는 그 우물 쪽으로 가고 있었다. 그 우물은 몇 년 전 학교의 인부들이 일주일이나 걸려서 파놓은 우물이었다.

위에서 들여다보면 우물의 밑바닥이 저 아래로 아득하게 내려다보였다. 그러나 우물은 얼마 가지 못해서 못 쓰게 되었다. 어른들은 우물에 객물이 스며든다고 했다. 왜 그렇게 된지는 몰랐어도 그 우물의 물맛은 별났다. 검검찝질하고 차갑지도 않고 뜨겁지도 않았다.

아이들이 장난을 하기 시작했다. 온갖 잡동사니를 그 우물 속에다 처넣었다. 나무작대기를 집어넣기도 했고 걸레를 집어넣기도 했으며 종내엔 신발까지도 집어넣었다. 위에서 침을 뱉고 가만히 귀를 기울이면 그 침이 우물의 수면 위로 착 하고 떨어지는 소리가 들려왔다. 고개를 디밀고 "우리 학교 교장은 빈대머리." 하면 그 속에서 "우리 학교 교장은 빈대머리." 하고 큰 소리로 입내내었다. "삼삼은 구." 하면 그 속에선 더 큰 소리로 "삼삼은 구." 하고 복창했다. "따라서 말하면 똥구멍에 수염 난다."고 하면 우물 속에선 더 큰 소리로 "따라서 하면 똥구멍에 수염난다아." 하고 복창했다. "순자 보지는 헤딱보지." 하면 그 우물 속에선 더 큰 소리로 "순자 보지는 헤딱보지." 했기 때문에 아이들이 제풀에 놀라서 내리막길을 땀을 찔찔 흘리며 뛰어가선 운동장의 아이들 틈으로 숨어버리곤 했다.

나는 그 우물가에 서 있었다.

시멘트로 된 원통형의 턱에 가만히 고개를 디밀었다. 우물 속에서 찬 기운이 물씬 끼얹혀왔다. 저쪽 아래에 맑은 하늘이 희미하게 비치고 있었다.

"아."

하고 소리질렀다.

"아아아."

하고 우물이 대답했다.

"우―."

하니까

"우우―."

하고 우물이 대답했다.

"칠성이 아버지 죽었다."

"칠성이 아버지 죽었다."

“칠성이 아버지는 캑 죽었다.”

“칠성이 아버지는 캑 죽었다.”

“피가 나서 죽었다.”

“피가 나서 죽었다.”

“박술이가 죽었다.”

“박술이가 죽었다.”

“박술이는 엄마하고 잤다.”

“박술이는 엄마하고 잤다.”

“박술이가 죽였다.”

“박술이가 죽였다.”

“낫으로 찔렀다.”

“낫으로 찔렀다아.”

나는 고개를 들어 운동장 저편을 살펴보았다. 아무도 없었다. 붉은 노을만 하늘에 기대어 있었다.

노을빛이 운동장의 황토흙 위로 와서 가만히 누워 있었다. 그때 학교 교무실 창밖에 달린 종이 울리기 시작했다. 그건 하학종이 아니었다. 하학 후에 학교에 남아 있는 학생이 있으면 어서 집으로 돌아가라는 종소리였다. 그 종이 치고 난 후에 아이들이 학교에 남아 있으면 선생님들로부터 호된 꾸지람을 들었다.

마을은 학교에서 치는 그 종소리를 기점으로 모두들 저녁준비를 서둘렀다. 그건 내가 태어나기 전부터 지켜오는 버릇인 것 같았다.

후평동 산 너머로 지는 노을과 학교에서 치는 종소리는 이상하게 서로 어울려서 이 마을의 분주했던 하루를 고즈넉하게 가라앉히는 역할을 해왔다.

나는 우물가를 벗어나서 내리막길을 내처 내려갔다. 가슴이 조금은 후련한 느낌이었다. 그러고 보니, 그 사건 이후로 나는 그렇게 당겨 왕성했던 식욕을 잃고 있었다는 느낌이 들었다. 가슴이 조금 후련해진 오늘 저녁은 보다 많은 밥을 우겨넣을 수 있을지도 몰랐다.

내리막길은 한참 가다가 다시 학교 앞에 이르는 큰길과 직각으로 만나고 있었다.

길에도 행인들이 뜸했다. 이 시간이 조금 지나면 들로 나갔던 사람들이 마을로 돌아올 것이었다.

나는 한길을 따라 천천히 길을 걸었다. 바로 그때였다. 나는 학교 정문 쪽에서부터 황급히 뛰어내려오는 채순미를 보았다. 그녀는 주위를 돌아볼 겨를도 없이 무엇엔가 급하게 쫓기고 있듯이 한길을 따라서 달려가고 있었다.

나는 그처럼 바쁘게 서두르는 채순미의 모습을 지금까지 본 적이 없었다. 뭐랄까 채순미는 조금은 맹한 여자처럼 보였다. 너무 침착해서 맹해 보이는지는 몰라도 그녀는 이를테면 좀처럼 호들갑을 떨며 깜짝깜짝 놀라는 여느 때와는 많이 달랐다.

그런 여자가, 얼굴이 새하얗게 질려가지고 마을의 한길을 허겁지겁 내닫고 있었다. 나는 자신도 모르게 뛰어가는 채순미를 뒤쫓기 시작했다. 그녀는 한길을 똑바로 뛰어내려가서 경찰지서가 있는 건물 앞에서 걸음을 멈추었다. 경찰지서에는 정오만 되면 사이렌을 불어주는 종루(鐘樓)가 높다랗게 서 있었다. 그 종루는 이 마을에선 철책으로 된 제일 높은 집이기도 했다.

8

마을에 살고 있는 대다수의 아이들은 경찰지서에 있는 그 종루에 올라가고 싶어 했다. 이 마을에서 날개를 가진 사람은 없었다.

아이들도 마찬가지로 날개가 없었다. 날개가 없는 사람들은 높은 곳에 오르는 것을 꿈으로 삼았다.

그 종루에 오르면 땅 위에 있을 때보다도 더 많은 것을 한꺼번에, 그리고 더 멀리 있는 것을 한꺼번에, 마을의 지붕 위에 있는 것들을 바라볼 수 있었다. 마을 앞을 지나가는 트럭과 버스가 후평동의 고갯길을 돌아 어느 산자락을 끼고 돌아가는가를 그 종루에선 볼 수 있었고 개천 너머 광덕(廣德)이란 동네도 그 종루에선 바라보였다. 그리고 오뉘못 너머 멀리 산자락 아래로 숨어돌아가는 늪지대에 새벽이면 날아와 앉는 왜가리 떼도 보였다.

그러나 우리들 중에 누구도 종루에 올라가본 사람은 없었다. 네 개의 철주(鐵柱)가 종루를 아스라이 떠받치고 있었다. 네 개의 철주는 다시 엑스자 형의 작은 쇠막대들로 견고하게 가로떠받쳐져 있었다. 그 엑스자 형의 가로막대 사이로 역시 쇠로 된 나선계단이 종루 꼭대기까지 뻗어 있었다. 그 종루엔 수동식 사이렌이 한 개 걸려 있었다.

그 사이렌은 마을에서 불이 났다거나 광덕으로 가는 개천에 사람이 빠졌을 때 그리고 매일 정오가 되면 여지없이 귀청이 떨어져 나가는 소리를 내며 울었다. 정오 때가 되어 부는 사이렌은 한 번만 불고 그만이었지만, 불이 났다거나 개천에 사람이 빠졌을 때면, 몇 번인가 연거푸 불어제쳤다.

경팔(庚八)이란 아이가 있었다. 열여덟 살쯤 먹은 그 아이는 애꾸눈이었다. 장텃가에 있는 막국숫집 아들이었다. 그 사이렌을 불어주는 아이가 경팔이었다. 그는 벌써 삼 년째 경찰지서의 사환 노릇을 하고 있었는데, 칠성이네 푸줏간에서 쇠고기를 훔쳐내다가 들켜선 경찰지서로 붙들려간 사람이 희한하게도 그곳의 사환이 되었다.

정오가 임박하면 경팔이 흡사 다람쥐처럼 그 위태로운 나선계단을 기어오르는 모습을 우리는 몇 번인가 구경한 적이 있었다. 종루에 오르자마자 수동식으로 된 사이렌을 외팔로 힘껏 돌리고 나서 경팔은 허리춤이 두 손을 얹고 버티고 서서 마을 주변을 한 바퀴 돌아봤다.

우리는 계단을 내려오는 경팔의 모습을 조마조마하게 바라보곤 했다. 만약 그가 계단을 헛디뎌 발이 빗가기라도 한다면 어떻게 되는 걸까.

—아마 새가 되어서 풀풀 날아서 내려올 거야.

어느 땐가, 한 아이가 느닷없이 그렇게 말했다.

—경팔이는 새가 아냐.

—아무리 새가 아니라두 하늘에 올라가면 누구나 새가 되는 법이래두.

—이 자식아 웃기지 말어.

—아냐, 나도 새가 된 적이 있단 말야.

—네가 언제 새가 되었어?

—어젯밤에 꿈을 꾸었는데 절벽에서 내가 훌쩍 뛰니까 저 아래 갯바닥으로 훨훨 날아서 내려앉았단 말야.

—그래, 나도 그랬지. 아냐, 난 종종 그래.

—그러니까, 경팔이도 계단을 헛디디면 훨훨 날아서 내려온다 이거야.

그러나 경팔은 계단을 한 번도 헛디딘 적이 없었고, 그리고 아직 한 번도 훨훨 날아서 땅에까지 내려온 적이 없었다. 우리는 그도 언젠가는 우리들 꿈속에서처럼 날아 그 종루에서 내려앉을 때가 있기를 기다렸다. 만약 그런 모습을 경팔이 보여주지 않는다면 내가 언젠가 그것을 마을 사람들에게 보여줄 수 있을 때가 오리라고 맘먹고 있었더랬다. 그러나 무엇보다 중요한 것은 그 종루에 올라가는 일이었다. 종루에까지 올라가려면 먼저 경찰지서의 마당을 정면으로 가로질러 뒤편 쪽으로 돌아가야 했고 정면으로 돌아서자면 경찰지서의 사무실 앞쪽을 지나가야 했다.

그것이 어려운 일이었다. 그 사무실 안에는 항상 탱자같이 작은 얼굴에 안경을 받쳐쓴 순사가 오락가락하고 있었고 어느 땐 매서운 눈초리를 하고 바깥에 모여선 우리들을 노려보기도 했다.

그곳에선 간간이 사람의 비명소리가 들려오곤 했다. 대개는 남자였다. 창자를 긁어올리는 듯한 그 비명소리는 때때로 지서 근방에 살고 있는 사람들의 밤잠을 완전히 설치게 만들었다. 등줄기에 매가 떨어지는 소리가 났고 매를 맞은 사람들은 처음엔 이를 바드득 갈며 "이 개새끼보다 못한 놈들!" 하고 순사들을 저주하다가 끝내는 목청이 찢어지는 듯한 비명소리를 내지르곤 하였다. "이놈이 배내똥을 싸는구나." 땀을 찔찔 흘리며 매를 때리던 그 일본인 순사가 그렇게 말하고 침을 퉤퉤 내뱉곤 했다. 그의 매가 멈추고 나면 지서문 바깥에서 밤새도록 떨고 서서 기다리던 낯선 사람들이 유혈이 낭자한 사람을 업고 어디론가 급히 떠나던 것을 사람들은 종종 보았다.

경찰지서는 그만큼 살벌한 곳이었다. 그런데 우리들로선 이해하지 못할 한 가지 놀라운 사실이 있었다. 어지간한 마을 사람들은 지서 앞의 한길조차도 피해 가는 그 경찰지서의 꽃밭이 바로 그랬다.

그 사무실 주변에는 언제 봐도 티끌 하나 떨어지지 않은 정갈하게 다듬어진 꽃밭이 사무실을 둘러싸고 있었다. 그 꽃밭엔 봄부터 가을까지 이름 모를 꽃들이 꽃망울을 터뜨려선 찢어질 듯한 꽃잎을 피어내곤 하였다. 꽃밭이 좋기로는 이 마을에선 학교의 꽃밭이었지만 지서에 있는 꽃밭은 학교의 그것과는 비교도 안 될 만큼 꽃의 종류가 다양했고, 정갈하게 다듬어져 있었다.

정문에서부터 그 꽃밭에 이르는 일직선의 자갈길 양편에는 다복솔같이 키가 야트막한 측백나무가 줄지어 서 있고 그 측백나무 저편에 있는 꽃들은 항상 까르르 웃는 얼굴로 피어 있었다.

우리는 항상 배우고 있었다. 그리고 채순미도 열심히 우리에게 가르쳤다.

——아름다운 것은 꽃입니다. 꽃이 왜 아름다운 줄 아나요? 꽃은 순수하고 정직하기 때문입니다. 꽃은 나쁜 사람들의 마음속엔 피지도 않고 보이지도 않습니다. 남을 괴롭히거나 도둑질하는 사람, 마음속에 어둠이 깃든 사람, 그런 사람들은 꽃의 아름다움을 모르는 사람입니다.

아, 그런데도 경찰지서에는 어찌해서 그렇게 아름다운 꽃들이 망울을 지을 수 있는 것일까. 그곳에선 고문을 당하는 사람들의 비명소리가 끊일 사이 없었고 재산을 몰수당한 사람들이 자갈길로 나오는 순사를 붙들고 머리를 조아렸지만 언제나 그들은 개처럼 등줄기가 채여서 문밖으로 내동댕이쳐지거나 포승줄을 받아야 했다.

그런 곳인데도 그 사무실의 잘 닦인 유리창엔 갖가지 꽃들이 던져주는 꽃그림자가 어리어 있었다. 우리들의 그런 의구심과 두려움을 비웃듯 꽃은 언제나 경찰지서의 유리창 주변을 찬란하게 장식하고 있었다.

——마음이 아름답고 순결한 사람만이 꽃을 가꿀 줄 알고 이웃 사람의 아픔과 슬픔을 이해하고 동정할 수 있는 사람만이 꽃을 볼 수 있는 자격이 있는 것입니다.

상기된 얼굴로 목젖을 파르르 떨면서 그렇게 말하던 채순미도 지금은 그런 이해 못할 꽃밭이 있는 경찰지서의 담 너머로 고개를 디밀어올리려고 깨금발을 딛고 있었다.

나는 채순미의 눈에 띄지 않게 경찰지서의 서쪽 담 쪽으로 내처 걸어서 가만히 고개를 디밀어 사무실 안쪽의 동정을 살폈다. 그것과 동시에 나는 너무나 놀라운 광경을 유리창을 통해 발견했다.

상상할 수도 없었다. 희자의 삼촌이 그곳에 있었기 때문이었다. 시멘트바닥에 그대로 무릎을 꿇은 채 고개를 숙이고 앉아 있고 그 앞엔 예사옷을 입은, 얼굴이 새하얀 사람이 걸상 위에 앉아 있었다. 놀랍게도 그 사내의 한쪽 손에는 각목 한 개가 들려 있었다.

나는 채순미가 있던 쪽을 얼른 돌아다보았다. 그녀는 보이지 않았다.

"불어, 이 새끼야."

그때, 유리창 저쪽 안에서부터 소리를 꽥 지르는 사내의 목소리가 들렸다. 얼굴이 창백해 보이는 그 사내는 사복형사였고 우리 마을로 전근되어 온 지 얼마 되지 않아서 낯이 설었다. 주걱턱이 길게 빠진 그 사내는 아주 매서운 눈초리를 하고 있었다.

"몰라요, 난 모릅니다."

고개를 숙이고 앉았던 희자 삼촌이 그때 고개를 쳐들며 되받아 소리질렀다.

"흥, 그래?"

하고 사복형사는 코웃음을 치며 앉았던 걸상에서 일어나더니 바지주머니에서 무엇인가 꺼내선 희자 삼촌 코앞에다 대고 주억거렸다.

"안 갔다 이거지? 그럼 이건 어찌 된 일이야? 이게 왜 그 현장 부근에 떨어져 있어, 이 새꺄? 내가 누군지 알어? 지금까지 네놈들이 상대해 오던 얼뜨기 시골형사하곤 지체가 틀리다구. 알겠지?"

"그건 내 알 바 아니오."

"네가 모른다?"

"지극히 당연하오."

“그러나 당연한 건 알리바이가 성립되었을 때 이야기구, 또 하나 보여줄까? 네가 그 현장에 있었다는 증거물을.”

“아무 걸 보여준대도 내겐 상관없는 일이오.”

“이건 누구 거야?”

사복형사가 다시 한 물건을 바지주머니에서 꺼내 희자 삼촌 코 앞에다 주억거렸는데 그건 놀랍게도 내가 도수장 풀밭에서 잃어버린 것과 같은 작은 호두알이었다. 그 호두알을 꺼내 주억거렸는데도 희자 삼촌은 끄떡도 하지 않았다.

나는 비로소 희자 삼촌의 두 손이 등 뒤로 돌려진 채 포승에 묶여 있다는 사실을 깨달았다. 그는 자리에서 벌떡 일어서려다말고 다시 비척거리다가 시멘트바닥으로 주저앉고 말았다. 주저앉는 그를 사복형사가 발길질로 내리 꼰질러박았다.

“왜 죽였어?”

“난 죽이지 않았소.”

“그럼 거긴 뭣 하러 갔었나?”

“난 간 일이 없소.”

“그럼 이런 건 왜 그 현장에 떨어져 있었지?”

“그건 당신들 조작이오. 만약 내가 살인을 했다면 그런 증거물을 현장에 남기진 않았을 거요. 난 그런 바보가 아니오.”

“흥 이제야 슬슬 부는군. 그러니까 이런 걸 떨어뜨린 건 순전한 실수였다 그 말씀이지?”

“맘대로 생각하시오, 난 결백하니까. 하늘이 그걸 알고 있을 거요.”

“문제는 하늘이 알아준다고 이 사건이 종결될 일이 아니란 거야, 이 새끼야.”

“당신 맘대로 지껄이시오. 그러나 당신은 곧 후회할 거요. 후회뿐이 아니라 당신이야말로 무고한 백성을 구타한 죄로 고발될 거요.”

“흥. 이 자식 이제 보니까, 제간엔 제법 유식하게 구는군.”

“당신같이 무식하진 않소.”

“무식한 놈 맛 좀 볼래?”

“좋소, 보여주시오.”

드디어 사내의 손아귀에 들렸던 각목이 희자 삼촌의 등줄기를 향해 내리쳐졌다. 희자 삼촌의 몸뚱이가 픽 하고 옆으로 쓰러지자 다시 허공에 올려졌던 각목이 그의 옆구리를 향해 내리쳐졌다.

희미한 신음소리가 유리창 저쪽에서 새어나왔다.

왜 그랬을까.

그 사복의 사내는 왜 내가 도수장 풀밭에서 잃어버린 호두알을 찾아가지고 희자 삼촌 코앞에다 내보이며 주억거렸을까. 그 까닭을 알 수 없었다. 그에 앞서서 내밀어 보이던 손바닥의 물건은 도대체 무엇일까. 그것이 궁금했지만 나는 더 이상 담벼락에 붙어 서 있을 기력을 잃어버렸다. 그 호두알을 내보였을 때부터 나는 담벼락을 잡고 있는 내 두 손아귀에 서서히 기력이 빠져 달아나는 것을 의식했다. 그와 함께 원인을 짐작하기 어려운 낭패감이 나를 휘감았다. 그 낭패감은 나로부터 출발하고 있었지만 그러나 이미 내가 감당할 수 있는 문제 같지는 않았다.

희자 삼촌이 경찰지서에 붙들려가서 그런 지긋지긋한 고문을 치르게 된 이유가 내가 잃어버린 호두알이란 것과 연관되어 있다 할지라도 이미 그 사건은 감히 나 같은 아이가 간여하기에는 너무나 엄청나게 확대되었다는 느낌이었고 그러므로 이 사건은 벌써 내가 모르는 사이에 어떤 한계점을 훌쩍 뛰어넘고 있었다. 이를테면, 나는 추호도 박술이란 사람이 칠성이 아버지를 죽인 현장을 목격했다는 것을 채순미에게 고백하기 싫었다.

그것은 사랑하는 어머니 때문이었다. 박술이란 사람이 칠성이 아버지를 죽이게 된 까닭에는 분명 어머니가 깊이 간여되어 있는 것 같았고 그래서 박술이 경찰서로 붙들려간다면 박술은 그렇다 치고라도 어머니도 희자 삼촌처럼 모진 닦달을 받아야 할 건 뻔한 일이라고 생각되었기 때문이었다.

나는 어머니를 잃어버릴 수는 없었다.

설령 어머니가 속속들이 나를 미워하고 있다 할지라도, 나보다는 순도녀석을 더 사랑하고 있다 할지라도, 그녀가 간혹은 우리들의 방을 빠져나가 외간 남자와 잠자리를 같이하고 있다손 치더라도, 어머니가 술에 취해 치맛자락을 흙바닥에 끌고 비틀거리며 집으로 돌아오는 몰골을 보인다 할지라도, 이발소 앞을 지날 때마다 안 주사로부터 추잡스러운 농지거리를 받아야 할 입장에 있다 할지라도, 이 세상에서 내가 어머니라고 안심하고 부를 수 있는 유일한 여자는 그녀뿐이었기 때문이었다.

누가 기꺼이 내 어머니가 되어줄 수 있으랴.

아무도 없었다.

내가 언제쯤 지서의 종루에 올라가서 새가 되어 바닥으로 날아내릴 수 있을 때, 땅 위에 서 있을 어머니는 나를 목청껏 저주할지도 모른다.

——이 원수야. 그곳에서 뛰어내리지 말아라, 이 병신 육갑할 놈아.

그러한 저주를 내게 퍼부을 수 있는 사람도 이 세상에선 단 한 사람 어머니뿐이란 걸 나는 알고 있었다. 그러한 미움과 저주도 어머니가 내게 갖고 있는 운명적인 사랑이 아니면 할 수 없다는 걸 나는 알고 있었다.

나는 희자 삼촌의 일을 잊어버리기로 하였다. 채순미를 따라가다가 난 못 볼 것을 보게 된 것이었다.

나는 채순미에게 들키지 않도록 서쪽 담을 돌아서 집으로 돌아와 버리고 말았다. 그 내지르는 비명소리가 담벼락 밖 저쪽에까지 길게 들려왔다. 얼굴색이 하얗게 바랜 마을 사람 몇몇이 담벼락 저쪽 끝에 웅기중기 모여서서 팔짱을 낀 채 수군거리고 있었다.

그쪽에서 비명소리가 들려올 적마다 그들은 담벼락 위로 고개를 디밀어올렸다간 비명소리가 멎으면 다시 저희들끼리 얼굴을 마주 보며 뭐라고 수군거리곤 하였다.

어머니는 집에 있었다.

그이는 밖에 나가서 술을 마시고 돌아와 툇마루에 반듯이 누워 입안엣소리로 무슨 노래인가 흥얼거리고 있었다.

내가 뜰로 들어서자, 어머니는 모퉁잽이로 돌아누우면서 나를 힐끗 쳐다보았다. 어머니의 두 볼이 복숭아처럼 붉어져 있었다. 그런 어머니의 얼굴이 나를 발견하고 서서히 일그러지더니 누웠던 툇마루에서 벌떡 상체를 일으켜세웠다.

"무도야."

표정이 일그러진 것과는 정반대로 어머니는 정감이 물씬하게 배어 있는 낮은 목소리로 나를 불렀다.

"이리 가까이 오너라."

내가 쭈뼛거리며 주저하고 있자, 어머니는 툇마루에서 뛰어내려와 마당 한가운데 서 있는 나를 와락 잡아당겼다. 그러나 그이는 대뜸 내 멱살을 감아쥐었다.

"이놈 자식아, 옷이 왜 그 모양이냐? 어디 가서 뒹굴다가 왔기에 옷이 진흙투성이냐?"

어머니는 나를 끌고 싸리바자가 있는 곳으로 갔다. 그리고 그 바자에서 싸리나무 회초리 하나를 뽑아들고는 사정없이 내리치기 시작했다. 내 정수리와 어깻죽지와 귀뺨을 닥치는 대로 내리치기 시작했다.

"이 원수야, 에미 속은 이제 그만 썩혀라. 학교는 무슨 걸신들려 다니는 줄 아느냐? 너 같은 놈 인간 되라구 집어넣은 곳이여."

매를 내리치면서 어머니는 쉴 새 없이 지껄여댔고 지껄이는 입으로부터 감꽃내와 같은 술냄새가 물씬물씬 풍겨왔다. 어머니가 왜 갑자기 나를 작살내려 하고 있는 건지 나는 이해할 수 없었다.

물론 이유는 내가 입은 옷이 더럽혀졌다는 것이었다. 그러나 내가 자라오는 동안 옷은 수없이 더럽혀져 왔고 때로는 물에 빠져 옷뿐이 아니라 내 몸뚱이조차도 진흙탕으로 범벅이 되었던 적도 있었더랬다. 그때 어머니는 심하게 나를 꾸짖긴 했지만 매를 들지는 않았다.

경찰서의 담장을 기어오르느라고 옷에 흙이 묻어 있었지만 내가 매까지 맞아야 할 지경에 이르지는 않았다.

나는 어머니의 매를 꼿꼿하게 서서 맞아줌으로써 어머니를 더욱 부아끓게 만들었다. 그것이 느닷없이 돌변해 버린 어머니의 태도에 대항하는 가장 현명한 방법일 수 있음을 나는 이미 터득하고 있었다.

그런 태도야말로 어른이란 사람들을 지치게 만드는 유일한 방법일뿐더러 몇백 마디의 변명보다도 설득력 있는 자기변호가 된다는 것도 알고 있었다.

어머니의 입장은 곧장 난처해지기 시작할 것이었다. 그녀는 내가 매를 피해 멀리 동구 밖으로 쫓겨 달아나주기를 내심으로는 바라고 있을 것이었다. 그러나 나는 그러한 어머니의 여망을 깡그리 뭉개뜨리며 대가리를 어머니의 가슴팍 안으로 자꾸만 디밀어넣고 있었다. 자, 얼마든지, 당신이 내키는 대로 짓밟고 내리치라는 듯이.

어머니는 낭패를 느낄 것이었다. 그이는 맨 처음 매를 든 것은 다만 내 기를 죽여놓아야겠다는 소박한 충동이었을 것이다. 그러한 뜻에서 시작한 매가 길어지면 결국 어머니는 나를 동정하기 시작할 것이었다. 그러나 속마음과는 달리 매는 계속 내리쳐야 했고 종내엔 자기 자신에게 속이 상해 더욱더 나를 내리치게 될 것이었다. 언제 이 녀석이 달아나줄 것인가 하고. 그러한 어머니의 속마음을 내가 모르고 있을 리는 만무하였다. 왜냐하면 난 벌써 어머니에게만은 이력이 나 있었기 때문이었다.

어머니는 속으로 생각할 것이었다. 내가 이러다가 자식새끼 하나 병신 만드는 건 아닐까. 이렇게 맞다간 이 자식이 경기라도 들어 밤중에 열이라도 난다면 어떡하지. 이젠 그만 때려야 할 텐데 모가지는 얼마나 아프고 쓰릴까. 정말 이러다간 내지른 애새끼 하나 병신 만들고 말겠네.

결국 내가 예상했던 대로 어머니는 기진한 얼굴이 되어 매를 던졌다. 그리고 나를 덥석 가슴에다 덮쳐안았다. 나는 내 이마에 와닿은 어머니의 풍만한 가슴이 격렬하게 떨리고 있는 것을 느꼈다. 어머니는 흐느끼고 있었다.

"이놈아 왜 달아나질 못해. 누굴 말려죽이려고 달아나지 않는단 말이냐, 이 녀석아."

어머니의 두 손이 내 얼굴을 감싸쥐었다. 그리고 자기의 볼에다 갖다대고 비벼대기 시작했다. 나도 울고 싶었다. 난 공연히 그랬구나 달아나버릴걸 하고 생각했지만 이젠 내 편에서 마음대로 되지 않았다.

나는 포옹하려는 어머니의 앞가슴을 완강하게 뒤로 밀어제치고 그의 품에서 빠져나왔다.

"싫어."

"……?"

"난 엄니의 새끼가 아니란 말야."

"왜 그러니 무도야."

"누가 자기 새끼를 그렇게 때려? 남의 속도 모르고, 남의 속도 모르고."

드디어 나는 어머니를 뜨락에 남기고 골목을 빠져나와 내빼기 시작했다. 나는 쾌재를 불렀다. 어머니의 가슴이 찢어질 듯 아프고 후회스러울 걸 생각하니 가슴이 후련하였다.

근간에 없었던 통쾌한 복수를 했다고 나는 생각했다. 그러나 골목 밖을 빠져나오면서부터 터져나온 울음만은 결코 가누어잡을 수가 없었다. 그 울음은 벌써 내 것이 아니었다. 내가 다스릴 수 없는 한계 밖에서 터져나온 울음이었기 때문이었다. 나는 내처 걸어 후평동 고갯길이 바라보이는 언덕에까지 걸었다.

벌써 노을이 지고 사방은 어둑어둑하니 어둠이 깃들기 시작했다. 배가 고팠다. 그리고 희자가 보고 싶었다. 그 계집앤 지금 어디서 무얼 하고 있을까. 순도 녀석은 우체국장 사팔뜨기 계집애를 또 뭐라고 꼬시고 있는 것일까. 그들이 보고 싶었지만 난 기진맥진해서 어디에고 걸어가 볼 엄두가 나지 않았다.

채순미는 지금 무얼 하고 있을까. 경찰서의 꽃밭은 밤에도 그렇게 피는 것일까. 그 꽃밭은 도대체 누가 가꾸고 있는 것일까. 그 꽃들은 누굴 위해서 경찰지서에도 피는 것일까. 정말 희자 삼촌은 지금 무얼 하고 있는 걸까. 지금쯤 그 형사의 매질에 죽어버렸을지도 모르지.

나는 언덕을 내려오기 시작했다.

희자 삼촌이 보고 싶었다.

그 모든 궁금한 것 중에서 희자 삼촌이 하고 있는 모습이 제일 궁금했다. 그리고 그 모습을 나는 확인해야 한다고 생각했다.

나는 언덕을 내려와 마을 뒤편 길을 걸어서 곧장 경찰지서가 있
는 골목길로 접어들었다. 경찰지서의 유리창을 통해 불빛이 새어나
오고 있었다.

주변에는 수군거리던 마을 사람들이 이젠 보이지 않았다. 나는
낮에 기어올라 경찰지서 안을 엿보았던 담장 아래에까지 갔다.

담장 위로 고개를 디밀어올렸다.

사무실 안에는 두 사람이 있었다.

희자 삼촌은 여전히 포승에 묶인 두 팔을 뒤로 하고 이젠 시멘트
바닥이 아닌 나무의자에 앉아 있었고 그 앞에 아까와는 다른 순사
가 책상을 사이에 하고 마주앉아 있었다.

나는 낑낑거리며 담장을 넘어갔다.

내가 담장을 넘어가고 있다는 것을 그 순사가 안다면 어떡할까
했던 공포심이 담장을 일단 넘어서버리자 별것 아니라는 생각이 들
었다.

나는 뜰로 내려서서 꽃밭을 지나 종루 아래까지 고양이처럼 소
리죽여 갔다. 그때 갑자기 사무실 쪽에서부터 비명소리가 들려왔다.

앞에 앉아 있던 순사가 전선줄 두 개를 희자 삼촌의 몸에다 잇대
어놓고 전화통에 있는 페달을 돌리고 있었다.

나는 그처럼 괴로워하는 어른들의 모습을 본 적이 없었다. 얼굴
엔 이미 핏자국이 낭자해서 형태를 알아볼 수 없을 정도로 일그러
져 있었고 옷도 피투성이가 되어 있었다.

그 비명소리를 무엇에다 비교할 수 있을까. 담배창고에 불이 났
을 때 갑자기 울리던 사이렌 소리와 같이 사람의 등골을 오싹하게
긁어올리며 이 세상의 모든 것이 삽시간에 왈칵 뒤집힐 것 같은 그
런 비명소리는 내 가슴을 갈기갈기 찢어놓을 듯했다.

나는 성큼 종루에 다가갔다.

그리고 나선계단의 철받침대 위에 발을 올려놓았다.

난 오르고 싶었다.

희자 삼촌의 비명소리가 내 등허리를 할퀴면 할퀼수록 종루 위에 올라가야겠다는 막연한 강박감과 충동에 휩싸였다.

나는 나선형의 계단을 하나하나 밟고 올라갔다. 처음에는 쳐다보이던 경찰지서의 창문의 불빛이 차츰차츰 아래의 어둠 속으로 내려앉기 시작했다.

아무런 공포감도 느낄 수 없었다.

그것은 발아래에 깔려 있는 어둠 때문인지도 몰랐다.

경찰서 창문에서 새어나오는 불빛은 흡사 먼 나라, 내가 갈 수 없는 나라의 동화적인 불빛처럼 어둠 속에 가라앉아서 내가 계단을 옮겨갈 적마다 나비춤처럼 우쭐거렸다.

그 우쭐거리는 불빛을 타고 비명소리는 간간이 들려왔다.

어디선가 바람이 불어왔다.

그것은 아주 뜨겁고 단내가 물씬 풍기는 바람이었다. 나는 가슴이 뛰고 있다는 것을 알았다. 가슴이 어찌나 뛰고 있었던지 가슴 앞에 자동으로 움직이는 방망이 하나가 달려 있다는 느낌조차 들었다.

이제 경찰지서의 불빛이 저 아래 동굴 속으로 빠져드는 느낌이었고 비명소리도 그 동굴 속으로 잦아들었다.

나는 드디어 사이렌이 달려 있는 종루에 올라와 있었다.

먼 산동네의 불빛이 어둠 속에서 한가롭게 졸고 있었다.

나는 종각을 두 손으로 꽉 잡고 후평동으로 넘어가는 고갯길을 바라보았다.

그 고갯길엔 그러나 짙은 어둠만이 손사래를 치며 서 있었다. 개천 건너 광덕 동네의 불빛만이 누굴 조롱하듯이 반짝거리고 있을 뿐이었다.

나는 종각을 붙들고 사이렌이 달려 있는 곳까지 갔다.

그 사이렌에는 나무로 된 손잡이 하나가 ㄱ자로 달려 있었다.

손잡이를 잡아 돌려보았다. 그러나 그 손잡이는 너무도 빡빡해서 잘 움직여지지를 않았다.

다시 두 손으로 손잡이를 잡고 돌려보았다. 조금씩 움직여졌으나 소리는 나지 않았다.

위급할 때, 그렇다 사람들은 혼자서 감당할 수 없는 돌발적인 사고가 일어났을 때 이 사이렌을 돌리지 않았던가.

나는 이것을 기어코 돌려놓고 말아야 했고, 그리고 사이렌소리가 저 깊은 어둠을 타고 멀리멀리 퍼져나가게 해야 한다고 생각했다.

나는 혼신의 힘을 기울여 사이렌의 손잡이를 돌리기 시작했다. 손잡이가 위로 올라갔을 땐 몸 전체의 중량을 실었고 아래로 내려왔을 땐 몸을 아래로 구부려 두 손을 떠받쳐 밀었다. 회전이 부드러워졌다고 생각되자 나팔에서부터 소리가 나기 시작했다. 소리는 점점 크게 진폭을 넓혀갔다.

9

내가 그 사팔뜨기 계집애를 학교의 교장사택으로 유인해 낼 수 있었던 건 하나의 횡재였다.

사이렌 사건이 있은 지 나흘 뒤에 나는 우체국 탱자울타리 밖에서 그 사팔뜨기 계집애를 발견했다.

여느 때와 마찬가지로, 그 사팔뜨기 계집애는 우체국 옆 마당가에 혼자 앉아서 공깃돌을 받고 있었다. 나는 순도녀석이 그리 했던 것처럼 탱자울타리 위로 대가리를 쑥 내밀면서 계집애에게 나직하게 그러나 아귀찬 목소리로 말했다.

"야, 이 계집애야."

나를 발견하자, 계집애의 눈은 금방 휘둥그레졌다. 그리고 손바닥 위에 올려놓았던 공깃돌들을 아래로 쏟아놓았다.

계집애는 달아날 기세였다.

"거기 있어."

나는 명령했다. 내가 그렇게 명령하자 계집애는 오금을 펴지 못하고 빳빳하게 그 자리에 앉아 있었다. 나는 목소리를 죽여서 다시 계집애에게 명령했다.

"이리 와."

내가 손짓으로 부르고 있는데도 계집애는 최면에 걸린 것처럼 꼼짝하지 못했다.

"괜찮아. 이리 와, 안 때릴게, 겁내지 말고 이리 와."

계집애가 말했다.

"무서워."

"무섭긴 뭐가 무서워. 사이렌은 불지 않을 테니깐 이리 와."

"싫어."

"요놈의 계집애, 냉큼 일어나지 않으면 지서로 가서 사이렌을 불어버릴까 보다 그냥."

그제야, 계집애는 놓았던 공깃돌을 치맛자락에 주워담기 시작했다. 공깃돌들이 치맛자락에서 흘러내리지 않도록 치마 끝자락을 움켜쥐고 계집애는 일어섰다.

"그래, 안 때릴 테니깐, 날 따라와."

나는 제법 어른들처럼 고개를 주억거렸고 계집앤 내 행동에 어떤 다른 음모나 농간이 숨어 있지나 않을까 하는 의구심이 잔뜩 서려 있는 시선으로 곧장 힐끔거리면서 다가왔다.

“따라와.”

나는 계집애가 탱자울타리를 넘어오는 것을 기다려 저만치 비켜
서면서 다시 계집애에게 손짓했다.

“어딜 가는 건데?”

“잔소리 말고 따라와 이 계집애야, 사이렌을 불어버리기 전에…….”

“그래 그래, 따라간다니깐.”

나는 계집애가 무엇을 무서워하고 있다는 걸 알고 있었다.

계집애는 나를 무서워하고 있는 게 아니고 내가 돌려버릴지도
모를 사이렌을 무서워하고 있는 거였다.

나는 알고 있었다. 나를 무서워하고 있는 건 사팔뜨기 계집애뿐
만 아니라 희자를 제외한 모든 마을 아이들과 심지어 어른들까지도
나를 무서워하게 되어 있다는 것을 알고 있었다.

나는 탱자울타리를 넘어온 계집애의 한쪽 어깨에다 손을 얹으면
서 나직이 말했다.

“오늘부턴 나하고만 놀자.”

“…….”

“넌 순도자식이 좋다는 거니?”

“아아니.”

그러나 그렇게 대답하는 계집애의 목소리엔 진실이라곤 손톱만
치도 내보이지 않았다. 난 계집애가 품고 있는 그 알량한 진심을 짓
밟아버려야 하겠다고 생각했다. 나는 그것을 할 수 있었다. 왜냐하
면 마을의 많은 아이들은 나를 무서워하고 있었고 내가 가진 가능
성은 무한한 것으로 알고 있었기 때문이었다. 내가 마음만 먹는다
면 저들로서는 상상도 할 수 없는 어떤 가공할 사태조차도 당장 만
들어낼 수도 있으며, 내가 내키기만 한다면 언제든지 종루로 쫓아
올라가서 이 마을의 사람들을 지서의 마당 앞으로 모을 수 있는 재

간을 가지고 있다고 생각하고 있었기 때문이었다. 심지어 아이들은, 어떤 녀석이 총을 빵 쏜다 하더라도 내가 총알 따위엔 쓰러지지도 상처도 받지 않는 어떤 불사조와 같은 아이라는 걸 알고 있었기 때문이다.

그 사이렌소리가 울려 퍼졌을 때, 맨 처음 지서 앞마당으로 뛰어나와 종루에 선 나를 향해 총을 쏜 것은 희자 삼촌을 고문하고 있던 그 사복의 형사였다.

나는 그 자식이 나를 향해 총을 쏘았다는 것을 나중에야 알았다. 종루 아래로 흰옷을 입은 마을 사람들이 몰려드는 것을 어둠 속 저 아래로 내려다보고 있는데 종루의 나선계단을 흡사 다람쥐처럼 날쌔게 밟고 올라오는 사람이 보였다.

종루로 올라와서 드디어 그곳에 서 있던 나를 발견한 경팔은 우선 김이 팍 샌다는 듯이 고개를 갸우뚱하게 해가지고 나를 한참이나 내려다보고 서 있었다.

"이 꼬마야, 너 대단한 놈이구나."

경팔은 그렇게 말했다. 그리고 등을 굽혀서 자기에게 업히라는 시늉을 하면서 말했다.

"꼭 잡어."

"난 안 가!"

나는 눈물을 글썽이면서 그렇게 말했다.

"왜 안 가?"

"무서워."

"그러니깐 내가 업고 내려간단 말이야. 너 여기서 안 내려가면 여기서 살래?"

"아니."

"그러니깐 업혀, 꼭 잡어, 알겠니?"

나는 경팔이 등에 업혀서 종루를 내려왔다. 종루 아래로 모였던 많은 사람들이 혀를 끌끌 차기 시작했다.

"저게 누구야?"

"최 과부 아들 아냐?"

"저놈이, 보통내기가 아니구나!"

나는 사무실 안으로 업혀들어갔다. 경팔이 재빨리 물을 한 컵 가지고 와서 내 입을 까벌리고 물을 먹이기 시작했다.

"인마, 이제 정신 들어?"

종루를 향해 얼떨결에 총을 쏘아댔던 사복의 형사는 두 팔을 허리에 꼬나얹고 기가 차다는 듯이 나를 내려다보고 서 있었다.

나는 사지가 녹작지근하게 내려앉는 기분이었다. 사복이 내게 다가와서 어깨를 토닥거리면서 물었다.

"이게 누집 애냐?"

경팔이 대답했다.

"최 과부집 아들이에요."

"너 거긴 왜 올라갔지?"

"……."

"말해 봐, 왜 올라갔지?"

"……."

"너 대답 안 하면 저 사람처럼 두들겨맞게 된다."

사복은 시멘트바닥 위에 모잽이로 누워 있는 희자 삼촌을 손짓으로 가리켰다.

"말해 봐, 왜 올라갔지?"

"큰 사고가 났거든요."

나는 기어드는 소리로 그렇게 말했다.

"이 녀석, 이제 말문이 터지는군. 그래 무슨 사고지?"

"큰 사고예요."

"무슨 사고냐니깐."

"양조장 박술이라는 사람 아시죠?"

"그래, 그게 누구야?"

"양조장에서 일하는 사람요."

"그래서."

"난 그 사람을 봤어요. 도수장에서 봤어요."

"언제?"

"칠성이네 아버지가 죽던 날요."

"그래서?"

"그 사람이 칠성이 아버지 허리에다 낫을 찍었어요."

"너가 그걸 봤니?"

"그럼요. 봤어요."

"어떻게?"

"그날 소를 잡았거든요."

나는 그 사복의 형사가 후닥닥 밖으로 나가는 것을 보았다.

얼마 되지 않아서 나는 그 사복의 형사와 함께 지서 사무실로 끌려오는 박술을 보았다. 꼬박 이틀을 나는 그 지서의 사무실 안에 갇혀 있어야 했다.

희자 삼촌 대신 박술의 비명소리가 끊임없이 들려오는 벽 저쪽의 동정에 온 신경을 곤두세우며 나는 이틀 밤을 그 사무실에서 새웠던 것이다.

도수장 풀섶에 떨어졌던 호두알이 정말 내 것이었느냐는 문제는 제쳐둔 채, 그 사복의 형사는 박술을 두들겨패기 시작했던 것이다.

그 호두알이 희자에게서 얻어진 것이란 사실을 알게 된 순사들이 희자를 불러왔으나 희자는 횡설수설이었다.

그들은 희자로부터 아무것도 얻어낼 수 없었던 반면, 이발소의 안 주사로부터 많은 것을 얻어냈다. 그 라이터와 호두알은 희자 삼촌의 것이었으되 어느 날 이발소에 온 박술이란 사람이 그것을 꺼내 자랑하더란 말을 안 주사는 한 모양이었다.

"사실입니까?"

앙칼진 목소리로 그렇게 물었을 때 안 주사의 대답이 벽 저쪽으로부터 들려왔다.

"사실입니다."

"재판과정에서도 증언할 수 있지요?"

"그럼요."

"그게 언제였어요?"

"사건 나기 이틀 전이었어요."

"그의 이발소에서 라이터를 본 사람은?"

"한 네댓 되지요."

벽 저쪽에서 들려오는 모든 목소리는 박술이란 사내를 한올한올 옭아매는 목소리로 가득차 가고 있을 뿐이었다. 많은 마을 사람들이 경찰지서로 차례로 불려와서 박술이 자랑하던 그 라이터에 대한 이야기들을 주섬주섬 늘어놓았다.

그러나 그 라이터나 호두알을 훔쳐내 나와 박술에게 건네준 장본인인 희자는 횡설수설이었으므로 아무런 도움이 될 수 없었다.

순사들은 그 단계에 가서는 오직 박술만을 때려조질 뿐이었다.

나는 이틀 동안이나 취조실이 아닌 다른 방에 갇혀서 종일 창밖에 피어 있는 꽃들만 바라보며 앉아 있어야 했다. 나는 어머니가 무척 보고 싶었지만 그 이틀 동안 어머니가 한 번도 지서의 담장 밖으로 얼굴을 디밀어올리는 광경을 본 적은 없었다. 그리고 더욱 나를 김빠지게 만든 것은 희자를 만날 수 없었다는 것이었다.

지서에서 풀려난 후 희자네 집 문밖에서 서너 시간을 서성거렸지만 그녀는 끝내 대문 밖에 얼굴을 나타내지 않았다.

아이들이 말했다.

"희자는 두들겨맞았다구."

"아마 다리가 부러졌을지도 몰라."

"이제 다시는 밖에 내놓지 않는대. 희자 아버지가 그러는데 이젠 희자를 학교에도 안 보내겠대."

내가 지서에서 풀려나는 길로 어머니에게 매맞았던 것처럼 희자는 그 아버지에게 무수한 매질을 당했다는 것이었다.

"희자는 그냥 착 늘어지도록 두들겨맞았다구."

어떤 아이가 자랑스럽게 그렇게 말했을 때, 나는 가슴이 뜨끔하였다. 희자가 매맞은 건 순전히 나 때문이 아니었던가 생각됐기 때문이었다.

내 뒤를 쫄쫄 따라오는 아이들을 나는 돌팔매질로 쫓아버렸다. 이젠 아이들이 싫었다.

사이렌을 돌릴 줄 아는 아이.

박술의 살인현장을 목격한 아이.

희자 삼촌의 목숨을 구해 준 아이.

칠성이 아버지 원수를 갚아준 아이.

박술이란 사내를 감옥으로 보내버린 아이.

그 높은 종루에서 죽지 않고 내려올 수 있었던 아이.

총알을 피할 수 있는 아이.

그 아이인 나를 보려고 많은 아이들이 몰려들었고, 그 아이들을 보려고 많은 어른들도 힐끗거렸지만, 다만 어머니만은 얼굴이 새까맣게 죽은 표정으로 내게 매질을 했던 것이다. 매질로 허덕이는 나를 보고 순도녀석은 손가락을 입에 문 채, 마냥 바라보기만 했을 뿐

이었다. 이상하게도 어머니보다 그러고 서 있는 순도가 나는 더 미
웠다.

울바자의 싸릿대가 나를 때리기 위해 무수히 뽑혀지고 있는데도
툇마루에 오도마니 걸터앉아서 한눈도 팔지 않고 결국은 밖으로 내
쫓기고 마는 나를 쳐다보고 있던 순도의 그 앙증스러운 눈초리를
나는 잊을 수 없었다.

많은 아이들과 동네의 어른들이 나를 영웅처럼 생각하고 있는데
도 유독 어머니와 순도만은 나를 때려야 하고 바라보고만 있어야
하는 건지 이해할 수 없었다.

그랬다. 그래도 어머니만은 이해할 수 있었다. 어머니는 박술이
란 사람과 잠자리를 같이한 사이였지만, 순도는 박술이란 사람과
끌어안고 자지는 않았다. 어머니가 박술이란 사람을 끌어안고 꺼이
꺼이 소리지르며 좋아했을 적에 순도와 나는 안방에서 곯아떨어져
자기만 했지 않았던가.

집을 쫓겨나서 우체국 앞으로 마냥 걸어올라왔을 적에, 나는 탱
자울타리 저 너머에서 공깃돌을 받고 있는 사팔뜨기 계집애를 발견
한 것이었다. 그 계집애를 보는 순간, 나는 이상하게도 적개심이 불
끈 솟아오르는 것을 의식했다.

그 계집앤 순도와 가장 친한 계집애였고 희자만 보면 병신 육갑
떤다고 놀려대던 계집애이기도 했다. 나는 그 계집애를 그냥 두고
지나쳐버릴 수가 없었다.

"어디로 가는 거니?"

계집앤 학교 운동장을 가로질러가고 있는 나를 뒤따르면서 다시
물었다.

"잔말 말고 따라오라니깐."

"난 싫어."

138

"싫으면 그만둬. 하지만 내가 지서로 가서 사이렌을 불어버리면 너도 붙잡혀가서 징역살이를 해야 한다는 거 알고 있지?"

깜빡 죽는 시늉을 할 줄 알았던 계집애가 픽 고개를 돌리면서 대답했다.

"피, 내가 언제 칠성이 아버지를 죽였나."

"이 맹꽁이 같은 계집애야. 누굴 죽였든 안 죽였든 그것보다는 사이렌을 부는 것이 중요하단 말야."

그랬다. 누가 누굴 죽이고 누가 누구에게 죄를 짓는다 할지라도 내가 그 사이렌을 틀지 않는 한 그것은 한낱 우스갯거리에 불과하다는 것을 계집애는 알고 있을 거였다. 죄를 짓는다는 그 자체보다 중요한 건 내가 돌리는 사이렌이었음을 많은 마을 사람들은 터득하여 알고 있을 것이기 때문이다.

심지어 내가 사이렌을 불어버린다면, 죄가 있고 없고가 상관없이 지서로 붙들려가서 허리가 부러지도록 매를 맞게 되는 것은 고사하고 징역살이를 하게 될지도 모른다는 공포감을, 나를 바라보는 모든 아이들의 시선에서 느낄 수 있었더랬다.

예상했던 대로, 사팔뜨기 계집애는 공포에 질린 얼굴로 나를 쪼작쪼작 따라왔다. 나는 운동장을 가로질러, 교장사택 건물 쪽으로 걸어갔다. 썩어가는 판자로 잇대어진 대문은 반쯤 열린 채로 삐걱거리고 있었다.

"이리 들어와."

나는 문 바깥에서 주저하고 있는 사팔뜨기 계집애에게 다시 손짓했다. 계집애의 얼굴은 하얗게 질려 있었다.

"아무도 없으니깐 들어와. 괜찮아. 내가 아주 희한한 걸 보여줄 테니깐."

나는 몹시 신경질이 났다.

희자를 제외한 많은 계집애들은 주저가 많았고, 의심이 많았다. 희자는 생각하지 않는 반면 빨리 결정지었지만 다른 모든 계집애들은 많이 생각하는 것 외에도 빨리 결정짓지도 않았다.

"너 정말 안 들어올 테야."

나는 문 바깥에 엉거주춤하니 공깃돌을 치마에 싸쥐고 서 있는 계집애를 흘겨보았다.

"그래 갈게."

나는 계집애를 광으로 유인했다. 그곳에는 건초가 쌓여 있었고 건초 한켠에는 두 사람쯤이 누울 수 있는 자리가 있었다. 그곳이 채순미와 희자 삼촌이 끌어안고 노닥거리던 장소였다는 것을 얼른 알 수 있었다. 계집애를 안쪽에다 세워놓고 나는 문을 등지고 섰다.

"여기 뭐가 있니?"

"너 그 공깃돌 좀 내려놓을 수 없겠니?"

"이거?"

"그래."

"그래, 내려놓을게."

뜻밖에도 계집애는 고분고분하게 내 말을 듣기 시작했다. 계집애는 치마에 싸들었던 공깃돌을 건초더미 위에다 좌르르 쏟아부었다.

"자, 다 버렸어 이젠."

계집애가 손을 털면서 말했다.

"다 쏟아버렸으면 벗어."

나는 나직이 말했다.

"뭘 벗어?"

"치마를 벗어."

계집애의 두 눈이 하얗게 까뒤집혀졌다.

"왜?"

"네 보지가 보고 싶으니깐."

계집애의 하얀 눈동자가 탁구공만하게 커졌다.

"싫어."

"왜 싫어?"

"난 싫어."

"넌 보지가 없구나. 병신 같은 계집애, 보지도 없으면서 계집애 행세를 해?"

"누가 없다구 했어?"

"그럼 왜 보여주지 않니?"

"부끄러우니까 그렇지."

"부끄럽긴 뭐가 부끄러워 그깐 것을 가지구. 네가 어른이니? 이 놈의 계집애 지서로 달려가서 사이렌을 불어버릴까 보다 그냥."

"사이렌은 불지 마."

"그럼 벗어."

"벗을게, 화내지 마."

"그렇다면 참아주지."

"소문내지 마, 응?"

계집애는 울먹이기 시작했다. 계집애가 울먹이기 시작하자 나는 마음이 약해졌다. 그깐 것을 보여주는 걸 가지고 계집애는 왜 울어야 하는 걸까. 그냥 웃으면서 보여주는 물건은 아닌 건가? 어머니는 박술이란 사람에게 그것을 보여주었을지도 모른다. 그런데도 어머니는 울기는커녕 오히려 꺼이꺼이 웃지 않았던가. 허긴 어머니는 꺼이꺼이 울었을지도 모르지.

"너 왜 우니?"

나는 궁금해서 견딜 수가 없었다. 희자도 내게 그것을 보여주면서 울지는 않았다.

“……..”

계집앤 대답은 않고 치마만 벗고 있었다.

“이 계집애야 왜 우냐니깐?”

“난 울 엄마한테 일러 까바칠 거야.”

계집애는 내게 사이렌이라는 무기가 있다는 것을 잊어버리기라
도 한 듯이 저의 어머니에게 일러바치겠다고 말하고 있었다.

결국은 별것 아닐 것이었다. 하루종일 흙마당에 퍼질러 앉아서
공기놀이만 했을 터이고 보면 계집애의 보지엔 흙이 잔뜩 묻어 있
을 것이었다. 내가 그것을 정작 보고 싶었던 건 아니었다. 순도란
녀석과 가장 친하게 지내고 있는 계집애의 콧대를 꺾어주자는 것에
있었다. 그리고 내 위세가 어느 만큼 먹혀들어갈 수 있을 것일까 그
것이 궁금했다.

옛날 같았으면 계집애는 나를 따라 이 사택의 광 속까지 따라오
지도 않았을 것이다. 사이렌사건 이후에 비로소 계집애는 순도보다
무도라는 녀석이 더 위대하다는 것을 눈치챘을 것이다.

계집애는 치마를 벗었다. 계집애의 알몸이 저고리 아래로 드러
나 있었다. 예상했던 대로 계집애의 엉덩이엔 흙이 잔뜩 묻어 있었
다. 나는 다시 명령했다.

“입어.”

“싫어.”

“입어 이 계집애야.”

“싫어.”

계집애가 앙탈을 부리기 시작했다.

“왜 싫어?”

“난 울 엄마한테 일러바칠 거야.”

“입어 이 계집애야.”

“아깐 벗으라고 했잖어.”

“그러니깐 지금은 입어야지.”

“난 울 엄마한테 일러바칠 거야.”

“일러바쳤다간 봐라 사이렌을 불어버릴 테니깐. 너네 엄만, 징역
살이를 해야 한단 말야. 알겠니 이 계집애야?”

“그래 안 일러바칠 거야.”

“어서 입어, 보기 싫어.”

“그럼 공연히 벗으라고 했니?”

“그럼 공연히지 내가 뭘 할까봐 그랬니?”

“난 혼났지 뭐니.”

“왜?”

“울 엄만 아빠하고 쌈할 때만 옷을 벗거든. 그래도 엄만 아빠한
테 항상 깔린단 말야. 그래서 아빠한테 깔려서 엄마가 낑낑거릴 때
마다 난 슬퍼.”

난 그때 퍼뜩 내가 어머니에게 두들겨맞아도 말리지 않던 순도
의 앙큼스러운 얼굴이 생각났다.

“넌 왜 싸움을 말리지 않았니?”

“말릴 수가 없어.”

“왜?”

“내가 울어버리면 아버지보다 엄마가 더 역정을 낸단 말야. 엄마
는 오히려 나를 마구 때린단 말야. 이놈의 계집애야 눈 감고 자. 이
런단 말야.”

“너네 엄마는 참 병신이구나. 그래도 오기만은 살아서 너네 아빠
한테 기죽기 싫다 이거지?”

“그런가봐.”

결국 나는 이 계집애를 데리곤 아무것도 할 수 없다는 것을 알았

다. 다만 계집애에게서 내가 확인받을 수 있었던 것은 내가 모든 아이들에게서와 같이 그 계집애에게서도 두려운 존재가 되어 있다는 사실이었지만, 그 두려운 존재라는 내 자신을 어떻게 처리해야 하는가에 대한 예비된 지식을 나는 갖지 못하고 있었다.

계집애들의 옷을 벗기고 그들의 보지를 마음놓고 구경한다고 치자. 그렇게 해서 내가 어떻게 하겠다는 것인가. 그 이상의 것을 나는 알지도 못했고 그러므로 맥이 빠졌다. 그러나 그렇게 보잘것없는 것이라 할지라도 순도가 단골로 데리고 노는 계집애를 어떤 식으로든 굴복시킬 수 있었다는 확인은 내게선 값진 것이었다.

나는 이제 그 알량한 순도란 녀석과 마주서서 무엇을 가지고든 대결할 수 있다는 자신감을 얻어낸 셈이었다.

어머니의 은밀한 사랑을 독차지하고 있으며, 나는 코에 피가 나도록 두들겨맞지만 순도란 녀석은 무슨 짓을 해도 두들겨맞지 않는 희한한 재간을 가진 녀석이었다. 내게 형이라고 단 한 번도 불러주지 않는 앙큼한 그 녀석을 이제는 더 이상 방치할 수 없다는 생각이 문득 나를 전율시키고 있었다.

나는 계집애를 데리고 사택 한쪽에 있는 우물가로 갔다. 그곳에는 다 삭아빠진 두레박 하나가 축대 옆에 걸려 있었다. 계집애와 내가 힘을 합쳐서 두레박 가득히 물을 퍼올렸다.

그 두레박에 담긴 물에서는 보리밥이 쉬는 것 같은 퀴퀴한 냄새가 났다. 나는 계집애에게 명령했다.

"씻어."

"뭘 씻어?"

"보지를 씻으란 말야. 흙투성이란 말야."

"아냐 난 집에 갈 거야."

"너네 엄마한테 이르러?"

"아냐, 난 안 이를 거야."

"거짓말 마. 좋아, 너네 엄마한테 일러도 좋지만 다음부턴 순도 그 자식하곤 놀지 마."

"왜?"

"이놈의 계집애 말이 왜 이렇게 많아? 너 놀래 안 놀래?"

"왜 놀지 말라는 거니?"

"순도는 죽어."

"왜?"

"그 자식이 죽고 싶어 하니깐."

"언제 죽어?"

"아마, 내일이나 모레쯤일걸."

"누가 죽여?"

"내가 죽여준단 말야."

나는 어깨를 으쓱거려 보였다.

계집애는 내 말을 믿어줄지 아니면 흰소리로 여길지는 모를 일이었다. 그러나 내 맹세가 결코 허무맹랑한 소리만은 아니란 걸 예측한 모양으로 다시 얼굴이 하얗게 질려서 나를 쳐다보기 시작했다.

나는 그때를 놓치지 않았다. 물이 가득 들어 있는 두레박을 저만치 걷어찼다. 두레박이 떼굴떼굴 굴러가면서 물을 쏟아내고 있었다.

"어떻게 죽일 거니?"

"그건 아직 몰라."

우린 사택을 나왔다. 계집애는 시종 시선을 내게 꽂으면서 따라왔다. 그 사팔뜨기로 힐끔거리는 눈자위 아래로 두 줄기의 눈물자국이 지렁이처럼 늘어져 있었다.

그때, 한 떼거리의 아이들이 저만치 운동장 한복판을 가로질러 우리들께로 달려왔다. 낯짝이 허여멀건 반장놈이 그 속에 끼어 있었다. 나는 그들을 못 본 척하고 탱자나무 왼편 길로 마냥 내려갔다. 그런 조무래기들을 아는 척한다는 것이 왜 그런지 싫었다. 그들과 나는 동무가 아니었다.

한 마을의 살인사건에 중요한 역할을 해서 마을 사람들로 하여금 놀라자빠지게 만든 나로서 이런 조무래기들과 아귀다툼을 벌인다는 건 아무래도 걸맞지 않는다는 내 생각은 지극히 당연한 것이었다.

물론 아이들도 그걸 알고 있었다. 아이들은 우선 내게로 달려오는 그들을 모른 척하고 있는 내 태도를 당연한 것으로 알고 있었다.

옛날 같았으면 아이들은 달려오면서 나를 소리쳐 불렀을 것이었다. 그러나 그들은 나를 소리쳐 부르지 않았다.

"무도야."

나는 못 들은 척할 수가 없어서 거북한 척 고개를 꼬아돌리면서 대답했다.

"왜 그래?"

낯짝이 허여멀건 반장 녀석이 더듬더듬 말했다.

"선생님이 널 찾으셔."

"왜?"

"모르겠어. 널 찾아서 좀 데리고 오랬어."

"나 지금 바빠."

"선생님이 찾으신다니깐."

"선생님이 찾으면 대수니? 가서 말해. 나 지금 바쁘다구."

감히 선생님의 말을 대수롭잖게 걷어차는 나를 아이들은 입을 크게 벌리고 바라보고 있었다. 나는 그들에게 쐐기를 박듯 한마디 덧붙였다.

"꺼져버려."

10

 반장 녀석을 비롯한 대다수의 아이들은 금방 오갈이 들어서 모가지를 자라처럼 견골 속으로 쏙 집어넣고서는 비척거리며 뒷걸음을 치고 있었다. 나는 다시 한마디 단호하게 씨부렸다.
 "짜아식들, 누굴 보구 오라 가라 하는 거야?"
 반장이 녀석이 그래도 간담이 컸던지 한마디, 그러나 겨우 말했다.
 "누가 우리가 오라구 했니, 선생님의 심부름이지."
 "심부름이면 대수야?"
 "누가 대수라고 했니?"
 "그러니까 꺼지란 말야, 난 지금 아주 바빠."
 "어딜 가는 건데?"
 "누굴 죽이러 가는 거야."
 "누굴?"
 "누구면 대수야? 너들이 알아서 뭘 해?"
 "박술이란 사람이니?"
 "아냐."
 "그럼?"
 "순도녀석이라구."
 "걘 네 동생 아니니?"
 "그래 내 동생이다."
 "네 동생을 어떻게 죽이니?"
 "짜아식들 병신들이군. 인마, 내 동생이니까 죽이지."
 "아냐, 다른 사람은 죽여도 자기 동생은 형이 죽이는 게 아냐."
 "야 이 자식들 봐, 말을 거꾸로 하네? 인마, 남의 동생을 어떻게 죽이니? 걔네 아버지와 어머니가 가만있을 것 같니?”

내가 이를 앙다물고 대들자, 아이들은 말이 없었다. 그들은 내가 한 마지막 말에 반격할 적당한 대답을 찾지 못한 것이 분명했다. 녀석들은 나를 선생님 앞으로 끌고 갈 수 없다는 것을 알았고 이제 동생까지 죽이겠다고 으스대는 나를 상대로 더 이상 마주 서 있을 명분과 용기를 잃어버린 게 확실했다. 녀석들은 뒷걸음치더니 학교의 탱자나무울타리를 따라 걸어갔다.

그때 나는 문득 느꼈다. 그것은 이상하게도 가슴을 저며오는 듯한 외로움이었다. 그 외로움의 정체가 어디서부터 온 것이며 왜 나를 갑자기 휩싸버리고 있는 건지 알 수 없었다.

돌아보니 사팔뜨기 계집애도 어느 사이에 달아나버리고 없었다. 나는 완전한 혼자였다. 아이들은 벌써 멀리 탱자울타리 안쪽으로 꺾여들어가서 내겐 보이지 않았다.

왜 아이들은 나를 버렸을까. 내가 손짓만 해도 우르르 몰려오던 아이들이 이젠 내 곁에는 한 놈도 없었다. 그들은 내 자신도 모르는 사이에 어느덧 나에게서 멀어졌고 그 반장 녀석을 중심으로 몰려다니고 있지 않은가. 나는 그것이 또한 이상했다.

낮짝이 허여멀건 그 반장 녀석은 상상도 못할 엄청난 일을 나는 해냈고, 어른들이 찾지 못해 전전긍긍했던 살인범을 찾아내지 않았는가. 그런 면에서 나는 아이들의 영웅적인 우두머리가 되는 모든 조건을 갖춘 셈이었고 나 또한 당당하지 그지없는 사내자식이 아닌가. 모든 마을의 어른들조차도 두려움과 놀람과 때로는 기이하고 선망에 찬 시선으로 나를 바라보고 있는데도 내 곁에 따라붙던 아이들은 어느새 나로부터 떨어져나가고 없다는 사실을 나는 도저히 이해할 수 없었다. 어른들조차도 나를 자기네 친구처럼 말을 주고받으려고 노력하고 있는 판국에 어른들보다 몇 배나 쪼그만 아이들은 정작 나를 경원하고 오직 두려워하고 있다는 사실을 나는 이해할 수 없었다. 나는 외로움의 응어리가 내 가슴 한복판에 커다랗게 웅크리고 앉아 있는 것을 느꼈다.

순도를 찾아 나선 것은 그러한 외로움 때문인지도 모른다.

마을 한복판을 완만하게 가로지른 길을 따라서 멀리 강 건너 마을 뒷산이 바라보이는 언덕까지를 나는 될 수 있는 한 느린 걸음으로 걸었다.

녀석은 강가에 있을 것이었다. 모든 것이 나보다는 앞섰지만 헤엄치기만 내게 뒤진다는 것을 알고 난 이후 녀석은 거의 강가에서 살다시피 하고 있었다. 나는 녀석이 왜 그 시간에 사팔뜨기 계집애와 놀고 있지 않았는지 그제야 알 수 있을 것 같았다.

나보다 헤엄치기를 못한다는 건 녀석에겐 치명상이었다. 심지어 손으로 코를 막고 물속으로 들어가서 오랫동안 떠 있는 것조차도 녀석이 나보다는 오래 할 수 있었지만, 딱 한 가지 물 위를 헤엄을 쳐서는 나보다 멀리 갈 수 없었다. 그것이 순도에겐 견딜 수 없는 치욕임이 분명했다. 나에게 형이란 명사를 쓰기를 거부해 온 녀석의 이면에 그러한 불가항력이 옥에 티로 도사리고 있다는 것이 녀석은 도저히 참아넘길 수 없었던 모양이었다. 적어도 나를 상대로 하는 한 순도는 전지전능해야 한다고 생각해 왔고 그럼으로써 어머니의 귀염을 독차지 할 수 있다는 결론에 도달하고 있는 것 같았다.

나보다 헤엄에 뒤진다는 것을 눈치챈 작년 이후 녀석은 다시 이 듬해의 여름이 오기를 손꼽아 기다렸고, 초여름이 다가오자 순도녀석은 거의 물가에서 살다시피 하였다. 아이들이 거의 집으로 돌아가고 없는 한적한 냇가에서 하루 종일 물장구를 치다가 걸레처럼 진이 빠져서 집으로 돌아오곤 하였다.

어머니가 녀석의 과격한 물장난을 몹시 나무라기도 했으나 녀석은 듣는 둥 마는 둥이었다. 지방질이 죄다 빠져 달아난 피부가 그대로 햇볕에 그을려 가무잡잡해졌고 눈동자는 언제나 핏발이 서 있었다.

나를 이겨넘어야 한다는 녀석의 결의가 그토록 치열한 것에 나는 내심 움찔하였다. 그러나 나는 믿었다. 녀석이 아무리 발버둥을 친다 한들 헤엄만은 나를 따를 수 없다는 것이었다.

냇가 쪽으로 난 오솔길을 따라 내려가면서 나는 순도가 있을 절벽 아래의 ㄱ자로 꺾인 웅덩이께를 바라보았다. 그러나 나보다는 순도가 먼저 나를 발견한 것 같았다.

베잠방이를 걸친 순도는 두 다리를 벌리고 허리를 앞으로 두 손을 발등에 얹고는 양다리 사이에 대가리를 거꾸로 처박고 서서 언덕을 내려오는 나를 거꾸로 바라보고 있었다. 제 편에서 본다면 나 역시 거꾸로 서서 언덕을 내려오는 셈이 될 것이었다. 그것처럼 녀석은 내 능력을 잘못 판단하고 있는 셈이었다.

녀석은 그런 자세 그대로 내게 외쳤다.

"이 병신아, 빨리 와."

나는 굳이 대답하지 않고 그냥 길을 더듬어 내려갔다.

언젠가 나는 녀석 때문에 혼이 난 적이 있었다. 작년 여름 강가에서 녀석은 어디선가 도마뱀을 포획해서는 느닷없이 내 앞으로 툭 던졌다. 나는 기절초풍을 해서 눈을 하얗게 까뒤집고 소리질렀는데도 녀석은 내 몸을 맞고 떨어져 자갈 위로 기어가는 도마뱀을 다시 잽싸게 집어들고는 한쪽 다리께를 대롱대롱 들고 서서 말했다.

"혼났지?"

등골을 얼음덩이로 쭉 가르는 듯한 느낌인 내게 녀석은 다그쳤다.

"병신아, 도마뱀은 물지 않는다구."

"물지 않는 거 봤어?"

나는 그제야 겨우 대답했다.

"그래, 물지 않는 거 봤다, 왜? 지금도 이놈은 널 물지 않았잖니. 그것도 몰랐어, 이 병신아?"

"그래 다른 사람을 물 수도 있잖어."

"이런 벼엉신, 너 도마뱀에 물렸다는 사람 봤니?"

말하자면, 마땅히 놀라지 않아야 할 것에 내가 혼비백산해 버림으로써 녀석은 내 병신스러움을 더욱 확인시키고 내가 기겁을 해버린 그 징그러운 도마뱀을 다시 잡아 주물럭거리다가 아무렇지도 않은 듯 주머니 속에 집어넣음으로써 녀석은 담대한 성깔을 과시하던 것이었다.

나는 녀석이 나를 기운껏 조롱하고 비난을 일삼을 때, 다소곳이 그것을 감수하면서 녀석을 관찰했다. 내가 자기를 주의깊게 바라보고 있다는 것을 알아차리면 녀석은 더욱 기승을 부리던 것이다. 불쌍하게도 녀석은 내가 자기의 연기에 도취되어 있는 것으로만 착각하고 있었다. 그러므로 어떤 땐 자기 나이로서 감당해 낼 수 없는 어떤 능력의 영역을 뛰어넘어서 어른스러운 짓거리를 곧잘 하던 것이었다.

"빨리빨리 와, 이 병신아."

녀석은 언덕을 내려가는 내게 다시 소리질렀다. 청동색으로 그은 몸뚱이가 된 순도녀석은 득의에 차 있었다. 녀석의 득의가 무엇인가를 나는 대뜸 알아차렸다.

두어 발짝을 사이로 대치한 내게 녀석은 기탄없이 소리쳤기 때문이었다.

"벗어."

"뭘?"

"옷을 벗으란 말야."

내가 그 사팔뜨기 계집애에게 그랬듯이 녀석은 내게 단호하게
명령했다. 그 당돌한 명령에 순간 나는 움찔했다. 그러나 움찔하는
순간 나는 지금 이 자리를 피할 수 없는 운명임을 알았다.

헤엄치기가 아니라, 어떤 무엇을 그때의 순도가 요구해 왔다 하
더라도 나는 그것에 응했을 거였다. 나는 바지 속의 자지가 발딱 일
어서는 듯한 전의를 느꼈다. 뱃속 깊숙이 그 적의를 도사리며 녀석
에게 물었다.

"왜 그러니?"

"난 이길 수 있어."

녀석은 양 허리에다 두 손을 꼬나얹고 나를 뚫어지게 바라보았다.

"뭘 이긴다는 거니?"

"보면 몰라?"

내 권위에 도전하는 새롭고 완강한 적이 내 앞에 나타났으나 나
는 결코 흔들릴 수 없었다.

"좋다, 어디까지야?"

"뭐? 좋다 어디까지야?"

내가 대거리한 것이 녀석의 자존심을 몹시도 건드려놓았던가 보
았다. 내 대답을 되풀이해서 한번 되씹어본 녀석이 개천 건너의 맞
은편 절벽 아래에 툭 불거져나온 바윗돌을 가리켰다.

"저기까지 갔다 오는 거다, 어때?"

나는 놀랐다. 그 바위까진 상당히 먼 거리였고 가운데는 매우 깊
은 웅덩이가 있다는 것을 알고 있기 때문이었다. 그러나 나는 대답
했다.

"좋아."

나는 돌자갈 위에다 옷들을 벗어던졌다. 그동안 순도 녀석은 허
리에 손을 꼬나얹고, 두고 보란 듯이 거만한 낯짝을 하고 나를 능멸

하는 시선으로 바라보았다.

우리는 달리기경기에서처럼 개울가에 나란히 섰다. 하나, 둘, 셋 하는 녀석의 구령이 떨어지는 순간 건너편의 반환점을 향해 물속으로 뛰어들 참이었다.

물론 이길 자신이 있었다.

순도녀석이 아무리 은밀하게 연습에 연습을 거듭해 왔다 할지라도 개헤엄만은 내게 당하지 못한다는 걸 굳게 믿었기 때문이었다.

녀석의 구령이 떨어지자, 우리는 거의 동시에 물속으로 대가리를 쑤셔박고 뛰어들었다. 잔잔한 물결 위에 떨어지던 붉은 노을이 우리들의 어깨에 밀려 주름을 잡으며 안으로 밀려나갔다. 밀려나간 노을이 건너편 절벽 아래로 까웃까웃 몸부림치며 밀려나가는 것을 짠 눈으로 바라보면서 나는 어깻죽지에다 힘을 넣고 또 넣었다.

자신감을 갖는다는 것만이 내가 녀석보다 앞설 수 있는 가장 큰 힘이 된다는 것을 생각하고 있었고, 또한 지난여름 내내 헤엄연습을 해온 순도가 이 한판의 대결에서 실패했을 때 녀석이 지금까지 내게 품어오던 우월감도 한낱 물거품이 되고 말 것이란 걸 알았다. 난 녀석을 오갈들게 만들 것이고 녀석이 이젠 더 이상 어머니 앞에서 나를 바보로 만들지 않게 되기를 바랐다. 이번의 승부야말로 나와 어머니와 순도녀석과의 미묘한 삼각관계를 깨끗이 해결하고 내가 당당한 녀석의 형으로 군림을 할 수 있게 하는 기회라는 걸 잊지 않았다.

적어도 나는 반환점까진 녀석보다 삼 미터쯤을 앞서 나갔다. 반환점의 바윗돌을 물 아래에서 박차고 다시 물 쪽으로 돌아서서 사 미터쯤 헤엄쳐 왔을 때 내 뒤를 따르던 순도 녀석이 어느덧 나와 나란히 헤엄쳐왔고 그리고 뭍으로까지 갔을 땐 나보다 이 미터쯤을 앞서 나갔다.

녀석은 재빨리 물속에서 몸을 빼내 일어나더니 나중 도착하고 있는 내 한쪽 어깨를 발로 콱 밟았다.

"이 병신아, 내가 이겼지?"

녀석이 갑작스레 내 어깨를 밟아 비트는 바람에 나는 한 모금의 냇물을 삼키고 염소처럼 캑캑 기침을 쏟아놓아야 했다. 나는 겨우 냇가로 몸을 솟구쳐 걸어나갔다.

"졌지, 이 병신아?"

나는 순도의 번들번들한 어깨 위로 떨어지는 노을을 바라보면서 목젖까지 와닿는 숨을 가쁘게 삼켰다.

나는 한 거인을 거기서 발견하였다. 나보다도 더 크고 우람한 거인, 나보다는 힘이 세고 팔자수염을 하고 눈이 부리부리한 동화 속의 거인을 그곳에서 발견한 것이었다.

어깨 위로 떨어지는 노을을 받으면서 그 거인은 꺼르르꺼르르 웃었다. 그의 어깨 뒤로 강 건너 마을의 뒷산이 완강하게 버티고 서 있었다.

나는 그 거인의 햇볕에 탄 검붉은 자지를 보았다. 그렇게 커다랗고 우락부락하고 힘있게 꺼덕거리는 자지를 나는 한 번도 본 적이 없었다.

언젠가 박술의 자지를 나는 본 적이 있었다. 마을 위쪽에 있는 풀무간에서 노인의 일을 거들어줄 적에 매질을 하다 말고 박술은 풀무간을 나왔다. 길섶에 놓여 있는 오줌장군에 대고 설설 오줌을 내쏟을 적에 검은 털이 숭숭하게 나와 뻗친 자지를 손가락 사이에다 끼워넣고는 툴툴 오줌을 터는 것을 보았다. 그것은 검기도 하고 붉기도 했으며 끝에는 회갈색으로 껍질이 벗겨져 있던 것이었다. 언젠가 학교변소에서 보았던 교장 선생님의 꾀죄죄한 그것보다는 훨씬 크고 우락부락한 자지를 바지말기 속으로 쑥 집어넣으면서 박술이 혼자 씩 웃던 걸 나는 본 적이 있었다.

그렇게 보기 흉하고 더러운 자지를 어른들은 각기 한 개씩 달고 다니면서 오줌을 눌 때 사용하고 있다는 것을 나는 알았다.

나는 내 자지도 어른들의 그것처럼 털이 숭숭 나게 될까봐 한참이나 까발리고 내려다보았으나 적어도 내 자신만은 아직 가공할 지경의 모습을 꿈꾸고 있지는 않을 것 같았으므로 적이 나를 안심시켰다.

그런데 이제 순도의 자지가 그런 모습을 하고 있었다. 그것은 적어도 내게선 불가항력이었다. 나는 문득 순도에게서 가슴을 후벼파는 듯한 두려움을 느꼈다. 그는 분명 거인이 되어 있었다. 나는 그 거인에게 솔직히 말했다.

"내가 졌어."

내가 재빨리 그렇게 말한 것은 패배의 참담한 목소리를 될수록 그에게 빨리 들려줌으로써 녀석의 승리감을 더욱 확실한 현실로 받아들여지게 하기 위함이었다. 나는 두 번 세 번 연거푸 말했다.

"졌다. 내가 졌다."

"그럼, 니가 끝내 이길 줄 알았니?"

나는 매우 참담한 얼굴이 되어 녀석의 어깨 너머로 이젠 회색으로 변해 가는 먼 산봉우리의 노을을 바라보았다.

내가 바랐던 대로 녀석은 의기양양해져서 냇물 웅덩이에다 캑 하고 침을 뱉었다. 아직도 가쁜 숨을 몰아잡기에 바쁜 녀석 앞에서 나는 몸을 움츠리며 잔뜩 겁먹고 주눅이 들어 발발 떠는 시늉을 하였다. 그런 내 꼬락서니를 깔보는 눈으로 거침없이 바라보던 거인이 그때 느닷없이 말했다.

"나는 한 번 더 갔다 올 수 있어."

나는 가까스로 대답했다.

"넌 못 갔다 와."

"갔다 올 수 있어."

"안 될걸."

"갔다 올 수 있어."

나는 조금 더 가까스로 대답했다.

"넌 힘이 모자라."

"난 아직 팔팔하단 말이야."

"넌 못해."

나는 바락 소리를 내질렀다.

"난 할 수 있어. 이 병신자식아."

"이 병신……."

"너 날보구 병신이라구 했지."

"그으래."

"좋아, 만약 내가 다시 건너갔다 온다면 어떡할래?"

"꿇어앉아서 열 번 절을 할게."

"좋아, 잘 봐둬."

물속으로 다시 풍덩 빠져든 거인은 뭍에 선 나를 향해 소리질렀다.

"사이렌 따위 불어봤자 아무것도 소용없는 거야. 나를 보라구."

나는 돌자갈 위에 앉아서 녀석을 지켜보았다. 녀석은 재빨리 건너편의 반환점을 향해 헤엄쳐나갔다.

이까짓 것쯤은 아무것도 아니라는 식으로 고개를 마음대로 짓까불며 한편으로는 뒤에 앉아 있는 내가 자기를 마냥 지켜보고 있는 건지 아닌지를 확인까지 해가며 냇물 한가운데로 헤엄쳐나갔다.

반환점에서 녀석은 잠시 안도의 눈길을 내게 보내는가 싶었다.

바로 그때였다.

나를 일별하고 곧바로 바윗등걸을 잡으려던 그가 문득 헛손질을 하고 물속으로 빠져들었다. 그러나 녀석은 금방 물살 위로 머리를 솟구쳤다. 그러고는 나를 향해 그 조그만 창피를 만회하려는 듯 입가에 쓴 웃음을 날렸다.

녀석은 다시 한 발로 바위를 차고 내가 앉은 뭍 쪽으로 방향을 돌려잡았다. 녀석의 머리가 그 순간 다시 물살 속으로 쑥 빠져들어갔다. 그리고 다시 물살 위로 고개를 디밀어올렸다. 그 순간 내게 새로운 일별을 보내려 하는 녀석의 옆얼굴에 이루 형언키 어려운 낭패가 스치는 것을 발견하였다.

무언가 잡으려던 그의 한 손이 물살 위의 허공을 휘저었지만 머리통은 다시 물살 속으로 쑥 빠져내려갔다. 그와 함께 녀석은 힘껏 물 위로 몸을 솟구치면서 뭍에 있는 나에게 소리질렀다.

"형, 나 살려줘."

뭍에는 나 이외엔 아무도 없었다. 녀석이 다시 소리질렀다.

"형, 살려줘."

나는 접고 앉은 두 다리 사이로 어깨를 묻으면서 녀석에게 대답하지 않기로 했다. 다시 녀석의 모가지가 물살 위로 솟구칠 때까지는 상당한 시간이 흘러갔다. 네 번째인가 결사적으로 몸을 솟구쳐 참담한 얼굴로 나를 찾다간 끝내 물속으로 잦아지는 녀석의 모습을 나는 돌처럼 굳은 자세로 바라보았다.

녀석은 마지막으로 내가 비길 데 없는 자기의 형이란 걸 그 자신과 내게 확인시켜 준 셈이었다.

녀석이 냇물 속 어디엔가 가라앉고 녀석이 짓까분 대로 파상적으로 흐트러지던 물결이 이젠 제 흐름을 되찾아 조용히 잠잘 때를 나는 기다렸다. 물 위의 어디에도 이젠 녀석의 모습은 보이지 않았다.

나는 사방을 휘둘러보았다.

　어둠이 깔리기 시작하는 절벽 이쪽에선 상류에서 들어오는 물소리 이외엔 아무것도 없었다. 한 마리의 물총새가 강의 하류에서 일직선으로 날아와선 녀석이 잠겨들어간 바윗등걸 부근에서 칼처럼 예리한 나래로 물결을 자르곤, 저쪽 어둠이 잠겨내리기 시작하는 절벽 아래로 휙 돌아서 날아가고 있었다.

　녀석은 이제 완전히 죽은 것이었다. 나는 천천히 돌자갈 위에서 일어섰다. 조그만 돌을 들어 수제비뜨기를 했다.

　하나, 둘, 셋, 넷…….

　작은 돌은 물살 속으로 빠져들어갔다. 맨 처음의 경기에서 나는 얼마든지 녀석을 앞질러 묻에까지 골인할 수 있었다. 그러나 나는 중도에서 그러한 결심을 포기해 버렸다. 내가 녀석과의 경기에서 이기고 녀석이 패할 경우 우리 둘의 대결은 결코 그것에서 끝나주지는 않을 것 같았기 때문이었다.

　녀석의 집념이, 녀석의 앙심 따위가 결코 그것을 용서하지 못할 것은 뻔한 일이었다.

　나는 반환점에서 다시 돌아오는 중간쯤에서 발헤엄으로 속도를 줄여 녀석이 나를 앞질러갈 수 있는 말미를 만들어준 셈이었다. 녀석은 나보다 용감하고 나보다는 담대했고 나보다는 영리했지만 내 가슴속 깊이 간직하고 있던 거짓말은 결코 밝혀낼 수가 없었던 것이다.

　나는 오래도록 묻에 앉아 있었다.

　강심(江心) 쪽 어디에서 녀석이 해맑은 얼굴을 불쑥 내밀어올리면서,

　"깜빡 속았지? 내가 죽은 줄 알았지?"

하고 헤헤 웃을 것만 같은 착각이 자꾸만 내 시선을 강심 쪽으로 끌어들이고 있었기 때문이었다. 그러나 무척이나 오래도록 기다리고

있어 보았지만, 내 상상 속의 사건은 결코 일어나지 않았다.

이상하게도, 녀석이 죽었다는 사실이 시간이 흘러가면 흘러갈수록 녀석이 물 위로 고개를 불쑥 내밀어올릴 것 같은 헛된 망상을 불러일으키는 것이었다.

녀석이 물속으로 멀리 헤엄쳐나가서 내가 보이지 않는 바윗등걸을 돌아서 뭍으로 나와선 내 등 뒤로 돌아와 갑자기 두 손으로 내 눈을 막고 서며,

"누구게?"

하고 소리칠 것 같다든지, 나보다 먼저 집으로 돌아가서 툇마루에 어머니와 마주 앉아서 천연덕스럽게 저녁밥을 먹고 있을 모습만 머릿속으로 상상되던 것이었다.

나는 그것을 바라지 않았다.

녀석이 살아돌아온다면 차라리 내가 죽어버리기라도 하고 싶었다. 죽음이란 게 무엇인지 내게는 오리무중 속에 숨어 있는 수수께끼 같은 거였지만, 그것이 죽은 칠성이 아버지처럼 적어도 곧장은 우리들 앞에 나타날 수 없는 것임을 나는 알고 있었다.

나는 다만 그것이 좋았다.

순도녀석이 다시는 나와 어머니 앞에 나타날 수 없다는 사실이 내게는 중요했고 반가운 거였다. 녀석이 죽어자빠지든 물에 빠지든 그것이 내겐 중요한 것은 아니었다.

녀석이 영원히 내 앞에서 사라지고 없어져주기를 기대하면서 나는 그때까지 죽치고 앉았던 자갈밭에서 일어났다. 그리고 내려왔던 언덕길을 따라 올라갔다.

녀석이 빠져들어간 검은 빛의 강물이 절벽 사이로 능청스럽게 가로누워 있는 것을 바라보면서 나는 바람이 서걱이는 옥수수밭 사이의 외줄기 길을 따라 느릿느릿 걸었다.

순도의 행방에 대해서 어머니가 자꾸만 물어올 것이었다. 나는 물론 곧이곧대로 녀석이 냇물 속으로 빠져들어가는 모습의 처음과 끝을 내 두 눈으로 역력히 확인했노라고 대답할 것이었다. 그 대답만이 어머니가 순도녀석을 포기할 수 있는 가장 빠른 길이라고 생각했다.

그런 대답에 어머니는 얼마나 놀랄까. 그러나 나는 꼿꼿하게 마주서서 무너져내리는 어머니 모습을 또한 확인할 것이었다.

적어도 순도 녀석이 살아서 집으로 돌아오게 되기 전까지는 어머니는 원치 않았더라도 나를 품에 끼고 자야 할 것이다. 게다가 어머니를 품고 자던 박술도 이젠 경찰지서에 붙들려간 신세가 되었지 않은가.

어머니의 주위를 맴돌며 어머니의 애정을 독차지하던 모든 사람들을 내 힘으로 떨쳐냈다는 사실이 내겐 우쭐하지 않을 수 없었다. 그것만이 내가 다시 어머니의 젖꼭지를 만지면서 잠들 수 있는 여건을 만들어줄 수 있다고 생각했기 때문이었다.

사이렌사건이 있은 이후 어머니는 내게 말했다.

"이 자식아, 그만 칵 뒈져라!"

칵칵칵, 그 칵 뒈지라는 것이 내겐 서러웠다. 어머니는 왜 내게 그냥 죽지 않고 칵 뒈져야 한다고 하는 것일까. 이 세상엔 내가 아니더라도 칵 뒈져야 할 사람은 너무도 많았다.

희자 삼촌을 마구 내리 짓밟던 순사도, 칠성이 아버지 옆구리에 낫자루를 찔러넣던 박술도 칵 뒈져야 할 사람이겠거늘 왜 나를 두고 그런 말을 해야 하는 것일까. 그런 어머니가 두렵고 미웠다.

범인을 찾았다고 모든 사람들이 날뛰는 판국에 왜 유독 어머니 혼자만은 능멸하는 눈길로 나를 구박주던 것일까. 그것은 순도라는 대상이 있기 때문이라고 생각했다.

순도녀석은 어느 땐가는 집으로 돌아올 수 있을 것이었다. 왜냐하면 녀석은 시냇물 따위에 빠져죽을 만큼 어리석고 바보 같은 녀석이 아니기 때문이었다. 녀석이 설령 죽었다 할지라도 그 죽음이란 현실을 한낱 우스갯소리로 만들 수 있을 만큼 순도는 똑똑한 녀석이었기 때문이었다.

나는 집으로 돌아왔다. 삽짝 안으로 가만히 고개를 디밀면서 나는 안방이나 부엌에 있을 어머니의 동정을 살폈다. 그러나 집 안 어디에고 어머니의 모습은 보이지 않았다. 나는 맥이 빠졌다. 어머니가 집으로 돌아올 때까지 기다리는 수밖에 없었다. 어머니가 빨리 돌아와야만 순도가 죽었다는 것을 말할 수 있을 것이었다. 나는 그 말을 내뱉고 싶어 안달이 나 있을 정도였다.

어둠이 서서히 마을의 지붕들을 덮어내리면서부터 배가 고파왔다. 그리고 외로움이 찾아왔다. 낮에 아이들이 우르르 다가왔다가 와 하고 소리를 지르며 사팔뜨기 계집애와 나만을 남기고 떠났을 때처럼 가슴이 텅 비는 듯한 허전한 외로움을 느끼며 나는 문밖 골목으로 막연한 시선을 던지고 있었다.

그런 내 시선 앞에 느닷없이 희자가 나타났다. 물귀신처럼 얼굴이 하얀 희자는 이제까지 볼 수 없었던 깨끗한 옷차림으로 노오란 달맞이꽃 두 송이를 두 손에 꺾어들고 있었다. 그 시간에 희자가 우리 집 앞에 나타나리라고는 상상할 수 없는 일이었다.

"이 계집애 너 희자 아니니?"

"……."

"너 어디 있다 왔니?"

계집애는 그때 울먹이기 시작했다.

11

"저기……."

계집애는 막연히 개천 너머의 언덕을 가리켰다.

"저기 어디?"

"저어기."

계집애는 허공 저쪽으로 아주 깊숙한 느낌이 들도록 마을의 뒷
길 쪽을 가리켰다. 나는 계집애의 한 손을 잡아끌어 내가 앉았던 툇
마루께로 가서 나란히 앉았다.

계집애가 어떻게 해서 제 집에서 뛰쳐나올 수 있었으며 어떻게
해서 선녀처럼 노란 달맞이꽃을 안고 있는 건지 궁금했지만 그것보
다는 계집애가 마을의 뒷길을 가리켰다는 것이 놀라운 일이었다.

"너 그럼 날 봤니?"

"봤어."

계집애는 의외로 또록또록하게 대답하고 있었다.

"그럼 순도도 봤니?"

"봤어."

"어디서?"

"냇가에서."

"아, 이거 신나는 일이구나. 그럼 내가 순도를 죽이는 것도 봤겠
구나?"

"그럼."

계집애는 아주 은밀하게 씩 웃었다. 나는 그 순간 손뼉을 쳤다. 그
리고 두 손을 들어 희자의 하얀 볼따구니 양편을 한번 벌려줘었다.

"그 자식이 바위 뒤로 벌벌 기어서 밖으로 나오는 건 혹시 보지
못했니?"

"아냐, 난 니보다 더 오래 갯가에 있었는데 순도는 보이지 않았어."

"좋았어. 그 자식은 죽어야 돼. 그 자식이 나를 아주 땡초로 안단 말야. 내가 제 형인데도 엄마를 독차지한다 이거야. 그것뿐인 줄 아니? 그 자식은 언제나 나를 물고늘어진단 말야."

"물고늘어지는 게 뭐니?"

"벼엉신, 훼방을 놓는다는 거야."

"훼방이 뭐니?"

"남의 밥에다 재를 뿌린다는 거야."

"왜 재를 뿌리니?"

"밥에다 재를 뿌려봐, 그걸 어떻게 먹을 수 있겠느냐구. 넌 재 뿌린 밥을 먹을 수 있다고 생각하니?"

"누가 재를 뿌리니?"

"그 자식 말야, 그 순도 자식이 지금까지 내 밥에 재를 뿌려왔다구."

"너네 엄마는 네 밥그릇에 재를 뿌리도록 가만히 두었니?"

나는 이상했다. 그것은 희자란 계집애가 놀랍게도 제법 이치에 맞는 말을 지껄여대고 있다는 사실이었다. 도대체 그 계집애는 질문을 할 줄 몰랐지 않았던가. 희자년은 보통 우리들이 질문해서 할 일을 질문하지 않고 그 당장 저질러버렸다. 그 계집애에게선 의문스럽다는 사실 자체가 아무런 의미도 없었고, 이 세상사에 의문스럽다는 현실이나 대상이 존재하고 있는 것조차 모르고 있었다. 그리고 지금처럼 세분화된 언어감각도 가지고 있지 않았다. 그녀는 언제나 그랬다. 내가 가자고 말하기 전에 제 편에서 먼저 걸어갔고 내가 누굴 때리고 싶다고 말하기 전에 제가 먼저 쫓아가서 아이들에게 돌팔매질을 했다. 그리고 보면 희자란 계집애는 바보가 아닐

뿐더러 병신이 아닌지도 몰랐다.

나는 대답했다.

"그래 우리 엄만 그 자식이 내 밥에 재를 뿌리는 것을 그냥 가만히 쳐다보고만 있었다구."

"너 그럼 재 뿌린 밥을 먹었니?"

"그럼 먹지 않고. 재 뿌린 밥을 넌 먹어보지 못했지?"

"난 재 뿌린 밥을 못 먹어."

"왜?"

"너무 짜."

"그럼 언젠가는 한번 먹어본 일이 있었구나."

"그래 먹어봤어."

"언제?"

"어제 저녁이었어."

"어느 개자식이 너에게 재 뿌린 밥을 처멕였니?"

"우리 아빠야."

"넌 그 자식을 그냥 뒀니?"

"내가 그 자식을 그냥 둘 수 있겠니? 돌멩이로 이마를 칵 찍어 줬지."

"언제?"

"방금, 방금 그러고 뛰쳐나왔으니까."

"그럼 넌 집으로 돌아가지 못하겠구나? 피가 흘렀니?"

"피가 많이 흘렀어."

"그 자식이 가만있지 않을걸. 어른들은 우리보다 힘이 쎄거든."

"그렇지만 넌 아이라도 사이렌을 불었고 박술을 유치장에 처넣었잖니?"

"그건 그래, 난 너들처럼 보통 아이들하군 달라. 손가락 한번 까딱 않고 순도를 죽일 수 있었으니까."

나는 우쭐해서 어깨를 으쓱거렸다. 그 순간 나는 희자의 얼굴에 돌옷처럼 피어나는 슬픔의 앙금을 읽었다. 계집애의 표정을 읽는 순간 나는 깜짝 놀랐다. 희자가 그런 표정을 지을 수 있다는 사실이 도대체 거짓말 같았기 때문이었다. 희자는 슬퍼서 울진 않았다. 그 병신 같은 계집애는 언제나 아파서만 울었지, 우울하다거나 슬프거나 애석하다거나 하는 것으로는 울 수 없는 계집애였음을 너무나 잘 알고 있었기 때문이었다. 나는 물었다.

"너 왜 그러니?"

"슬퍼서."

"너 정말이니?"

"그럼 정말이지 않구."

"뭣이 슬프다는 거니?"

"넌 정말 순도가 죽었는데도 슬프지 않다는 거니? 우체국에 있는 그 사팔뜨기 계집애가 불쌍하지도 않니? 그리고 너네 어머니도 얼마나 슬퍼하겠니? 순도는 네 동생이지 않니?"

나는 순간 희자의 말에 대답할 건덕지가 없다는 것을 알았다. 그리고 의외로 희자의 말은 내 가슴을 꾹꾹 눌러대는 무엇이 있었다. 나는 변명하듯 말했다.

"죽으면 영영 집에 돌아오지 못하는 거니?"

"그건 몰라 나두."

"그런데 왜 넌 눈물을 흘리고 있니?"

"어른들은 그렇게 해. 누가 죽으면 울어."

나는 희자가 변했다는 것을 비로소 깨달았다. 며칠 동안 난 그 계집애를 볼 수 없었는데 그동안 이렇게 변해 있었다는 사실은 엉뚱한 발견이었다.

그것뿐이 아니었다.

갯가에서 뭍으로 올라왔을 때의 순도의 자지가 거인들의 그것처럼 방망이만했던 것처럼 희자도 채순미처럼 어른이 되어 있다는 사실을 느꼈다.

—키스해 줘요.

—그 말 좀 어색하지 않아?

—입맞춰 줘요.

언젠가 희자 삼촌과 채순미가 사택 광 속의 건초더미 속에서 주고받던 말이 생각났다.

—이 광이 우리에겐 천국이지?

—이 천국을 잃게 돼요 우린.

—무슨 소리지?

—거기서 손 빼요.

—음? 가만있어.

—내주엔 이 집 수리를 시작한대요.

채순미와 희자 삼촌이 주고받던 말이 내 귀에 다시 쟁쟁하게 들려오는 것이었다.

나는 끼룩끼룩 울음을 토해 내고 있는 희자의 어깨에 가만히 손을 얹었다. 그리고 어른스러운 목소리로 가만히 계집애에게 속삭였다.

"우리 교장사택으로 갈래?"

"대낮에 거긴 왜?"

"우린 거길 가야 해."

"왜 거길 가야 하니?"

"우린 이제 어른이니까."

"어른들은 전부 교장사택으로 가는 거니?"

“그럼.”

희자가 마당 아래로 깡충 뛰어내려섰다. 키가 컸다. 계집애의 가슴은 채순미의 그것처럼 부풀어올라 있었다. 나는 그때까지도 희자가 어른이 되어 있었다는 사실을 새까맣게 모르고 있었더랬다.

나는 희자의 젖을 만져볼 거였다. 그리고 채순미처럼 계집애가 키스해 줘요, 할 때까지 기다릴 것이었다. 그러나 내가 어떻게 해야 그런 말이 계집애의 입에서부터 흘러나오는 것인지 그것을 몰랐다. 그러나 우리들이 건초더미에 파묻혀 뒹굴어보면 그 해답은 쉽게 얻어낼 수 있을 거였다.

“그 달맞이꽃 어디서 꺾었니?”

나는 희자의 어깨에 손을 얹으면서 가만히 물었다.

“누가 주었어.”

“누가?”

“몰라.”

나는 따지지 않기로 했다. 계집애의 기분을 상하게 하기는 싫었기 때문이었다. 우리는 넓은 마을 앞길로 나섰다. 그 길을 쭉 따라 올라가면 학교가 나서고 운동장 옆길로 난 탱자나무들과 쉽게 만날 수 있으리라고 생각했다. 우리는 걸었다. 그러나 길은 너무나 멀었다.

안 주사의 이발소가 나타나고 그리고 양조장이 나타나고 그다음엔 철물점과 우체국이 나타나야 할 길은 아무리 걸어도 그런 것들이 나타나지 않았다. 길을 잘못 든 것도 아니었다.

그 길은 몹시 눈에 익은 마을 앞길이 분명한데도 그런 집들이 보이지 않았던 것은 물론, 길가에는 그 많이 오가던 마을 사람들이 눈에 띄지 않았다. 우린 걸었다. 그러나 우리들의 발 앞에는 일직선으로 쭉 뻗은 길이 하염없이 놓여 있을 뿐이었다.

멀리 도수장이 보였다.

그것은 언제나처럼 산자락 아래 죽은 개처럼 을씨년스럽게 누워 있었다. 도수장이 보이는 것을 보면 우린 너무나 분명하게 마을 앞 길을 걸어가고 있었다. 그런데도 학교는 나타나지 않았다.

희자가 찌득찌득 울기 시작했다.

"이 병신아, 왜 우니?"

"……."

"울지 말라니깐."

나 역시 울어버릴 것만 같은 마음으로 그렇게 소리쳤다. 희자는 손에 들었던 달맞이꽃 두 송이를 길바닥에다 버렸다. 이상하게도 그 꽃들이 버려진 곳에서부터 새로운 길이 나타나기 시작했다. 그 길은 공교롭게도 지금까지 나타나지 않아서 안타깝던 학교 옆 탱자 울타리 길이었다.

희자가 울음을 그쳤다.

우리는 그 탱자울타리를 따라 걸었다. 멀리 학교의 교장사택이 바라보였다. 사택의 판자문이 하얀 페인트로 칠해져 있었다.

탱자울타리 너머로 바라보이는 붉은 황토가 깔린 운동장은 텅 비어 있었다. 학교가 하학한 후라도 그 운동장은 항상 시끄러웠다.

집으로 돌아가기 싫은 아이들이 그곳에서 놀고 있거나 싸움판을 벌이기도 했다. 마을 청년들이 커다란 공을 가지고 와서 차고 치며 떠들고 키득거리다가 채순미 선생이 운동장 저편으로 걸어가면 휘 파람을 불었다. 그러나 채순미는 단 한 번도 그들 쪽으로 고개를 돌리는 법이 없었다. 그녀는 마을 청년들이 휘파람을 휘휘 불면 얼굴 이 홍당무가 되곤 하였다. 마을 청년들이 그녀를 향해 소리치곤 하였다.

"어이, 고구마 좀 삶아줘."

그들은 말하고 서로 보며 키득키득 웃었다. 다른 청년들이 말했다.

"한코 뛸까……."

마을 청년들은 언제나 웃었다. 무엇이 좋은지 항상 웃었다. 그러나 그들이 화를 낼 땐 무서웠다. 서로 웃고 떠들다가도 싸움이 났다 하면 멧돼지들처럼 서로의 가슴들을 향해 돌진해 들어갔고 그러곤 손아귀에 쥔 돌로 상대의 이마를 찍었다.

그들은 항상 누굴 죽여야 한다고 떠들거나 수군거렸다. 그들은 어두운 탱자울타리 속에서 휙휙 휘파람을 불었고 때때로는 마을의 처녀를 울리기도 했다. 울고 있는 처녀들 앞에서 그들은 짐짓 낭패한 표정을 지으며 무엇인가 변명하기에 바빴다.

"떼버려."

하고 그들은 팽개치듯 말했다. 그래도 처녀들은 울었다.

"아니 넌 결혼식도 안 올리구 애엄마가 되고 싶다는 거야 뭐야?"

어금니를 짓씹는 시늉을 하면서 청년은 눈꼬리를 치켜들었다. 울던 처녀가 킥킥 코를 풀면서 말했다.

"식 올리면 되잖어?"

"곧 해방이 된다구. 해방이 되면 그까짓 식이 문제냐?"

"난 해방도 싫어. 식이 문제야."

"우리 도망갈까?"

"싫어, 난 맞아죽어."

"그럼 뭐야? 도망도 싫다. 애도 못 떼겠다. 너 나를 이 시골구석에다 영영 옭아매겠다는 거야 뭐야?"

청년은 담배를 피워 물었다.

"담뱃불 꺼, 누가 보면 어쩔려구."

"괜찮어 씨팔, 나도 이젠 애 애비인데 무슨 상관이야."

“정말 난 죽고 싶어.”

“누군 안 죽고 싶은 줄 알아? 이게 난데없이 애새끼는 배가지구 골치를 썩혀, 그래? 생긴 건 먹다 남은 개떡 같은 게 속살은 차가지고 찔렀다 하면 애를 배나 그래?”

“그게 뭐 내 죈가?”

“니 죄가 아니면, 세상에 사내자식이 애 배는 것 봤어?”

“날 가만뒀으면 내가 무슨 수로 앨 밴다지.”

“그럼 내 죄라는 거야? 내가 그럴 때 넌 그래 가만히 놀았어? 지랄은 니가 더 했잖어. 소릴 킥킥 내지른 건 누구야?”

“난 죽고 싶어.”

“갯가에라두 빠져죽고 싶겠지.”

“내 맘 어떻게 그렇게 잘도 알아?”

“이 동네 여자들 걸핏하면 치마 뒤집어쓰고 잘 빠지잖어.”

“내 죽었으면 좋겠지?”

“누가 그랬어.”

“지금 그랬으면 좋겠다구 했잖어?”

“씨팔, 이건 죽지도 않고 벌써 물귀신 됐군. 생사람 끌구 드는 걸 보니까.”

“그래 어떡할 거야?”

“내일 봐.”

“내일 본다구 애가 지워지나?”

“그럼 지울 거야?”

“아니 무서워.”

“나하고 안고 있을 땐 안 무서웠지?”

“……”

“이럴 줄 몰랐어? 엔드(end)가 이럴 바엔 차라리 내가 먼저 죽든지 뛸 거야. 내가 뛰면 넌 끈 떨어진 조롱박 신세야. 알겠어? 그러니까 내일 내가 약을 갖고 오거든 그걸 먹어."

"먹곤 어떡하지?"

"도수장에 가서 누워 있는 거지 뭐. 거기가 젤 안전하니까."

"무서워."

"무섭긴 씨팔 뭐가 무서워? 내가 옆에 있잖어."

"배가 아프겠지?"

"낳는 것보다는 덜 아파."

"영태 바람둥이지?"

"물귀신 삼신이 덮어씌워도 보통 덮어씌운 게 아니군. 이봐, 내가 순례 너 말고 누굴 좋아한다는 거지?"

"그거 정말이지?"

"정말 말고 참말이야."

"그럼 한 번만 안아줘."

"좋아, 안아준다고 또 애 배는 건 아닐 테니까."

탱자울타리가 몇 번인가 푸르르 떨리곤 하였다. 탱자울타리가 떨리고 나면 금방 그곳에서 휘파람 소리가 났다. 그러면 탱자울타리에서 깃을 쉬던 새들이 놀라서 희뿌연 어둠이 서린 허공으로 풀풀 날아오르곤 하였다.

처녀들은 언제나 울었고 청년들은 끝끝내 휘파람을 불었다. 그들은 휘파람으로 모든 것을 처리할 줄 알았다. 그들이 모이는 것도, 헤어지는 것도, 시간과 장소를 약속하는 것도, 누구에게 쫓기고 있을 때도 그랬고, 누구와 싸움을 걸 때도 그랬다. 그 휘파람의 뜻을 알고 있는 처녀들은 언제나 발길이 바빴다. 그녀들은 그 휘파람 소리 때문에 잠을 이루지 못했다. 그 소리는 언제나 마을 처녀들의 가슴을 휘저어놓곤 하는 모양이었다.

청년들은 휘파람을 불다가 마을을 떴고, 울고 있던 처녀들은 마을에 그대로 남았다. 남아 있던 처녀들은 얼마 되지 않아서 멀고먼 마을로 시집을 갔다. 휘파람을 불었던 청년들보다 키가 작고 새까만 낯선 신랑이 와서 그녀들과 공손히 맞절을 나누었다. 마을 사람들은 게걸스럽게 술을 퍼마셨다. 처녀들은 그들이 휘파람을 날리던 탱자울타리를 따라서 꽃가마를 타고 멀고먼 마을로 시집을 갔다. 그리고 다시 친정으로 돌아올 적에도 새들이 풀풀 날아오르는 그 긴 탱자울타리 길을 큰 보퉁이를 고개가 짜부러지도록 이고 따라올라왔다.

가마를 타고 시집을 간 처녀들이 친정에 올 적에는 그녀들이 머리 위에 이고 있는 보퉁이의 부피만큼 배가 불러 있었다. 그녀들은 숨이 턱에 와닿았고 탱자울타리 근처에서 동네 청년들을 만나면 홍당무가 된 얼굴을 가리마가 보이도록 옷섶에다 묻었다.

청년들은 다시 휘파람을 불었다.

"야, 영태가 왔어. 널 한번 만나보고 싶다더라."

청년들은 심드렁하게 말했다. 그녀는 대답하지 않았으나 귓밥만은 웅성거리는 청년들 쪽으로 두고 있었다.

"너 시집가더니 살쪘구나. 그렇다고 영태는 잊지 말어. 널 먼저 찍은 놈은 영태니깐."

앞길을 자꾸만 가로막으려 드는 청년들 사이를 용하게 빠져나가서 그녀는 종종걸음으로 탱자울타리 너머 골목길로 사라지곤 하였다. 청년들은 다시 휘파람을 휙휙 불면서 아이들이 떠들고 있는 학교운동장 저편으로 모잡이걸음으로 달려가곤 했다.

그러나 지금은 웬일인지 그 학교 운동장은 텅텅 비어 있었다. 나는 탱자울타리 길을 걸어 사택으로 가는 좁은 길로 들어섰다. 그리고 하얀 페인트칠이 된 사택의 판자문을 밀치고 안으로 들어섰다.

희자가 내 손을 꼭 잡고 놓지 않았다.

대문 안으로 들어서자마자, 금방 광이 보였다. 우리는 찌그덕거리는 광문을 열고 안으로 들어섰다. 건초 썩는 냄새가 코에 물씬하게 배어왔다. 우리는 잠시 그 건초가 썩는 냄새를 코에 익히며 서 있었다.

광 속은 의외로 환하게 밝았다. 나는 힐끗 희자를 돌아다보았다. 그녀는 입가에 엷은 웃음을 띠고 있었고 조금 전보다는 훨씬 더 많은 달맞이꽃을 가슴에 안고 있었다. 나는 희자가 안고 있는 달맞이꽃을 가만히 빼앗아 건초더미 위에 내려놓았다.

그때, 이상하게도 건초더미 전부가 달맞이꽃으로 변했다. 나는 희자를 가만히 끌어안았다. 희자의 머리채에서 수박 냄새가 났다.

나는 물기에 젖은 희자의 입술에 가만히 내 입술을 갖다댔다. 희자의 입술에서는 감꽃 냄새가 났다. 나는 희자 삼촌이 그러했던 것처럼 가만히 희자의 머리채 안으로 손가락을 집어넣었다. 홍시같이 말랑말랑한 그녀의 젖꼭지가 만져졌다. 그녀는 입술을 내게 맡긴 채 발을 들어 흩뿌리기 시작했다. 신을 벗으려고 하고 있다는 것을 나는 알았다.

우리는 서로 부둥켜안은 채, 달맞이꽃이 노오랗게 핀 밭둑에 누웠다. 희자가 치마를 걷어올렸다. 메마르고 푸르죽죽했던 지금까지의 희자의 다리가 아닌 우윳빛처럼 흰, 그리고 통통하게 살이 찐 희자의 두 다리가 그곳에 나타났다. 나는 힐끗 희자의 얼굴을 쳐다보았다. 그녀는 시선을 허공에다 고정시킨 채, 입가에 엷은 웃음을 띠고 누워 있었다. 나는 희자가 걷어올린 치마 속 사추리 사이에서 방금 피어나려는 노오란 달맞이꽃 한 송이를 보았다.

"꽃 따먹어."

어디선가 그런 소리가 들려왔다. 그러나 나는 감히 그 꽃에다 손

을 댈 수는 없었다. 그때 나는 희자의 입에 조그만 홍시가 물려 있
는 것을 보았다. 나는 희자의 입에다 내 입을 갖다댔다. 홍시의 껍
질이 터지면서 그 속으로부터 엿강정 같은 홍시의 속살이 혓바닥
위로 흘러들어왔다. 다시 감꽃 냄새가 코에 시큰하게 묻어왔다.

우리 집 뒤에는 한약방이 있었다. 그 한약방 노인은 염소처럼 하
얀 수염을 달고 있었다. 그 한약방 앞에는 감나무 한 그루가 있었
다. 봄이면 그 감나무에 노오란 감꽃이 눈발처럼 피어났다. 감꽃이
필 때면 이상한 냄새가 나던 한약방 주변은 감꽃 냄새로 가득찼다.

우리는 그 감꽃을 좋아했다.

새벽에 일어나면 그 감나무 주변에는 떨어진 감꽃으로 눈밭이
되어 있었다.

한약방 영감이 깨어 일어나서 장지문을 열고는 감꽃이 떨어진
뜨락에다 퉤 하고 가래침을 뱉기 전에 우리는 새벽같이 일어나야
했다. 조금만 늦어도 눈자위에 감꽃 같은 눈곱을 주렁주렁 단 마을
의 아이들이 감꽃을 주워가 버리고 말았기 때문에 감꽃이 필 때쯤
이면 순도와 나는 개들이 깨어나는 시각과 같이 일어나곤 했으므로
잠을 설치곤 하였다.

순도와 나는 감나무 아래에서 선을 그었다. 감나무를 가운데 두
고 양편으로 선을 그어놓고 그 선 안에 떨어진 감꽃만 줍기로 했다.
그러나 언제나 순도가 차지한 편의 땅에 떨어진 감꽃이 많아 보였
다. 우리는 열심히 흙과 이슬이 약간씩 묻은 감꽃을 열심히 주워먹
었다.

입 안에 흙이 으적으적 씹히도록 감꽃을 주워먹고 나면 모가지
속이 싸하여 아침밥을 설쳐야 했다. 때때로 일찍 들로 나가는 일꾼
들이 감나무 밑을 지나가면 우리는 졸랐다.

"아저씨 한 번만 차줘요."

그 일꾼이 감나무 등걸을 한 번만 차주면 감꽃이 후드득 땅으로 떨어지곤 했다. 우리는 아침마다 감꽃들을 주우러 일어났지만 어떤 땐 감나무 밑이 말짱하게 청소되어 있곤 하였다. 그것은 희자년이 먼저 다녀갔다는 것을 의미했다. 희자는 감꽃으로 목걸이를 만들었다. 그때 희자의 몸에선 감꽃 냄새가 지천이었다.

"야 이 쌍년아?"

"?"

순도는 이를 악물고 희자의 목덜미를 죄었다. 희자가 물먹은 염소처럼 캑캑 밭은기침을 쏟아놓았다.

"이 병신이, 우리 감꽃을 몽땅 걷어가서 목걸이를 만들었잖어."

순도는 희자의 목덜미를 비틀면서 내게 힐끗 시선을 돌리곤 하였는데 그것은 내게 응원을 청하는 뜻이었다. 순도는 희자의 목덜미에 걸린 감꽃목걸이를 휙 낚아채서는 한 끈으로 되게 만든 다음 그 한끝을 허공에다 들고 다른 한끝은 입속으로 집어넣었다. 녀석의 입이 야금야금 희자의 목걸이를 먹어가면 목걸이의 길이가 짧아지면서 순도의 입은 감꽃의 부피로 볼록거렸다.

나는 팔짱을 낀 채, 요란을 떨고 있는 순도를 바라보았고, 목걸이를 빼앗긴 희자도 어느덧 재미있다는 듯 순도를 바라보고 서 있었다.

"이 쌍년, 속상하지?"

"……."

"속상해 안 속상해, 이년아?"

"안 속상해."

희자는 겨우 대답했다. 속이 상하고 안 상하고는 희자에겐 아무 상관도 없는 일이었다. 희자에겐 다만 제 감꽃목걸이가 순도의 입에서부터 점점 짧아져가는 모습이 신기할 뿐이었기 때문이었다.

희자의 입에서 감꽃 냄새가 났을 적에 나는 그런 생각을 머리에 떠올리고 있었다. 나는 가만히 희자의 치맛자락 아래로 손을 넣어서 가슴 위로 디밀었다. 희자의 가슴에서 금방 감꽃 한 개가 만져졌다. 나는 감꽃을 입술에 넣었다.

그때 희자가 키들키들 웃으면서 몸을 움츠렸다. 하얀 이를 드러내며 캬륵캬륵 웃었다.

"간지러워, 간지러워."

나는 희자의 젖꼭지를 손가락으로 톡 튀겼다.

"간지러워. 그러지 마."

"정말 간지러워?"

"그래."

"왜 간지러워?"

"네가 간지럼을 태웠잖아?"

"내가 언제 간지럼을 태웠어?"

"이제 방금."

"내 자지 보고 싶지 않어?"

"보고 싶어."

"내 자질 보고 싶으면 사랑해 하고 말해야 된다구."

"사랑해."

"그렇게 말하면 안 돼."

"그럼?"

"입을 쫑긋하게 해서 몸을 배배 틀면서 사랑해, 해야 한다구."

"그럼 입을 쫑긋하게 해서 몸을 배배 틀면서 사랑해."

"이것아 그렇게 몸짓으로 해야지 누가 말로만 하랬어?"

"지금 그랬잖아."

"언제 그랬어?"

“니 자지 보고 싶으면 그렇게 해야 한다고 했잖어.”

“이 병신, 너는 정말 할 수 없는 병신이야. 알겠어?”

“그럼 너는 뭐야?”

“나? 이 병신아, 난 너보다는 몇십 배나 똑똑한 애야. 알겠어? 난 어른들조차도 혀를 휘휘 내두르는 그런 아이라구.”

“그럼 왜 나하고 같이 놀아?”

“뭐?”

“왜 나하구만 노느냐구?”

나는 대답할 말을 잊었다. 계집애에게 뭔가 대답을 해야겠다고 마음먹었지만 도대체 무슨 말을 해야 할지 가슴만 답답했다. 희자 년이 내 어깨를 툭 쳤다. 나는 몸부림을 치면서 꽥 소리질렀다.

“치지 마, 이 쌍년아.”

그때 전연 낯선 목소리의 여자가 대답했다.

“얘가 못할 소리가 없군. 얘 무도야? 정신 차려.”

나는 눈을 떴다. 내 앞에는 채순미가 버티고 서 있었다. 나는 눈시울을 뜨고 주위를 둘러보았다. 그곳은 광 속도 아니었다. 지천으로 피어 있던 달맞이꽃도 보이지 않았고 희자가 두 다리를 쭉 뻗고 누워 있지도 않았다.

주위는 어두웠다.

멀리 마을의 불빛들이 감꽃처럼 어둠 속에 점점이 피어나고 있었다. 나는 우리 집 툇마루에 오도마니 앉아 있을 뿐이었다.

“무도야?”

그것은 현실이었다.

채순미가 어떻게 해서 우리 집에까지 와서 나를 흔들어 깨우고 있었으며 밤이 늦도록 어머니는 어디 가고 없는 것일까. 나는 부엌으로 시선을 돌렸으나 그 시간에 있어야 할 부엌의 불빛은 없었다.

"무도야?"

조금은 우울한 목소리로 채순미는 벌써 세 번째 나를 부르고 있
었다.

12

나는 가만히 고개를 들어 채순미를 올려다보았다. 그리고 문득
나를 세 번이나 연거푸 불러대고 있었던 채순미의 목소리에 침침한
우울이 담겨 있던 것을 기억해 냈다. 그녀의 두 손이 가만히 다가와
서 차가운 내 두 볼을 감싸쥐었다. 나는 그것을 뿌리칠 용기가 나지
않았다. 내 볼따구니를 감싸쥔 그녀의 손바닥으로부터 은밀히 전해
지고 있는 알 수 없는 따뜻함과 용서, 그리고 어떤 새로운 약속을
위한 격려, 그것을 뿌리칠 용기가 나지 않았다는 것이다. 나는 그녀
의 품에서 향긋한 분 냄새와 함께 머리칼에서 풍기는 듯한 신선한
수박 냄새를 함께 맡았다. 내 볼을 감싸쥐고 있던 그녀의 두 손이
점점 아래로 내려가더니 드디어 무릎 위에 놓여 있는 두 손을 가만
히 움켜잡았다. 그녀가 조용히 말했다.

"가자."

나는 갑자기 그렇게 말하고 있는 채순미의 '가자'를 이해할 수
없었다. 이곳은 내 집이었고 어머니가 살고 있는 집이었다. 그리고
오늘 아침까지만 하더라도 순도가 살았고 박술이란 사람과 칠성이
네 아버지가 어머니와 잠자러 오던 곳이었지 않은가. 적어도 해가
져서 이제 사방이 어두워오고 있는 이상 나는 어디에고 그녀가 '가
자'는 대로 갈 수는 없었다. 게다가 나는 몹시도 피곤에 지쳐 있
었다.

"날 따라가지 않을래?"

그녀는 항상 강압적이었다. 학교 교실에서는 더욱 그랬다. 그녀는 언제든지 우리들에게 찍어누르듯이 말했다. 우리가 하기 싫어하는 일을 시킬 때 그녀는 언제나 찍어누르는 듯한 말투로 명령하길 좋아했다. 복종을 전제로 한 그런 말투에 반항하거나 거절을 획책했을 때 그녀는 우리들에게 가차없는 매질을 하곤 하였다. 채순미의 그런 말투에 공포를 느끼지 않고 있는 유일한 아이는 나였지만 대다수의 아이들은 채순미의 그런 말투에 심하게 오갈이 들거나 무안을 당하여 어쩔 줄을 몰랐다. 그녀는 말했다.

"옷소매에다 그 더러운 코를 닦는 놈이 어디 있어?"

그러나 그것이 문제였다. 채순미의 그렇게 찍어누르는 듯한 말투를 받아내야 하는 대개의 아이들은 벌써 일을 저질러버리고 난 다음이 대부분이었기 때문에 채순미의 힐난과 질책을 무안과 부끄러움으로 받아넘기지 않으면 안 되었다. 그 아이가 옷소매에다 콧물을 닦으려는 현장에는 공교롭게도 채순미는 옆에 있지 않았기 때문이었다.

"이 녀석아, 교실에서 오줌을 싸면 어떻게 해?"

"잡기장에다 낙서를 하면 어떡해? 넌 도화지 살 줄도 모르니?"

"단추를 떼고 다니면 어떡해?"

채순미는 항상 그렇게 찍어눌렀다. 이상하게도 그녀는 교실에서 오줌을 싸기 이전의 아이와는 만나지 않았고, 잡기장에다 그림을 그리기 전에는 그 잡기장과 만나지 않았고, 단추를 온전히 달고 있는 옷과는 만나지 않았다. 그러므로 우리가 채순미를 만날 적에는 언제나 '들키고 마는' 경우뿐이었다. 그녀는 항상 들키고 마는 장소에만 느닷없이 나타나곤 하였지 들키기 이전의 장소에 그녀는 없었다. 그녀는 들키는 장소에서 찍어누르기 위해 태어난 여자처럼

들키는 장소만을 찾아다니는 듯하였다. 그것이 채순미의 운명인지
도 몰랐다. 그러나 지금 내 앞에 다소곳이 서 있는 그녀는 그러한
모든 것을 발견하기 이전의 모습으로 서 있었다. 나는 그런 채순미
의 새로운 모습에 잠시 어리둥절해 있었다. 나는 두리번거리며 마
당 귀퉁이나 헛간 주변에 있을 어머니를 찾았다. 그때, 채순미가 두
손을 올려 툇마루에 앉아 있는 나를 덥석 안아서 뜰에다 내려세웠
다. 그리고 그녀는 내 찬 손을 꼭 감아쥐었다.

"날 따라가자."

나는 그때야말로 확실한 내 태도를 결정지어 보일 때가 왔다고
생각했다.

"싫어요."

"왜?"

"여긴 우리 집이에요."

"어머니가 안 계신데도?"

"어머니가 어디 갔는데요?"

"글쎄다. 그건 나도 모르겠구나."

"난 여기 있을 거예요."

나는 비로소 따뜻하게 용서된 그녀의 손을 뿌리칠 용기가 솟아
났다. 내가 손을 뿌리치는 것과 동시에 그녀가 내게로 획 돌아섰다.
그러나 돌아섰을 때의 그녀에게 보이던 어떤 결의의 몸짓과는 달리
목소리는 한결 가라앉아 고왔다.

"네가 고집부리면 저녁을 굶어야 돼. 선생님 방으로 가자. 거기
가면 과자도 조금 있고 사탕도 있다. 물론 밥도 있지. 거기 가서 밥
을 먹고 집으로 돌아와도 이 집을 누가 떠메고 도망치지 않으니깐
안심해라. 자 그럼 날 따라가겠니? 선생님의 말씀을 잘 들어야지.
네게 손해를 끼치거나 하지 않는다는 건 너도 잘 알겠지? 선생님은

널 좋아하고 있다는 것을 왜 모르고 있니?"

선생님의 말은 좀 길었다. 그녀가 지껄이는 말의 하나하나를 새겨들을 수는 없었지만 대개의 윤곽만은 나도 짐작하고 있었으므로 나 역시 그녀를 원수같이는 생각하지 않고 있다는 사실을 증명해 보일 때가 왔다고 생각했다. 그것을 증명해 보이자면 나는 그녀를 따라 이른바 그녀의 방이란 곳으로 따라가지 않으면 안 된다고 생각했다.

나는 그녀의 손에 이끌려 삽짝을 벗어나면서 힐끗 우리 집을 뒤돌아보았다. 노래기라도 뚝뚝 떨어질 듯한 초가지붕이 마당에 끌리듯이 내려앉아 있는 그 집엔 이미 빛이 없었다. 빛이 없으므로 그림자도 없었다. 그것은 완전한 어두움이었다. 그 크낙한 어두움 속에는 실체를 느낄 수 없는 막연한 무서움이 또한 도사리고 있었다. 나는 문득 우리 집이 앞산 아래에 있는 도수장 같다는 생각을 하였다. 우리 집이 도수장 같다는 생각을 해본 적은 그때가 처음이었다.

선생님의 방은 조그만 소굴이었다. 그 방은 곧바로 동화의 나라였다. 큰 물건보다 조그만 물건들이 더 많았다. 투박한 것보다 오밀조밀한 것이 더 많았다. 모든 것이 완벽하게 정돈되어서 파리 한 마리도 숨을 곳이 없어 보였다. 모든 것이 윤이 나고 모든 것이 투명해 보였다. 두 마리의 사슴이 서로 주둥이를 마주붙이고 서 있는 횃대보에 손을 집어넣더니 그녀는 아주 얇은 옷을 꺼냈다. 그러곤 뒤돌아서서 그 얇은 옷을 입었다.

"인제 됐다."

라고 그녀는 돌아서서 내게 환하게 웃었다. 그녀가 엉덩이 아래로 까내려벗은 두꺼운 천의 외출복이 그녀의 발아래 쌓여 있었다. 그녀는 벗은 옷을 주워 다시 횃대보 속에다 걸었다. 그녀는 맨발이었다. 난 그때 처음으로 사람의 발이 저렇게 하얄 수도 있구나 하는 것을 발견하였다. 그녀의 하얀 발 앞쪽에는 발톱이 가지런한 다섯 개의 발가락이 동화 속의 병정들처럼 투구를 쓰고 나란히 서 있었다. 그 발가락은 매우 귀엽고 탐나는 것이었다. 나는 거의 한참이나 그 발가락을 내려다보았다. 갑자기 그 열 개의 발가락이 안쪽으로 바싹 오그라들었다. 그와 함께 머리 위에서 찍어누르는 듯한 채순미의 말소리가 들려왔다.

"너 뭘 보니?"

"……."

"발가락을 훔쳐보면 못써."

왜 그녀는 내가 그녀의 발가락을 훔쳐보기 전에 먼저 자기의 발가락을 보아선 안 된다고 말하지 않았던 것일까. 나는 약간 무안을 당한 얼굴로 그녀를 쳐다보며 엷게 웃었다.

"녀석, 쪼그만 것이 음흉하기는."

도대체 이 여자가 무슨 말을 지껄이고 있는 건지 짐작해 볼 재간이 없었다. 그녀는 책상 밑을 뒤지더니 조그만 유리그릇 한 개를 꺼냈다. 그 유리그릇 위에는 나무로 만든 뚜껑이 덮여 있었다. 그녀는 뚜껑을 열었고 그 속에서 세 개의 사탕과자를 집어서 내밀었다.

"먹어. 그것 봐, 선생님은 약속을 지키는 사람이다."

나는 사탕을 받으면서 얇은 옷깃 사이로 가만히 드러난 그녀의 풍만한 가슴 속을 들여다보았다. 그것은 어머니의 것보다는 뭐랄까 좀 더 충격적이었다. 어머니의 것보다는 훨씬 작았지만 아담해 보였고, 그리고 아래로 축 처져 있지가 않았다. 그리고 훨씬 탄력이 있어 보였다. 나는 그녀가 그렇게 아담한 젖을 갖고 있는 여자인 줄은 미처 몰랐다. 왜냐하면 그녀는 항상 옷을 두껍게 입고 있어서 그 여자에 대한 인상은 엉덩이가 크다는 것 밖에는 아는 것이 없었기 때문이었다.

“우리 그이가 곧 너를 만나서 뭐랄까 고맙다는 인사를 하게 될 거야. 지금은 집에서 쉬면서 기력을 되찾고 있지만.”

“……”

“넌 참 괴상하면서도 용감한 아이다. 어떤 땐 개망나니짓을 하면서도 어떤 땐 어른들도 생각할 수 없는 기상천외의 일로 세상을 발칵 뒤집어놓으니 말야.”

“……”

“너 지금 뭘 보니?”

그녀가 그렇게 소리지르는 것과 동시에 나는 내 눈에서 갑자기 수십 개의 별이 튀어오르는 것을 느꼈다. 나는 그녀의 오른손이 내 왼쪽 볼따구니를 힘껏 치려는 그 순간부터 눈을 감았다가 그녀의 울음소리가 확 터져나올 때야 비로소 눈을 떴다. 그녀는 대뜸 책상 앞으로 돌아앉아서 흑흑 흐느끼기 시작했다. 흐느끼면서 그녀가 씨부렸다.

“망할 자식, 그러니까 에미가 버리고 도망질을 치지. 어떻게 저런 녀석을 아들이라고 낳아놓았을까. 정말 구제불능이야 구제불능.”

흑흑 흐느끼던 그녀가 휙 돌아앉으면서 소리쳤다.

“나가 이 녀석.”

“왜 그래요?”

“못 나가? 정말 못 나가겠니?”

“왜 그래요 선생님?”

“선생님? 아 정말 선생님이란 말이 왜 생겼지. 다신 날보구 선생님이란 소리 했단 봐라 입을 찢어놓을 테니간.”

“정말 가란 거예요?”

“이 엉큼한 녀석 봐, 그럼 정말이지 내가 지금 농담하고 있는 줄 알았니?”

"정말 왜 그러시죠 선생님?"

"아, 맙소사, 어른 열 잡아먹을 놈."

나는 밖으로 나왔다. 채순미가 왜 그렇게 느닷없이 흥분해 버렸는지 알 수가 없었다. 그러나 어렴풋이나마 내가 그녀의 앞가슴 속만을 들여다보고 있었기 때문에 채순미의 태도가 돌변해버렸다는 것만은 알 수 있었다. 그것이 그녀로 하여금 본의 아니게 흥분시키게 만든 동기의 전부라면 이상한 건 오히려 채순미였다. 난 그녀에게 옷을 벗으라고 말하지도 않았으며, 하물며 희자에게서처럼 젖을 보여달라고 말하지도 않았으며, 사팔뜨기 계집애에게서처럼 치마를 벗으라고 강요하지도 않았다. 나는 다만 보이는 것을 보았을 뿐이었다. 보이는 것을 본 아이에게 그처럼 화를 내는 것이 정상이라면 애당초 이 세상은 왜 이처럼 보여지는 것이 많게 만들어놓은 것일까. 참으로 어른들이란 알 수 없는 동물이었다.

길가에다 말뚝만한 자지를 내놓고 오줌을 설설 갈기면서 그것을 구경스러워하는 아이들에게 잡아먹을 듯한 기세로 덤벼드는가 하면 젖이 보이게 옷을 입고 있으면서 그것을 보는 아이에게 그처럼 화를 낸다는 까닭을 도저히 알 수 없었다. 아, 나는 희자가 보고 싶었다. 보이는 것을 보여주며 보이지 않는 것도 내게 보여주는 희자. 언제나 화를 내지 않으며 내가 화를 낼 땐 오히려 웃어버리는 희자. 그 계집애가 갑자기 보고 싶었다.

나는 다시 집으로 돌아올 수밖에 없었다. 삽짝 밖에 한참이나 기다리고 서 있었으나 집 안으로부턴 인기척이라고는 느낄 수가 없었다. 그제야 나는 채순미가 왜 우리 집으로 나를 찾아오게 되었는지 그녀가 책상 앞에 엎드려 울면서 지껄이던 말의 뜻이 무엇인지 어렴풋이 깨달아지기 시작했다.

어머니는 노래처럼 말했다.

"내 이놈 자식들 버리고 도망이라도 쳐야지 이 꼴로 살다간 내가
지레 죽지."

어머니는 순도와 나를 앞에 앉히고 항상 그런 말로 우리들을 설
득시키려 하였다. 어머니의 도망은 어머니의 무기였다. 그것은 어
머니가 갖고 있는 지상 최대의 이상향인 것처럼 보였다. 우리 두 아
이를 버리고 떠나는 그 당장 어머니의 머리 위에는 행복과 즐거움
과 환희와 웃음과 새로운 만남과 따뜻함과 동정과 이해가 한꺼번에
쏟아지리라고 믿고 있는 것 같았다. 그런 의미에서 우리들은 어머
니에게 완벽한 적이었다. 어머니가 그리고 있는 그곳이 어떤 곳인
지는 알 수 없었다. 그러나 정류소에 와닿는 그 터덜거리는 버스를
타고 멀리멀리로 가다보면 어머니가 그리는 그곳에 닿을 수가 있다
는 것만은 알 수 있었다. 어머니는 그곳에 대한 모습을 속속들이 알
고 있으면서도 결국은 순도와 나 때문에 떠나지 못하고 있는 것처
럼 보였다. 이제 어머니는 그것을 해낸 것이었다.

그리고 보면 어머니는 순도가 죽은 것을 눈치챈 것인지도 몰랐
다. 아니면 내가 순도를 죽이리라는 것을 의심치 않았는지도 몰랐
다. 그러나 마지막으로 남아 있는 내게 한마디 남긴 말도 없이 훌훌
떠나버렸다는 건 아무래도 억울하고 분했다.

나는 우리 집 삽짝을 붙잡고 오래도록 울었다. 그러나 엉엉 소리
내어 울지는 않았다. 소리내어 울어버리기에는 나는 아직도 사랑하
는 많은 사람들이 이 마을에 남아 있다는 것을 알기 때문이었다. 나
는 우선 희자를 만나볼 것이었다. 그리고 될 수만 있다면 그 희자년
과 같이 정류소에 멎어 선 버스를 탈 것이었다. 나는 집을 떠났다.
그리고 먼 골목길을 걸어서 경찰지서가 있는 곳으로 갔다.

온 마을에 하나둘 불이 꺼지기 시작하는데도 경찰지서의 불빛만
은 그때까지도 환하게 켜져 있었다. 나는 불이 켜진 곳으로 그리고

좀 더 환하게 밝은 곳으로 나를 가져가고 싶었다. 그 환한 빛 한가운데서 독버섯처럼 살아 있는 내 모습을 다시 한 번 내려다보고 어머니가 도망치고 말았다는 것을 다시 한 번 확인받고 싶었다.

온 마을의 불이 거의 꺼져가고 있었는데도 경찰지서의 창문들은 사무실 안쪽에 켜둔 불빛으로 땀 흘리는 사람들처럼 번들거리고 있었다. 그 사무실 안쪽에는 제복을 입은 순사가 오락가락 하고 있었다. 내 눈에 보이지는 않았지만 어디선가 박술의 울부짖는 소리가 들려오는 듯했다.

나는 그 사무실 안쪽에서 뿜어져나오는 불빛이 좋았다. 그것은 채순미의 손바닥처럼 뜻모를 따뜻함을 느낄 수 있었기 때문이었다. 나는 경찰지서의 담장 위로 고개를 불쑥 디밀어올렸다.

정말 의외로 나는 그곳에서 어머니의 모습을 보았다. 어머니는 그곳의 나무의자에 앉아 앞을 오락가락하고 있는 제복의 순사에게 무엇인가 말대답을 하고 있었다. 뒷모습이긴 했으나 어머니임이 분명했다. 도망쳤다던 어머니가 그곳에 앉아 있다는 것이 믿어지지 않았으므로 좀 더 가까이 가고 싶은 충동을 떨쳐버릴 수가 없었다.

나는 낑낑거리면서 지서의 담장 위로 기어올랐다. 상당한 시간이 소비되었지만 천신만고 끝에 그 담장 위로 올라갈 수 있었다. 그리고 뱀처럼 배를 붙이고 담장 안쪽을 타고 내려 무사히 지서의 마당 안으로 들어갔다. 나는 고양이처럼 몸을 낮추어 측백나무가 줄지어 선 창 아래에까지 기어갔다. 그리고 창문 위로 이마를 가만히 올렸다. 그때 느닷없이 사무실 안을 오가던 순사가 발을 구르며 소리질렀다.

"죄가 없으면 왜 도망했어? 도망갈 이유가 없잖어. 죄없이 도망가는 사람을 봤어? 도망간다고 또 가만 보고만 있을 우리도 아냐."

어머니는 몹시 초췌한 모습이었다. 치맛자락은 흙투성인 데다 한쪽 볼에는 어디에 긁힌 듯한 핏자국도 있었다. 나는 그렇게 당당하지 못한 어머니의 모습을 본 적이 없었다. 어머니는 순사의 질문에 머뭇거리다 말고는 어떤 땐 대답할 말을 잊은 듯 했다.

"백 리도 못 가서 잡혀올 계집이 도망은 왜 가. 너 박술이와 공모했지? 너가 박술이에게 그 사람을 죽이라고 교사했지?"

"그런 일은 없어요."

어머니는 탁 풀어져서 겨우 대답했다.

"그럼 왜 도망갔지?"

"부끄럽고 창피해서 더 이상 살 수가 없었지요."

"부끄럽고 창피해. 자식새끼들은 어찌하고?"

"나중에 불러갈 요량 했지요."

"거짓말 말어."

순사가 어머니에게 다가가서 따귀 한 대를 때리려다 말고 황급히 손을 거두었다.

"거짓말이 아닙니다."

"거짓말이 아니고 거짓말이고는 내가 알아서 챙길 일이지. 네가 할 얘기는 아냐. 네가 거짓말이라고 해서 그대로 믿고 아니라고 해서 믿는 게 아냐. 내가 묻는 말에만 대답해. 왜 도망했어?"

"부끄러워서요."

"어디로 가려 했나?"

"경황없이 갔지요."

"도망하는 년이 경황없이 간다? 도망할 마음은 먹었으되 갈 곳은 경황없이 모른다? 지금 농담을 하고 있나 재간을 부리고 있나? 이것 봐, 도망하는 년이 갈 곳도 없이 가? 그럼 꿈을 꾸었나?"

"정말입니다."

"난 알고 있어. 니년이 왜 도망했는지 난 알고 있단 말야."

"무슨 말씀입니까요."

"우리가 증인으로 널 호출하니까 덜컥 겁이 났던 거야. 옳구나 공모한 것이 탄로 나고 말았구나. 그래서 다짜고짜 튄 거야 알겠어? 니가 창피하고 부끄러워서 튀었다면 최소한 애새끼들 뒷수습 정도는 닦달한 뒤에 떠났을 거란 말야. 그게 어미의 도리가 아니겠어? 알겠어? 이 나쁜 년."

"그게 아닙니다요. 사실 창피한 마음만 앞서서 울컥 차를 타고 말았던 겁니다. 정말입니다요."

"개새끼도 제 새끼를 돌아보는 법이야, 알겠어? 그런데도 넌 인간이면서 그렇지 못했어. 그런 이면에는 반드시 조급하게 처신하지 않으면 안 될 이유가 있었을 거야. 그게 무엇인지 내가 가르쳐줄까? 박술이란 놈이 본서로 넘어가기 전에 완전히 불었어. 그놈이 뭐랬는지 알어? 네가 그 사람을 죽여달라고 직사하게 매달렸다는 거야. 그 사람이 하도 추근거리고 애걸하며 밤낮없이 널 요구하니까 넌 그게 귀찮았던 거야. 알았어? 넌 박술이만 좋은데, 그자가 밤낮없이 추근거리니깐 박술이란 놈 보기에도 민망하고 마을 사람 보기에도 양다리 오입질에 손가락질받겠고, 그러니 이미 그 사람과도 거래를 터온 터라 네 재간으로는 그 사람을 뗄 방도가 없었던 거야. 그 충정을 내가 이해하지. 그렇다고 그 순박한 박술이를 시켜서 사람을 죽이라고 교사하다니 그건 말도 안 돼. 네 무덤을 네가 판 거야. 박술이가 순진하다는 건 사실이지만 죄를 혼자 뒤집어쓸 것 같아? 사람의 마음이란 막다른 골목에 다다르면 바보천치라도 살고 싶은 마음이 솟게 돼. 물에 빠진 놈이 지푸라기라고 잡지 않겠나? 자기의 죄가 조금이라도 벌충되는 길이 있다면 그 길을 택하게 되는 것은 인지상정이란 거야, 알겠어? 자 이제 속이 시원하지? 니가 할 말을 내가 죄다 뱉어놓았으니까 속이 시원하지?"

어머니는 흐느끼기 시작했다. 채순미보다 더 깊게 어깨를 들먹이면서 어머니는 울었다.

"그건 모함입니다. 그 사람과 좋아지내면서 죽은 사람을 달갑잖게 생각한 것은 사실입니다. 창피도 스럽고 마을 사람들에게 얼굴을 들 수 없었던 것도 사실입니다. 사실 마음속으로는 칠성이 아버지가 죽어버리거나 멀리 이사라도 갔으면 하는 생각도 없었던 것은 아닙니다. 칠성이 아버지가, 박술이와 친하게 지낸다고 밤중에 찾아와서 내 목에 칼을 들이댄 적도 있습니다. 아이들이 깰까봐 그 사람의 요구를 들어주면서도 옆에 놓은 칼로 그냥 찔러라도 주고 싶은 마음이 들지 않은 것도 아닙니다. 그러나 박술이를 붙잡고 칠성이 아버지를 죽여달라는 말만은 하지 않았습니다. 이 말은 정말 진정입니다."

"좋아 좋아. 만약 그랬다면 박술이가 그 사람을 죽였을 적에 겉으로 드러내놓고 말할 수는 없었지만 속으로는 대단히 기뻤겠구만?"

"그런 마음이 없진 않았어요. 사실 뭔가 일편으로는 후련하기는 하였지요."

"이런 쌍년이 있나?"

순사가 대뜸 달려가더니 어머니의 머리채를 잡아올리고는 한 손으로 네댓 번인가 따귀를 후려쳤다.

아, 어머니가 왜 끝내 도망을 치지 못했을까. 멀리 그리고 좀 더 멀리 달아나지 못했을까. 도대체 어머니는 어느 쪽으로 가는 버스를 탔기에 백 리도 달아나지 못하고 경찰지서로 붙들려와 저 곤욕을 치르고 있는 것일까. 나는 그때 유리창이 뿌옇게 흐려오는 것을 느꼈다. 나는 손을 들어 유리창에 흐르고 있는 내 눈물을 닦았다. 그러나 유리창에 묻은 눈물은 닦아내어도 창 안에 있는 어머니의 모습이 확연하게 바라보이지는 않았다. 나는 뜻모를 눈물을 자꾸만

흘리고 있었으면서도 그 경찰지서 사무실 안쪽으로 들어갈 용기만
은 얻지 못하고 있었다. 그것은 어머니 때문이었다. 내가 만약 그
창 안으로 달려간다면 어머니는 금방 돌담이 무너지듯 와르르 무너
져내릴 것이고 순사는 몽둥이를 들어 어머니를 매질할 것이었다.

　"이년아 네 자식이 왔다. 네 자식이 보는 앞에서 불어."

　어머니는 지금보다 비참해질 것이 분명했다. 어머니는 지금보다
더욱더 애매해지고 지금보다 더욱더 당당하지 못할 것이다. 나는
창을 자꾸만 한 손으로 닦으면서 따귀를 맞고 꼬꾸라진 어머니가
서서히 고개를 들고 일어나 앉는 모습을 오열하며 바라보았다.

　아, 사랑하는 어머니. 내가 느끼던 어머니에 대한 모든 사랑이
그때처럼 내 가슴을 후비고 든 때는 아직 한 번도 없었다. 그랬다.
내 가슴에 뭉클거리고 있는 크낙한 응어리를 전부 어머니에게 바쳐
버리고 내 가슴이 공허한 빈칸으로 남는다 하더라도 나는 아무런
불만도 아무런 원망도 할 수 없을 것 같았다. 그것을 뭉뚱그려 사랑
이라는 한마디로 표현해 버리기엔 또한 너무나 아쉬운, 숨통이 막
히는 듯한 괴로움이 거기에 있었다.

　어머니가 고개를 들어올리자 순사는 걸음을 멈추고 어머니의 맞
은편에 놓여 있는 책상 앞으로 가서 앉았다.

　"자, 이제 당신이 할 말은 다했소. 이제부터는 당신이 할 말을 하
나하나 정리해 나가면 돼요. 우리가 밤을 새워 요리조리 피해 보았
자 결국 당신은 진실을 말하게 될 거고 나는 당신의 진실을 캐내게
될 거란 말이오. 그런 면에서 당신이 진작부터 솔직한 태도로 나와
준 것은 매우 고맙소."

　순사의 목소리는 갑자기 깊이 가라앉기 시작했고 나긋나긋해졌
다. 순사가 다시 말했다.

　"그 사람이 죽어주었으면 했거나 당신의 손으로라도 죽여버렸으

면 했을 때가 있었다 이거지요?"

"예."

"왜?"

"저는 박씨가 좋았거든요."

"왜 좋았소?"

"그 사람보다는 순박해서요."

"다른 건?"

"다른 거라니요?"

"내 말을 못 알아듣겠소?"

"……?"

"가령, 죽은 사람보다 박술이와 같이 잘 적에는 기분이 더 좋았다든지 그런 거 있잖소?"

"예, 그것도 박씨가 더 좋았지요."

"그런데 능력도 없는 그 사람이 자꾸 추근거린다?"

"전부가 그런 것은 아니었지요. 우선은 창피해서지요."

"그럼 박술에게 맨 처음 그 사람을 죽이라고 말한 건 언제요? 살인사건이 일어나기 며칠 전이었소? 될수록 날짜를 멀리 잡아도 좋아요. 내가 당신의 죄가 헐해지도록 봐줄 테니까요. 그게 두 달 전이었소 한 달 전이었소?"

"그런 말을 한 적은 없어요."

"그럼, 그런 눈치를 보인 적은 언제쯤이오?"

"눈치를 보이다니요. 그저 제 혼자서만 그런 마음이 불끈불끈 솟아오르기만 했지 입 밖에 내거나 박씨에게 그런 눈치를 보인 적은 없어요."

"박술이는 그랬다고 하던데?"

"그랬다면 모함이지요."

"널 좋아하는 남자가 널 모함할 리 있나? 더군다나 그 순진한 사람이?"

"그래도 모함입니다. 그 사람의 모함이 아니고 내 말은……."

"내 말은?"

"나으리가 절 모함하고 있는 것 같습니다. 그 사람이 설령 욱하는 기분 때문에 사람을 죽였다 하더라도 저를 모함할 사람은 아닙니다."

"그렇다면 내가 널 모함하고 있다는 말이지?"

"그렇습니다요."

오랜 침묵이 흘렀다. 순사는 생선가시가 목에 걸린 사람처럼 갑자기 두 눈을 허공에다 박고 한참 멍하니 앉았더니 소리내어 웃기 시작했다. 그 웃음소리는 문을 뒤흔들 정도였다. 나는 목이 미어질 것만 같았다.

13

한 남자의 웃음에 그토록 처참한 모습으로 일그러지고 있는 어머니의 모습을 나는 그때까지 본 적이 없었다. 남자는 폭소를 터뜨렸고 어머니는 치마폭에 얼굴을 감싸고 울음을 터뜨렸다. 그 대조적인 모습이 내게는 무척이나 낯선 것이었다. 너무나 상대적인 두 사람이, 깊은 밤중 불이 환히 켜진 방 안에서 마주앉아 있다는 사실에 섬뜩한 무서움을 느꼈다.

마주쳐서는 안 될 두 짐승이 제각기 다른 모습과 생각과 노리는 바가 다르면서 막다른 골목에서 어쩔 수 없이 마주친 것처럼 서로가 운명적인 모습들을 하고 한방에 갇혀 있어야 한다는 사실이 내게는 전혀 이해되지 않았고 이해되지 않았으므로 무서웠다.

채순미는 우리에게 강요했다. 그녀는 항상 우리에게 부르짖었다.

"똑같이 따라해야 해요."

도레미파솔라시도, 도시라솔파미레도, 그녀는 바람이 칙칙 새어나가는 구닥다리 풍금의 건반을 두드리며 수십 번이고 부르짖었다.

"도 소리를 내야 할 때 레 소리를 내는 학생은 바깥으로 쫓아낼 거예요."

그녀는 곧장 우리에게 회초리를 들이댔지만 우리는 알 수 없었다. 도대체 '도' 소리는 어떻게 내야 하는 것이며, '레'와 '미' 소리는 어떻게 뽑아내야 하는 것일까. 우리는 그 소리가 우리의 폐부 어느 곳에 숨어 있으며 그 소리가 숨어 있는 자리에서 또한 어떻게 그 소리를 실오라기처럼 가늘게 뽑아내야 하는 건지 막연할 수밖에 없었다. 그런데도 채순미는 그 소리를 흡사 자기가 언제 우리 목청 속에다 쑤셔넣어준 일이라도 있는 것처럼 당당하고 천연덕스럽게 그 소리를 다시 뽑아내라고 윽박질렀다. 대개의 아이들은 채순미의 요구가 무엇인지도 몰랐고 어떻게 그녀가 요구하는 소리를 뽑아내야 하는 것일까에 대해서 무진장 애는 썼지만 그러나 무서운 노력에도 불구하고 아이들은 번번이 채순미로 하여금 실망하게 만들었고 끝내는 그녀를 신경질나게 만들었다.

그녀는 맨 처음 그 픽픽 소리가 나는 풍금과 교단 사이를 바쁘게 오락가락하면서 자신이 만든 도레미파솔라시도의 소리를 우리들에게 흉내내어 주었다. 그것대로 따라하면 된다는 것이었다. 그러나 그것은 불가능했다. 그리고 똑같은 높이의 음정을 그 많은 아이들이 한꺼번에 낼 수 있다는 것은 더욱 불가능했다. 많은 아이들이 앞으로 불려나가서 손바닥을 펴고 그녀의 회초리를 맞았다. 회초리를 맞고 들어온 아이들의 목청에서 이젠 여우가 우는 듯한 소리가 터져나왔고 배고파 우는 고양이 소리가 터져나왔고, 뒷산에서 울어대는 들개의 울음소리가 터져나왔다.

그녀의 이마에 땀이 배기 시작했다. 그녀의 얼굴은 우리들에 대한 절망과 질책으로 일그러지기 시작했다. 아이들은 그런 채순미의 얼굴을 바라보게 되는 것을 결코 원치 않았다. 항상 발그레한 홍조를 띠고 하얀 치열을 가지런히 드러내며 웃고 있는 그녀의 해사한 얼굴을 바라보게 해줄 것을 아이들은 원했다. 실의와 타기에 젖은 그녀의 얼굴을 바라보는 순간 모든 아이들은 부끄러웠고, 자신들의 무능함에 치를 떨었으며, 그리고 언제부터인가 서로를 감시하기 시작했다.

자기가 뽑아내는 음정이 어느 정도에 가 있든 자기와 같지 않은 음정을 내는 아이들의 것은 무조건 틀리는 것으로 간주되었고, 그래서 옆의 짝들을 선생님에게 고발하기 시작했다. 고발당한 아이들은 지체없이 앞으로 불려나가서 채순미의 따갑고 무서운 회초리를 받아야 했다. 그녀는 땀을 흘리기 시작했다.

“똑같은 소리를 내는 게 이렇게 어려운가? 자 그러면 서로들 자기 짝들과 마주 바라보고들 서세요. 그리고 ‘도’ 하고 소리를 내면서 서로 맞은편 짝의 입을 바라봐요. 누가 너무 많이 입을 벌리는가 그걸 보는 거예요.”

아이들이 부스럭거리면서 마주 바라보며 섰다. 교실의 부산스러움이 가라앉자 채순미는 풍금의 건반을 눌렀다. 그리고 그녀는 소리쳤다.

“도오— .”

아이들도 소리쳤다.

“도오— .”

채순미는 풍금의 건반을 회초리로 탁 때렸다.

“그건 ‘도’ 가 아니고 ‘미’ 에요.”

“도오——.”

“한 번 더 도오——.”

“도오—— 킥.”

아이들이 킥킥거리고 웃기 시작했다. 서로들 맞은편에 선 아이들의 일그러진 표정에서 도를 뽑아내려고 목청을 이상하게 뽑아올리고 있는 괴상망측한 몰골이 우스웠다. 귓밥에 낀 땟국이 우스웠고, 목덜미에 솟아오른 작은 힘줄과 입술을 이상하게 비틀고 있는 꼬락서니가 우스웠다. 교실 안은 삽시간에 웃음바다가 되었고 채순미는 이제 그만 풍금의 건반에 머리를 처박고 울음을 터뜨렸다.

채순미는 끝내 찾지 못했다. 그녀 자신은 자신있게 뽑아낼 수 있는 그 너무나 단순하고 손쉬운 ‘도’ 를 뽑아내지 못하고 있는 육십 명의 아이들을 눈물이 가득 담긴 얼굴로 바라보는 채순미의 얼굴에 눈의 그것처럼 담겨 있던 질책과 실의를 우리는 잊을 수가 없었다. 그는 몇 번인가 되뇌던 ‘나와 똑같이 해봐요.’ 를 포기하고 교실을 나가버렸던 것이다. 그랬다. 우리들은 웃었고 채순미는 울었다. 웃는다는 것과 운다는 것은 서로 어울릴 수가 없다는 것을 우리들은 깨달았다. ‘도’ 란 음정만은 낼 수 없었다 할지라도 우리는 그 음악시간에 엉뚱하게도 운다는 모습과 웃는다는 모습은 아무래도 같은 자리에 앉아 있을 수도 없으며 또한 서로가 어울릴 수는 도저히 없다는 것을 깨달았던 것이다.

채순미가 나간 다음에 육십 명의 아이들은 운동장으로 쏟아져나갔다. 그 운동장에는 ‘도’ 도 있었고 ‘파’, ‘레’, ‘미’ 가 있었다. 그 운동장에서 비로소 우리는 제각기의 음정대로 웃고 떠들었다. 오히려 우리는 운동장에서 제각기의 목소리를 되찾고 있었다. 그곳에서는 음악시간처럼 ‘똑같이’ 를 강요받지 않아도 되었기 때문이었다.

그런데도 순사와 어머니는 어느 쪽도 그 방에서 뛰쳐나갈 생각을 않고 있었다. 그것은 너무나 살벌했던 음악시간이었다. 어머니는 음악시간의 우리들처럼 도대체 순사가 원하는 '도'를 뽑아내지 못했음에도 이상하게도 웃은 건 순사였고 울게 된 것은 어머니였다. 내 생각대로라면 울어야 할 건 순사였다. 왜냐하면 그가 어머니에게 자기가 원하는 목소리를 뽑아줄 것을 강요하고 있었기 때문이었다. 그것은 경찰지서 주변 꽃밭에 그렇게 아름다울 수 없는 꽃들이 밤낮으로 피어 있어야 하는 까닭이 무엇인지 모르는 것과 같은 일이었다.

"좋아."

웃음을 그치고 한참이나 천장을 바라보며 담배를 피우던 그 순사가 드디어 씹어뱉듯 말했다.

"오늘은 그만하지. 저 방에 들어가 있어."

그는 사무실 한쪽에 있는 도어를 손으로 가리켰다. 울음을 삼키고 있던 어머니가 치마폭에 코를 팽 풀어제치면서 순사가 가리킨 그 방의 도어를 열었다. 도어 저편은 사무실 방보다는 무척 어두웠다. 촉광이 낮은 전구 하나가 그 도어 저 안쪽에서 구질구질하게 빛나고 있었다. 어머니가 도어 안쪽으로 치마꼬리를 끌며 들어가자 순사는 곧장 뒤따라가서 도어의 손잡이에다 자물쇠를 채웠다. 그리고 다시 앉았던 자리로 되돌아왔다. 주머니에서 담배를 꺼내더니 입에 달아 물었다. 성냥을 꺼내선 입에 문 담배에다 불을 댕겼다. 그리고 깊은 생각에 잠기는 듯하였고, 그의 입가에는 매우 만족한 듯한 회심의 미소가 희미하게 떠올랐다. 그가 왜 그런 웃음을 띠고 있는지 나는 알 수 없었다.

우리들의 웃음은 아주 완벽했다. 우리는 결단코 즐거울 때만 웃었다. 나 역시 그랬다. 우리에게 웃음이란 즐겁고 기쁘다는 의미밖엔 아무것도 없었다. 웃음이란 그런 뜻으로만 통해야 한다고 나는 믿었다. 그러나 어른들은 그렇지가 않았다. 왜 저 순사는 저런 모습으로 울어야 하는 것일까? 그러나 그 남자의 애매한 웃음은 나를 어머니로부터 차단시키는 것으로는 아주 적절한 것이었다.

그 싸늘한 웃음은 내게 칼과 같은 것이었다. 그 사내의 웃음을 가운데다 두고 한 사람은 도어 밖으로 그리고 한 사람은 창문 밖으로 완벽하게 격리되어 있었다. 나는 어머니와 나와의 거리가 갑자기 너무나 멀어져버렸다는 것을 알았다. 다섯 발만 옮겨놓는다면 닿을 수 있는 거리에 어머니가 있으면서도 그 다섯 발짝이란 이승에서의 거리 중에서 가장 먼 거리인지도 모른다는 생각이 나를 짓누르기 시작했다.

나는 한 발이라도 더 어머니에게 가까이 가기 위해서 순도녀석을 일부러 물속으로 빠뜨려넣었던 게 아닌가. 그런데도 어머니는 그 사건 이후로부터 더욱더 내게서 자꾸만 멀어져가고 있다는 것에 가슴을 송곳으로 찔리는 듯한 아픔을 느꼈다.

나는 까닭을 알 수 없었다. 어머니가 왜 희자 삼촌이 들어가던 그 도어 속으로 갇혀야 하는 건지. 그리고 왜 순사가 어머니에게 박술이란 사람을 같이 몰아붙이려 하는 건지를 알 수 없었다. 그러나 그 모든 것을 알 수 없으되 어머니를 차지하려는 내 뜻이 쉽게는 이루어지지 못할 것 같다는 불안감은 눈밭을 구르는 눈덩이처럼 점점 커져만 갔다. 그러나 나는 그곳을 떠날 수는 없었다. 어머니가 다시 방 저쪽의 도어를 열고 밖으로 나오게 될 때까지 나는 그 창문 아래에서 한 발도 비켜서서는 안 된다고 생각했다. 나는 창문에서 몸을 내렸다. 그리고 창문 아래에 있는 판자벽을 기대고 돌아앉았다.

하늘은 맑았다. 별들이 총총히 박힌 하늘 한복판에 잘린 고목나무 밑동같이 둥그런 달 한 장이 하늘에 붙어 있었다. 그 달은 싸늘

하게 빛나고 있었고 그 달을 향하여 지서의 철탑이 희미한 달빛 속
에 높다랗게 서 있었다. 나는 오래도록 사이렌이 달린 그 달빛 속의
철탑을 올려다보았다. 오래 쳐다보고 앉았으려니 그 철탑은 우리
마을 뒷둔덕에 있는 이백 년 묵은 정자나무로 변했다. 그리고 철탑
의 긴 두 줄기의 철기둥은 그네로 변해 보였다. 그 그네 위엔 희자
가 타고 있었다.

희자는 그네를 탈 줄 몰랐다. 동네에 있는 사람 누구도 희자를
그네 위에 올려앉히질 않았다. 희자는 그네에 올라앉을 줄을 알았
지만 그넷줄을 단단히 잡을 줄은 몰랐기 때문이었다. 그러나 희자
는 언제나 그것을 하고 싶어 했다.

재작년 단오 때 그네를 타던 마을 처녀 한 사람이 아래로 떨어져
죽은 일이 있었다. 그 여자는 이 마을에서는 그네를 잘 타는 여자로
손꼽히고 있었다. 그녀는 누구보다도 그네를 하늘 위로 끌어가서
그네 끝으로 하늘을 차올리기를 좋아했다.

바람에 펄럭이는 그녀의 치맛자락은 아름다웠고 그넷줄에 몸을
의지하고 바람을 쐬는 그녀의 하얀 이마도 아름다웠다. 그네 아래
에는 다음 차례를 기다리는 처녀와 총각들이 모여서 웅성거렸고,
그리고 뭔가 농을 주고받으면서 킥킥 웃기도 하였다. 처녀와 총각
들이 서로 한데 모여 농지거리를 주고받는 것을 마을의 어른들은
좋아하지 않지만 단오절때만은 모른 척 외면하고 있었다.

그때, 그네 아래에 있던 한 총각이 그넷줄을 한껏 양옆으로 벌리
며 하늘로 치솟으려는 그녀를 높다랗게 올려다보며 아주 큰 소리로
외쳤다.

"야, 보지 나왔다."

그네를 타던 그녀도 금방 그네 아래에서 소리치는 총각의 목소
리를 들었던 모양이었다. 그녀는 순간적으로 그넷줄을 잡았던 두

손을 바람에 펄럭이는 치마폭으로 가져갔다. 그녀의 몸뚱이는 그 순간 그네를 떨어져나와서 허공으로 날았다. 그리고 느티나무 가지들이 그녀의 몸을 받아서 몹시도 휘청거렸다. 느티나무 아래로 사람들이 아우성치면서 몰려들었지만 그녀는 이미 절명한 뒤였다. 유혈이 낭자한 느티나무 가지와 잎사귀들이 그녀의 치맛자락에 떨어져 있었다. 그녀의 긴 머리채가 바람에 흩날렸다.

그 뒤부터 마을에서 단오가 되어도 그네를 매지 않았다. 단오가 되어도 마을의 처녀들과 총각들은 학교의 탱자나무 울타리 근처에서 모여 놀거나 어른들의 눈을 속이고 먼 이웃 마을에서 맨 그네를 타러 갔다. 그리고 돌아와선 이웃 마을의 그네를 타러 간 척을 하지 않았다. 어른들은 딸들에게 말했다.

"몽당 귀신 되기 싫거든 그네를 타지 말아라."

몽당 귀신은 원한이 많다고 했다. 시집을 못 가고 죽은 원한을 삭이지 못해 저승으로 가지 못하고 이승을 배회한다는 것이었다. 그래서 어떤 방법으로든 그 원한을 갚고서야 저승으로 간다는 것이었다. 희자도 몽당 귀신이 되고 싶은 건지도 몰랐다. 더욱이나 다른 사람은 다 그네를 탈 수 있어도 희자만은 그네를 탈 수 없었지 않았는가. 그런데도 희자가 그네를 타고 있다는 사실이 지금은 조금도 이상하지가 않았다.

희자는 그넷줄을 놓아버리고 떨어져 죽은 삼 년 전의 그 처녀처럼 서쪽과 동쪽의 하늘 꽁무니를 발로 차면서 하늘로 하늘로 떠올랐다. 나는 가만히 일어섰다. 그리고 그 느티나무 아래로 걸어갔다. 나는 바지주머니에 두 손을 찔러넣고 허공에다 거대한 반원을 그리며 시계추처럼 오락가락하는 희자에게 말했다.

"보지가 보인다고 말해 버릴까?"

희자가 그넷줄을 두 손으로 단단히 죄어잡은 채 아래에 있는 나를 내려다보며 씩 웃었다.

"야, 계집애야 속바지 고무줄이 풀어졌다고 말해 버릴까?"

희자가 천천히 대답했다.

"누가 속을 줄 알구?"

"그럼 속지 않구."

"말해 봐."

"내가 한마디만 뱉었다 하면 넌 몽당 귀신이 된단 말야."

희자의 대답이 없었다. 그 바보 같은 계집애는 허공을 차고 허공을 밀면서 달빛이 휘황한 밤하늘에 반원을 그리면서 조금도 지칠 줄 모르면서 오락가락하고 있었다.

"야, 이 병신아 뭐가 보이니?"

나는 모가지를 길게 빼올리며 희자에게 소리질렀다.

"보여."

"뭐가?"

"도수장."

"도수장에 뭐가 있니?"

"불에 타고 있어."

"도수장이?"

"그래 아주 활활 타고 있는걸."

"누가 불을 질렀을까?"

"순도가 질렀어."

"어디로 도망가니?"

"멀리 멀리로 아주 저쪽 먼 길로 자꾸만 도망가."

"보이니?"

"그럼 보이지 않구."

나는 희자의 말을 의심하지 않았다. 그리고 순도가 도수장에 불을 지르고 멀리로 난 한길 쪽으로 달린다는 사실이 반가웠다. 그가 죽지 않았다는 사실이 그렇게 반가울 수가 없었다. 녀석이 살아 있다면 지서에 갇혀 있는 어머니를 구해 낼 방법을 생각해 낼 수 있을지도 몰랐다. 그랬다. 나는 믿었다. 도수장의 화재가 완전히 꺼지면 녀석은 도둑고양이처럼 숨을 죽이고 허리를 구부리며 이 지서의 담벼락 위에 나타나겠지. 녀석은 담벼락에 엎드린 채로 나를 손짓하여 부르겠지. 아, 녀석은 알고 있을 거였다. 어머니를 어떤 방법으로 구해야 하는지를 알고 있는 거였다. 역시 녀석은 나보다는 똑똑하고 영리한 놈이니까.

"또 보여."

갑자기 머리 위의 저 하늘에서 희자가 말했다.

"뭐가 보여?"

"동네가."

"어느 동네야?"

"못 보던 동네인데."

"어떤 동네인데."

"느티나무들이 서 있는 동네에 집들이 촘촘히 박혀 있어. 예배당도 있고 강아지도 있어. 우체부 아저씨가 편지를 한 아름씩 안고 걸어가고 있어. 하늘나라에서 온 편지들이야. 꽃장수들이 한길로 올라가고 있어. 그리고 큰 호수가 있는데 금붕어들이 뛰놀고 있어. 호수에 아이들이 소풍을 왔어. 그리고 노래를 불러."

희자는 흡사 꿈속처럼 그렇게 말했다. 나는 희자의 말을 믿었다. 그리고 희자가 본 것은 이웃 마을이 아니고 이웃 마을보다 더 멀리 있는 동네인지도 몰랐다.

채순미는 내가 모르고 있는 많은 마을의 이야기들을 소상히 알고 있었다. 지금 희자가 본 마을은 채순미가 말하던 그 알 수 없는 나라의 마을임이 분명했다. 희자는 지금 그것을 본 것이었다. 그러나 내가 그 동네의 모습들을 볼 수 없다는 것이 안타까웠다. 채순미는 말했다.

"여러분들이 앞으로 자라면 그러한 마을들을 보게 되지요. 여러분들은 많은 여행을 하게 돼요. 그래서 여러분은 많은 것을 배우게 되지요. 지금까지 여러분들이 볼 수 없었던 많은 낯선 사람들과 지금까지 볼 수 없었던 풍물과 풍습과 지식들과 만나게 되는 거예요. 거기서 여러분들은 슬기를 익히고 지혜를 쌓는 거예요. 그 많은 낯선 것들이 여러분들에게 그것을 선사한답니다."

희자는 이제 채순미가 말하던 그 모든 것을 보고 있는지도 몰랐다. 나는 바지주머니에서 두 손을 뻬냈다. 그리고 희자가 타고 있는 그네를 향해 올라가기 시작했다. 그네를 타고 있던 희자가 갑자기 호들갑을 떨었다.

"올라오지 마."

"갈 거야."

"올라오면 떨어져."

"병신, 나한텐 그게 없으니깐 보이지도 않아."

"떨어져, 올라오면 떨어져."

"니 같은 병신도 안 떨어지는데 내가 떨어질 것 같니?"

"꼭 잡아 그럼."

"꼭 잡든지 말든지 니가 상관할 거 없어. 병신 같은 계집애가 간섭이 많아."

나는 자꾸만 위로 올라갔다. 그러나 내가 올라가는 만큼 희자의 그네도 똑같은 거리를 두고 자꾸만 위로 올라가고 있었다. 그것은 잡으려면 달아나는 무지개와 같이 항상 일정한 거리를 두고 나를 유혹했고 나를 조금씩 지치게 만들었다.

그러나 나는 도중에서 그만둘 수는 없었다. 희자가 보았다는 순
도와, 불에 타고 있는 도수장과 채순미가 얘기하던 먼 나라의 모습
을 놓치고 싶지 않았기 때문이었다. 그러나 어느 땐가 갑자기 내 머
리 위에서 바람을 일으키며 오락가락하던 희자의 그네는 보이지 않
았다. 아무리 고개를 휘저어 사방을 돌아다보아도 희자와 그네의
모습은 보이질 않았다.

그곳에는 먼동이 터서 이제 사방이 훤하게 밝아오는 하늘과 산
등성이들이 쭈뼛쭈뼛 등을 세우고 일어나 앉는 듯한, 조금은 살벌
하고 눅눅한 새벽이 다가와 있을 뿐이었다. 나는 문득 내 뒷덜미를
스치고 지나가는 오한을 느꼈다. 나는 발아래의 동네를 내려다보았
다. 그것들은 밤새 잘라먹었던 어둠들을 조금씩 토해 내면서 되살
아나고 있었다. 멀리 학교 교사의 길고 긴 일직선의 지붕과 그 일직
선의 지붕을 따라 어깨를 펴고 선 나무들이 보였다. 한길을 똑바로
뚫고 올라간 미루나무들의 행렬과 그 미루나무들의 행렬을 따라 촘
촘히 엎드려 있는 마을의 초가지붕들이 보였다. 그리고 바로 내 발
아래는 이제는 새벽빛 때문에 희미해진 지서의 사무실 불빛이 무기
력하게 빛나고 있었다.

그러나 이제까지 희자가 보인다고 말하던 도수장은 멀리 산비탈
아래 역시 시꺼멓게 앉아 있었고, 한길로 줄달음친다던 순도도, 채
순미가 말하던 먼 나라의 모습도 보이지 않았다.

나는 나 자신도 모르게 철탑 위로 올라와 있는 내 자신을 발견한
것이었다. 그리고 나는 또한 사이렌의 손잡이를 두 손으로 꽉 잡고
있었다. 나는 맨 처음 그것이 희자인 줄 알고 잡았는지도 몰랐다.

나는 발아래를 내려다보았다.

언젠가처럼 경팔이가 없으면 이 철탑을 내려갈 수 없다는 것을
알았다. 나는 잠시 넋을 잃고 사이렌의 손잡이를 내려다보았다. 갑

자기 그런 생각이 들었다. 어머니를 불러낼 수 있을지도 모른다. 이 사이렌소리가 나면 사람들이 모여들 것이고 그래서 어머니가 억울하게 갇히게 되었다는 것을 마을 사람들이 알게 될지도 모른다.

나는 사이렌을 돌리기 시작했다. 처음의 몇 바퀴는 매우 힘들었지만 나중에 탄력이 붙기 시작하고 속도감이 일어나면서 소리가 나기 시작했고, 소리가 나기 시작하자 돌리기도 훨씬 쉬워졌다. 그 소리가 도레미파솔라시도라는 채순미가 바라던 식으로 음정을 높여가자 맨 처음 나타난 그 순사가 철탑 아래에 와 섰다. 그가 소리쳤다.

"야, 너 거기 가만있어. 꼼짝하면 안 돼. 사이렌을 돌리지 말구. 가만있어."

내가 소리질렀다.

"올라오면 떨어져버릴 거예요."

"뭐라구?"

그가 입가에 양손을 갖다대 나팔을 만들면서 목청껏 물었다.

"올라오면 뛰어버릴 테니까요."

내가 그렇게 말한 것은 마을 사람이 보이기 전에 순사가 먼저 철탑에서 나를 끌어내려 버리기를 원치 않았기 때문이었다. 그러나 나는 전연 엉뚱한 곳에서부터 마을 사람들을 발견하였다. 마을 사람들은 사이렌이 울고 있는 지서 앞마당으로 모여드는 것이 아니었고, 개천이 있는 마을 뒤의 옥수수밭으로 몰려가고 있었다. 사이렌소리를 듣고 새벽잠에서 일어난 사람들이 하나둘 거리로 뛰어나와서는 마을의 뒷길로 해서 언덕 너머의 개천으로 허겁지겁 달려가고 있었다. 앞에 선 사람들이 뒤에 따라오는 사람에게 손짓으로 뭐라고 소리치면 그 사람은 또 뒤에 선 사람에게 뭐라고 소리쳐서 사람들을 옥수수밭 너머로만 유인하고 있었다.

참으로 이상한 모습이었다. 그리고 그것은 내가 바라던 것이 아니었다. 왜 그들이 지서 앞 한길로 모이지 않고 마을의 뒷길로 해서 개천 쪽으로 허겁지겁 달려가고 있는 걸까. 그러나 나는 곧장 그 이유를 알았다. 사람들이 달려가고 있는 언덕 너머 저편 사잇길에서 달려가는 사람들을 마주하며 마을 쪽으로 달려오고 있는 한 떼거리의 사람들을 발견했기 때문이었다.

마주 달려오는 그 사람 중에 한 사람은 뭔가를 등에 들쳐 업고 있었다.

저게 도대체 뭘까.

마주 달려가던 사람들이 뭔가를 등에 들쳐업은 사람을 만나서는 다시 떼거리를 지어 마주 달려오는 사람들과 합세하곤 하여서 사람들의 수효는 봇물이 터진 듯 불어났다. 수십 명의 사람들이 무엇을 들쳐업은 사람을 둘러쌌고, 웅성거리고 떠들었다. 사람들은 언덕길로 내려와서 곧장 지서 쪽으로 내려오는 골목길로 접어들었다. 떼거리들 앞으로 두어 사람이 숭어뜀을 하면서 소리치는 목소리가 망루에 서 있는 내게까지 들려왔다.

"사람이 물에 빠졌다."

"동네 아이가 물에 빠져 죽었어."

"순도가 죽었다아."

"순도가 물에 빠져 죽었다아."

순도가 물에 빠져서 죽은 걸 아침 일찍 개천에 나갔던 누군가 발견한 것이 분명했다.

——순도가 죽었다아.

소리치는 마을 사람들의 목소리를 들었을 때 나는 이상한 감회를 느꼈다. 그것은 전연 생소한 것이었고, 엉뚱한 것이었으며 충격적일 수도 없었다. 왜냐하면 나는 순도가 죽었다는 것을 벌써 어제 오후 늦게부터 알고 있었기 때문이었다. 그들은 순도의 죽음을 이

제 발견했던 것이고, 그래서 저렇게 떠들어대고 있는 거였다. 나로
서는 대단히 놀랄 거리는 아니었는데도 그들은 불맞은 노루처럼 놀
라서 뛰고 있는 거였다. 나는 어른들이 떠벌리고 있는 그런 작태가
우스꽝스러웠다. 나는 바쁘게 철탑을 내려가기 시작했다. 처음엔
엄두도 나지 않던 그 일을 해내고 있었다. 철탑 아래서 기다리고 있
던 순사는 어느새 마을 사람들을 따라 지서를 벗어나고 있었다.

내가 재빨리 철탑을 내려간 것은 마을 사람들에게 순도는 벌써
어제께 죽은 거라고 말해 주기 위해서였다. 그래서 떠들고 있는 그
사람들을 멀쑥하게 만들어주고 싶었다. 난 그렇게 말할 작정이었다.

——피, 난 순도가 죽은 걸 벌써 어제 알고 있었단 말예요.

——뭐 알고 있었어? 그럼 왜 진작 말하지 않았니?

——누가 물어보기나 했어요?

그러나 내가 그렇게 말하기 위해서 철탑을 다 내려가기도 전에
순사가 쫓아와서 어머니가 갇혀 있는 방의 도어를 땄고 어머니는
마침 지서 앞마당으로 쫓아들어오는 사람들의 떼거리 속으로 폭싹
엎어지면서 통곡을 쏟아놓기 시작했다.

어머니는 물에 젖은 순도의 몸뚱이를 안고 꺼욱꺼욱 울기 시작
했다. 도대체 낭패한 표정인 마을 사람들이, 속수무책으로 통곡하
는 어머니와 싸늘하게 식어버린 순도를 바라보면서 둘러서 있었다.

"도대체 어떻게 된 거요?"

순사가 팔짱을 끼고 서서 마을 사람들을 노려보았다. 누가 대답
했다.

"글쎄요. 이 녀석이 어제 늦게까지 섬바위 아래 소에서 혼자서
멱을 감고 있는 걸 보았다는 사람이 몇 있었어요. 아마 혼자서 멱을
감다가 바위를 헛디뎠거나 갑자기 쥐가 내려서 바깥까지 헤엄쳐나
오지를 못한 게지요."

206

"보았다는 사람은 누구요?"

"양조장에서 술 받아가지고 건너 마을로 가던 사람들인가 봅
디다."

어머니는 그들의 말을 듣고 있지는 않았다. 그리고 마을 사람들
이나 순사는 철탑 위에서 사이렌을 불던 나를 잊어버렸다. 그들은
오직 통곡하는 어머니와 싸늘하게 식은 순도의 시체를 바라보며 저
들의 억측대로 순도의 죽음을 자꾸만 기정사실로 몰아가고 있었다.
그들은 말했다.

"죽은 건 죽은 거고 이 최 과부 일이 낭패군."

어머니는 갑자기 땅바닥에서 벌떡 일어났다. 그리고 순도를 들
쳐업고 지서 앞 거리로 나섰다.

어머니를 제지하려는 사람은 없었다.

나는 드디어 내 한 몸뚱이를 용납해 줄 수 있는 곳이 없다는 것을
알았다. 어른들은 이런 경우엔 곧잘 입장이 곤란하다고 말하는 것
을 알고 있었지만 내 경우는 그런 말조차 호소할 곳이 없다는 것이
었다. 이를테면 나는 그 난장판을 두 눈을 똑바로 뜨고 바라볼 수가
없었다. 어머니의 가슴을 쥐어뜯는 발악적인 슬픔, 너무나 처참한
모습으로 확인된 순도의 죽음, 그리고 마을 사람들의 애매하게 일
그러진 표정들을 똑바로 쳐다보고 서 있을 수 있는 담력이 없었다
는 뜻이다. 비로소 나는 순도의 죽음이 결코 자랑이 아니란 걸 어렴
풋하게 느끼기 시작한 거였다. 내게는 자랑스러운 일들이 어른들에
겐 자랑스러운 일로 비치지 않는 것은 많았다.

내겐 하룻밤씩마다 한 살의 나이를 먹어서 한 달 만에 어른이 되
었으면 하는 바람이 있었다. 그러나 어른들은 한 해 한 살의 나이만
먹게 되기를 원하고 있었다. 나는 어른스러워지기를 바랐지만 그들
은 내게서 아이스러운 것만 바라고 있었다. 나는 겨드랑이털을 갖

고 싶어 했지만 그들은 애써 그것을 감추려들었다. 특히 채순미가
그러했다. 나는 언제나 똑바로 쳐다보는 걸 좋아했지만 그들은 똑
바로 쳐다보는 아이를 악돌이라고 말했다. 그러므로 우리는 항상
문구멍으로 그들을 구경했다. 그들은 왜 똑바로 쳐다보는 아이를
싫어할까. 그때 생각난 것이 우체국의 사팔뜨기 계집애였다. 그 계
집앤 언제나 똑바로 쳐다볼 줄 몰랐다. 똑바로라는 것과는 아예 담
을 쌓은 계집애였다. 그 난장판을 목도한 순간 나는 문득 그 계집애
를 만나보고 싶었다. 똑바로 바라보지 못하면서 걸음은 어떻게 해
서 똑바로 걷고 있는 건지, 똑바로 보지 못하면서 공깃돌은 어떻게
똑바로 받아챙길 수 있는 건지 그것은 불가사의한 재간이 아닐 수
없었다. 그리고 또한 무엇보다 궁금했던 것은 순도가 죽은 뒤에 그
계집앤 무얼 하고 있을까 하는 궁금증이 또한 나를 충동질한 것이
었다.

계집앤 그 자리에 있었다. 우체국 서편 창문틀 아래에 앉아서 계
집앤 여전히 공깃돌을 받고 있었다. 계집애에겐 아무런 동요도 찾
아볼 수 없었다. 내가 다가가자 계집앤 경계에 찬 시선으로 나를 쏘
아보았다.

"왜 왔니?"

계집애가 먼저 말을 걸어왔다는 것에 난 오기가 났다.

"야, 이 사팔뜨기야!"

"사팔뜨기가 어때서?"

"넌 왜 눈이 똑바로가 아니니?"

"사팔뜨기니깐 그렇지."

"사팔뜨긴 전부 너처럼 똑바로가 아니니?"

"그래, 똑바로가 아니다."

"왜 똑바로가 아니니?"

“똑바로 볼 수 없으니까.”

“사람도 삐딱하게 보이니?”

“삐딱하게 보지만 보이는 건 똑바로 보여.”

그건 참 놀라운 일이었다. 삐딱하게 보면 보이는 것도 삐딱하게 보여야 마땅하다는 것쯤은 나도 알고 있었다. 그러므로 계집애의 대답은 엄청난 반란이었다.

“너 구경 안 가니?”

“어디?”

“사람들이 강가에서 순도를 건져냈다. 지금 우리 집으로 업고 갔지.”

얼마간 주저하면서 공깃돌을 만지작거리던 계집애가 대답했다.

“싫어. 난 그런 데 안 가.”

“왜?”

“엄마한테 매맞아.”

“들키지 않으면 되지 않니?”

왜 내가 계집애에게 순도의 죽음을 구경시키려 하고 있는지 계집앤 이해할 수 없을 것이었다. 내가 계집앨 충동질했던 건 그애가 사팔뜨기였다는 것에 있었다. 나는 그애에게서 순도는 죽지 않았다는 대답을 듣고 싶어 했던 것이다. 사팔뜨기는 바로볼 수 없을 테니까. 그러나 계집앤 삐딱하게 보지만 바로 보인다고 말했고 종내는 우리 집엘 가지 않겠다고 버티고 있는 것이었다. 그것은 대단한 실망이었다. 그렇다고 계집앨 울려버릴 수도 없었다. 왜냐하면 계집애의 집이 지척에 있었고, 걸핏하면 계집애에게 매를 내린다는 그 어머니가 낮부엉이처럼 집을 지키고 있었기 때문이었다.

“순도가 죽으면 어떻게 되는 줄 아니?”

“그럼 알지.”

"어떻게 되니?"

"귀신 동네로 가는 거지."

"아냐 이 계집애야. 천당엘 가지."

"천당에 못 가."

"이 계집애야. 순도가 우표 빼앗았다고 앙갚음하는 거니?"

"아냐."

"그럼 뭐냐?"

"물에 빠져죽은 사람은 물귀신이 된대."

"누가 그래?"

"엄마가."

"너네 엄만 도대체 어떻게 생겨 처먹었기에 세상에 모르는 게 없니? 너네 아버지완 싸울 때마다 밑에 깔리기만 하는 주제에."

"깔리는 것 봤니, 봤니?"

"니가 그랬잖아."

"내가 언제 그랬어?"

"사택에서."

계집앤 금방 시무룩해졌다. 그러나 대답만은 그게 아니었다.

"내가 언제 그랬어?"

"넌 까먹는 데는 선수구나."

"그런 말 하는 게 아냐."

"왜?"

"엄만 그런 때가 싸우는 게 아니란 말야."

"그럼 뭐니?"

"사랑하는 거야."

"이런 병신 봐. 우리 마을에서 사랑할 줄 아는 사람은 채순미 선생님뿐이란 말야. 사랑도 아무 데서나 하는 게 아냐. 사택 광 속에서 해야 해."

"누가 그래?"

"채순미 선생이 광 속에서 사랑하는 걸 봤거든."

"누가?"

"내가 봤지 누가 봤어."

"우리 엄마도 사랑할 줄 알어."

"너네 엄만 도대체 어떤 여자기에 못하는 게 없다는 거야?"

"그래 우리 엄만 못하는 게 없지. 애도 낳을 줄 안다구. 채순미는 못 낳지만."

그래 그랬구나 하고 나는 속으로 감탄해 버렸다. 계집애의 말이 옳았기 때문이었다. 채순미는 낳을 줄 모르는 아이를 계집애의 어머니는 낳을 줄 안다는 것은 신기하고 놀라운 일이었다.

"그렇지만 너네 엄만 사팔뜨기를 낳았지 않니?"

"그렇지만 우리 엄만 너네 엄마처럼 죄 많은 여잔 아냐."

"죄 많은 여자가 뭐야?"

"울 엄마가 그러는데 너네 엄만 죄 많은 여자래. 너네 아버지를 잡아먹고도 한이 덜 차서 다시 칠성이 아버지를 잡아먹었대. 그리고 순도까지 잡아먹었대."

"그래서 죄가 많다는 거니?"

"너네 엄만 구미호래."

"구미호가 뭐니?"

"몰라, 나두."

"순도는 울 엄마가 안 잡아먹었어."

"그럼 왜 죽었다지?"

"제가 죽었지 울 엄마가 잡아먹진 않았어."

"너네 엄만 팔자가 드센 여자래."

“그것도 너네 엄마가 그랬니?”

“그럼, 울 엄만 모르는 게 없지.”

“팔자가 드세다는 게 뭐니?”

“사람을 자꾸 잡아먹으니까 팔자가 드센 거지. 엄마가 그러는데 조금 더 있으면 마을 사람들이 너네 엄마를 멀리 쫓아낸대. 그래서 다시는 우리 마을에 발을 붙이지 못하도록 한대. 그냥 두면 마을 남자를 하나씩 둘씩 잡아먹다간 종내엔 마을을 통째로 말아먹겠대.”

“말아먹어?”

“그래 아주 회를 쳐 먹는다더라.”

“울 엄마가 무슨 여우인 줄 아니?”

“여우보다 더 무섭지. 사람들을 회쳐 먹으니깐.”

“그것도 너네 엄마가 그랬니?”

“그럼 울 엄마 아니면 그런 걸 아는 사람이 있겠니?”

나는 핫바지에 방귀 새듯 온몸의 기력이 쭉 빠져 달아나는 듯한 허탈을 느꼈다. 어머니의 비밀이 사팔뜨기를 낳은 하찮은 여자에 의해서 속속들이 탐색이 되고 노출이 되었다는 것이 더없이 분하고 서러웠다. 더욱이나 어머니는 미상불 마을에서 쫓겨나게 된다고 말한 장본인이 계집애의 어머니였다는 데 나는 전율을 느꼈다. 그것은 내게는 너무나 엄청난 과제라고 생각했다. 왜냐하면 나는 순도같이 조그만 녀석을 물속에 빠뜨릴 수 있는 재간은 갖고 있었지만 덩치가 큰 여자를 물에 빠뜨리는 방법만은 모르고 있기 때문이었다.

아, 그래서 어머니는 자기 편에서 먼저 마을을 떠나려 했는지 몰랐다. 마을 사람들에게 돌팔매질을 당하면서 쫓겨나지 않기 위해 어머니가 먼저 마을을 떠나려 했는지 몰랐다. 그런데도 어머니는 백 리도 못 가서 되잡혀오고 말았지 않았던가.

마을에 살던 일본 사람들이 떠날 때처럼 그들이 마을을 떠나는 어머니에게 돌팔매질을 하고 침을 뱉고 몽둥이로 위협하며 보따리를 빼앗고 남자가 바라보는 앞에서 여자의 옷을 벗겼듯이 내가 바라보고 있는 앞에서 어머니를 홀딱 벗겨버릴지도 몰랐다.

어머니가 옷을 벗은 모습을 나는 단 한 번 구경한 적이 있었다. 이 년 전 여름의 일이었다. 저녁밥을 먹은 후 툇마루에 누워 더위를 식히며 찢어진 부채로 모기를 쫓던 어머니가 느닷없이 말했다.

"멱 감으러 가자."

마당에 편 멍석 위에 뱃구레를 드러내고 누운 채로 마악 잠 속으로 빠져들려는 내게 어머니가 말했던 것이다.

"싫어."

밤중에 멱 감으러 간다는 건 싫었다.

소(沼)에 살고 있는 이무기가 나와서 내 자지를 물어뜯어 버릴지도 몰랐고 풀섶에서 똬리를 틀고 있던 뱀을 밟아버릴지도 몰랐고 또 한밤중의 개천가가 온통 여자들 판이어서 난 싫었다.

"까마귀가 오디를 마다한다더니 별꼴이구나. 물가에서라면 사족을 못 쓰는 놈이."

"그래도 난 싫엇."

"정말 싫으냐 이놈아?"

"정말 싫다 이년아."

"내가 이놈아 한다고 너도 이년이냐?"

"그래 이년아."

"너 같은 놈이 세상에 다시 하나 더 생겨났다간 세상엔 벼락투성이겠다."

"내 자지 만질려구 그러지?"

"이 원수야. 그 지지리도 잘난 걸 가지구…… 그래 안 만질게 가자."

“업어줘야지.”

“그래, 업어줄게.”

모처럼 고분고분했던 어머니 등에 업혀 나는 개천으로 나갔다. 달이 있었지만 구름에 덮여 개천으로 가는 옥수수밭 길은 회색빛 미명이 미지근하게 깔려 있었다. 어머니는 몹시 더듬거렸고, 간혹 발을 헛디뎌 등에 업은 나를 밭둑에나 꼰질러박을 듯 몸을 앞으로 내리쏟곤 하였다. 나는 집으로 돌아가고 싶었다. 왜 어머니는 순도를 업고 오지 않고 나를 업고 나왔는지 알 수가 없었다. 개천에 도착한 우리는 사람들의 눈을 피해 상류 쪽으로 훨씬 더 올라갔다. 그곳은 평소에 사람들이 잘 가지 않는 곳이었다. 이무기가 살고 있다는 소문이 있는 곳이었다. 그런데도 어머닌 한사코 상류 쪽으로만 올라가던 것이었다.

“난 집에 갈래.”

“다 왔다.”

어머니의 등줄기에서 엷은 땀냄새가 배어나왔다.

“난 집에 갈래.”

“왜? 내게 업히는 게 싫냐?”

“싫어.”

“이 망종아! 제 어미한테 업히기 싫다는 놈이 어디 있냐? 내 속으로 내질러놓은 놈이 그런 못된 소릴 어떻게 침도 안 바르고 할 수 있냐.”

“내려줘. 난 집에 갈래.”

“집에 가면 뱀이 널 따라갈 거다.”

“……”

앙탈을 부리는 나를 어머니는 기어코 자기가 겨냥하던 장소에까지 업어다 놓았다. 그곳은 강심과는 약간 떨어진 미루나무숲이 있는 곳이었고 멀리 있는 동네의 불빛이 조으는 듯이 바라보이는, 마을과는 제법 멀리 떨어진 곳이었다. 어머니가 미루나무숲 어느 지점에인가 나를 내려놓자 그 숲 속에서 뭔가가 불쑥 고개를 디밀어 올렸다.

"인제사 오나?"

어머니는 힐끗 고개를 돌리다 말고 내게 말했다.

"여기 앉아 있거라."

"싫어."

"꼼짝했다간 이무기가 나와서 네놈의 대가릴 물어버릴 게다."

"침 뱉어버리지."

"그 이무기가 침 뱉는다고 눈이나 깜빡할 줄 아니?"

"내 대가릴 문다고 난 눈이나 깜빡할 줄 알구?"

그런데 숲 속에서 고개를 디밀어 올린 남자가 독촉하기 시작했다.

"허, 뭐 하는 게여?"

어머니가 나직이 대답했다.

"이걸 달래놔야지요."

"그놈은 왜 업고 와서 지랄이야?"

"돌아갈 때 마을 여자들이 혼자 가는 걸 보면 무슨 소문이 나게요. 이거라도 업고 다녀야지요."

"그럼 순도를 업고 오지."

"그건 워낙 눈치가 빨라서……."

"빨리 와. 뜸은 그만 들이고."

그때 어머니는 뭔가를 내 입에다 꽉 물리었고 반사적으로 나는 그걸 팽개쳤다.

"강엿이다 이 녀석아."

그렇다면 먹어줄 만하였다. 손으로 그걸 받아드는 내게 어머니가 침선(針線)을 하듯이 또박또박 말했다.

"여기 앉았다가 혹시 누가 오더래도 우리 엄니 저어기서 멱 감아요 하고 큰 소리로 말해라 알겠니?"

"지금?"

"아니, 누가 혹시 와서 묻거든 내가 알아듣도록 큰 소리로 그렇게 대답해야 한다구."

"엄니는 어딜 가."

"나야 멱 감으러 가지."

"알았어."

어머니는 내 정수리를 두어 번 토닥거린 다음, 미루나무숲 속으로 몸을 감추었다. 귀에 익은 그 남자의 목소리는 칠성이 아버지의 목소리였다.

어머니는 좀처럼 나타나지 않았다. 강엿을 다 씹어먹고 나자, 모기들이 달려들기 시작했다. 그리고 오실오실 추웠다. 어머니를 찾아나서기로 작정했다. 한참 미루나무숲 속을 헤매던 끝에 나는 어머니를 찾아냈다. 어둠 속에서도 어머니가 누워 있는 그 장소는 얼핏 나무숲으로 잘 가려져 있었다. 그 숲에 알몸의 어머니가 모잡이로 누워 있었다. 어머니의 치마가 그 등에 깔려 있었고 칠성이 아버지는 웃통을 드러낸 채 바지만 대강 꿰입은 채로 누워서 담배를 피우고 있었다.

"빨리 가."

내가 말하자 어머니는 뱀 만난 여자처럼 화들짝 놀라 손으로 젖무덤을 싸고 발딱 일어나 앉았다.

"누구요?"

겁먹은 목소리로 어머니가 물었다. 그러나 대답은 칠성이 아버지가 먼저였다.

"무도 녀석이구만."

"아이 깜짝이야. 간 떨어질 뻔했네…… 인석아 거기 곱게 앉아 있질 못하고 왜 쏘다니냐? 그러다가 뱀에 물리면 어떡하려고?"

"엄만 안 물렸어?"

"그래, 내가 왜 뱀에 물려."

"물리긴 내가 물렸다 이놈아."

칠성이 아버지가 그렇게 말하곤 끼득끼득 웃었는데, 나는 내가 대답할 차례에 칠성이 아버지가 번번이 가로채는 데 배알이 뒤틀렸다.

"엄마, 왜 이 자식하고 놀아?"

"이 자식?"

"난 이 자식을 안단 말야."

"누군데?"

"쇠백정."

갑자기 우린 말을 뚝 끊고 가만히 있었다. 오랜 침묵을 깨고 칠성이 아버지가 씹어뱉는 듯한 큰소리로 대답했다.

"이놈을 단칼에 작살을 낼까."

"그만두세요. 철모르는 애들 말을."

"날보구 쇠백정이라고 말하는 이놈이 철모르는 애새끼란 말여."

"그런다고 단칼에 작살을 낼 거유?"

"소도 잡는 놈이 이런 버섯같이 버쩍 마른 놈을 단칼에 결단을 못 내?"

"호박국에 힘내지 마셔."

"이놈 자식, 날보구 다시 한 번 그따위 소릴 했다간 아가릴 찢어 놓겠어."

어둠 속이긴 했어도 나는 칠성이 아버지 눈에서 불똥이 뚝뚝 떨어지고 있다는 것을 느꼈다. 벗어놓았던 윗도리를 털어 허겁지겁 꿰면서 칠성이 아버지는 다시 한 번 찍어눌렀다.

"도끼 한 자루로 농우소를 두 번 찍어 잡은 놈이여. 네놈도 니 애비처럼 칵 돼지고 싶지 않거든 아가리 닦달을 잘하거라."

집으로 돌아와서 나는 어머니에게 회초리를 맞았다. 칠성이 아버지가 그렇게 사주를 한 건지도 몰랐다. 어머니가 벗은 모습을 본 대가로 나는 종아리가 팅팅 붓도록 맞은 것이었다. 그 후부턴 어머닌 철저하게 나를 그의 주변에서 따돌리기 시작하던 것이었다. 그리고 도끼로 농우소를 잡는다던 칠성이 아버지는 박술이 쳐든 낫자루에 찍혀 땅속에 묻힌 것이었다. 나는 아마 땅속에 들어갔어도 도끼를 꼬나들고 있을지 몰랐다. 그러므로 나는 어머니가 옷을 벗는다는 사실이 싫었다. 마을 사람들이 쫓겨가는 일본인 가족들을 공회당 뜰로 데리고 가서 그 남편과 아이들이 바라보는 앞에서 여자의 옷을 벗기었을 때, 일본 여자는 두 눈을 똑바로 뜨고 찢기고 있는 자신의 옷을 바라보았고, 발가벗기웠을 때도 의연하게 정면에 서 있는 마을 사람들을 똑바로 쳐다보았다. 그 눈길이 닿는 곳에 있는 사람이 화상(火傷)이나 입지 않을까 싶게 뜨거운 시선을 줄곧 보내고 있었고 마을 사람들은 회초리 끝으로 일본 여자의 젖꼭지를 건드렸다. 사람들이 킬킬거리며 웃었고 그들의 아이들은 울음을 터뜨렸다. 그랬던 것처럼 나는 어머니가 그런 모습으로 마을 사람들 앞에 노출이 될 거라는 사팔뜨기 계집애의 말을 그냥 듣고 서 있을 수만은 없었다.

나는 사팔뜨기 계집애의 어깨 위에 가만히 손을 얹었다.

"나하고 놀러 가지 않을래?"

"어디?"

계집앤 솔깃한 모양이었다.

“어디로 갔으면 좋겠냐?”

“글쎄…….”

“도수장에?”

“거기 가면 소를 잡니?”

“칠성이 아버지가 죽었으니까 오늘은 소를 잡지 않을 거야. 그렇지만 소뼈다귀나 개뼈다귀를 볼 수 있어. 그게 싫으면 귀신을 볼 수 있지 소 죽은 귀신.”

“싫여.”

계집앤 파랗게 질려 귀를 떠는 시늉을 해보였다. 나는 무척 조급해져 있었다. 계집애를 어떤 식으로 닦달해야 우리 어머니가 마을 사람들 앞에서 옷을 벗지 않게 되는지가 전연 막연한 상태로 계집애를 달래려 하고 있었기 때문이었다. 그러나 그런 말을 계집애의 어머니가 했다면 어머니가 옷을 벗지 않게 되는 꼬투리도 그곳에서 찾아야 하겠다는 강박감이 나를 조급하게 만들었다.

“그럼 어디가 좋겠니?”

“…….”

“사택?”

“거긴 싫여. 너무 어둡단 말야. 지네가 나와서 우릴 물어비틀어 버릴지도 모르니깐.”

“그럼 대장간이 어때?”

“거긴 뭘 하러?”

“쇠붙이를 줏으러.”

“그 대장간 영감을 넌 알고 있니?”

“아니.”

“그 영감은 아마 우리 모가지를 비틀어버릴지도 몰라. 언젠가 희자가 그곳에서 쇠붙이를 줍다가 몽둥이찜질을 당할 뻔했단 말야.”

"그럼 옹기점에 갈까?"

"거긴 너무 멀어."

"그럼 넌 어디로 갔으면 좋겠니?"

"……."

"그러니까 말야. 개울가가 어때?"

계집앤 문득 서쪽으로 지고 있는 해를 바라보았다.

"거기까지 갔다 오면 어두워져."

"거기가 제일 좋아."

"난 싫어."

"왜 싫다는 거니 이 계집애야? 내가 사이렌 불어버리는 사람인 줄 몰라?"

"그렇지만 강에는 싫단 말야. 순도가 빠져죽었지 않아."

"넌 빠져죽으면 안 되니?"

"그럼 날보구 순도처럼 물에 빠져죽으란 말야?"

"순도도 빠져죽는데 너 같은 사팔뜨기 계집애가 빠지는 게 뭐가 대순가?"

"난 싫어."

"왜 싫어?"

"나중에 결혼식하고 애를 낳아야 하니까. 내가 죽으면 그걸 못하지 않니."

"이런 욕심 많은 계집애 봐. 너네 엄마가 결혼해서 아이를 낳았으면 됐지 너도 또 앨 낳겠다는 거니?"

"울 엄마가 그랬다."

"너네 엄만 물귀신인가 보구나? 왜 자꾸 걸고넘어지니?"

"그래 울 엄만 물귀신이다."

"너네 엄마가 물귀신이니까 너도 개울가로 가야 한단 말야."

"싫어. 난 네가 싫어."

"이놈의 계집애 내가 왜 싫어?"

"엄마한테 일러바칠까 보다 그냥."

그때, 우체국 모퉁이로부터 계집애 어머니가 나타났다. 그 뚱뚱한 여자는 이편에서 옥신각신하고 있는 우릴 보자 화들짝 놀라서 숭어뜀을 하면서 우리에게로 다가왔다. 그리고 뭐라고 물어볼 사이도 없이 내게 다가와서 눈앞에서 별똥이 좌르르르 쏟아지는가 싶게 내 따귀를 몇 번인가 후려갈겼다.

"이 쌍놈의 자식, 어디서 나타나가지고 엉뚱한 앨 꼬이고 있니. 우표딱지는 그만치 훔쳐냈으면 됐지 그것에도 양이 덜 차서 형제끼리 교대로 와서 앨 꼬이냐?"

"……."

"이놈 자식, 썩 없어지지 못하겠니?"

그 여자는 사팔뜨기 계집애를 제 궁둥이 뒤에다 감추면서 나를 향해 주먹을 휘두르고 눈을 부라렸다.

"동생놈이 돼지니까 이젠 형이란 놈이 와서 앨 꼬이는구나 에끼놈."

나는 더 이상 그곳에 머물러 있을 명분이 없어진 걸 알았다. 그것은 내겐 너무나 참담한 패배였다. 계집앨 개천으로 데리고 가려던 내 계획은 단 몇 분 만에 완전한 패배로 내게 되돌려진 것이었다. 그 여자에게 맞은 뺨따귀가 아파서가 아니라 단칼에 내리쳐진 듯이 극명한 내 계획의 실패 때문으로 나는 앞이 칵 막히는 듯한 절망을 느꼈다.

14

　그랬다. 이제 나는 더 이상 이 마을엔 머물러 있을 수 없게 되었다는 것을 눈치챘다.

　마을 사람들 어느 누구도 내게 마을을 떠나라는 말은 하지 않았다. 그러한 결심은 오직 나 혼자서 한 것에 불과한 것이지만 나는 내가 내린 이 결심이 완벽한 것임을 알고 있었다. 언제나 내 자신에 대한 결정은 내가 해왔기 때문이었다.

　나는 천천히 정류소 쪽으로 걸어갔다.

　그곳에는 나를 이 마을로부터 멀리멀리로 떠나보내 줄 수 있는 유일한 계약물인 버스가 있었기 때문이었다.

　내가 정류소에 닿았을 때 실제로 그곳엔 버스 한 대가 쉬고 있었다. 버스는 그렇게 붐비지 않았다. 운전석에는 나처럼 키 작은 남자가 어금니를 앙다물고 앉아 있었다. 그는 운전석의 핸들을 장갑 낀 손으로 잡고 앉아서 때때로 차창 밖의 매표소 언저리를 곁눈질하고 있었다.

　창에는 부우옇게 먼지가 끼어 있었다.

　낯선 사람들이 버스 속에 앉아 있었다. 어떤 남자는 창을 열고 바깥에 서 있는 마을 사람과 나직나직하게 얘기를 나누고 있기도 했다. 승강구의 문이 활짝 열려 있었다.

　나는 하늘을 쳐다보았다. 회색의 어둠이 그 하늘을 가리고 있었다. 곧 밤이 올지도 몰랐다.

　이 버스는 아마 칠흑같이 어두운 밤을 달려갈 것이다. 그래서 날이 새면 타고 있는 승객들을 하나둘 땅 위로 내려놓을 것이었다. 그 미지의 밤과 낮, 그리고 햇볕 속의 하차(下車). 그곳엔 절대로 나를 알아보는 사람들이 없을 거였다. 그러한 상상은 문득 나를 긴장시켰다. 버스의 문이 닫혔다. 버스는 어디론가 출발하고 있었다. 타고 있던 승객들의 얼굴에 가벼운 긴장이 서리는 것을 밖에 서 있는 나도 느낄 수가 있었다.

버스가 검은 연기를 풀풀 내뿜으면서 지서와 소방서가 있는 쪽 길을 늙은 암소처럼 쉬엄쉬엄 기어가는 것을 나는 꽤 오래도록 바라보았다.

나는 지서 앞길을 천천히 걸어갔다. 날은 벌써 꽤 어두워 있었다. 지서 맞은편에는 건어물을 파는 집이 있었다. 그 어물전에는 머리가 뒤통수까지 몽땅 빠져버린 키 작은 노인이 파리채를 들고 달려드는 파리떼들을 내리쳐 잡곤 하였다.

그 어물전 노인은 소금기가 배어서 번들번들하는 가게 기둥에다 언제나 콧물을 풀어던진 손가락을 쓱 닦곤 하였다. 그리고 그의 파리채를 맞고 죽은 파리들이 어느 자리에 있거나 간에 주워내는 법이 없었다. 파리똥이 새까맣게 앉은 대구포나 말린 오징어를 아무도 사가는 사람이 없었지만 노인은 새벽만 되면 가게 문을 열고 그것들을 널빤지 위에다 진열하곤 하였다.

그 노인이 데리고 사는 할망구는 해수병을 앓고 있었다. 그 할망구는 건어물가게 안쪽에 있는 방에 앉아 있었다. 할망구가 앉아 있는 가겟방에서 가게로 통하는 장지문에는 언제나 닦고 닦아서 너무나 깨끗한 손바닥만한 유리조각 한 개가 붙어 있었다.

할망구는 창자를 긁어올리는 듯한 참록한 해수기침에 시달리면서도 눈만은 결코 유리에서 떼질 않았다. 그 손바닥만한 유리조각은 오랜 세월 동안을 칩거해 오는 할망구가 바깥세계와 접할 수 있는 유일한 창구였고 바람기가 많은 노인을 감시할 수 있는 유일한 감시초소 구실을 하였기 때문이었다.

그 할망구는 그 조그만 유리조각 하나를 통해서라도 이 마을 사

람들이 어떻게 살아가고 있으며 가게에 서 있는 영감의 속마음을
속속들이 읽을 수 있었다. 그래서 그 가게에 있는 모든 것은 먼지투
성이였고 파리똥과 거미줄로 더러워져 있었지만 유독 가겟방 장지
문에 붙어 있는 그 유리조각만은 먼지 한 점 붙어 있지 않았다. 할
망구는 중얼거렸다.

　—저 여편네 바람났군. 어느 놈과 붙어먹고 살고 있는지는 몰
라도 바람난 계집임에 틀림없어.

　—저 사내자식은 노름꾼이 되었군.

　할망구는 그 유리조각을 렌즈 삼아 자신의 마음속에 필름을 깔
고 사진을 찍듯 건어물가게를 들러가는 모든 사람들의 사생활을 정
확하게 읽으면서 기침을 해댔다. 그러나 할망구는 어떠한 일이 있
어도 장지문을 열고 얼굴을 밖으로 내미는 법은 없었다. 그 할망구
는 똑똑하게 길들여진 구관조(九官鳥)와 같아서 그 유리조각을 통
하지 않고는 마을 사람들을 볼 수가 없었기 때문이었다. 그 유리조
각은 할망구에게선 세상을 읽는 안경이었기 때문이었다. 그 안경을
벗으면 할망구는 이 세상의 모든 것은 물론 가게에서 서성거리는
영감조차도 볼 수 없게 된다는 것을 알고 있었으므로 언제나 문을
열지 않았고 한사코 그 유리를 통해서만 세상을 읽는 것이었다.

　바람둥이 영감이 그 유리조각 위에다 창호지를 발라 덮어버린
적이 있었다.

　그날로 할망구의 해수기침은 극에 달하였고 밤에는 무서운 꿈으
로 몸부림을 쳤다.

　영감은 할 수 없이 그 창호지를 뜯어내야 했다. 어쩌다 파리떼가
그 유리에 앉아도 영감은 그곳에다가 파리채를 휘두르지 않았다.
파리가 딴 곳으로 날아가도록 끈질기게 기다렸다.

　건어물가게 위쪽에는 대서방이 있었다. 그 대서방에는 절름발이

영감이 자기보다 스무 살이나 어린 젊은 여편네를 데리고 살고 있었다. 그 여편네는 일 년 삼백육십오 일을 술에 취해 있었다.

나는 언젠가 그 여자가 양조장의 주인과 수작하는 걸 구경한 적이 있었다.

양조장 주인의 한 손이 그 여자의 치마밑에 들어가 있었고 여자는 때때로 킥킥 웃으며 몸을 비비꼬기도 하였다. 그랬지만 애써 양조장 주인의 손을 뿌리치려 하진 않았다. 그것들이 무엇을 하고 있는 건지 나는 알 수가 없었다.

그 여자는 언제나 양조장 주인과 놀기를 했고 때로는 그 양조장 주인과 대서방 절름발이가 놀기도 하였다. 여자는 때때로 찌그러진 술주전자 뚜껑에다 놋수저로 장단을 치기도 하였다. 그것은 가락이 아주 썩 잘 맞아떨어지는 것이어서 사람들이 함께 손뼉을 치기도 하였는데, 그런 뒤에 그 여자는 술도가 주인의 무릎 위에 엎드려 서럽게 서럽게 울기도 하였다.

여자가 한번 울음을 쏟아놓으면 말릴 장사가 없었다. 그 여자는 나중엔 목젖을 수습하지 못해 꺼이꺼이 하고 숨넘어가는 시늉을 하면서 울었다.

대서방 위쪽엔 잡화와 소금과 담배를 파는 가게가 있었다. 그 잡화와 담배들은, 매일마다 닦아서 반들반들 빛나는 유리창들 저쪽 안에서 아주 달콤하기도 하고 건조한 듯도 한 낯선 냄새들을 풍기면서 정갈하게 정돈되어 있었다.

면사무소로 올라가는 절룩이길을 정면으로 마주보며 버티고 있는 그 상점 주인은 얼굴이 몹시 흰 젊은이였는데, 그 사람은 이 지방 사람들과는 약간 억양이 다른 말씨를 쓰고 있었고 언제나 사람들에게 친절했지만 그 친절 속에는 이쪽에서 함부로 마음을 터놓을 수만은 없는 가벼운 위엄이 도사리고 있었다.

그 상점 주인은 사팔뜨기 계집애 아버지인 우체국장이나 희자 아버지와 어울려 놀았다. 그들이 만나면 다른 사람들과는 달리 언제나 손을 마주잡고 뒤흔드는 악수라는 걸 했다. 그러곤 서로들 마주서서 팔짱을 끼거나 바지주머니에 두 손을 찌르고 서서 때로는 귓속말을 주고받았고 또는 일제히 큰 소리로 웃기도 하였다.

우체국장이나 희자 아버지가 지껄이는 편이었고 그 상점 주인은 가볍게 팔짱을 끼고 서서 이야기를 듣는 편이었다. 그러나 그들이 주고받는 대화들은 대개 이 마을 사람들이 떠벌리고 있는 일상의 말들과는 달리 들어도 얼른 새겨들을 수 없는 말들이었고, 목소리가 그렇게 높지도 않았기 때문에 옆을 지나치는 사람들에게도 잘 들리지 않을 정도였다.

그 상점 주인의 옷차림은 대개 단정하였다. 그리고 구레나룻에는 언제나 파르스름한 면도자국이 있었고 어쩌다가 옆을 지나칠 때면 보통 사람의 냄새가 아닌 은단 냄새 같은 게 엷게 풍겼다.

나는 그것이 낯선 사람들이 풍기는 냄새라는 걸 알고 있었다.

대개의 마을 사람들이 공통적으로 풍기는 시금털털하고 역기 있는 짙은 담배 냄새와는 달리 그들이 풍기는 냄새는 은단이나 나프탈렌 냄새가 풍기던 것이었다. 나는 이 냄새와 친해질 수 없다는 것을 알았다. 왜냐하면 그 냄새는 어떤 막연한 위엄과 배타적인 분위기를 갖고 있었기 때문이었다. 그러나 그들과 비슷한 신분을 가졌을 성싶은 희자의 삼촌에게서는 그런 냄새가 나지 않았다. 그에게서는 아무런 냄새도 나지 않았다.

그 상점 주인의 아내는 안경을 끼고 있었다.

그 여자는 좀처럼 바깥출입을 하지 않았다. 그 여자는 들기름을 잘 먹어 반들반들하게 윤기가 나는 방바닥에 앉아 언제나 바느질을 하고 있었다. 그러나 그 여자가 일 년에 두서너 번 여행을 할 때면 짐승의 털로 만든 목도리로 몸가축을 하는 것이었다.

그 여자는 우리 마을에선 단 한 사람 안경 쓴 여자였고, 눈알이 반질반질 빛나고 있는 여우의 허리부분을 꺾어서 입과 꼬리부분이 맞물리게 하여 목덜미에 두르고 여행을 할 수 있는 유일한 여자였다.

그 여자가 여행을 할 때면 언제나 남편인 상점 주인이 정류소까지 가방을 들어다주었다. 여자가 여행을 하는 데 정류소까지 가방을 들어주는 남편도 우리 마을에선 그 상점 주인뿐이었다.

그 여자는 몹시 거만해 보였다. 안경알을 콧등에 착 붙이고 고개를 발딱 젖혀들고 자신이 가고자 하는 목적지에다 처음부터 시선을 고정시키고는 길을 따라 걷는 것은 물론이었고, 옆도 뒤도 돌아보는 법이 없었다. 그 여자의 그런 도도한 모습은 옆에서 뱀이 뛰어오른대도 절대로 옆을 돌아보지 않는다는 결심을 대단히 하고 있는 사람이 아니고서는 할 수 없는 행동 같아 보였다.

그 여자는 치맛자락끝이 절대로 땅에 끌리지 않도록, 그러나 절대로 버선목이 보이지도 않게 치마를 끌고 정류소까지 걸어갔다.

이 마을에서 그 여자와 인사를 트고 지내는 여자는 아마도 자기 집에 데리고 있는 가정부뿐일 것이다. 그녀는 이 마을의 어느 여자와도 교분을 트고 지내는 것 같지 않았으며 마을의 여자들이 애써 접근하려 들지도 않았다.

그녀는 남편이 출타를 하고 없거나 여행을 해야 할 땐 숫제 상점의 문을 닫아버리거나 그것이 불가능할 땐 그 가정부가 상점의 자질구레한 일을 도맡아 하였다.

그녀가 어딘가에 여행을 떠났다가 마을의 집으로 돌아올 적엔 남편과 가정부가 때맞추어 정류소로 먼저 나가서 그녀가 탄 버스가 도착하기를 기다렸다.

그것은 물론 여행에서 돌아오는 그녀를 마중한다는 뜻도 있었지만 그녀가 버스에 싣고 오는 많은 물건들 때문이기도 했다. 그 물건들이 무엇인지는 몰라도 보자기에 싼 것, 가방에 넣은 것, 자루에 넣은 것 등으로 어지간하면 달구지에 실어야 할 정도로 많은 것들을 가지고 돌아왔다. 그리고 그녀는 정류소에서부터 벌써 자기 집 쪽에다가 시선을 고정시켜 놓고 마을을 나갈 때처럼 시선을 따라 거리의 저편으로부터 일직선걸음으로 거슬러 올라가는 것이었다.

그녀가 집에 도착한 뒤에도 남편과 가정부는 집과 정류소 사이를 몇 번인가 엇바꾸어 왕래하면서 그녀가 갖고 온 물건들을 날라야 하는 게 보통이었다. 그리고 그녀는 이튿날부터 안경을 닦아 끼거나 바느질을 하기 시작하는 것이었다. 그 집은 우리 마을에서 미싱이란 것을 가지고 있는 또한 유일한 집이었다. 그러나 나는 언제인가 그 여자가 담배를 피우는 것을 보았다.

그것은 우리가 가지고 놀던 돼지오줌통으로 만든 공을 마을의 청년들이 지나다가 그 집의 안마당 쪽으로 차던졌기 때문이었다. 물론 우리는 그 돼지오줌통에다 물을 집어넣어 만든 공을 찾아내야 했다. 그러나 우리는 하필이면 그 두렵고 말 걸기 어려운 집으로 공이 들어갔다는 것에 낭패를 느꼈다. 그렇다고 숫제 포기할 순 없었으므로 나는 희자만 데리고 불똥을 디디는 걸음으로 그 집 대문으로 살금살금 기어갔다. 그리고 대문 틈으로 집 안뜰을 살폈다.

그때가 해거름 판이었다.

대문틈으로 눈을 들이댄 우리들에게 공은 보이지 않고 저고리를 벗어붙인 채 쪽마루에 걸터앉아 있는 그 여자의 모습이 커다랗게 확대되어 들어왔다.

그 여자는, 우리에겐 보이지 않았지만 집 안쪽 어디 쪽에다 대고 갖은 욕을 퍼붓고 있었는데, 그러나 그 목소리만은 큰 뜰을 가로질러 바깥 대문간에 서 있는 우리들의 귀에까지 들릴 정도였다. 그 여자가 누군가에다 대고 말했다.

"네가 누구 때문에 유지인 양하고 살고 있는데? 좆까는 시늉하지 말어. 네놈이 아무리 잘난 척하지만 내 아니면 넌 당장 내일부터 쪽박차는 신세가 된다는 건 왜 몰라? 내가 이 동네에 나가서 한번 확 불었다 하면 물론 나도 근본이 확 까뒤집히게 되겠지만 네놈 낯짝에도 똥칠한다는 건 왜 몰라?"

그 여자의 얼굴은 마전한 피륙처럼 하얗게 바래 있었다. 그리고 발 안쪽으로 손을 디밀어 담뱃갑을 꺼내들었다. 담배 한 개비를 냉큼 꺼내들더니 입으로 가져갔다. 성냥을 그어 불을 댕기고 연기를 한번 쭉 빨아당겨 허공에다 훅 내뿜은 다음 담배개비를 오른손 손가락 사이에다 낼름 끼워 꼬나드는 폼이 그렇게 세련되어 보일 수가 없었다. 그 여자는 아주 다급하게 담배를 피워댔고 그때마다 그녀의 입에서는 하얀 담배연기가 힘차게 뱉어져나왔다.

나는 그 여자가 우리 어머니만치나 담배를 잘 피우는 여자라는 걸 처음으로 발견한 것이었다. 그러나 나는 어쩐지 못 볼 것을 보았다는 기분이 들었고 대문 한번 두드려보지 못하고 그곳에서 뒷걸음으로 물러나올 수밖에 없었다.

그때 벌써 희자는 내 곁에 없었다. 그런 광경이야말로 희자에겐 흥미가 없을 게 뻔했다. 왜냐하면 그 병신 같은 계집애에겐 그 여자가 담배를 피우고 있다는 사실의 경이스러움도, 못 볼 것을 보았다는 무안함도 들지 않을 것이기 때문이었다. 그 계집애는 그 여자가 평소에 풍겨내는 어떤 도도한 분위기라든지, 절대로 바깥출입 같은 걸 하지 않고 근신하고 있는 여자로서의 분위기 같은 것을 눈치챘을 리 만무했겠기 때문이었다.

희자는 다만 그녀가 담배를 피우고 있다는 사실 하나만을 보았겠으므로 나보다 먼저 흥미를 잃고 거리로 달려갔을 거였다. 그러

나 거리 밖으로 나온 나는, 희자가 아이들에게 달려가서 손짓 고갯
짓으로 담배 피우는 시늉을 하면서 그것을 보여주겠다며 이쪽으로
아이들을 잡아끌고 있는 것을 보았다.

그 계집애에게도 여자가 담배 피우는 꼴이 아무래도 놀랍게 생
각되었던 모양이었다. 그러나 오히려 그것이 낭패였다. 왜냐하면
내가 그 집 대문에서 눈을 떼버렸을 땐 벌써 그 여자는 담뱃불을 툇
마루 모서리에다 비벼꺼 버린 뒤였기 때문이었다.

만약 아이들이 대문 틈으로부터 담배를 피우고 있는 그 여자의
모습을 발견하지 못했을 땐 희자는 거짓말한 죗값으로 아이들에게
몰매를 맞게 될 건 뻔한 일이었다.

나는 그것을 방치해 버릴 수는 없었다.

희자의 위기를 모면해 주기 위해서 나는 아이들을 앞에 세우고
나 자신이 조금 전에 보았던 것처럼 담배 피우는 시늉을 해보임으
로써 아이들을 싱겁게 만들어버렸다. 아이들은 그 골목 안에 떨어
진 담배꽁초 하나를 주워서 내가 담배를 피웠던 것으로 알았다.

그 상점 위쪽으로는 언제나 바람에 문짝이 펄럭이는 창고 한 채
가 있었다. 그 창고 위쪽이라기보다는 창고에 잇대어 지은 조그만
점포에는 오십대의 홀아비가 살고 있었다. 그는 시계수리공이었다.

그 상점 안은 언제나 어두컴컴하였다. 어둑어둑한 상점 안에서
수리공 홀아비는 이 마을과 인근 마을 사람들이 차고 있는 모든 시
계를 수리해 주고 있었다. 우리들이 궁금했던 것은 그 수리공이 컴
컴한 가게 안에서 어떻게 그 난삽하고 얄미운 기계를 척척 고쳐낼
수 있는가 하는 문제였다.

그러나 수리공은 토끼가 어두운 토굴 속에서 새끼를 낳아빼 놓
듯 병들어 낡고 도금한 것이 볼꼴 사납게 벗겨진 시골 사람들의 시
계를 거의 이십여 년 동안이나 그 가게를 묵묵히 지켜오면서 고쳐

오고 있다는 거였다. 그 홀아비는 좀처럼 가게 밖으로 얼굴을 내밀거나 어슬렁거리고 거리를 배회하진 않았다. 그는 홀아비이면서도 절름발이이기도 했는데 아마 그가 불구이기 때문에 바깥출입을 삼가고 있는지도 몰랐다.

그는 시계를 고쳐주고 받아내는 대가에 일정한 액수를 두지 않고 있었다. 설령 분침을 갈아끼우는 데는 얼마며 톱니바퀴를 갈아끼우는 데는 얼마라는 식으로 일정한 가격기준이 없었다는 것이다.

그에게는 시계 자체가 어떻게 병들어 있는지가 문제가 아니라 병든 시계를 자기에게 들고 오는 시계 임자의 형편이 어떠한가가 문제였다. 시계의 주인이 먹고 사는 형편에 따라서 수리비가 책정되었고 어떤 땐 수리비를 받지 않고 공으로 고쳐주기도 하였다.

마을의 유지들이나 면사무소 직원들은 그 홀아비의 그러한 태도에 불만이 무척 많았다. 시계의 형편을 보아가면서 수리비를 책정해야 할 사람이 시계보다는 들고 온 사람의 얼굴을 먼저 쳐다본다는 것은 사리에 어긋난다는 것이었다. 그러나 그 홀아비는 그러한 불평들에 대해서 한마디 변명이나 대꾸도 하지 않았으며 따라서 버릇을 고치려고도 하지 않았다.

그 홀아비에게 엄청난 수리비를 빼앗기다 못한 양조장 주인이 양조장의 박술을 시켜서 수리를 시켰더니 그 노인은 시계 주인이 누구라는 것을 진작부터 알아채고 엄청난 수리비를 요구하게 되었고, 화가 머리끝까지 치밀어 오른 양조장 주인은 결국 노인이 보는 앞에서 시계를 땅바닥에 내동댕이치고 짓밟아버렸다. 그러나 홀아비는 결코 놀란다거나 주눅이 든다거나 미안해하는 기색이 없었다. 노인의 그런 태도에 더욱 화가 치민 양조장 주인은 어두운 점포 안에 오도마니 앉아 있는 홀아비의 멱살을 휘어잡았다. 그랬어도 홀아비는 눈썹 하나 까딱하지 않았다.

왜냐하면 홀아비는 보기와는 다르게 힘이 셌기 때문이었다. 홀아비는 자기의 멱살을 틀어쥔 양조장 주인에게 예사롭게 물었다.
“왜 이러슈?”
“이놈, 몰라서 묻나?”
“그럼 내가 알면서 묻는 줄 알았수?”
“너 이놈, 아주 알도둑놈이 아니냐?”
“내가?”
“그럼 너 말고 이 마을에서 알도둑놈이 또 있냐? 고장도 안 난 멀쩡한 시계를 고장낸 놈은 바로 네놈이 아니냐. 그래 놓고는 나한텐 아주 지능적으로 돈을 뜯어내고 있지 않았느냐?”
“당신 하는 말이 고이하군.”
“고이하다니! 너 이놈. 내 시계를 고장낸 장본인이렷다? 시계를 고치는 놈이 거꾸로 시계를 고장내고 있는 이놈을 오늘만은 그냥 둘 수 없다.”
“어허, 이 사람이 자기까지 고장나려고 그러나 왜 이래?”
“어, 이 자식 봐라.”
양조장 주인이 먼저 홀아비의 뺨따귀를 모양좋게 후려쳤는데 그제야 홀아비는 앉았던 나무의자에서 천천히 일어났다. 그리고는 아주 삽시간에 양조장 주인을 뒷발길로 걸어붙이고는 덜렁 들어서 길바닥에다 내동댕이쳤다. 홀아비는 길바닥에 나뒹구는 양조장 주인에게로 득달같이 달려가서는 모가지를 발로 칵 눌렀다.
“이놈아, 넌 어떤 놈이냐? 누룩에다 맹물을 타서 네 맘대로 돈벌이 하고 있지 않느냐? 네놈이 규정대로 물을 탔으면 부자가 되었겠느냐? 세금쟁이들에게 돈은 왜 바치냐? 네 뒤가 구린 곳이 있기 때문에 돈을 바치는 것 아니냐?”
결국 싸움은 싱겁게 끝나고 말았지만 그때부터 우리는 홀아비의 힘이 무척 세다는 것을 알게 되었다.

홀아비가 산삼을 먹었다는 둥, 곰의 웅담을 먹었다는 둥 떠드는 아이들까지 있었지만 아무도 그 홀아비가 산삼이나 웅담을 질겅질 겅 씹어먹는 꼴을 본 아이들은 없었다. 그러나 우리를 더욱 놀라게 했던 것은 맹물로 돈을 번다는 양조장 주인을 마을 사람들이 보는 앞에서 내동댕이칠 수 있었던 홀아비의 알 수 없는 용기라는 것에 있었다.

이를테면 마을에는 유지라는 사람들이 있었다. 교장이나 지서 장, 술도가 주인, 우체국장, 소방대장, 정류소 주인, 면장, 그리고 상점의 주인이라는 사람들이 바로 그들이었다.

대개의 마을 사람들은 이른바 유지라는 그들에게 무턱대고 굽신 거리는 것이었다. 그들은 마을 사람들에게 턱을 치켜들었고 대개는 대강 고개만 끄덕여줄 뿐이었다. 그러나 마을 사람들은 집으로 돌 아가서 그들의 여편네에게 말했다.

"내 나갔다가 소방대장을 만났구만."

"그래서요?"

"뭐 며칠 뒤에 날 좀 만나자나?"

"왜요?"

"상의할 일이 있다누만."

"소방대장이 당신하구?"

"왜 이래? 난 뭐 그 사람보다 못한 줄 알어? 내 이래뵈도 한 달에 한두 번씩은 유지들과 만나서 술도 한잔씩 한다구."

"거짓말."

"의심스러우면 나가서 소방대장한테 한번 물어봐."

마을 사람들은 그런 식으로 콧대를 세우는 것이었다. 이를테면 마을의 그런 유지라는 사람을 그 시계방 주인은 아주 싹 무시하려

들었고 그들을 곤두박기까지 했던 것이었다.

우리는 생각했다. 아마 저 가겟방 주인은 오늘 아니면 내일쯤 경찰지서로 붙들려가서 직사하도록 매를 맞게 될 것이라고.

우리는 그 노인이 경찰지서로 붙들려가는 광경을 구경하기로 한 것이었다. 우리는 해가 질 때까지 시계점포 주변을 떠나지 않고 경찰지서에서 곤봉을 꼬나든 순사들이 도도하고 거만한 걸음으로 시계점포의 홀아비를 체포하러 오는 것을 기다렸다. 그러나 순사는 시계점포 앞에 좀처럼 나타나지 않았고 손을 털고 들어간 홀아비는 여느 때처럼 어두운 점포 안에서 뭔가를 만지작거리고 있을 뿐이었다. 우리는 점점 초조해져 갔다. 한 아이가 지서의 순사가 지금은 다른 일로 몹시 바쁠 거라고 말했다. 한 아이가 말하기를, 아냐, 시계점 주인이 순사보다 더 높은지도 모르지 하고 말했다. 그래도 우린 순사가 나타나지 않는 까닭을 몰랐다. 왜냐하면 유지들 중에서도 지서 주임과 양조장 주인은 유독 친한 사이라는 걸 우리가 알고 있었기 때문이었다.

양조장 주인은 거의 매일같이 지서 주임을 마을의 맨 끝 농창(農倉) 옆에 있는 술집으로 초대해서 밤이 깊도록 술을 마시거나 그 술집에 있는 작부들과 희롱을 하고 있다는 것을 거개의 마을 사람들은 익히 알고 있었다.

때로 지서 주임이 집으로 돌아가지 않고 작부와 잠자리를 같이 하였는데, 양조장 주인이 뚜쟁이 노릇을 하였다.

곰보기가 있는 그 지서 주임이란 사람을 작부들은 대개 싫어하였지만 양조장 주인이 찔러주는 지폐를 본 다음엔 그 곰보기가 있는 지서 주임의 얼굴에다 짝 하고 입을 맞추었다. 지서 주임은 곧장 작부의 저고리섶으로 손을 집어넣어 여자의 젖무덤을 주물럭거렸다.

"너 나이 몇이냐?"

“스물셋이오.”

“내가 좋으냐.”

“좋다마다요.”

“다행이구나. 싫다고 했으면 당장 유치장에 집어넣어 버리려했
더니만.”

“오늘 주무시고 가시죠?”

“그럴까…….”

하고 건너편에 앉아 있는 양조장 주인을 넌지시 바라보면 양조장
주인은 그제야 지서 주임에게 눈을 찡긋해 보이고는 자리를 털고
일어날 거동을 차리던 거였다.

나는 도대체 그 장난들을 알 수 없었다.

그들은 왜 여자의 저고리섶에다가 손을 집어넣어 젖통을 만지는
것일까.

내가 어머니의 젖을 만져볼라치면 어머니는 질겁을 해서 내 손
을 뿌리치면서 다 큰 놈이 무슨 짓이냐고 구박을 주었다. 그러나 지
서 주임은 나보다는 몇 배나 더 늙었고 나보다는 몇 배나 키가 큰
사람인데도 우리 어머니보다 나이가 젊은 여자의 젖을 저토록 직사
하게 주물럭거려야 하는 것일까. 왜 지서 주임은 그 여자와 같이 자
려 하는 것일까. 만약 지서 주임이 여자와 같이 잔다면 무슨 일을
저지르게 될 것인가. 왜 양조장 주인은 거기서 같이 자지 않고 비척
거리고 집으로 돌아가려 하는 것일까.

내가 문구멍에서 눈을 떼지 않고 기다리며 까닭을 알려고 하였
으나 그들의 뜻을 도대체 눈치챌 수는 없었다. 우리는 양조장 주인
이 술값을 치르고 밖으로 나옴으로 해서 술집의 대문이 닫혀버렸으
므로 그 작부와 지서 주임이 방 안에서 무슨 지랄을 했던 것인가를
보지 못해 안달이 났고 그 뒤끝이 어떻게 돌아갔던 것인지 알 수는

없었으되, 우리가 빤히 바라보는 앞에서 양조장 주인이 직사하게 얻어터지고 난 다음 많은 시간이 흘러갔는데도 그와 단짝이었던 지서 주임이 왜 시계방 홀아비를 잡으러 오지 않는 건지는 정말 알 수 없는 노릇이었다.

그러한 우리들의 끈질긴 관심과는 관계없이 지서 주임뿐만 아니라 술도가 주인도 점포 주변에 얼씬하지 않았고 해는 지기 시작하여 거리엔 어둠이 깔리기 시작했다.

우리는 이제 시계방 주인이 경찰지서로 붙잡혀가는 장면을 구경한다는 것을 포기해야 될 때가 왔다고 생각했다.

나는 그것을 모르고 있었지만 우리들 중에 한 아이가 무척이나 궁금했던 나머지 경찰지서께로 가서 동정을 살펴본 모양이었다. 아마도 그 아이는 궁금증 때문에 그곳에 갔다가 너무나 엄청난 광경을 구경하고 온 모양이었다.

그 아이는 우연히도 그곳에서 시계점포 홀아비가 아닌 양조장 주인이 붙들려 따귀를 얻어맞고 있는 장면을 구경하고 돌아온 것이었다. 얻어맞은 양조장 주인이 경찰지서로 붙들려가서 그렇게도 친숙하게 지내던 지서 주임에게 따귀를 얻어맞아야 한다는 사실을 이해시켜 줄 아이들은 우리들 중에는 아무도 없었다. 그러나 그것은 사실이었다.

15

우리들에게 새로운 영웅이 태어난 것을 나는 직감하고 있었다. 그것은 내게 커다란 타격이 아닐 수 없었다. 아이들은 이제 나보다 그 시계방 홀아비에게 관심을 쏟기 시작했다.

그 미지의 인물에 대해서 호기심을 보이게 된 아이들을 내 쪽으로 관심을 돌려놓는다는 일에 나는 속수무책이었다.

아이들은 보다 큰 사건을 원하고 있었고 그 사건의 미스터리를 야금야금 즐기려 하고 있었기 때문이었다.

그런 면에서 시계방 노인은 도대체 내가 대적할 만한 상대가 되지 못했다. 사건을 벌이는 차원부터가 내 발상과는 딴판이었고 발전의 양상도 나와는 달랐다.

나는 한동안 의기소침해져 있었고 아이들도 만날 수가 없었다. 아이들은 어른들의 이야기를 좋아하게 되었고 어른들이 지어내는 갖가지 해괴한 짓거리들을 구경하기를 좋아하고 있었다.

나에게 어른들에 대한 관심을 갖게 해준 가장 큰 동기는 바로 그 시계방 홀아비 때문이라는 걸 고백하지 않을 수 없다. 시계방 홀아비가 술도가 주인을 때려누인 사건 이후부터 나는 어른들의 뒤꽁무니를 따라다니기 시작한 거였다. 내가 아이들에게서 조그만 영웅으로 남아 있자면 어른들의 이야기와 그들이 빚어내는 사건들을 아이들보다는 많이 보아두어야 했기 때문이었다. 마을에서 일어나는 갖가지 경이적인 사건들의 발단과 결과를 캐내기 위해 나는 족제비처럼 쏘다녀야 했다. 그래서 나는 결국 지서 주임이 왜 시계방 홀아비를 벌하지 않고 술도가 주인의 따귀를 때려야 했던 것인지를 알게 되었다.

그 시계방 홀아비는 지서 주임의 외삼촌이었다. 그것은 내게 큰 놀라움은 아니었다. 다만 그들이 친척간이란 걸 평소에는 왜 숨겨왔는지가 궁금했으나 당사자에게 그것을 물어볼 재간만은 내게 없었다. 어쨌든 나는 그 새로운 사실을 아이들에게 알려주었다. 아이들은 물론 가슴속에 품고 있던 궁금증을 풀었다. 그러나 그들은 다시 지서 주임과 시계방 홀아비가 친척간이 된다는 새로운 사실에 대해서 호기심을 품기 시작했다. 어째서 지서 주임과 시계방 홀아비가 친척이 된 것일까 하는 것에 그들의 호기심이 움트고 있었다. 지서 주임은 지서 주임끼리 시계방 홀아비는 시계방 노인끼리 친척이 되어야 한다고 아이들은 생각하고 있었기 때문인 것 같았다. 그러나 나는 드디어 자신이 없었다. 그들이 어디로부터 이 마을로 들어왔으며 또 앞으로는 어디로 갈 것인지도 모르는 판국에 그들의 뿌리를 속속들이 캐내는 엄청난 일을 해낼 수 있을 만큼 나는 힘세지 못했기 때문이었다. 그러나 아이들의 눈치는 빨랐다. 내가 그 일을 해낼 수 없으리란 것을 눈치챈 그들은 또다시 하나둘 내게서 떨어져나갈 조짐을 보이기 시작했던 것이다.

이제 나는 모든 것을 잃었다.

희자도 없어졌고, 나를 따르던 아이들도, 순도도, 어머니조차도 완전히 내게선 돌아서고 말았다는 것을 알았다. 이제 나는 나를 따르던 아이들의 편도 아니었고 나를 보고 혀를 내두르던 어른들의 편도 아니었다. 나는 완전히, 아주 완전히 외톨이가 된 셈이었다.

나는 천천히, 학교의 탱자울타리를 거슬러 올라가서 채순미가 살고 있는 집으로 갔다. 나는 그녀를 만나고 싶었다.

그녀는 절대로 나를 싫어하지 않는다는 것을 알고 있었기 때문이었다. 내가 그녀의 가슴 속만 들여다보지 않았다면 아마 나는 그날 밤 채순미의 품에 안겨서 잠잘 수 있었을지도 몰랐다. 아마 십중팔구 그런 결과를 낳았을 거였다.

어머니가 없어졌다는 것을 알고 맨 처음 나를 찾아온 유일한 사람은 채순미였다는 사실을 잊을 수가 없었다. 그녀가 아니었다면 나는 벌써 이 마을을 떠나버렸을지도 몰랐다. 나는 그녀에게 뭔가 내 이야기를 해주어야 한다고 생각했다. 나는 말할 거였다.

——순도는 내가 죽였어요.

그녀는 절대로 믿으려 하지 않을 거였다.

—순도는 내가 죽였어요.

혹시 그녀가 되물어올지 몰랐다.

—왜?

—그냥.

—그냥 사람을 죽이는 법도 있니?

—사람이 아니고 순도란 말예요.

—왜 죽였니?

—그냥.

—그냥 사람을 죽이는 법이 어디 있느냐구?

—사람이 아니고 순도란 말예요. 그 자식은 내 동생 순도란 말예요.

—그랬어? 어디서 죽였니?

—개천에서요.

—네가 밀어뜨렸니?

—아뇨. 그 자식이 빠졌죠.

—왜 건지지 않았니?

—그 자식이 죽어없어지기를 바랐으니까요.

—너 거짓말을 하고 있구나. 선생님께 그런 거짓말을 하면 못쓴다. 알겠니?

—어른들은 웃겨요.

—웃기다니?

—참말을 하면 거짓말이라구 우기구. 거짓말을 하면 참말이라고 우기죠.

—난 네가 그런 엄청난 일을 저지를 수 있는 아이라곤 보지 않는다. 넌 근본이 착한 아이야. 너의 엄니가 널 잘못 기르고 있을 뿐,

넌 착한 아이야. 바른대로 말해라. 순도를 누가 강에다 밀었지? 누가 그랬니. 분명한 건 넌 그게 누구인가를 알고 있다는 거야.

——아뇨. 밀어넣진 않았죠.

——그럼, 누가 돌로 순도를 쳤니?

——그렇지도 않아요.

——그럼 누가 강으로 그앨 던져버렸니?

——아뇨, 그냥 물속으로 빠지도록 가만히 보고 있었을 뿐이죠.

——넌 선생님조차도 속일 작정이니? 그러면 못쓴다.

어쩌면 그녀와의 대화도 그런 식으로 끝없이 계속될지도 몰랐다. 그녀는 믿으려 하지 않을 거였다. 그녀는 나 이외의 다른 살인자를 찾아내려 할 거였다. 그러나 나는 말해야 할 것이었다. 그녀가 어떤 반증으로 나를 설득하려 든다 해도 나는 순도를 죽인 장본인임을 증명해 주지 않으면 안 된다는 것을 명심하고 있었다. 그러나 그러한 내 결심은 채순미의 하숙집 대문을 몰래 밀고 마당 안으로 들어서면서부터 완벽하게 배반당하고 있었다.

나는 그녀의 방에 불이 켜져 있는 것을 발견했다. 그리고 그 불이 켜진 방에서 짧게 한숨짓는 남자의 목소리를 들었다. 나는 방으로 올라가는 디딤돌을 살펴보았다. 그곳엔 방 안에 있을 남자가 신고 와야 했을 신발이 보이지 않았다. 그러나 그 진득진득하고 짧은 남자의 한숨소리는 간헐적으로 새어나오고 있었다.

나는 가만히 문틈에다가 한쪽 눈을 갖다대었다. 실눈을 뜨고 방 안의 광경을 살펴보았다.

장난감들이 놓여 있는 책상 위에는 촛불이 타고 있었다. 그리고 그 촛불 아래 두 남녀가 벌거벗은 채로 뒹굴고 있는 것이 보였다. 채순미와 희자의 삼촌이었다. 채순미는 희자의 삼촌의 우람한 몸뚱이 아래 깔려 있었다. 남자의 살결은 촛불을 받아 번들거렸고 채순미의 목덜미는 바람맞은 촛불처럼 떨리었다. 그녀의 두 손이 번들거리는 사내의 목덜미를 끌어안고 있었으며 얼굴은 사내의 가슴팍에 곤두박혀 있었다.

남자의 엉덩이에 겨우 걸린 이불자락이 펄럭거릴 때마다 채순미는 모가지를 허공에다 비틀어 꼽곤 하였다. 그럴 때마다 그녀의 입에서 짧은 비명소리가 흩어져나오곤 하였다. 땀에 젖은 사내의 머리카락이 가슴에 곤두박힌 채순미의 이마를 격렬하게 쓸고 있었다.

"더 깊이……."

그녀가 비틀어짜내는 듯한 목소리로 그렇게 말하자, 사내의 몸뚱이가 일순 뻣뻣해지는 것이었다.

―더 깊이.

나는 속으로 채순미가 방금 한 말을 되뇌었다. 더 깊이, 더 깊이, 그곳은 순도가 가고자 한 곳이었다. 그 녀석이 바라던 곳이 더 깊은 곳이었고 더 깊은 곳에서 그 자식은 꼴깍 빠져들고 말지 않았던가.

"힘껏……."

그녀가 다시 앓는 소리로 중얼거렸다. 사내의 어깨엔 그녀가 움켜쥔 손톱자국이 벌겋게 나 있었다. 그녀는 고개를 휘휘 내젓기 시작했다. 그녀가 베고 있던 베개가 이불자락 저편으로 밀려나 있었다. 나는 속으로 중얼거렸다.

―힘껏.

그것이 무엇을 의미하고 있는 건지는 몰라도 나는 속으로 무척이나 안타까웠다. 그녀는 연신 힘껏이라고 중얼거렸지만 사내는 좀처럼 그 힘껏이 되지 않는 모양으로 땀만 뻘뻘 흘려대고 있었기 때문이었다.

나는 채순미가 좋아하는 것, 그녀가 바라는 것이면 그대로 하고 싶었다. 적어도 지금의 심정만은 그러했다. 그러나 희자 삼촌은 나보다 더 가까이 채순미 곁에 있었다. 그렇다면 그녀가 갈구하고 있는 것이 무엇이든 희자 삼촌은 해주어야 한다고 나는 생각했다.

나는 그들이 무엇을 하고 있는지는 대강 짐작할 수 있었다. 다만 그것이 어른들 사이에 은밀하게 이루어지고 있는 놀이기긴 하되 그것은 나처럼 나이어린 아이가 할 수는 없는 것이며 어른들은 그런 놀이를 상당히 좋아하고 있다는 것만은 알고 있었다. 그러나 이 순간만은 이상하게도 거의 치가 떨릴 지경으로 나는 채순미로부터 배반당하고 있다는 느낌을 떨쳐버릴 수가 없었다.

무엇보다도 나를 치떨게 만든 것은 채순미가 희자 삼촌과의 그런 놀이에서 몸살나게 즐거워하고 있다는 태도에 있었다. 그것은 무척 힘든 놀이긴 하되 그런 노력과 힘을 쏟은 만큼 그들을 즐겁게 하고 있다는 것이 나로 하여금 질투심으로 몸부림치게 만들고 있다는 거였다.

드디어 펄럭거리는 이불짓이 끝나고 사내는 채순미 옆으로 그 지글지글 태우던 몸뚱이를 뉘었다. 그리고 그들은 한참이나 무엇을 하는지 꿈지럭거렸고 수건으로 땀들을 닦았다.

그녀는 머리채를 사내의 다갈색 가슴에다 묻었다.

"사랑해요."

그녀는 희디흰 손가락으로 사내의 입술을 튕기면서 그렇게 말했다.

나는 사랑한다는 말을 듣고 흠칫 놀랐다. 그것은 내겐 지극히 생경한 말이기는 했으나 그 말이 서로 시기하거나 서로가 저주하는 사람들 사이에선 할 수 없는 말이란 걸 알고 있었기 때문이었다. 한참 만에 사내가 대답했다.

"역시……."

"날 버리지 않죠?"

"왜 그런 말을 해? 내가 그런 못된 사내로 보여?"

"아뇨."

"그런데 왜 그런 불길한 말을 자꾸 하는 거지?"

"이상해요. 전 불안해요. 자꾸만 그런 악몽에 시달리곤 해요. 어젯밤에도 그런 꿈에 시달리곤 했어요. 당신이 나를 이 산골에 둔 채 버스를 타고 멀리멀리로 달아나는 꿈이지 뭐예요. 그럴 때마다 나는 달리는 버스 뒤를 쫓아가다 잠이 깨곤 해요. 잠이 깨고 나서도 다리가 아프고 묵직하지 뭐예요."

"난 떠나지 않아."

"난 알아요. 당신은 이까짓 시골의 여선생쯤에 매달려 인생을 그르칠 사내가 아니란 걸 알아요. 언젠가는 당신은 떠나겠죠. 그러나 지금은 싫어요. 내가 당신이 싫어질 때 그때 떠나세요."

"대단한 에고이스트군."

"그래요. 사랑에 관한 한 난 그래요."

"당신 두고 떠나지 않을 테니, 걱정 말라구. 설령 떠난다 해도 당신 말대로 지금은 아냐. 아직도 시국은 혼란기야. 좀 더 나라가 가라앉거든 당신과 같이 떠나도록 할 거야."

"정말이죠?"

"정말이구말구. 우린 결혼할 사람들이 아닌가? 내가 당신을 배반하지는 않을 거야. 그런 악몽은 공연한 자격지심이나 불안감에서 오는 거니깐 오늘 밤부턴 그런 꿈일랑 꾸지 않도록 해."

"오늘 밤 좋았어요?"

"그래 좋았어. 경찰서에서 매맞고부턴 기력이 줄었지만 말야."

"제가 너무 닦달했죠?"

"아냐, 좋았어."

"당신이 좋아지면 좋아질수록 당신이 내게서 곧장 떠나리란 예

감은 더욱 짙어지니 도대체 그 까닭이 어디 있는 건지 알 수가 없
어요.”

“공연한 생각이라니깐……”

채순미가 그 순간 짧은 한숨을 토해 냈다. 그녀는 사내의 입술에
가 있던 손을 들어 이젠 사내의 가슴을 쓸기 시작했다. 가슴을 쓰다
듬던 손이 차츰 아래로 내려가기 시작했다. 그녀의 손이 사내의 배
꼽 근방으로까지 내려가자 나는 갑자기 요기(尿氣)를 느끼기 시작
했다. 그때 사내가 벌거벗은 상체를 일으켜 세웠다. 채순미가 물
었다.

“왜요?”

“가야지.”

“어디로?”

“집으로 가야지. 늦기 전에.”

“안 돼요. 오늘 밤은 여기서 자요.”

“이젠 체면이고 소문이고 다 팽개치는군. 이 좁은 마을에 소문이
나면 교원생활은 끝장내야 해. 학교선생이 결혼도 하지 않은 사람
과 잠자리를 같이했다는 소문이 무섭지 않아?”

“이젠 무섭지 않아요.”

“왜?”

“소문이 무섭기보다는 당신을 더 무섭도록 사랑하니까요. 당신
을 만나고 난 후부턴 왠지 저에겐 무서운 것이 없었어요. 소문도,
질타도, 이 선생이란 직업도 교장이라는 사람도 아무것도 무서운
것이 없어졌어요. 어두운 밤 불도 없는 뒷골목이나 밤바람이 부는
산골길을 가도 난 무섭지 않았어요. 왜냐하면 내 가슴에는 당신이
들어앉아 있기 때문이었어요. 당신은 모든 무서운 것을 물리치는
힘을 가졌어요. 그러나 단 한 가지 무서운 것이 있었어요. 그것은

내 가슴속을 차지하고 있는 바로 당신이었어요."

"그건, 혹시 이별이라도 할지 모른다는 강박감 때문인가?"

"그럴지도 모르죠. 당신이 절 창녀처럼 다룬다 하더라도 다만 당신이 내 곁에만 있어만 준다면 난 만족이에요. 그 만족감이 곧 행복이죠."

"당신은 아이들을 가르치고 있는 입장이 아냐? 그런 곳에서도 보람은 있어."

"싫어요. 당신 앞에서 그런 것은 오직 한 줌의 먼지만도 못해요. 제가 무슨 선생님이죠? 다만 직업일 뿐이에요. 난 아이들을 가르치고 있는 내 자신에게 문득문득 놀랄 때가 있어요. 그것은 내게서 허위를 발견하기 때문이죠. 그 허위를 발견할 때 비로소 나는 양심적인 내 자신을 발견하곤 하죠. 전 아이들이 싫어요. 특히 여기 있는 시골 아이들은 더욱 싫어요. 입으로는 칭찬도 하고 부추겨도 주지만 그것은 전부 거짓말이에요. 다만 학교를 쫓겨나지 않기 위해 그렇게 말할 뿐이죠. 온 하루를 아이들과 같이 지내면서 머릿속은 온통 당신 생각만으로 꽉 들어차 있는데 제가 무엇을 가르칠 수가 있으며 그런 제 입에서 무슨 진리가 나올 수가 있겠어요. 전부가 거짓말이에요. 당신을 사랑한다는 말을 빼고는 하루종일 하는 말이 전부 거짓말이죠."

사내는 대답이 없었다. 채순미를 일으켜세우더니 그녀의 입에다 오래도록 입을 맞추었다. 나는 채순미의 젖을 보았다. 그 하얗고 탐스럽게 부풀어오른 두 개의 젖무덤 위에는 포도알같이 투명한 젖꼭지가 앙증스럽게 매달려 있었다. 사내가 채순미의 목덜미를 핥기 시작했다. 귓밥에서부터 목덜미까지를 수없이 오르락내리락하며 입술로 쓰다듬다가 느닷없이 그 젖꼭지로 입을 가져갔다. 그 젖무덤에 사내의 입술이 파묻혀 들어가자 채순미는 고개를 뒤로 젖히고 눈을 감았다.

"아, 당신을 사랑해요."

도대체 여자들이란 이상한 동물이라고 나는 생각했다.

남자가 젖꼭지를 물어비트는데 왜 그 남자를 사랑해요 하는 걸까.

젖을 빠는 순도에게 어머니는 한 번도 그런 말을 한 적은 없었다. 어머니는 그때 다만 얼굴을 벌겋게 상기시키고 순도를 내려다보고 있었을 뿐이었다. 젖을 빨던 순도가 이젠 신물이 나서 젖꼭지에서 입술을 떼면 어머니는 깜짝 놀라는 시늉으로 순도의 입에다 황망히 젖꼭지를 물리곤 하지 않았던가.

어머니는 언제나 그 일을 순도로 하여금 치르게 하였다. 절대로 내겐 그 일을 시키지 않았다. 나는 그 까닭을 알 수가 없었다. 내게도 순도처럼 어머니의 젖을 빨 수 있는 권리가 있다고 생각했고 나는 순도보다는 더 부드럽거나 맹렬하게 그 일을 해낼 수 있다고 생각했다. 그러나 어머니는 결코 내게 그 일을 맡겨주지는 않았다. 그런 일이 있은 다음 날이나 사흘째 되는 날에 나는 어머니가 윗방이나 헛간에서 칠성이 아버지나 박술이란 사람과 함께 뒹구는 장면을 발견하게 되곤 하였다.

언젠가 나는 몰래 낮잠이 들어 있는 어머니의 젖꼭지를 만지작거린 적이 있었다. 물론 어머니의 젖은 내가 지금 본 채순미의 젖보다는 모양새가 구질구질한 편이었다. 그러나 나는 어머니의 젖을 더 사랑하였다. 잠들어 있던 어머니가 낌새를 알아차리고 가만히 눈을 떴다. 그리고 자신의 젖을 만지고 있는 장본인이 나임을 금방 알아차리고는 당장 한 손을 들어 내 따귀를 후려갈겼다.

"이놈 자식, 어디다 못된 짓을 하느냐? 그 못된 버릇을 어디서 배워왔냐?"

나는 대답했다. 어머니가 더 이상은 대거리할 수 없는 말을 나는

246

대비하고 있었다.

"그럼 순도는 왜 만져?"

"이놈 자식, 어디다 주둥아릴 놀려. 순도는 어리지 않니?"

"그럼 난 어른인가?"

"이놈 자식이 무슨 말을 지껄이냐. 학교갈 나이가 된 놈이 어머니 젖꼭지나 만져?"

"그럼 칠성이 아버진 왜 엄니 젖을 만져?"

"이놈 자식이 지금 무슨 말을 하고 있는 게야?"

"엄니는 왜 순도도 만지구 칠성이 아버지도 만지는 젖을 난 못 만지게 해?"

나는 그때 어머니에게 직사하게 매를 맞아야 했다. 그러나 매를 맞고 있는 내가 울어야 될 판국에 울고 있는 것은 어머니였다. 내게 매를 내리면서 어머니는 섧게도 울어쌓았다. 어머니가 왜 울어야 하는 건지 나는 알 수가 없었다.

나는 문틈에서 얼굴을 떼었다.

희자 삼촌이 옷을 입기 시작했기 때문이었다.

"꼭 가야 해요?"

"가야 해. 가서 할 일이 있어. 내일 밤 다시 올게."

채순미가 울기 시작했다. 그러나 희자 삼촌은 처연한 낯빛으로 어깨를 들먹이고 있는 그녀에게 옷을 던졌다.

"입어 어서."

그 옷은 채순미가 나를 앞에 앉혀놓고 갈아입던 잠옷이었다. 그녀는 훌쩍거리면서 가슴을 그대로 드러낸 채 그 얇디얇은 잠옷을 머리 위로부터 뒤집어쓰는 방식으로 입었다. 얇은 천 사이로 그녀의 하얀 살결이 촛불처럼 흔들리었고 젖무덤 위에는 사내의 타액이 묻어 대추처럼 팅팅 부은 발기된 젖꼭지가 돋보이었다.

나는 재빨리 마당을 가로질러 대문을 열고 꺾어진 담벼락에 기대서 있었다. 채순미의 방문이 조심스럽게 열리고 고무신 한 켤레를 쥔 사내의 한 손이 반쯤 열린 문 사이에서 기어나왔다. 사내는 재빨리 그 고무신을 발에 꿰고 소리나지 않게 마당을 가로질러 대문 쪽으로 나갔다. 반쯤 열린 문 사이에서 채순미는 고개를 내밀고 마당을 가로질러 걸어가는 사내를 지켜보았다.

사내의 걸음은 빨랐다.

나는 희자 삼촌의 걸음을 뒤따르느라고 거의 뜀박질을 해야 할 판국이었으나 그는 내가 뒤따라가고 있다는 것을 눈치채지 못하고 있었다. 그는 곧장 골목을 빠져나와 학교의 탱자울타리를 지나서 양조장으로 빠지는 길로 접어들었다. 양조장 앞을 지나서 곧장 그의 집 대문 앞으로 다가갔다. 그러고는 대문틈 사이로 손을 넣어선 빗장을 열기 시작했다. 안쪽으로 가로걸린 빗장은 희자 삼촌의 손가락에 의해서 딸가닥거리며 열리었고 그는 대문 안으로 사라졌다.

나는 속으로 쾌재를 불렀다. 대문을 열 수 있는 방법에 그런 묘안이 있는 줄을 나는 그때까지 몰랐다. 빗장만을 열 수 있다면 나는 희자를 만날 수 있을는지 모르기 때문이었다. 희자 삼촌이 사라진 대문 안쪽에선 다시 건조한 판자가 맞물리는 소리로 빗장이 걸리고 있었다.

밤은 꽤나 깊었고 사람들의 내왕은 볼 수가 없었다. 나는 희자 삼촌이 하던 것과 똑같은 방법으로 그 묵직한 대문을 열 수 있었고, 그 집의 널찍한 마당 안으로 고양이처럼 기어들 수가 있었다. 나는 툇마루 밑에 엎드려 얼마간 그 집의 동태를 엿보았다.

그들은 물론 내가 몰래 들어온 것을 몰랐고 툇마루가 연이어진 안방에 모여앉아서 무엇인가 두런두런 이야기를 나누고 있었다. 희자 삼촌은 자기의 방으로 들어갔는지 말소리가 들려오지 않았다.

248

희자는 어디 있을까. 그것이 몹시 궁금했지만 나는 그 집에 있는 열두 개의 방문을 전부 열어볼 수는 없었다. 아니 그중 어느 한 방의 문을 열었다 하면 나는 금방 그 집에서 쫓겨날 판국이었다.

"너 이놈, 희자년을 또 홀려내려고 왔구나."

희자 아버지는 두 눈을 굴리며 그렇게 으름장을 놓을 거였다. 그러나 내가 설령 혹독한 곤욕을 당하는 한이 있더라도 오늘 밤으로 희자만을 한번 만나보고 싶었다. 그것이 그녀의 삼촌을 뒤따라 이집으로 몰래 기어들어온 까닭의 전부였다. 안방의 이야기는 끝없이 계속되었고 열두 개의 방 중에서도 어느 한 사람 문을 열어보는 사람도 없었다. 시간이 흘러갈수록 희자를 만날 수 있는 가능성도 희박해져 간다는 것을 깨달아야 했다. 밤이 깊어지면 희자년도 잠자리에 들 것이다. 그렇게 되면 나는 영영 희자를 만나지 못한 채 다시 몰래 대문 밖으로 기어나가서 길고긴 여행에 올라야 할 거였다. 그러나 그러한 내 실망은 얼마 있지 않아서 반전(反轉)의 현실로 나타났다.

안방문이 열리고 희자가 툇마루로 걸어나왔기 때문이었다. 그 계집애는 한참이나 툇마루 끝에서 서성이더니 디딤돌 위에 있는 고무신을 찾아신었다. 그러곤 곧장 측간이 있는 쪽으로 걸어갔다. 오줌이 마려웠던 게 분명하였다. 다른 식구들도 측간으로 가는 희자에게 별 신경을 쓰진 않은 듯 담소는 계속되었다.

나는 그 계집애를 따라 측간으로 다가갔다. 그리고 계집애가 측간 밖으로 나오기를 기다렸다.

"야, 이 계집애야?"

계집애가 치마말기를 내리며 측간 앞을 나설 적에 나는 두 손을 허리에 꼬나잡고 버티고 서서 그렇게 말했다. 그 순간 방문에 비치는 희미한 불빛 속에서 나를 뜯어본 희자는 적이 놀라는 눈치였다.

그녀가 내게로 다가왔다. 그리고 더 자세히 얼굴을 가까이 갖다댔다. 나는 그 계집애가 몹시 수척해져 있다는 것을 깨달았다. 어쩐지 눈에서 눈물이 핑 도는 것을 느꼈다. 그러나 계집애는 너무나 오랜만에 나타난 내게 조금도 충격을 받는 기색이 없었다. 자기 앞에 꼿꼿이 서 있는 머슴애가 무도라는 것만을 알고 있는 듯 계집애는 입가에 희미한 웃음을 짓더니 속바지 가랑이 안으로 손을 집어넣어 삶은 밤 세 개를 내게 내밀었다. 나는 계집애의 손을 떨쳐버렸다. 세 개의 삶은 밤이 마당에 떨어져 뒹굴었다. 그리고 나는 희자의 손을 잡아끌었다. 계집애는 몸을 비틀며 손아귀에 잡힌 손을 빼내려 하였다. 나는 한 손을 주먹 쥐어서 계집애의 코앞에다 흔들었다.

우리들의 만남은 항상 이런 식으로 살벌해야 한다는 것이 나는 싫었다. 계집애의 삼촌과 채순미가 그랬던 것처럼 뜨겁고 부드러울 수는 없는 것일까. 그러나 그것은 내 죄가 아니었다. 계집애는 항상 그런 못된 몸짓에 의해서만 내게 끌려들거나 승복하려 들었기 때문이었다.

희자는 순순히 내 손에 이끌려서 대문 밖으로 나왔다. 그러나 대문 밖으로 나오긴 하였으나 나는 암담한 기분이었다. 이젠 그녀를 데리고 갈 장소는 없어졌다는 느낌 때문이었다. 그녀와 나의 장소는 이미 근간에 일어났던 마을의 역사에 의해서 파괴되고 침식되었으며 허물어졌다는 것이 그때 내 뇌리에 퍼뜩 떠올랐기 때문이었다. 우리들의 천국은 이제 이 마을 안에서는 없었다.

칠성이 아버지가 소를 잡던 도수장도, 여름이면 온 동네 아이들이 멱을 감던 언덕 너머의 개천도, 아이들이 보물이라도 찾은 기분으로 멀리까지 기어들어갔던 옹기점도, 후미진 골목과 학교의 탱자 울타리도, 뻐꾸기가 살고 있는 마을 뒤 정자집도, 교장의 사택 헛간도, 사팔뜨기 계집애가 공깃돌을 받고 놀던 우체국의 앞마당도, 박

술이 매를 치던 풀무간도, 술밥이 널리던 양조장의 앞마당과 담모
퉁이 길도, 이제는 우리들의 장소가 되기를 깡그리 포기한 채 어른
들이 휘젓고 간 살벌한 공터가 되었거나 그들의 입김이 서려서 이
젠 우리들이 들어갈 장소가 아니라는 걸 깨달았다. 이제 희자가 내
게 치마를 걷어붙일 수 있는 장소란 없었다.

"어디로 가지?"

나는 더 이상 주저하고만 있을 수가 없어서 참담한 목소리로 바
보 같은 계집애에게 묻고 말았다. 그녀는 대답이 없었다. 오직 신기
하다는 듯 나를 찬찬히 바라보고만 있을 뿐이었다.

"어디로 가는 거냐구 이 계집애야?"

"저어기——."

계집애가 막연하게 허공을 가리켰다.

"저기 어디?"

내가 다시 다그치자, 계집애는 열적은 듯이 웃어버리고 말았다.
웃고 있는 계집애의 치아에는 다갈색의 밤껍질들이 다닥다닥 묻어
있었다. 난 진지하게 계집애에게 물었다.

"너 나를 사랑하니?"

계집애는 머리를 흔들었다.

"이 계집애야 넌 사랑이 뭔지 알기나 하니? 젖통도 없는 계집애
가 무슨 사랑을 안다구 도리질을 해?"

"사랑 알어."

갑자기 계집애는 그렇게 대답하고 있었다.

"뭐, 사랑 알어? 젖통이 쬐그만 계집애가 무슨 사랑이니?"

"난 사랑 몰라."

"그렇겠지. 네년이 사랑을 안다는 건 아마 세상이 뒤집힐 일이니
깐. 너 순도를 누가 죽인 건지 아니?"

“알어.”

“누가 죽였니?”

그애는 대답을 않고 손가락을 들고 나를 가리켰다.

“계집애두. 넌 도사구나 도사.”

“난 도사 몰라.”

“바보 같은 계집애야 네가 바로 도사란 말야. 제가 도사라는 데 두 도사를 모른다니 말이 돼? 너 울 엄니 지서에 붙들려가서 직사하게 얻어맞은 거 아니?”

“알어.”

“누가 그랬니?”

“아저씨.”

“너네 아저씨가 채순미하고 같이 자는 것 아니?”

그러자 계집애는 하품을 하기 시작했다.

“자고 싶니?”

“나 잠자.”

“나하고 같이 안 갈래?”

“……?”

“난 날이 새면 버스를 탈 거야. 난 순도를 만나러 가야 한단 말야. 같이 가지 않을래?”

“어디?”

“멀리로 아주 멀리로 자꾸만 가는 거야. 그곳엔 세상의 끝이 있어. 그곳에 가면 바다가 있어. 바다 끝엔 세상의 끝이 있다고. 난 거기로 가는 거야. 그래서 새가 되는 거야. 난 왜가리가 될 거야. 아주 나래가 큰 왜가리가 되는 거라구.”

“왜가리 싫어.”

“그래, 이 계집애야 넌 두더지가 되거라.”

“난 잠자.”

“널 불러낸 게 잘못이군. 그러나 이 바보야, 시방 우리는 이별을 하고 있는 거야. 난 널 사랑했단 말야. 사랑이 뭔지 아니? 치마를 벗는 거야. 넌 내게 치마를 벗었지 않니? 우린 서로 사랑을 한 거야, 계집애야. 그런 우리가 지금 헤어지려구 한단 말야. 그러니까 넌 지금부터 울어야 해. 채순미처럼 끼욱끼욱 울어제껴야 한단 말야. 그런데도 넌 지금 하품만 하고 서 있잖느냐구?”

“난 잠자.”

“그래 잠을 자야지. 잠은 나중에 얼마든지 자도 돼. 그러나 지금은 울어제껴야 할 때란 말야.”

“싫어.”

“넌 내가 떠나는 게 싫지?”

“싫어.”

“그러면 어서 울어.”

“싫어.”

“싫어도 울어야 해. 그래야 내가 널 두고 떠날 수 있단 말야. 이 바보 같은 계집애야.”

우리가 많은 시간 동안 대문을 그렇게 서로 버티고 있는 동안 대문 안쪽에서 희자네 아버지가 희자를 부르는 소리가 들려왔다.

마당 안쪽에서 자기를 다급하게 부르는 소리가 들려오자 희자는 드디어 내 소원대로 울기 시작했다. 내가 울어달라고 해서 운 것이 아니라 다급하게 부르는 아버지의 목소리에 가위가 눌려 울게 되었다는 것을 나는 알고 있었다.

계집애는 십중팔구 대문 밖에 나간 탓으로 아버지에게 직사하게 얻어맞았던 게 분명했다. 희자는 지레 겁을 집어먹은 거였다. 대문 쪽으로 황급히 다가서는 발소리를 들으면서 나는 희자를 그 자리에 세워둔 채 뒷걸음질로 자리를 피해 버렸다. 그러나 나는 계집애에게 한마디 윽박지르지 않을 수 없었다.

"이 계집애야 울지 말어."

나는 집으로 왔다. 흐느껴 우는 어머니의 목쉰 소리가 삽짝 밖으로 들려왔다. 어머니에게 뛰어들어 갈 용기가 나지 않았다. 울고 있는 어머니를 본다는 것은 내가 이 세상에서 가장 싫어하는 모습이기 때문이었다. 어머니는 아마 싸늘하게 식어버린 순도를 끌어안고 울고 있을지도 몰랐다.

이 세상에서 내가 가장 사랑하는 사람, 어머니의 울음소리를 들으면서 나는 자신도 모르게 눈시울이 뜨거워오는 것을 느꼈다. 어머니만은 순도를 누가 그렇게 처참한 죽음으로 몰아넣었는지 알고 있을 것이다. 그러면서도 어머니는 왜 나를 찾아나서지 않고 있는 것일까. 옛날 같으면 어머니는 거의 미친 여자처럼 눈에 불을 켜고 나를 찾기 위해 온 마을을 들쑤시고 다녔을 것이다. 그런 어머니가 오직 울음과 한탄만을 긁어올리며 울고만 있다는 것이 내게는 생소한 모습이기도 하였다.

이 세상의 모든 어른들과 아이들을 속일 수는 있어도 어머니만은 속일 수 없었던 나는 어머니 앞에서는 언제나 죄인이었다.

윗도리 단추 하나만 떨어졌어도 그 단추가 어디에서 떨어졌다는 것을 당장 알아차리던 어머니, 내 속마음을 거울 속 들여다보듯 명쾌하게 탐지하곤 하던 어머니. 나는 그 어머니를 다시 만날 용기만은 나지 않았다.

우리들의 장소가 어느덧 폐허가 되었듯이 이제 어머니와 나 사이에서도 하나의 커다란 폐허가 자리잡게 되었다는 것을 나는 느꼈다. 아니 그 폐허는 어른들이 만들었다기보다 내 키가 자라고 있음으로써 만들어진 폐허인지도 몰랐다.

나는 발길을 돌려서 정류장 쪽으로 걸어갔다. 동녘 하늘이 희미
하게 밝아오고 있었다. 나는 그것이 새벽의 조짐이란 것을 알고 있
었다.

그곳에는 먼 나라로 가는 한 대의 첫 버스가 마침 멎어 있었다.
승강구는 열려 있었다. 몇 사람들이 승강구를 기어오르고 있었다.
나 역시 어른들에 묻혀가는 아이처럼 잽싸게 승강구로 올라서 뒤편
에 있는 짐바리들 사이로 비집고 올라가서 웅크리고 앉았다. 사람
들은 거의가 내게 무관심했다.

버스는 곧장 떠났다. 아직도 희부옇게만 보이는 마을이 차창 밖
에서 우쭐거리기 시작했다. 그때 문득 버스의 앞좌석 쪽에서 뒤통
수만을 보이고 앉아 있는 희자네 삼촌을 발견했다. 나는 얼른 그곳
에서 눈길을 돌렸다. 길고긴 이별을 예비하는 버스가 달려나온 마
을 앞 신작로가 엿가락처럼 늘어져 눕기 시작했다.

알 수 없는 나라, 길이 끊어지는 곳에서 나는 왜가리가 되어 날게
될지도 몰랐다.

익는 산머루

　일주일에 한두 번 정도는 그녀와 내가 삼십 리 이상이나 떨어진 읍내의 집을 다녀와야 했다. 삼십 리 이상이나 되는 먼 길을 하루에 왕복해야 한다는 것 외에도 먼 산자락을 흔드는 포성을 들으면서 칠월의 뙤약볕을 견뎌내야 한다는 것도 우리들에겐 고역이었다.
　어머니나 아버지가 읍내의 집을 다녀오지 못하고 꼭 그녀와 내가 동행이 되어 다녀와야 한다는 것에 짜증이 나고 싫었지만 그녀는 그런 까닭을 알고나 있는 듯 언제나 고분고분하였다.
　"순덕아."
　읍내의 집으로 심부름을 보내야 할 때 그녀를 부르는 어머니의 목소리는 언제나 깡마르게 갈라져 있었다.
　"또 갔다 와야겠구나. 그리고 필구를 너무 걸리지 말고……."
　말하자면, 삼십 리 길을 그녀 혼자 보낼 수는 없었으므로 어머니는 나를 동반자로 그녀에게 붙여주곤 하였다. 읍내가 내려다보이는 언덕까지 가려면 고개를 세 번이나 넘어야 하는 산길이었다. 그 산길을 왕복해야 할 때마다 그녀는 오르막길에선 나를 업었고, 내리막을 만나면 나를 앞세워 걸렸다. 내리막길을 만나서 길에다 나를 내려놓을 때마다 그녀는 내게 주의주는 걸 잊지 않았다.

"똑바로 걷지 말고 옆탱이로 걸어라잉? 엎어지면 코 깬다."

그런 주의를 준 다음엔 꼭 내게 한 가지 약속을 주곤 하였다. 엎어지지 않고 계곡까지만 내려간다면 산머루를 주겠다는 것이었다. 그러나 계곡 하나를 건널 때마다 한두 번씩은 넘어지곤 하였으므로 나는 항상 그녀의 핀잔을 듣지 않으면 안 되었다.

"사내자식이 왜 그렇게 촐랑대노? 좀 음전해라. 그래야 장차 큰 놈이 된다."

어머니의 말버릇을 흉내내어 내게 잔소리를 퍼붓곤 했지만 잔소리가 심하면 심할수록 내게 안겨지는 산머루의 양은 많아지는 게 보통이었다. 이를테면, 그녀는 산머루를 많이 따낼 수 있는 가능성이 있을 때만 내게 많은 잔소리를 퍼붓곤 했기 때문이었다.

우리를 읍내로 보내는 유일한 근거가 되는 어머니의 심부름이란 대개 하잘것없는 것들이었다. 예컨대 안방 시렁 위에 있는 찬합을 가지고 오라든지, 박달나무로 만든 다듬잇돌을 이고 오라든지, 홍두깨를 가져오라든지 하는, 쭈그러든 산골 피난생활에선 거의가 필요없는 것들이었고 그런 물건들이 꼭 필요하다면, 이 산골 이웃에서도 말 한마디면 기꺼이 빌려올 수 있는 것들이었다.

어느 날, 고갯마루에서 앉아 쉴 참에 먼 산을 한참 바라보고 앉았던 그녀가 내게 불쑥 말했던 것이다.

"너 엄니처럼 야속한 여자도 없다."

나는 말없이 그녀를 쳐다보았다.

"찬합이 꼭 필요해서 우리보고 가져오라는 줄 알제?"

그녀는 내 대답을 들을 필요도 없다는 듯이 쫑알거리던 것이다.

"너 엄니 걱정은 그게 아녀, 집이 혹시 대포에나 폭격에 맞았을
까봐, 그걸 보고 오라는 말씀이여. 찬합이다 홍두깨다 말하지만, 그
건 말짱 헛말이고 이유는 딴 데 있는기라."

치마를 털고 일어서면서 그녀는 다시 말했다.

"워째, 자기 혼자서만 사변당하나, 온 나라가 뒤죽박죽인데. 이
놈 자식, 집에 가서 내가 이런 말 하더라꼬 또 외어바쳐래이? 그러
문 나는 고만 죽었다."

물론 나는 그녀를 죽이지 않기 위해서 그녀의 불평을 어머니에
게 외어바치지는 않았다. 그녀가 죽는 건 싫었다. 그것은 그녀가 내
게 따다바치는 산머루의 양만큼이나 싫었다. 그녀가 죽으면 나는
산머루를 누구에게 따달랄 수 있을까. 나는 기어들어가는 소리로
말했다.

"누나가 죽는 건 싫어."

그녀는 언제나 내게 누나라고 부르라고 강요하곤 했다.

"내가 죽는 거 싫지?"

"그래."

"그러문 아가리 꼭 처닫고 있어래이."

아가리를 꼭 처닫고 있겠다고 약속을 해준 날 같은 땐 산머루를
찾아헤매는 그녀의 눈시울은 벌겋게 충혈되곤 했고 가시에 찔린 그
녀의 손등에서 피가 흐르곤 하였다.

어머니는 필요 이상으로 그녀에게 매질을 하곤 하였다. 심지어
다듬이방망이 같은 것으로 엎어져 있는 그녀의 어깻죽지와 허리께
를 개패듯 하는 수가 많았다. 어머니의 매질이 지악스럽게 계속되
는 동안 그녀는 흡사 죽은 사람처럼 땅바닥에 엎디어 있었다. 어머
니의 매질이 지쳐서 끝나고 들었던 방망이가 마당 한가운데 가서
댕가당 하고 떨어지는 소리가 난 얼마 후까지도 그녀는 죽은 듯이

그대로 엎디어 있었다. 그때마다 나는 그녀가 죽지 않았는가 싶어 가까이 가서 흐트러진 머리채에 묻혀 있는 그녀의 볼따구니를 가만히 찔러보곤 하였다. 그제야 그녀는 벌겋게 부푼 눈두덩이를 들어 나를 보곤 키들 웃어버리곤 하던 것이다.

아버지와 어머니, 나와 그녀는 외양간에 붙어 있는 대문채 방을 같이 쓰고 있었다. 손바닥만한 산골 동네에 타관 피난민들이 들이닥쳐서 그만한 방 한 칸을 얻어내는 데도 아버지는 상당한 고역을 치렀다.

그녀가 맨 처음 호되게 어머니로부터 매를 맞은 건 이곳으로 피난을 와서 어른들과 같은 방을 쓰게 된 지 나흘째 되던 밤인가 보았다. 내 옆에서 자고 있던 그녀가 처음엔 코가 막힌 소리로 뭔가 킁킁대기 시작했다. 그 킁킁대는 소리를 내지 않으려고 몸까지 비비틀던 그녀가 더 이상 참지를 못했던지 그냥 발악적으로 웃음소리를 토해 내며 문을 박차고 밖으로 튀어나가던 것이다.

"헛 그것참, 저런 저런 망할 년 봤나."

부살같이 바지를 찾아 입으면서 아버지가 대강 그런 뜻으로 꿀먹은 벙어리 소리로 씨부리자 바드득하고 어머니가 이를 갈았다.

"니 엄니가 날보구 하는 소리가 가관이더라. 글쎄 날보구 이년아 밤중에 잠 안 자고 무슨 지랄하느냐 이거여. 밤중에 잠 안 자고 지랄한 건 누군데."

그날 그렇게 호된 매를 맞고도 그녀의 웃음병은 잘 낫지를 않았다. 자는 척하고 누워 있던 그녀는 무엇이 생각났는지 갑자기 웃음바가지를 쏟아내 놓곤 그 웃음을 도저히 주체하지 못해 거의 숨이 넘어갈 지경이 되던 꼴을 나는 자주 보아왔던 것이다.

"저런 저런, 저년 큰일났어. 큰일났어."

그때마다 아버지는 주눅이 묻은 목소리로 이렇게 말했고 어머니는 이를 바드득 갈며 뜰로 쫓아나간 그녀의 뒤를 따라 뛰어나가선 호되게 매를 치곤 하였다. 매와 웃음의 대결은 그런 식으로 좀처럼 긴장을 늦추지 않았다. 그러나 그녀가 웃지만 않는다면 어머니의 매가 들릴 리 없었지만 아마 그녀는 선천적으로 웃음이란 걸 참지 못하는 기질이었던가 보았다. 또 지악스럽게 가해지는 어머니의 매를 그녀는 거의 운명적으로 잘 견디어내는 것 같았다. 너는 때려라 나는 맞아준다는 식으로 허리와 등을 어머니에게 내주고 얼굴을 치마폭에 감추고 엎디어 있었고 그리고 정말 죽었는가 싶어 볼따구니를 찔러보는 내게 벌겋게 상기된 눈두덩을 들어 키들 웃었던 것이다. 그런 그녀를 보고 아버지가 할 수 없다는 듯이 말했다.

"소 죽은 넋이 덮어씌운 년이다."

그런 예기치 않은 웃음 이외에 그녀가 어머니를 면전에서 거역하거나 말대답하는 일은 거의 없었다. 그러나 나에게만은 모든 불평을 털어놓았고 그 불평을 어머니에게 고해바치지 않는 이상 나는 그녀로부터 진지하고도 극진한 보상을 받아 가는 셈이었다.

피난이 시작되기 일 년 전 겨울, 눈이 지독히도 내리던 어느 날 새벽에 어머니는 그녀를 우리들의 부엌 아궁이 앞에서 발견했다. 뫼장꾼인 아버지의 새벽밥을 짓기 위해 그날 아침 어머니는 비교적 일찍 잠을 깼다. 부엌문을 열고 들어섰던 어머니가 갑자기 외마디 소리를 지르고 부엌 바닥에 그냥 나둥그러졌다. 마침 새벽 담배 하나를 달아물려던 아버지가 부엌으로 내달았고 나는 어머니의 외마디 소리에 소스라쳐 단잠에서 깨어났다.

어머니를 방으로 업어다 누이고 냉수를 얼굴에 끼얹고 하는 동안에도 부엌 아궁이에다 머리를 처박고 잠들어 있는 그녀는 잠에서 깨어날 줄을 몰랐다.

아버지가 다시 부엌으로 내려가서 그 돼지발 같은 억센 주먹으로 정수리를 세 번이나 쳐서야 그녀는 죽은 사람 깨어나듯 끼르륵하고 목구멍에 괸 숨을 삼키며 히끗히끗 눈을 뜨기 시작했던 것이다.

"이년 여기가 어디라고 기어들어와서 기세 좋게 잠을 자?"

거렁뱅이라는 걸 알아챈 아버지가 가장으로서의 체통과 거드름이 밴 목소리로 이렇게 말했다.

"추워서요."

그녀는 근엄한 얼굴을 하고 서 있는 아버지를 힐끗 쳐다보면서 아직도 잠기가 가시지 않은 목이 잠긴 목소리로 대답했다.

"이년, 추운 게 너뿐이냐?"

지극히 당연하고 논리적인 그녀의 대답에 아버지가 어째서 그런 바보 같은 말을 한 것일까. 그리고 아버진 부엌 아궁이로 반 이상은 들어가 있는 그녀를 끌어내어 문밖으로 끌고 나갔다. 그러나 그녀를 문밖까지 끌고나갔던 아버지는 일단 주춤하는 기색이었다.

눈은 뜰 건너의 맞은편 담장을 거의 반이나 묻히게 내려 있었다. 아마 아버지는 그때, 하늘을 나는 새를 생각했는지도 몰랐다. 세상이 거의 파묻힌 듯한 그런 절박한 눈밭 속에 아무리 거렁뱅이긴 하지만 인간을 내다버리기엔 적합하지 못하다는 걸 깨달았는지도 몰랐다. 아니면 아침마다 들리던 뒤꼍의 새소리가 들리지 않았으므로 모이를 줍지 못할 새를 생각했는지도 몰랐다.

"웬놈의 눈이 이렇게 내렸노?"

아버지는 잠시 그녀의 존재를 잊고 뜰 안에 쌓인 눈을 바라보았다. 그리고 그녀의 목덜미께를 꽉 감아쥐고 있던 한 손을 풀었다.

"이런 눈 속에 니가 잘 곳이 있었겠느냐. 그런 양심도 없고서야 생명부지하겠냐, 니 이름이 뭐냐?"

"순덕이요."

"성은?"

“몰라요.”

아버지는 오랫동안 끌끌 혀를 차고 있었다. 아버지가 그런 어설픈 니힐에 빠져 있는 사이에 정신을 가다듬은 어머니가 방문을 열고 지극히 현실적인 목소리로 말했다.

“여보, 갸가 기집애요?”

“니 엄니가 어떤 사람이었는가를 난 그때, 여보 갸가 기집애요? 하고 너 아부지한테 물어볼 때 벌써 알았다니깐. 너 엄닌 그때 벌써 날 부려먹을 수 있는 기집인가 아닌가 그걸 생각하고 있었던 거야. 마침 내가 기집애여서 너 집에서 식모살이를 하게 되었으니 니 엄니로 봐선 호박이 넝쿨째 떨어진기라.”

어머니에게 매를 맞아서 시퍼렇게 멍이 든 엉덩이를 드러내놓고 치자물로 반죽한 밀가루떡을 부치면서 그녀는 훌찌럭거리는 목소리로 이렇게 말했던 것이다.

“니 엄니하고 내하고는 전생에 원한이 있었던기라. 그래서 그날 밤에 그렇게 눈이 내렸고 마침 눈이 내린 그날 밤에 너 집 정지문이 열려 있었는기라. 왜 그랬는지 니는 모를끼다. 원수가 원수를 부르느라고 정지문이 열려 있었는기라. 온 동네 정지문이 다 잠겼는데 왜 하필이면 너네 집 정지문이 열려 있었노 말이다. 원수가 땡겼는기라. 원수끼리 만나느라고 귀신이 덮어씌었는기라.”

그런 말을 하던 날, 그녀는 몹시도 목젖을 삼켜가며 오래도록 울었다. 그런 말이 무엇을 의미하고 있었는지 나는 몰랐다. 다만, 나는 그녀가 죽지 않았다는 사실에 안도의 한숨을 내쉴 뿐이었다.

“누나 안 죽지?”

“내가 죽긴 왜 죽어? 니 엄니 하는 꼬라지 보면 니 엄니 보는 앞에서 쌔라도 칵 빼물고 죽고 싶지만 내가 꼭 니 같은 아들 하나 낳고 싶어서 죽지 못한다.”

"언제 낳아?"

"시집을 가야 해."

"언제 시집가?"

"니 엄니 꼬라지 보니깐 날 시집보내 줄 여편네는 아닌 것 같고, 내 갈 길 내가 찾어야지 워째것노?"

"누나 빨리 시집가."

"기다려야 돼. 요 양탕구야, 하늘을 봐야 별을 따지."

우리는 가파른 산길을 오르면서 우리만의 비밀들을 은밀하게 쌓아갔다. 나는 그녀를 통해 아버지는 요령부득의 남자이며 어머니는 이 세상에 살고 있는, 여자 중에서 가장 악독한 여자라는 걸 배웠다. 나는 어머니가 모르고 있는 그녀의 심중에 숨어 있는 모든 비밀과 지식과 세상을 바라보는 안목 따위를 알고 있었다. 그런 것을 알고 있다는 것이, 어느 날 아버지가 내게 저 녀석 키 크는 것 좀 보라구 하는 말 따위를 들었을 때처럼 내 자신이 대견스러웠고 가슴 뿌듯한 것이었다. 나는 어렴풋하게나마 그녀와의 이런 비밀스러운 대화 따위가 비밀 그것으로 지켜져야 한다고 자신에게 다짐하곤 하였다.

우리는 그러한 비밀을 만들고 있다는 것에 대단히 열중되어 있었으므로 이젠 어머니의 심부름을 거의 즐거움으로까지 느끼게 되었다.

내리쬐는 땡볕 속을 땀을 흘리며 타달타달 산길을 오르면서 우리는 우리가 만들어내는 그런 비밀의 부피가 점점 커져서 나중엔 산협의 공기조차도 우리들이 안고 있는 비밀의 색깔로 채색되는 듯한 착각에 빠져들곤 하였다. 우리들은 이제 그녀와 내가 둘이서만 산협 같은 데서 외따로 서 있기를 바라게끔 되었다. 어머니의 심부름이 뜸하다 싶으면 그녀가 일부러 어머니를 깨우치던 것이다.

"참, 엄니?"

"왜 이년아?"

"찬장 속에 있는 떡살 생각 안나요?"

"그건 왜?"

"그거 엄니가 시집올 때 가져온 거 아닌가?"

"고년, 그런 건 용케 외우고 있네."

"그것 가져올까?"

"고년, 그런 땐 착하구나."

그래서 우린 찬장 속에 갇혀서 먼지가 하얗게 올라앉아 있을 떡살을 가져오기 위해서 삼십 리의 긴 산골길을 나서곤 했다. 찬장 속에 잠겨 있는 그릇들 위에 쌓여지는 먼지의 부피만큼이나 그녀와 나의 비밀의 부피도 쌓여가던 것이 왜 그렇게 즐거울 수가 있었던가.

그날은 아버지의 생일날이었다. 아침에 일어나자마자, 어머니가 기어들어가는 목소리로 내게 말했던 것이다.

"필구야, 오늘이 너 아부지 생일이다."

물론 어머니는 고달픈 피난생활이긴 하지만 그래도 한 가정의 가장의 생일날을 맞았는데도 그 가장을 보필해야 하는 여편네가 구실할 게 없다는 허탈감에서 말상대도 안 되는 내게 실없는 하소연을 하고 있었던 것이다.

"파전이라도 부칠려니 밀가루가 없다."

평소에 살기등등하던 어머니가 그렇게 주눅들어할 수가 없었다. 어머니의 실없는 하소연을 마당 저편에 앉아서 빨래를 하고 있던 그녀가 귀담아들었던 모양이었다.

"엄니 걱정 없어요."

빨래하던 두 손을 엉거주춤 들고 일어서면서 그녀가 이렇게 잘라말했다.

"저년이 뭐라 하노?"

"걱정 말라니깐요."

"누가 무슨 걱정을 해쌓는데?"

"파전보다 더 좋은 게 있어요."

"어디에?"

"읍내 우리 집에."

"양석이라고 이름붙은 건 다 져다 먹었는데 뭐가 남아 있노?"

"있어요."

"뭐가?"

"닭."

두 사람 사이에 잠시 말이 끊기고 침묵이 흘렀다. 그리고 나는 어머니의 눈자위가 기대감으로 크게 떠지는 것을 바라보았고 양볼에 희미한 미소가 잠겨오르는 것을 보았다. 그러나 어머니의 그런 얼굴은 다시 낭패감으로 쭈그러들었다. 어머니는 말했다.

"그걸 워떻게 잡어?"

"왜 못 잡아요."

"닭 잡다가 어디 붙들려가지."

"날 붙들 사람이 어딨어요. 온 동네가 텅텅 비었는데."

"참말로 붙잡을 자신 있겠노?"

"엄니는 참, 지가 그깐 닭 몇 마리 못 잡아올라꼬? 그것도 우리가 키우던 닭인데."

그래서 우리는 다시 읍내의 집으로 길을 떠났다. 피난길을 나설 때 아버지는 닭장 문을 열어주면서 말했다.

"이놈들아, 이젠 너들 한껏 뻐들다가 너들 한껏 살다 죽어라."

열두 마리의 닭들이 뜰로 푸드덕 뛰어내려와 뒤뜰로 뛰어가는 것을 보고 우리 식구는 피난을 떠났던 것이었다. 그 닭들을 잡아 아버지의 생일날 저녁상에 올리기 위해서 우린 다시 읍내로 향했다.

다른 날과는 달리 동네 초입에 닿을 때까지 그녀와 나는 거의 말이 없었다. 그것은 우리들 앞에 그럴싸한 불안이 도사리고 있었기 때문이었다. 처음에 그녀는 나와 동행이 된다는 흥분을 위해서 어머니에게 장담을 했던 터였지만, 사실은 그동안 몇 번이나 집을 다녀오는 동안 우리가 기르던 닭들이 집 주위에 놀고 있는 모습을 본 적이 없다는 것을 생각해 내고 불안이 일기 시작했기 때문이었다. 만약 두세 마리의 닭을 잡지 못하는 불행이 우리를 맞이할 준비를 하고 있다면 어머니에게 반격을 당하는 건 고사하고 실망하는 아버지의 얼굴을 볼 면목이 없어지겠기 때문이었다.

그런 불안이 그녀를 자못 경직하게 만드는가 보았다. 나는 읍내의 초입에 이르기까지 그녀로부터 단 한 개의 산머루도 얻어먹지 못해서 퉁퉁 부어 있었지만, 그런 것에 전연 아랑곳하지 않았다. 그녀의 머릿속은 닭으로 가득차 있는 듯이 보였다.

우리들은 언제나처럼 발소리를 죽여가면서 우리 집이 있는 골목길로 접어들었다. 피난을 못 간 돼지들이 꿀꿀대는 소리가 골목 저쪽 안에서 들려왔다. 그 꿀꿀대는 돼지 소리를 듣자 그녀는 킬킬대기 시작했다. 그녀는 웃음을 삼키면서 말했다.

"내가 남자라면 그냥 저놈의 돼지를 잡아가겠다마는……."

물을 죄다 퍼올린 빈 우물 속처럼 허황하게 조용한 긴 골목길을 걸어들어가서 우리는 집에 닿았다. 흡사 박제된 부엉이처럼 추녀를 허공에 띄우고 우리 집은 막연하게 앉아 있었다.

"다 왔다."

허공에 떠 있는 추녀를 힐끗 쳐다보며 그녀가 말했다. 우리는 똑같이 뜰 한쪽에 버려진 닭장 문을 바라보았다. 뒤껼으로 돌아서도 다시 앞마당을 뒤지고 이웃집 담 아래를 뒤져보았으나 아버지가 방

면해 버린 닭들은 보이지 않았다. 나는 그때처럼 낭패와 절망으로 일그러지는 그녀의 얼굴을 본 적은 없었다. 그녀는 흡사 배반당한 사람이 어쩔 수 없이 술을 마시기로 작정하는 직전의 얼굴이 되어 있었다. 그녀는 한참이나 나를 망연히 바라보았다. 그녀의 얼굴에선 아무런 구원의 빛깔도 보이지 않았다.

"없구나!"

그녀는 툇마루로 가서 털썩 주저앉았다. 그녀는 힐끗 중천에서 이글거리는 한낮의 해를 쳐다보았다.

"해가 지면 돌아올지도 몰라. 저들 버릇 개 줄려고."

일단 이렇게 말하더니 그녀는 치마 아래로 고개를 떨구었다.

"그렇지만 해가 지면 삼십 리 산길을 어떻게 간다?"

그녀는 순간, 심한 외로움을 느끼는 것 같았다. 그녀는 마당 한가운데 오똑 서 있는 내게 신경질적으로 소리쳤다.

"요 양탕구야. 거기 서 있지 말고 얼른 이리 오이라."

그녀는 엉거주춤 다가서는 나를 홱 잡아낚아서는 품에 꼭 껴안았다.

"해질 때까지 기다릴까?"

나는 불안했다. 해가 진다는 말 자체가 내겐 우선 두려웠다. 사방이 너무나 조용했고, 그 조용한 사방이 다시 영문 모를 어둠으로 잠겨든다는 것이 내겐 공포였다. 어디서 들려오는지도 모르는 저 동화적인 포성이 어둠 속에 잠긴다면 분명 무서움으로 변하리란 것을 나는 알고 있었기 때문이다. 그건 오랜 피난생활에서의 어쩔 수 없이 익혀온 내겐 정낭 귀신 이상으로 무서운 또 하나의 귀신이었기 때문이었다. 나는 그녀의 품에서 갑자기 팔매된 돌처럼 튀어나오며 소리질렀다.

"안 돼, 난 갈 거야. 무서워."

“요 양탕구야. 지랄하질 마, 누가 밤새도록 기다리자고 그랬냐?”

나의 완강한 저항에 부딪친 그녀는 적이 놀라서 달아나려는 나를 잡아낚아 내 머리통을 자신의 치맛자락으로 폭 싸안았다. 그런 모습으로 우린 한참이나 서 있었다. 그때 그녀가 퍽 사려깊은 목소리로 말했다.

“불러보자. 이리 따라와.”

그녀는 나를 앞세우고 부엌으로 들어갔다. 그리고 부엌에 있는 빈 쌀독 밑을 손으로 긁어내기 시작했다. 칙칙하게 습기가 밴 쌀독 밑에서 그녀는 흡사 감꽃을 줍듯 몇 알의 곡식을 주워내기 시작했다. 피둥피둥하게 살이 찐 쥐들이 두 마리나 우리들의 사타구니 사이로 빠져달아났으므로 우리는 가슴이 빠개질 듯이 한번 놀랐지만 쌀독을 떠날 수는 없었다. 그녀가 낑낑거리면서 거의 상체를 독 안으로 집어넣어서 찾아낸 곡식을 밖에 서 있는 내 작은 손바닥 위에 옮겨주었다. 그녀가 독 안으로부터 상체를 끄집어냈을 땐 머리채가 온통 쌀겨와 먼지로 범벅이 되어서 나는 마귀할멈이라도 만난 것처럼 또한 놀라서 손바닥에 받아두었던 곡식을 죄다 부엌 바닥에 쏟아버렸다. 왠지 그녀는 그때만은 나를 때리지도 꾸지람도 하지 않았다. 그는 재빨리 머리채에 묻은 쌀겨와 먼지를 털고 훨씬 더 예뻐 보이도록 웃었으므로 나는 겨우 안심했다.

“요 양탕구야 따라오이라.”

양탕구란 말이 무엇을 의미하는 건지 그녀는 내게 설명해 준 적이 없었다. 아마도 그것은 그녀가 고아로 세상을 떠돌아다닐 적에 우연히 얻어들은 떠돌이들의 은어 따위를 내게 별명으로 붙여준 것 같기도 했다.

툇마루에다 나를 앉혀놓고 그는 닭을 부르기 시작했다.

“구구구구……”

입을 오므려서 앞으로 뾰족하니 내밀고 옛날에 모이를 줄 때의 시늉으로 손바닥의 모이를 뜰에 뿌리면서 그녀는 매우 오랫동안 닭들을 불렀다. 그러자 사람의 목소리를 들은 쥐들이 바쁘게 사립문께서 달아나는 소리 이외에는 아무런 다른 반응이 보이지 않았다. 그녀는 거의 울상이 되었다. 그녀가 골똘히 생각해 낸 묘안이 허사로 끝나고 말 조짐이 분명했다.

바로 그때였다. 느닷없이 담장 밖으로부터 인기척이 나는가 했더니 한 사내의 모가지가 조심스럽게 담장 위로 가만히 솟아오르는 게 내 시선에 들어왔다. 청동색으로 그은 사내의 머리통 위에 낡은 전투모가 비딱하게 얹혀 있었다. 담장 위로 솟아올랐던 사내의 대갈통은 잽싸게 뜰 안을 휘둘러서 나와 그녀를 번갈아보고는 다시 꼴깍 담장 아래로 숨어버렸다. 그것은 아주 잠깐 사이였으므로 내가 그녀에게 그것을 가리킬 겨를조차 없었다. 무엇을 분명히 보긴 보았다고 그녀에게 말해야겠는데 어떤 식으로 설명을 해야 할까 망설이는 중에 그 사내는 벌써 성큼 우리 집의 뜰 안으로 들어서고 있었다.

"아이쿠!"

뜰 안으로 들어서는 사내를 발견하는 순간, 그녀는 작대기로 벳구레를 찔린 듯 앞으로 폭 고꾸라지게 놀랐다.

"놀랄 것 없어. 괜찮아 괜찮아."

그녀가 너무 자지러지게 놀라버렸으므로 그 사내 편에서 오히려 더 놀라는 시늉을 하며 더 이상 뜰 안으로 걸어들어오질 못하고 엉거주춤하니 서서 허공을 한 손으로 가르는 시늉을 하며 놀랄 거 없다는 말을 몇 번인가 되풀이하고 있었다. 앞이 칵 막히듯이 놀란 그녀가 엎어질 듯 툇마루의 내게로 달려와선 나를 치맛자락으로 덮어 씌우곤 그 위에다 자신의 얼굴을 또한 묻었다.

“아가씨, 놀랄 거 없어요. 왜 그래, 사람이 사람을 보고 놀람
쓰나?”

군복의 사내는 총을 메고 있었다. 그러나 방아쇠를 당길 양으로
군복을 벗어 우리들을 향해 꼬나들진 않았다. 게다가 사내는 될수
록 부드럽게 달래는 투의 말씨를 쓰려고 애쓰는 듯했다. 그는 아직
도 뜰 한쪽에 서 있는 채로였다.

“아가씨, 어디서 왔어?”

우리들이 공포가 조금 엷어지기를 기다려 사내는 다소 사무적인
어투로 이렇게 물었다. 나느 그때 가만있어하는 그녀의 떨리는 목
소리를 들었다.

“여긴 왜 왔지?”

사내가 다시 목청을 누그러뜨리고 물었다.

“우리 집이오.”

한참 만에야 그녀가 용기를 내어 이렇게 대답했다. 그때까지도
그녀는 사내를 돌아볼 용기는 없었던가 보았다.

“우리 집이라?”

사내는 그녀가 한 말을 그대로 한 번 되씹고 나선 우리 집을 한
바퀴 휘둘러보았다.

“누구와 같이 왔어?”

“우리 둘만요.”

“정말이야?”

“거짓말 같으면 집을 한번 뒤져보세요.”

“왜 왔지?”

“남은 곡석이나 있으면 가져갈까 하고 그래 왔어요.”

“곡식은 찾았나?”

“못 찾았어요.”

"왜 못 찾았어?"

"없으니까 못 찾았지요."

"이게 너들 집이 아니지?"

"무슨 벼락맞을 말씀을 그렇게 하십니까. 우리를 도둑놈으로 아는가 보지요. 마른 땅에 쌔를 끌어박고 죽어도 그런 짓은 못하는 사람들이라요."

"못하는 사람인지 할 수 있는 사람인지 알 게 뭐야?"

"참말로 사람을 그런 취급할랑교, 참말로 별 꼬라지 다 보겠데이."

사내는 맨 처음 우리들의 공포감 같은 것을 일단 누그러뜨려놓은 다음엔 뭔가를 추궁하려 들었고 그런 추궁을 받기 시작하자 그녀는 맨 처음의 공포감 같은 건 깡그리 잊어버리고 사내를 향해 버티기 시작했다.

"거짓말 말어, 이게 너들 집이면 곡식이 있고 없고를 모를 턱이 있나? 너 아까 곡식 찾으러 왔다가 못 찾았다고 했지?"

사내는 그녀를 어느 사이에 아가씨에서 너라고 바꾸어 부르기 시작했다. 사내의 어투 매듭매듭에 강하게 내리찍히는 듯한 억압이 묻어오기 시작했다. 그 말에 그녀는 일순 대답할 말을 잃고 허둥지둥 사내에게까진 들리지 않도록 혼잣말을 지껄였는데, 그것은 어젯밤 꿈자리가 뒤숭숭하더니 꿈땜을 여기서 하는구나 하는 식의 말이었다.

"뭘 중얼거리고 있어, 어서 바른대로 안 대면 끌고갈 거야."

끌고간다는 말에 그녀는 찔끔해 버렸다. 그녀는 비로소 마당 한가운데 선 사내에게로 얼굴을 비스듬하니 돌리고선 우리들이 여기에 온 까닭을 곧이곧대로 외어바치기 시작했다. 사내는 참을성 있게 쉬엄쉬엄 꼴같잖게 이어지는 그녀의 말을 끝까지 귀담아들었다.

"진작 그렇게 말할 거지 왜 처음부터 거짓말했어?"

“하도 족치니깐 그랬지요.”

“족치다니 내가 언제 그랬어?”

“그래도요.”

“그래도요라니? 이 여자 이제 보니깐 살짝 돌았구만?”

그때, 그녀는 다시 사내에겐 들리지 않도록 혼잣말을 지껄였는
데 역시 어젯밤의 뒤숭숭하던 꿈자리 이야기였다.

“앤 누구야?”

사내는 비로소 그녀의 치맛자락 속에 싸인 내게 관심을 보이며
이렇게 물었다.

“내 동생요.”

“칠월 더위에 떠죽일려구 그래? 치마 벗겨, 애새끼 숨통 맥혀.”

“안 죽어요.”

“이게 왜 말대답이 심해?”

사내는 그때 처음으로 어깨에 메었던 총을 내려 개머리판으로
꽝 하고 마당을 굴렀다.

“벗길게요.”

치마를 벗기면서 그녀는 내 시선이 사내와 마주치지 않도록 두
손으로 내 이마를 벽 쪽으로 돌려버렸다. 그리고 잠시 침묵이 흘렀
다. 나는 내 등 뒤의 인기척으로 사내가 성큼성큼 툇마루께로 걸어
와서 앉는 것을 알았다. 도대체 사내는 무엇 때문에 집요하게 우리
두 사람을 붙들고 숱한 질문을 퍼붓고 있는 것일까. 게다가 사내는
군복을 입고 있었고 낡은 전투모를 쓰고 있었지만, 어느 쪽의 병사
인지도 분간하기 어려웠다. 그녀 편에선 알고 있었는지는 몰라도
병정들을 먼빛으로만 보아온 나에겐 종잡을 수 없는 병사였다. 사
내는 이북 사투리를 쓰고 있지도 않았으며 그렇다고 서울 표준말을
쓰고 있지도 않았다. 그런 종잡을 수 없는 사내의 정체가 그녀를 더

욱 불안하게 만들었던가 보았다.

사내가 툇마루 한쪽 끝으로 와서 털썩 주저앉자, 그녀는 나를 더욱 끌어안았다. 다시 사내와 그녀 사이에 침묵이 흘렀다. 그때 사내의 강압적인 목소리가 들려왔다.

"닭 몇 마리나 필요해?"

그녀는 힐끔 사내를 쳐다보았다. 사내의 턱엔 번들번들한 칼자국이 있었다. 그녀의 대답이 없자, 사내는 다시 꽥 소리 질렀다.

"닭이 몇 마리나 필요해?"

"왜 그러요?"

"내가 구해 줄까?"

"어떻게요?"

"내 말을 잘 들어봐."

"어떻게요?"

"내가 하라는 대로만 하면 돼."

"할게요, 총을 쏘아서요?"

"총을 왜 쏴!"

"그럼요?"

"이봐, 아가씨."

나는 사내가 어떤 몸짓을 하고 있었는지는 몰랐다. 몹시 주저하는 듯한 그녀의 두 손이 내 머리통과 목덜미와 어깨를 만지작거렸는데 그 손은 떨리고 있었다. 한참 만에 그녀의 속삭이는 소리가 들려왔다.

"요 양탕구야, 요기 가만 앉아 있어라. 꼼짝하지 말고, 방에 들어가서 옷가지 좀 찾아가주고 나오께."

주저주저하는 그녀의 손이 내게서 떨어져나갔다. 그리고 사방이 너무나 조용했다. 사내도 보이지 않았고 그녀도 없었다. 다만 그녀의 검은 고무신이 툇마루 한쪽에 벗겨져 있었다.

방 안에서 부스럭거리는 소리가 오랫동안 들려왔다. 그들이 방 안에서 무엇을 하고 있는 건지 나는 몰랐다. 나는 매우 불안했지만 그런대로 곧장 들리고 말 총소리를 기다리고 있었다. 총소리가 나면 나는 그 즉시 그녀가 없더라도 집 밖으로 내뺄 작정을 하고 있었다. 그러나 끝내 총소리는 들리지 않았다. 오랫동안 부스럭거리는 소리가 들리더니 매우 강압적인 사내의 목소리가 들려왔다.

"벗어 이 쌍년아! 이년을 콱 그냥."

무엇을 벗으라는지 그것 역시 몰랐지만 다시는 사내의 강압적인 목소리가 들려오지 않았으므로 그녀는 아마 사내가 시키는 대로 무엇이든 벗고 있는 모양이었다. 그리고 한참 만에 사내가 문을 열고 밖으로 나왔다. 사내의 이마엔 땀이 흥건히 배어 있었다. 그는 툇마루 한쪽에 꼼짝달싹 못하고 죽은 벌레처럼 앉아 있는 나를 일별하더니 입가에 흥건히 웃음을 흘렸다. 그러나 나를 향해서가 아니고 분명 방 안에 있는 그녀에게 말했다.

"기다려, 내가 닭을 가져올 테니까."

사내가 뜰을 건너 골목 밖으로 사라진 얼마 후에도 그녀는 좀처럼 툇마루로 나오지 않았다. 나는 언뜻 그녀가 울고 있는지도 모른다고 생각했다. 몹시 그녀의 용태가 궁금했지만 나는 방 안으로 들어가 볼 용기가 나지 않았다. 무언가 이상한 저항이 그녀로부터 느껴지기 시작했다. 그런 기분은 지금까지 내가 그녀로부터 느끼던 감정과는 전연 다른 것이었다. 그녀는 언제나 내가 바라보는 자리에서 정정당당하게 행동해 왔다. 집에서 빨래를 할 때도 어머니에게 매질을 당할 때도 어떤 불가해한 일을 한다 하더라도 언제나 내가 바라볼 수 있는 자리와 바라볼 수 있는 자유가 내게 주어졌다. 그러나 오늘 총을 멘 그 낯모를 사내와 그녀는 최초로 내가 보지 않

는 자리에서 저희들끼리 무언가 수작을 꾸미고 있었다는 것이 나를
몹시도 흔들어놓았다. 그것은 그녀가 내게 최초로 던져준 섭섭함이
었다.

"요 양탕구야, 집에 가서 또 일러바쳐라."

"뭘 일러바치란 말야."

"그 남자 만났다는 거."

"그럼 뭐라구 해."

"요 양탕구야, 넌 그냥 아가리 닫고 있으면 된다. 니가 아가리 벌
리면 난 인제 참말로 죽었다."

"죽지 마."

"내 죽는 거 싫거든 외어바치지 말어, 난 죽었다."

사내가 두 마리의 암탉을 한 손에 거꾸로 대롱대롱 매달고 뜰로
들어설 때까지 우린 협박과 맹세를 끈덕지게 반복하고 있었다.

"이거면 됐어?"

사내가 두 마리의 닭을 허공으로 쳐들면서 이렇게 물었을 때, 그
녀는 고개를 끄덕였을 뿐이었다. 고개를 끄덕이는 그녀의 얼굴이
낭패와 부끄러움으로 일그러지는 것을 나는 보았다.

사내는 골목 밖에까지 우리를 배웅해 주었다.

"닭이 필요하면 언제든지 또 와."

그녀의 등을 슬쩍 건드리면서 사내가 말했으나 그녀는 대답하지
않았다. 삼십 리의 산길을 돌아올 때 나는 그녀로부터 많은 산머루
를 받아먹었다.

"엄니한테는 모이를 주고 닭을 불러서 잡았다고 말해라. 요 양탕
구야."

산머루를 내게 건네줄 적마다, 그녀는 똑같은 말을 수십 번이나
내게 되뇌이었다. 그리고 나는 그때마다 고개를 주억거려서 그녀를

안심시켰다.

집에 도착하기까지 그녀는 다른 때보다는 자주 쉬어가자고 내게 졸랐다. 어딘가 몹시 불편한 듯한 느낌이 들었지만 왜 그러는지 나는 알 수가 없었다. 한번은 숲 속으로 들어가서 치마를 걷고 자신의 엉덩이 어디께를 들여다보는 것 같았으나 오줌을 누지는 않았다. 우리는 그녀 때문에 자주 쉬었으므로 집에 도착했을 땐 날이 거의 뉘엿뉘엿 저물어가고 있었다.

"왜 인제 오노, 이년아?"

뜰로 들어서는 그녀를 보고 어머니가 소리질렀으나 그녀의 한쪽 손에 아직도 살아 있는 두 마리의 살찐 암탉이 거꾸로 매달려 푸드덕거리는 걸 보자 더 이상 늦게 돌아온 그녀를 다그치지는 않았다.

"요 양탕구 아가리 벌렸다간 봐라, 그땐 나는 죽었다."

댓돌에 앉아 있던 어머니가 그녀의 손에 들린 닭을 빼앗듯 챙겨서 부엌으로 내닫는 사이 그녀는 이것이 마지막 경고다라는 식으로 칵칵 내리찍듯 마디를 끊어가며 내게 주의를 주었다. 뜰에다 나를 방면(放免)하고도 마음이 놓이지 않는다는 듯이 그녀는 다시 위협적인 시선을 내게 던지며 어머니를 따라 부엌으로 들어갔다.

"망할 년, 니 덕에 아부지 생일잔치는 그럭저럭 부끄럽잖게 치르게 됐다."

닭국물을 훌찌럭거리며 입으로 퍼올리면서 어머니는 오랜만에 실눈을 뜨고 그녀를 칭찬하고 있었다.

"순덕이 덕택이다. 순덕이가 우리 집에 보배다."

기름진 닭다리를 뜯으면서 아버지는 헤벌쭉 웃었다. 나는 그녀를 힐끗 바라보았다. 그녀는 찢어발기는 듯한 눈초리로 나를 일별했다. 왜냐하면 나는 아직도 닭국물을 한 숟갈도 뜨지 않고 있었기 때문이었다. 그녀의 강압적인 눈초리에 항거라도 하듯 소리쳤다.

“뜨거워.”

그러자, 그녀는 얼른 내 국그릇을 당겨다가 숟가락으로 국을 퍼올려 식히기 시작했다.

“엄마.”

나는 느닷없이 소리질렀다. 국을 퍼올리던 어머니가 나를 힐끗 바라보았다.

“누나가 어떤 남자하고 잤어.”

그녀가 어떤 남자와 수작했던 것을 내가 어떻게 해서 ‘잤다’는 것으로 표현할 수가 있었는지 내 자신도 놀라울 지경이었다.

“인석아, 그게 무신 소리여?”

“누나가 웬 남자하고 잤어.”

“이놈이 무슨 새따먹을 소리고?”

“난 봤단 말이여.”

내 말뜻을 어머니가 얼른 알아차리지 못했으므로 나는 거의 울상이 되어 있었다. 그러나 세 사람이 전부 지악스럽게 먹던 동작을 멈추고 나를 건너다보았다.

“필구야 그게 무슨 소리냐?”

나는 될수록 그녀에게로 시선을 주지 않으려고 애쓰며 묻는 아버지 말에 대답했다.

“웬 남자하고 자니깐 그 남자가 닭을 갖다주데.”

그 순간, 어디선가 철썩하는 소리가 들렸다. 그리고 내 옆에 앉았던 그녀가 국그릇 앞으로 폭싹 고꾸라졌다.

“이년 바른대로 대, 이 화냥년이 무슨 짓을 했기에 필구가 이런 말을 하노?”

“요 양탕구야. 그 에미에 그 새끼구나. 고걸 못 참어서 그래 금방 외어바치나? 내가 그렇게 타일렀는데도?”

희미한 등잔불 아래서도 나는 저주와 낭패로 일그러지던 그녀의 얼굴을 보았다. 그녀는 지금까지는 그 유래를 볼 수 없었던 지독한 매질을 어머니로부터 당했다. 그러나 예전처럼 엎드려서 그냥 맞고 있지는 않았다. 그녀는 말했다.

"때리지 말아요. 나도 이젠 다 컸어요. 필구 같은 애새끼를 낳아도 낳는단 말이여. 그렇게 지악스럽게 사람 패지 말아요."

"이년이 시방 머라카제."

"당신도 죄받을끼요. 전생이 무신 죄를 지었기에 이러지요?"

그날 밤 그녀는 집을 쫓겨났다. 아버지가 어머니를 말렸으나 어머니의 흥분은 대단했다. 그런 화냥년을 집에 두고 한솥밥을 먹을 수 없다고 어머니가 완강하게 버티었다. 그러나 그녀 역시 버티었다.

"흥 내가 갈 데 없으까봐."

"그래 이년아. 갈보 같은 년이 어딜 못 가겠노? 화냥년이 화냥놈을 따라가지 어딜 가."

"제발 그만 못 둬들."

아버지가 지성껏 뜯어말렸으나, 한 덩어리가 된 두 여자는 좀처럼 떨어질 줄을 몰랐다. 아버지의 노력으로 겨우 어머니의 손끝에서 풀려난 그녀는 집을 쫓겨나고 말았다.

"이 난 중에 사람을 어디로 쫓아내."

아버지가 소리질렀지만, 어머니는 막무가내였다. 어머니의 태도로 보아 그녀를 용서할 것 같지가 않았다. 아버지의 생일잔치는 그렇게 끝나버렸다. 그녀가 집을 쫓겨나간 뒤 어머니는 남아 있던 닭죽을 퍼다가 거름더미에다 버렸다. 어머니는 그것을 버리면서 꽥꽥 토하는 시늉을 하였다.

어머니의 흥분이 가라앉기 시작하고 흥분이 가라앉으면서 중얼중얼하는 잔소리로 변했다가 다시 잠들어 버리기까지 그녀는 종내

집에 나타나지 않았다. 그녀는 정말 돌아오지 않을 것인가. 그녀가 간다면 도대체 어디로 갈까. 낮에 만났던 그 사내를 찾아간 걸까. 아니면 혹시 못에라도 빠져죽은 것일까. 그런 생각에 잠기면서도 나는 좀처럼 그녀의 말대로 '아가리를 따발린' 것을 후회할 수가 없었다. 무엇이었던가 하면 내가 그녀를 배반하기 전에 그녀가 먼저 나를 배반했다고 생각하고 있었기 때문이었다. 그것은 지금까지 그녀와 내가 함께 지켜오던 그 비밀의 덩어리와는 전연 색깔이 다른 비밀이었고 그 비밀을 지키고 있기엔, 어린 내가 그런 비밀을 말 없이 간직해 나가기엔 너무나 엄청나고 큰 것으로만 생각되었기 때문이었다. 그 비밀의 성을 무너뜨린 건 내 편이 아니고 그녀 편이 먼저였다는 것을 나는 굳게 믿었다. 우리들의 소담스러운 영역을 박차고 우리들에게서 떠나버리는 만용을 획책한 건 분명 그녀가 먼저였다고 나는 믿고 있었다. 나는 심한 허탈에 빠졌고 잠이 오질 않았다. 무엇인지는 몰라도 이제 그녀가 내게 돌아온다손 치더라도 우리라는 어휘가 주는 그런 연대감만은 회복될 수 없을 것이란 걸 느끼고 있었다. 그러나 공교롭게도 그녀는 그날 새벽 내게로 다시 돌아왔다.

한여름이었으므로 우리는 문을 열어놓은 채 자고 있었다. 그때 잠결로 어렴풋하게 뭔가가 내 볼따구니를 꼬집는 것 같아 나는 눈을 떴다. 바깥의 희미한 밤빛을 배경으로 꾸부리고 서 있는 것이 그녀라는 걸 나는 얼른 알아보았다.

"나와!"

내가 잠을 깬 걸 알자, 그녀는 내게 이렇게 속삭였다. 나는 그러나 주저하지 않을 수 없었다.

겁이 나서 그랬던 건 아니었다.

"요 양탕구야 빨리 나와."

그녀는 다시 작은 소리로 다그쳤다. 나는 못내 내키지 않는 듯 일어나서 밖으로 나갔다. 그녀는 밖으로 나온 내 한 손을 이끌고 도둑고양이처럼 뜰을 가로질러 골목 밖으로 나갔다. 나는 그녀의 치마폭이 밤이슬에 후줄근하게 젖어 있는 것을 깨달았다. 골목 밖으로 나를 끌고 나간 그녀는 제법 커다란 보자기 하나를 내게 안겨주었다. 난 그것이 무엇인가를 금방 알아차렸다. 그녀는 집을 쫓겨난 그 길로 산머루를 따러 갔던 모양이었다. 밤이슬을 맞으며 새벽까지 그녀는 산머루를 따모은 것이었다. 보자기를 받아쥐자 그녀는 나를 덜렁 들어서 등 뒤에 업었다.

"요 양탕구야. 내가 없으면 누가 니한테 산머루 한 웅큼이라도 따다 바치겠노. 그 에미에 그 자식이지. 글쎄 요 자발없는 사내야, 하룻밤만 참았더래도 아저씨 닭다리 하나는 온전하게 묵었을 게 아이가. 너네 아버지가 얼마나 불쌍하냐, 피난 중에 먹들 못해서 피골이 상접한 걸 니도 눈까리가 있으면 보면 알제. 내가 그놈이 좋아서 그 짓을 했는 줄 아나? 닭을 잡아준다니까 내가 그놈의 말을 듣지 않을 수가 없었는기라."

그녀는 어쩌면 울고 있었는지도 몰랐다. 한 손을 코언저리로 가져가서 콧물을 팽 풀어서 담장에다 닦았다. 그녀는 무거워지는 나를 다시 한 번 추슬러 업었다.

"니가 아모리 자발없어도 하룻밤 정도는 참아줄 줄 알았다. 닭고기가 소화되어서 똥 된 다음에사 내가 몰매를 맞고 쫓겨나도 무슨 원한이 있겠노. 그것도 아저씨 생일날 아이가. 아저씨한테 면목이 없구나."

그녀는 다시 돌아서서 집으로 향했다. 그리고 골목 어귀에서 나를 내려놓았다.

"너네 엄니보고 또 날 만났다는 소리 하지 말어, 요 양탕구야. 원수끼리 워찌 한솥밥을 묵고 살겠노. 이게 다 신령님 뜻이다. 원수끼리 붙었다가 오늘 밤으로 헤어지라는 뜻인기라. 그날이 바로 오늘인기라. 니가 신령님 대신으로 그런 말을 외어바치게 했는기라. 니 죄도 아이고 내 죄도 아잉기라. 신령님의 뜻인기라. 너 엄니 같은 사람과 헤어지는 거사 괜찮지만 원수도 아닌 니하고 헤어진다는기 가슴 아파서 내가 니를 다시 찾아왔는기라. 요 양탕구. 그럼 인자는 어서 들어가. 어서. 밤이슬 맞으면 감기 걸린다. 어서 들어가."

그녀는 이렇게 말하고 돌아섰다. 어디로 가려는 것일까. 아마 그녀는 우리들이 오늘 낮에 만났던 그 사내를, 그 뜻모를 사내를 찾아가는지도 몰랐다. 나는 불현듯 그런 생각을 했다.

그녀가 골목길을 저만치 벗어나서 새벽의 미명 속으로 희끄무레하게 멀어져가는 모습을 산머루 보자기를 안은 채 바라보았다. 멀리 윗동네 어디쯤에서 첫닭이 홰치는 소리가 들려왔다.

외촌장(外村場) 기행

"이 방이오."

깡마른 여자는 그렇게 가리키곤 곧장 부엌으로 들어가버렸다. 여인숙 오른편에 있는 수수밭에서 제법 시원한 바람이 불어왔다. 그러고는 곧장 콧구멍에 메케한 지린내가 물씬 풍겨왔다. 쪽마루가 있고 쪽마루 끝에 굴뚝이 비스듬히 서 있었고 그 굴뚝 아래 버캐가 허옇게 낀 오줌장군이 또한 비스듬히 놓여 있었다. 밤중에 일어난 숙박객들이 구태여 마당 건너에 있는 화장실까지 갈 것 없이 쪽마루를 밟고 끝으로 나가서 바지를 헐면 되게 되어 있었다. 나는 잠시 난감한 기분이 되었다. 좀 더 깨끗한 여관은 없을까. 그러나 그 산골에는 여인숙이라곤 딱 두 집밖엔 없었는데, 먼저 찾아갔던 집에서는 손님이 차서 빈 방이 없었다. 해가 진 뒤라면 이나마 방을 구하기가 어렵다고 그 깡마른 여자가 말했다. 그렇다 하더라도 나는 냉큼 그 방 안으로 들어서기가 주저되었다. 아직 해가 지자면 서너 시간이나 남은 대낮이었는데 당장 세수를 해야 할 일도 없었기 때문이었다. 다시 장거리로나 나가볼까 하고 생각을 도사리는데 오줌장군이 놓여 있는 끝방 쪽에서 젊은 여자의 목소리가 들려왔다. 쪽마루 아래 벗어둔 신발도 없었으므로 나는 그 방에 사람이 있으리라곤 미처 생각 못했다. 아양 떠는 여자의 혀 짧은 소리는 이렇게 말하고 있었다.

"우리 어디 협호라도 하나 얻어. 협호가 안 되면 사글셋방이라도 얻지 응?"

"……."

"싫여?"

"……."

"자긴 날 어떻게 생각하는지 몰라도 나도 했다 하면 살림 하난 맵짜게 꾸려나갈 자신 있다구. 하긴 요리솜씨가 좀 서툴긴 하지만 그거야 뭐 쌔고 쌘 게 요리강습소 아닝가. 텔레비에서도 허구헌 날 삶아내고 볶아내는 꼴 보여주니까 그것만 가만 보구 앉았어도 금방 배우겠데 뭐."

비로소 입을 닥치고 있던 사내가 버럭 내뱉은 것이었다.

"야 이것아? 그 요리솜씨라는 게 배운다고 다 되는 줄 알어? 요리솜씨 좋아하네. 우리 엄닌 그 시커먼 된장만 갖구두 칠 남매를 째보 하나 없이 키워놨어. 요새 계집애들이야 재료야 요란 빽적지근하게 많이 쓰지. 쇠고기 몇 그람, 당근 반 뿌리, 후루, 실고추 해싸면서 말야. 그래두 병신들만 내질르더라."

"하긴 그래, 애정이 문제지 음식솜씨가 문제야. 애정만 있다 하면 차돌을 맹물에 삶아먹어두 맛만 있을 거야 그치?"

"이런 좆같은 걸 봤나? 이년아 오도방정 떨지 말고 담뱃불이나 꺼. 대낮부터 그렇게 피워조지면 담뱃값만 해도 사내 등골 빼겠다."

"나 담배 끊으면 방 얻어줄래?"

"이년아, 날 잘 봐. 마빡에 백수건달이라구 쓰여 있는 것 안 뵈여? 쇠가 있어야 방을 얻지. 또 방 얻어 어디서 붙박혀 산다는 기여? 난 그거 못해. 난 열흘만 한 곳에서 살아도 내장이 뒤집히는 놈야."

"이번 파수에 한탕 한다면서?"

"한탕 좋아하네. 요새 촌놈들은 서울 가서 코 떼어오는 놈들이란 거 몰라? 너도 보다시피 바람잡이를 몇 놈 동원한다 해도 야바위에 어디 끼어들던?"

"그렇다구 이런 식으로 유랑천리하면 어떻게 해? 나두 된장 보글보글 끓여놓고 벽시계 처다보며 밤 깊은 줄 모르고 자기 좀 기다려보았으면 얼마나 좋을까, 씨발."

"거기에 씨자는 왜 붙어?"

"속상하니깐."

"……."

"이것 봐. 대낮에 냄새나는 방에 나자빠져 누워서 이것만 하고 있을 거야? 꼴에 허리힘은 좋아가지구선……."

"그 힘도 없으면 난 허깨비야."

"아이 몰라. 난 자기 땜에 죽고 싶어 정말. 자긴 너무너무 힘쎄다 정말……."

본의 아니게 두 사람의 대화를 엿듣다 말고 나는 얼굴을 붉히고 말았다. 나는 엉덩이를 미적거려서 소리나지 않게 그 방 앞에서 쪽마루 저쪽으로 비켜나 앉았다. 발간 대낮에 방 안에 들어앉아서 그짓을 벌이고 있는 남녀들이란 역시 뻔한 것들일 테지만 그들의 신분이 시골 장터로 돌아다니면서 야바위판을 벌여 속임수로 돈을 챙기는 유랑배들이란 걸 알았고 여자는 그런 사람과 동거하고 있는 처지라는 건 틀림이 없었다. 이젠 시골 사람들도 야바위판이 무엇인지 알고 있는 처지였고 그래서 손님을 끌 수 없는 그들은 팽개치고 일찌감치 여인숙으로 자리부터 잡은 것이 틀림없었다. 그런데 참 신통한 것이 있었다. 그것은 바로 그 사내였다. 지금이 어떤 시절인데 아직도 그 케케묵은 야바위판을 가지고 섭생을 도모하고자 하는 것일까. 세숫대야를 타고 강을 건너자는 수작이 아닌가. 남을 속일 줄 아는 손재주를 가졌다면 백번 양보해서 다른 재주를 창안해 낸다든지 하는 절묘한 속임수를 개발해야 한다는 것이 생각을 갖고 있는 동물로서 할 짓이 아닌가. 그의 어머니가 된장 하나로 칠남매를 키워냈다 해서 자기 역시 이미 만천하에 노출되어 누구나 다 알고 있는 야바위판을 가지고 장거리고 다니면서 돈 벌기로 작정하고 있다면 그건 분명 실성한 녀석이 아니면 바보가 아닌가. 그런데도 사랑하고 있는 계집까지 끼고 다닐 수 있다니. 문득 호기심이 불쑥 솟아올랐다. 뒤로 걷는 동물로는 가재뿐인데 어떻게 저런 위인이 아직 살고 있는가 싶었던 거였다. 나는 별다른 일도 없었다. 오늘 밤 여기서 쉬고 내일 떠나면 되는 간단한 여정이었고 이미 파장으로 치닫는 장터거리로 나가보았자 별다른 구경도 없었다. 그 사내를 한번 보고 싶었다. 다만 막연한 호기심으로 사내의 얼굴이나 한번 보고 싶다는 생각이 집요하게 나를 잡아끌었다. 삼십 분 이상이나 나는 그 쪽마루에서 일어설 수가 없었다. 그때, 그 방의 문이 열리었다. 그러나 쪽마루로 얼굴을 내민 것은 사내가 아니었다. 그 여자였다. 여자는 등 뒤로 손을 내뻗어 문을 닫고 치마폭을 허벅지까지 벌렁 내붙이고 쪽마루에 풀썩 걸터앉았다. 그리고 가지고 나온 한 개비의 담배에다 푹 성냥을 그어대고는 폐부 깊숙이 연기를 들이마셨다. 그제야 쪽마루 이쪽에 있는 나와 시선이 마주쳤는데 여자는 게게 풀린 눈자위를 한번 치뜨더니 껌벅하고 내게 미소를 보내는 것이었다. 입가에 엷은 웃음을 흘리고 있었는데 그녀는 흡사 자신의 표정에 떠올린 미소는 금방 살갗 아래로 쭉 밀려내려올 것 같은 이상한 웃음을 짓고 있었다. 무안을 당해서 짓는 웃음은 아니었고 그렇다고 내게 어떤 선의를 갖고 던지는 웃음도 아니었다. 사람이 거기 있었으니 한번 웃어야 한다는 그런 턱없이 무의미한 미소였다. 그러나 나는 그녀가 던졌던 그 무의미한 미소를 깡그리 무시해 버릴 수는 없었다. 물론 나는 홍등가에서나 작부들의 웃음에서 그런 따위 무의미한 웃음을 경험한 적이 있었고 또한 무시되어도 서로 마음에 상처를 입거나 께름칙한 감정의 찌꺼기 따위는 당초부터 계산되지도 않았고 남을 수도 없다는 것을 알고 있었다. 그런데도 나는 그녀를 따라 빙긋 마주 웃어주고 있었던 것이었다. 그리고 보면 나는 내심으로 그 남자를 보고 싶었던 것이 아니라 그 여자를 보고 싶어 했는지도 모른다는 생각이 들기도 하였다. 그런 남자를 그토록 사랑하고 있는 여자, 이 세상의 모든 유부녀들이 정말 지겨워하고 있는 그 기다림을 소원하고 있는 여자, 지금 세상에 야바위통을 짊어지고 다니면서 살고자 하는 그런 멍청한 녀석을 사랑해서 기다리고 싶어 하는 그 여자를 구경했으면 했는지도 몰랐다. 그때 여자가 문득 내게 말을 걸어온 것이었다. 여자는 어느새 앉았던 툇마루에서 내려와 슬리퍼 같은 것을 끌고 내 앞에 와 서 있었다. 그녀의 양 엄지발가락에는 이미 색이 바랜 매니큐어가 칠이 벗겨진 채로 발라져 있었다. 그 벗겨진 매니큐어가 그 여자의 피곤을 대변하고 있었다.

"어디서 오셨어요?"

그런데 그 여자의 질문은 조금도 생경하거나 어색하지 않았다. 흡사 친구에게 가벼운 질문을 던지는 것처럼 격의없게 한마디 툭 던지고는 담배연기를 폐부 깊숙이 빨아들이는 것이었다. 그 여자의 방자하고 너무나 태연한 언동에 나는 문득 굳어버렸다.

"얼었군요."

“예?”

“얼 것 없어요. 그냥 물어본 것이니까요.”

여자는 보이지 않는 긴 촉각을 내 목구멍 안에 깊숙이 담그고, 내 심기가 돌아가는 양을 하나하나 감지하고 있는 것처럼 금방 굳어버린 나를 알아챈 모양이었다. 그러나 여자는 내 대답을 기다리지도 않고 조금 바쁜 걸음으로 그녀가 나왔던 방으로 들어갔다. 내가 담배 한 대를 다 피웠을 때 그녀는 한 팔에 핸드백을 걸치고 빤질빤질하게 윤이 나는 검은색 구두를 신고 있었다.

“술 한잔 안 살래요?”

그 여자의 표정은 너무나 뻔뻔스러워서 오히려 아무런 부담을 느낄 수가 없었다. 그 여자의 생활이 그러했기 때문에 그 엄청난 요구가 자연스러워 보인 것이었다. 도대체 그녀는 이편에서 거절할 수 있는 틈이나 허점을 가지고 있지를 않았다. 이를테면 그 여자는 원시적 체취 이외는 아무것도 갖고 있지 않음으로써 오히려 어설픈 예의나 지식 따위로 어설프게 무장이 된 나를 아주 깔아뭉개고 있는 판국이었다. 그녀는 벌써 내가 무기력해져 있다는 것을 눈치채고 있었는지도 몰랐다. 나와 같은 사람들이 갖고 있는 허점이란 게 무엇이란 걸 알고 있는지도 몰랐다.

“큰 부담을 지우진 않을 거예요.”

“아니…….”

“골목 밖에 나가면 대폿집이 두어 군데 있어요. 선생님도 심심하지 않아요? 촌구석이란 다 그런 거예요. 여긴 당구장도 없고 다방도 없단 말예요.”

내가 머뭇거리고 있는 사이에 그녀는 벌써 대문을 벗어나서 저만치 길바닥으로 나가서 나를 눈짓으로 독촉하고 있었다. 그녀가 나를 유혹하고 있다거나 바가지를 씌우려 하고 있다거나 하는 그런

예감은 전연 들지 않았다. 어쩌면 둘이 함께 마신 술값을 그녀 자신
이 다 물어버릴 것만 같은 너무나 당당하고 태연스러운 얼굴을 갖
고 있었으므로 내가 낭패를 느낄 필요는 없었다.

"멀리 가진 말죠."

"걱정 마세요. 그치는 자고 있어요. 한밤중이나 돼서야 깰 거
예요."

"아니, 그분을 걱정하는 게 아니라⋯⋯."

"알고 있어요. 선생님이나 나나 여기선 객지예요. 남의 눈을 무
서워할 까닭이 뭐예요."

이런 여자와 내가 낯선 시골장텃가 대폿집에 앉아서 술을 마시
게 되리라곤 상상할 수 없었던 일이었다. 나는 내 나름대로는 제법
절제된 생활규범 속에서 살아간다고 자부하고 있었고, 적어도 어울
린다는 것과 조화를 이룰 수 있는 모양이나, 그렇지 못하고 부자연
스럽고 거북한 것이 어떤 모습이란 것쯤은 나대로의 계산에 의해서
측정되어 왔고 나는 그런 식으로 측정된 계산 위에서 생활해 왔기
에 오늘날까지 대과 없는 인생을 살아가고 있다고 생각했던 것이었
다. 그러나 나는 물론, 때로는 여자를 사본 일도 있었고 술주정도
해본 일도 있었으며 아내에게 치기를 내보인 적도 있었고 직장에서
유치한 모습이 발각되기도 하였다. 그러나 오늘처럼 생판 낯선 여
자의 의도에 따라서 거미줄을 따라가는 거미처럼 정확하게 그 여자
에게 말려들면서 반성이나 배반의 기회를 깡그리 잃어버리기는 처
음이었다. 우리는 대폿집의 더럽고 냄새나는 목판을 사이에 두고
마주앉았다. 그녀가 손바닥을 탁 쳐서 주인 여자를 불렀고 주인 여
자가 목판가녘으로 다가오자 이번엔 턱으로 나를 가리켰다. 술과
안주를 시킬 기회는 내게 일임하겠다는 것인지 아니면 돈 낼 사람
은 나라는 뜻인지 가늠할 방도가 없었지만 막걸리 한 되와 파전 한

접시를 주문했다. 시킨 음식은 곧장 날라져왔다. 그녀는 술사발에 주저주저하며 술을 붓는 내게 술사발을 손가락질하면서 안심하고 가득 부으라는 시늉을 하였다. 그때 나는 또한 도대체 이 여자가 어디까지 나를 끌고 갈 것인가 하는 호기심이 불쑥 솟아올랐다. 술사발을 쭉 들이켜 바닥을 내고는 여자는 젓가락으로 파전 한 귀퉁이를 손톱만치 똑 떼어서는 입에다 넣었다.

"안주를 아낄 필요는 없어요. 그만한 돈은 내게 있으니까요."

"되게 뻐기시네. 내게도 그만한 돈은 있으니깐 그러지 마세요."

비로소 나는 이 여자의 허점을 발견한 느낌이었다. 그 발견이 오히려 나를 주눅들게 만들었다. 나는 얼른 말머리를 돌려버렸다.

"아가씬 여느 여자분들과는 좀 다른 인상을 갖고 있군요."

그녀가 풀썩 웃으면서 빈정거리는 투로 말했다.

"다른 인상을 풍긴다구요? 물론이시겠죠. 난 육 개월 전만 해도 학교선생님이었으니까요."

그녀가 거짓말을 하고 있다는 것은 확실했다. 첫째는 그 방에서 내가 엿들었던 두 사람의 대화 내용으로 보아서는 그녀가 육 개월 전에 학교선생님이었다는 것은 상상할 수조차도 없는 일이었고 두 번째로는 다른 인상을 느끼게 되었다는 내 말뜻을 정확하게 간파하지 못하고 전연 엉뚱한 대답을 하고 있는 여자였기 때문이었다. 그런데 참 이상한 느낌이 내 가슴속에서 움트고 있었다. 그녀의 그 얼토당토않은 거짓말이 무척이나 그녀에게 어울린다는 느낌이 그것이었다. 전 옛날에는 갈보였어요라고 대답했더라면 나는 그녀의 대답에 조금의 감동 따위는 느끼지 않았을 것이었다. 그런데 새빨간 거짓말인 선생님이었어요라는 말에 나는 내 자신도 모르게 두 눈을 크게 뜨고 그녀를 바라보기 시작했다. 그녀의 옛날 속에 그런 과거가 숨어 있었다는 것은 정녕 충격적이었다. 나는 그 충격적인 감정

이외에 어떤 다른 반란을 느낄 수가 없었다.

"아! 그랬군요."

대답하고 나는 목판 아래로 고개를 떨구고 말았다. 나는 눈자위에 일순 눈물이 솟아나는 것을 의식했다.

"놀랄 거까진 없구요. 인생유전 세상이 다 그런 거 아녜요? 인생살이가 데꾸보꾸가 여러 번이란 건 선생님도 알고 계시죠? 참 선생님 이름은?"

"……."

"어마, 이 선생 울고 있네? 이름이 뭐라고 했죠? 잊어먹었어요."

그것 역시 거짓말이었다. 나는 그녀에게 내 이름을 말해 준 적이 없었기 때문이었다. 그런데도 난 내 이름을 말해 준 적이 있었던 것 같은 착각에 빠졌다.

"민세철이라구 했죠."

"꽤나 쎄련해질려구 애쓴 이름이네요. 옛날 나하고 연애했던 사람은 박순철이었죠. 서울 청량리 바닥에선 박순철 하면 사업깨나 벌인 사람치고 모르는 사람이 없다 그러대요. 허긴 내가 차버렸지만."

"헤어졌군요."

"헤어져요? 유식하게 구네? 헤어지는 게 도대체 뭐예요? 한쪽이 차고 한쪽이 채이는 게 헤어지는 거 아녜요? 난 유식한 놈들 그런 식으로 얘기하는 거 싫더라."

그녀는 어쨌든 매사가 분명한 것을 선택한다는 식이었지만 그러나 굳이 무엇을 강요하는 태도를 짓는다는 게 역겨운 일이란 듯 다시 그 알 듯도 모를 듯도 한 웃음을 입가에 흘리는 것이었다. 너무 많은 세상사의 모든 것을 일찍 경험해 버린 타기의 모습을 나는 그녀에게서 읽고 있었다. 그러나 그런 모습이 누추해 보인다거나 서먹서먹하게는 느껴지지 않았다. 세 개의 술사발을 연거푸 비운 그녀는 삭막한 시선을 대폿집 문밖의 빈 장텃거리로 던지고 있었다.
갑자기 그녀가 일어서면서 말했다.

"우리 나가요."

막걸리는 뜨물같이 싱거웠고 파전 역시 그랬다. 나는 술값을 치
렀다. 대폿집을 나와서 잠시 사방을 두리번거렸다. 이미 땅거미가
지고 있었고 장꾼들이 떠나버리고 휘장이 걷힌 빈 장터에는 허섭스
레기가 뒹굴고 아이들이 땅에 떨어진 상품의 상표 같은 종이들을
줍고 있었다. 그때 우리들의 시선에 맞은편 석벽과 마주하고 나란
히 뻗어 있는 방축이 바라보였다. 그녀가 그 방축을 눈으로 가리켰
고 우리는 그곳을 겨냥하고 걷기 시작했다. 그래, 이 여자는 지금
여인숙에서 자고 있는 남자를 떠나고 있을 게다. 그런 생각이 문득
뇌리를 스치는 것이었다. 물론 나는 그녀의 행동에서 어떤 결정적
인 단서를 얻은 것은 아니었다. 다만 문득 그런 느낌을 받았을 뿐이
었다. 나는 대뜸 그녀에게 넘겨짚었다.

"떠나려는 것이지요 여기서?"

"같이 가지 않으실래요?"

"어딘 줄 알고 아가씨와 같이 간단 말인가요, 아가씨."

"내 이름은 분옥이에요."

"왜, 어디로 간단 말입니까. 이건 너무 엉뚱하지 않아요? 애인을
버리고 가다니 적어도 이런 식으로 막볼 사이는 아닌 것 같던데?"

"어떻게 알아요? 아까 여인숙에서 엿들었군요."

"그랬죠. 그러나 무의식중에 그렇게 되었어요. 전연 우연이었죠."

"아무래도 상관없어요. 내가 어딜 간다 해도 그 자식은 찾아올
거예요. 그러니까 내가 아무리 멀리 가고 어느 곳에 숨어 있는다 하
여도 그건 가는 게 아녜요. 그러니까 내가 그 자식을 피해 어디로
달아난다고는 생각하지 마세요. 다만 민씨가 같이 갈 것인가 아닌

가만 결정하면 그만이에요."

"내 계획은 내일 아침이어야 합니다."

"그럼 간단하죠. 그 계획을 하룻밤만 앞당기세요. 가는 곳은 민씨대로 따르겠어요. 어딜 가나 인간 사는 세상이긴 마찬가지일 테니까요."

"물론이죠. 그러나 인생살이를 유람처럼 생각해선 안 돼요. 인간이 똑같을 수도 없고 살아가는 방식이 같을 수도 없어요. 알맹이를 자세히 들여다보면 한 사람 한 사람이 유별나게 살아가고 있답니다."

"아이그, 목에서 신물이 올라오네."

나는 더 이상 군말을 한다는 것이 무의미하다는 것을 느꼈다. 한참 우리는 아무 말이 없었다. 그리고 아주 자연스럽게 그녀의 남자로부터 도망치고 있다는 것을 느꼈다. 소풍나온 아이들처럼 우리는 가벼운 기분이었다. 해가 지고 나자 산협길은 급속도로 어두워지기 시작했다. 산구릉에 서 있는 오리나무와 다복솔숲에서 스산한 밤바람이 일기 시작했다. 엷은 회색의 어둠 속으로 난 산협길이 파리하게 누워 있었다.

"달이 떴군요."

그녀가 지나가는 말투로 가볍게 말했다. 나는 달을 쳐다보았다. 장터를 떠난 지가 벌써 두 시간 이상이나 된다는 것을 그제야 깨달았다. 두 시간이라면 줄잡아 삼십 리쯤은 걸었을 것이었다. 그동안 우리는 단 한 사람의 행인도 만날 수가 없었다. 그 시간엔 이미 버스도 끊어졌고 또 도망하는 사람들처럼 산길을 걸어갈 사람들도 없겠기에 다른 행인들과 마주친다는 것은 어려운 일이었다. 호젓한 산길을 둘이서만 걷게 되자, 그녀는 점점 나와의 거리를 좁히게 되었고 나중엔 내 한 팔에다 팔을 끼었다. 그녀의 엷디엷은 옷자락에 가려진 살갗에서 느껴지는 욕정을 나는 물리치기 어려웠다. 여차하면 두 시간의 노정쯤이야 밤 안으로 되돌아갈 수도 있다는 생각을 처음부터 하지 않았던 것은 아니었다. 다시 곰곰이 생각해 보면 내 이런 행동은 그녀에 대한 단순한 호기심이나 장난기 이상의 무엇이 있다고 생각되었다. 나는 그녀가 요상한 방법으로 내게 접근해 오기를 기다리고 있었다는 게 옳았을 것이었다. 그녀에게 이 유치한 호기심을 충족시키는 이상의 무엇을 노리고 있었는지도 몰랐다. 왜냐하면 나는 그녀의 그런 이상한 행동이 조금도 싫지 않았기 때문이었다. 그리고 우리들의 행동에 대해서 두 사람이 똑같이 도덕적인 갈등 따위는 느끼지 않아도 좋았다. 그녀는 내가 그녀를 어떤 여자로 생각하고 있는지를 간과하고 있을 것에 틀림없고, 어떤 식으로 생각하든 그녀는 무관하다는 태도였다. 우리들의 정사(情事)는 그곳에서부터 시작되었다. 그녀와 정사를 치르고 나자 나는 비로소 그녀와의 이 어설픈 동행에 새로운 사건을 만들어낼 조짐이 있다는 것을 느끼게 되었다. 문득 그 야바위꾼이 생각나기 시작했기 때문이었다. 우리는 도로가 두 가닥으로 갈라지는 지점에서 산자락 아랫마을로 들어가는 작은 소로를 만났고 그 초입에서 버스에 오르내리는 승객들을 겨냥해서 낸 작은 구멍가게 집을 발견했다. 우리들의 정사를 나누었던 곳에서부터 삼십 분의 거리에 있었던 그 집은 한 노파가 구멍가게를 보고 있었고 안채는 따로 있었다. 가게문은 닫혀 있었지만 밤은 깊지 않아서 우리는 가게에 딸린 방 하나를 얻을 수 있었다. 방을 내주긴 하였으나 노파는 주저주저하고 있었다.

"냉골인데 어떡하나들."

우리들에게 양해를 구해야겠다는 것보다는 그 자신에게 묻듯 노파가 말했다.

"할 수 없죠."

노파가 밖으로 나갔다. 부엌 쪽에서 삭정이 부러지는 소리가 나고 아궁이에다 장작들을 서로 잇대어 쌓는 소리도 들렸다. 삼십 분이 채 흐르지 않아서 장지문이 열리면서 노파가 저녁밥상을 들고 방으로 들어왔다.

“색시가 참하구만…….”

밥상 위로 얼굴을 박고 있는 내게 노파가 한 말이었다. 그러나 금방 그녀가 반격했다.

“어머, 할머니. 전 이분의 색시가 아녜요.”

나는 깜짝 놀랐다. 그녀의 양심적인 대답이나 그런 말을 할 수 있는 용기에 놀란 것이 아니고 그렇게 말하는 그녀의 태도가 너무 단호했기 때문이다. 서로 정사를 나눈 사이라면 실제의 두 사람의 감정이야 어떻든 그런 경우 서로 마주 쳐다보며 의미심장한 미소를 나눈다든가 얼굴을 붉히는 따위의 반응이 고작일 것이었다. 그런데 그녀는 뱀 만난 여치처럼 화들짝 놀라서 그렇게 말했던 것이었다. 그러나 노파 역시 별로 놀라는 기색이 없었다.

“훈육이 못된 계집이 말이 많으면 한 동네에 시아비가 아홉이 된다.”

문득 노파와 그녀는 처음으로 만나는 사이가 아닐지 모른다는 생각이 들었다.

“이름이 뭐누?”

“저요?”

“그럼, 내가 젊은 총각 이름을 알아선 뭣 하게.”

“분옥이요.”

“몇 살이나 되었누?”

“스물넷요. 저도 할머니가 되려면 아직 멀었죠?”

“할머니 되고 싶나?”

"그럼요. 그쯤 되어야 한 동네에 시아비를 아홉쯤 두겠죠."

노파가 시선을 내리깔았다. 노파의 입에서 희미한 미소가 흘러 갔다. 그러나 처음에 내가 느꼈던 예감은 완전히 빗나갔다는 것을 깨달았다. 그들이 나를 앞에 두고 처음 만나는 사람들로 가장하기 위해 이름이나 나이를 물어보는 따위의 연극을 벌일 이유가 없었기 때문이었다.

불을 끄고 누운 지 한 시간쯤 지났을까. 우리는 어둠 속에서 나 란히 누워 있었지만 잠들지는 않았다. 나는 그녀와 헤어져야 한다 고 생각했고 그녀 또한 그것을 생각하고 있었는지 몰랐다. 아니 내 예감으로는 그녀는 무엇을 기다리고 있었는지 몰랐다. 그녀가 기다 리고 있는 것이 무엇일까. 내일 아침이 되어도 이 여자는 역시 나를 따라가겠다고 나설 것인가. 그런 생각을 하고 있는 중에 바람결을 타고 이쪽으로 달려오는 자동차 소리가 들려왔다. 점점 가까워진 자동차 소리는 우리들이 묵고 있는 삼거리 앞에 와서 멎었다. 두런 두런하는 사내들의 말소리가 들려왔고 금방 구멍가게 쪽을 겨냥해 서 걸어오는 발소리가 들렸다. 자동차는 다시 가던 길을 달려가기 시작했다. 투박한 사내의 목소리가 들려왔다.

"아지마씨 계십니까?"

"누구시오?"

생각보단 빨리 노파의 목소리가 들려왔다. 노파는 그 사내들이 구멍가게 쪽으로 찾아올 것을 예견하고나 있었던 것처럼 재빨리 대 답했다.

"어따, 이제사 나오시네잉. 이게 한밤중에 실례가 많습니다만 아 지마씨 아시다시피 그년 또 이 집에 와 있지요?"

"와 있긴 하지만서도……."

"동행이 있다는 거야 알고 왔습니다. 쪼까 들어가봐도 좋겠지요잉?"

"벌써 불 끄고 잔다네."

"불 끄고 자면 대수요? 제 서방이란 것이 찾아왔는디. 캄캄한 밤중이면 워떡코 발간 대낮이면 어떻소."

"제발 좀 떠들지 말고 가보게, 저 방이니까."

노파가 너무나 순순하게 우리들이 들어 있는 방을 가르쳐주는 것도 의외였지만 방문을 열고 성냥불을 그어대고 방 안에 누운 우리를 발견한 야바위꾼의 반응도 의외였다. 그는 흡사 화장실에라도 다녀온 사람처럼 아무렇지도 않게 말했던 것이다.

"멀리 간 줄 알았더니 여기까지 왔네."

뒤에 같이 따라온 사내는 야바위꾼 어깨 너머로 주섬주섬 이불을 제치고 일어나는 두 사람을 물끄러미 바라보고 있었다. 야바위꾼은 성큼성큼 방 안으로 들어서더니 전등의 스위치를 켰다. 방 안이 대낮같이 밝아졌다. 야바위꾼은 그녀 쪽으로는 거들떠보지도 않고 방 한가운데 풀썩 주저앉았다. 꾸깃꾸깃해진 담뱃값 속에서 한 개비를 꺼내 입에 물었다.

"노형은 뉘시오? 자신있소?"

"……."

나는 그의 질문의 핵을 가늠해 낼 수 없었다. 그 질문은 구태여 내 이름 따위를 묻자는 것도 아니었고 자신있소라고 물었던 말뜻은 전연 황당한 것이었다.

"당신 자신있다면 이 계집을 당신에게 넘겨주죠. 이 계집애 내버리지 않고 끝끝내 데불고 살겠소? 허기야 이렇게 묻는 내가 바보지만."

"전 그럴 자신이 없습니다……."

"이거 어디서 굴러먹던 병신이여? 낯짝에 똥칠갑하기 싫거든 말

똑바로 해봐. 어물쩡했다간 날아간다 너."

"분옥 씨가 여기까지 온 건 자신의 의사였지 내가 납치를 했다거나 유괴를 한 건 아니란 말요. 그러니까 나와 결혼을 한다든지 버린다든지 하는 따위의 문제들과는 상관없단 것이오. 실제로 당신이나 나나 그런 문제를 두고 서로 따지고 자시고 할 자격조차도 없지 않소."

어눌하게 굴었다간 이 두 사내에게 곱다시 당하게 될지도 모른다는 생각에서 나는 강경한 어조로 그렇게 대답했다. 이 사내가 내게 금전을 요구할지도 모르겠고 또한 분옥이란 여자를 미끼로 해서 이런 방식으로 살아가는 뜨내기 사기꾼들일지도 모른다는 생각까지 들었다. 그때 야바위꾼이 말했다.

"그럼 시방 이 계집은 공중에 떠 있단 이치란 게여?"

"그건 내가 간여할 문제가 아니죠."

"햐. 이 새끼 더럽게 유식한 척하네? 야. 이 여자가 어떤 여잔 줄 알기나 혀? 너 같은 촌놈은 하루아침에 해장거리여. 알겠어? 이것에게 잘못 걸렸다간 패가망신하기 일쑤여. 나같이 하루 벌어서 하루 먹는 떠돌이니깐 이런 계집을 꿰차고 다녀도 망신할 것도 없고 망할 것도 없지만 너같이 근본있는 놈은 곱다시 당한다 이게여? 알겠어?"

바로 그때였다. 바람벽을 기대고 천장만 물끄러미 바라보며 사추리를 벌리고 앉았던 그녀가 느닷없이 손뼉을 치면서 말했다.

"우리 술 한잔해."

그러나 야바위꾼이 냉큼 되받았다.

"시끄러 이년아. 뒈진 듯이 앉아 있기나 할 노릇이지 어느 미친 년이 이 밤중에 술자릴 차린다구 지랄야?"

그녀는 다시 대답이 없었다. 그렇다구 해서 사내의 공갈에 기가 질렸던 것도 아니었다. 사내의 짓씹어뱉는 듯한 말투에 몹시 배알이 뒤틀린다는 듯 눈자위를 치뜨고 한동안 사내를 노려보았다.

"그럼 워떡하려는 거여?

"어떡하다니 이년아. 돌아가야지."

"어쭈 돌아가? 어디로 돌아간단 거야, 거기가 어딘데?"

"어디긴 어디야 이년아. 우리가 묵던 곳이지."

"흡사 사글셋방이나 얻어둔 것처럼 얘기하네? 사글셋방 하나도 못 얻는 주제를 하고 왜 자꾸 꽁무니는 잡고 늘어지냔 말야."

"이년아 내가 네 속내를 모를 줄 알아? 사글셋방 얻어보았자 넌 거기서 열흘도 못 박혀 살 계집 아냐. 제 주제꼴은 모르구서 왜 남의 주제꼴만 타박하고 나서지? 그래서 사글셋방 하나 없다구 해서 이런 어줍잖은 놈과 외입질을 하고 다닌단 게여? 이런 놈 사타구니에서 사글셋방이 나온다던?"

"이봐 민씨? 어떡할 테예요? 난 이래 봬두 옛날엔 학교선생님이었다우. 민씨와 내가 짝을 지어도 내 편이 기울 건 없다구요. 난 이래 봬두 지성인이라니깐."

"지성인 좋아하네. 그 새빨간 거짓말을 이치가 믿을 것 같애?"

그녀가 픽 웃었다. 그때 야바위꾼 사내가 갑자기 내게 대고 버럭 소리 질렀다.

"야, 이 새캬. 싸게 나가버려, 이럭하고 밤새울껴? 이봐 시걸이, 이 새끼 밖으로 꺼내."

시걸이라고 불린 사내가 드디어 방 안으로 들어왔다. 체구가 우람하고 아랫도리가 껑충한 그 사내는 첫눈에 보아도 완력깨나 있어 보이는 사내였다. 그가 방으로 들어오자마자 다짜고짜로 나를 드잡이하곤 바깥마당에다 내동댕이쳐버리는 것이었다. 물론 나는 그들을 상대로 싸움판을 벌이고 싶지는 않았다. 승패를 빤히 들여다보면서 싸움질을 벌인다는 병신짓을 하고 싶지는 않았다. 그런 난장판이 벌어지고 있는데도 노파는 얼굴 한번 내미는 법이 없었고 안채에서도 쥐죽은 듯이 조용했다. 나를 마당에다 팽개치고 세 사람은 같은 방에서 잠을 잤다. 그런 창피를 당하고 난 뒤라면 새벽이 밝기 바쁘게 나는 그 집에서 떠나버렸어야 했다. 그러나 어쩐지 나는 매 맞았다는 일보다 그녀와 두 사내의 거동이 더욱 궁금했고 알고 보면 어젯밤의 일은 우리들 네 사람밖에 모르는 일이니까 창피랄 것도 없었다. 그들의 행동이 무엇보다 신기했던 것은 이튿날 아침에 잠에서 깨어난 이후로는 아주 완벽하리만치 내게 관심을 두지 않는다는 점이었다. 그들 세 사람이 아침에 일어나서 우물가에 앉아 세수를 하고 있는 나를 낯선 사람처럼 물끄러미 바라보고 섰다가 내가 비워준 세숫대야를 받아 아주 질서정연하게 차례대로 아침 세수를 끝내는 것이었다. 언제 어젯밤과 같은 사건이 있었느냐는 투는 노파도 마찬가지였다. 노파는 어젯밤에 일어났던 난장판에 대해선 나에게는 물론 그들 세 사람에게 묻는 법이 없었다. 그날이 이곳의 장날이었다. 그때 내게 삐죽하니 떠오르는 생각이 있었다. 그날 하루만이라도 이들을 관찰해 보자는 심사가 바로 그것이었다. 나는 곧장 그곳을 뜨려 했던 당초의 계획을 포기하고 이 동네에 장꾼들이 모이기를 기다렸다. 세 사람은 조반을 마친 후 득달같이 그집에서 나갔다. 나를 내동댕이쳤던 시걸이란 사내는 커다란 보퉁이 하나를 어깨에 메고 있었다. 두 시간쯤을 나는 문밖을 나가지 않고 노파의 집에 앉아 있었다. 그때 장터 쪽에서 노랫소리가 들려왔다.

동해나 울산은 잣나무 그늘/뱃길을 찾노라 석 달도 열흘/바람에 나부껴 이제야 왔네/에헤라듸어라 날 반기네/동해나 울산의 큰아기 보소/총각의 낭군의 몸보신차로/실백잣 전복쌈 실어나르네/에헤라듸어라 날 반기네……

작은 확성기를 타고 들려오는 그 낯선 가사의 노래는 분명 그녀의 목소리였다. 나는 끌리듯 그 노랫소리가 들려오는 쪽으로 다가갔다. 구멍가게집에서 백여 미터 떨어진 장터의 한 공터였다. 두 사내는 그녀가 노래를 부르는 동안 구경꾼들에게 원을 그리며 앉도록 주선하고 있었다. 그녀의 노래가 계속되는 동안 오십여 명의 구경꾼들이 몰려들었고 그녀의 노래가 그치자 야바위꾼 사내가 등에 북채를 짊어지고 공터 한가운데로 나왔다. 뭔가 보여달라고 독촉이 성화같은 구경꾼들을 향해 야바위꾼은 손사래를 치며 말했다.

"아따, 이거. 오줌 누고 좆 볼 여가도 없잖여. 우리도 정신을 차려야 염불을 하지. 자꾸 해라해라 캐쌌는다고 춤만 추다 보면 우린 흙 파먹고 산다는거? 자동차도 휘발유가 있어야 가고 개새끼도 밥을 줘야 짖는 뱁여. 의주파천에도 곱똥을 누고 가더라고, 땀도 닦아야 춤을 추든지 지랄을 하든지 하지. 그렇게 춤 좋아하거든 너 한번 춰봐 젠장."

음담패설에 사설을 늘어놓고 몇 번인가 춤사위를 고르는 척하다가,

"……장구치고 춤 싸발리고 돌아가니까 자네들, 어허 내가 실수를 하였나, 자네들이라니. 그러니까 신사숙녀 여러분, 우리가 무슨 약장수가 아닌가 하는지는 모르지만 우리가 이래봬도 약장수는 아녀. 입은 가로 찢어져도 주라는 바로 불렀다구, 그 시러배 같은 약장수란 것들이 갖구댕기는 게 내남없이 만병통치약이여. 그게 웃기는 거여잉? 요새 만병통치약이 도대체 워디 있다는 게여?"

그때 화장품통을 들고 구경꾼 사이를 비집고 다니던 그녀가 나를 발견한 모양이었다. 물론 나는 처음부터 그녀의 거동을 살피고 있었던 참이었다.

"왜 왔죠?"

　그녀가 가파른 시선으로 나를 훑었다. 어젯밤 정사를 나누었던 사이의 남자에겐 아무리 독한 여자라도 그런 눈초리는 할 수가 없었다.

　"분옥 씨 찾으러."

　"어머, 당신 이상한 사람이네요?"

　"뭐가 이상하다는 게요?"

　"왜 나를 따라다니는 거죠?"

　"우린 아직 헤어진 적이 없지 않소? 만나기만 하고 말이오."

　"그럼 간단하네요. 우리가 만난 적도 없고 헤어진 적도 없다고 생각해 버리면 간단하지 않아요. 하룻밤 서로 신세진 것 가지고 뭘 그렇게 오만상을 찌푸리고 계집 꽁무니를 따라다니고 그래?"

　그때 북채를 메고 있던 야바위꾼이 우리에게로 다가왔다. 그는 그 당장 내 멱살을 뒤틀어 잡았다.

　"누구냔 말여 이 새캬."

　"당신은 누구요?"

　구경꾼들이 모여들었고 나는 사내에게 멱살이 잡힌 채로 사내의 팔에 질질 끌렸다.

　"나 말이여? 난 이 여자와 동업자야. 그리고 보호자여. 주민등록증 보여주까. 이만하면 내 신분 알았겠지? 그러니까 네놈의 신분을 밝혀."

　싯누런 이를 앙다무는 사내의 멱살 잡은 손을 비틀어 빼면서 나는 외쳤다.

　"이것 놓지 못해요?"

　"워메, 이 싸가지없는 놈 보게? 니는 사람을 쳐도 좋구, 난 멱살도 못 잡는단 말여?"

　"내가 당신을 쳤다구?"

"그럼 치지 않고 간지럼 태웠더냐?"

"이러지 말고 조용히 애길 합시다."

"누군 조용히 얘기하고 싶지 않을까. 네놈이 남의 계집을 데불고 농탕을 치니까 내가 나선 거 아냐 이놈아. 이놈이 남의 계집을 꼬셔? 이놈아 네가 남의 계집 후려내는 특허 가졌냐?"

그때 구경꾼 중의 한 사람이,

"여보시오, 약은 안 팔고 쌈만 하고 치울 거요?"

"약이 다 무어요. 이 잡놈의 새끼가 남의 계집을 특허내고 꼬셔 내는 판에, 그럼 당신은 가만있겠소? 약은 무슨 놈의 약이란다냐. 그 다 헛것이랑게."

"아아니, 그럼 우리가 산 약이 전부 헛것이란 말요?"

"거 성미도 급하시네들. 그랑게 내가 판 약이 헛것이란 말씀이 아니오. 내 팔자가 기막혀서 떠돌이 야바위꾼으로 연명하는 터수지만 기것이 계집에 비하면 다 헛것이란 그런 이바구요잉. 그랑게 공연히 사람 욕뵈지 마시오잉."

"야, 이 새끼 이제 보니까 순사기꾼 아냐. 이게 약값 도루 물어내."

"워메. 사람들이 갑자기 왜들 이려? 그 약을 써보도 않고 날보구 사기꾼이랴? 여보시오들 우리 엄니 묘소가 전라도 순천땅이오. 내가 만약 사기꾼이라면 우리 엄니 무덤을 한번 파보슈, 개뼈다귀일 게요."

그 사내가 일순 내 멱살을 놓고 삿대질을 하는 바람에 나는 얼결에 놓여났다. 나는 더 이상 그곳에 머뭇거리고 있을 수가 없었다. 그리고 어제 이후 지금까지 내가 한 일련의 행동들에 대해서 내 자신조차 이해할 수가 없었다. 나는 여귀에라도 홀린 기분이었다. 이제 여길 떠나야 했다. 나는 드디어 내가 한 행동들이 너무나 무의미했다는 것도 깨달았다. 가겟방 숙소로 돌아와서 나는 읍내 쪽으로 나가는 버스시간을 기다렸다. 버스시간은 아직 다섯 시간 이상이나 남았다. 그러다가 나도 모르게 팔베개를 한 채 깜빡 잠이 들었던 모양이었다. 벽면을 타고 두런두런 지껄이기 시작하는 남녀의 말소리에 나는 어렴풋이 잠이 깨기 시작했다.

"자기, 정말로 날 배반하면 안 돼, 알았지 자기?"

"이건 어쩌면 입만 뻥긋했다 하면 자기야, 자기 소리 쑥 빼 좀."

"그래 쑥 뺄게. 배반할 거야 안 할 거야?"

"배반이 그렇게도 무섭냐? 싫어지면 헤어지고 신물나면 그만두는 거지. 전생에 무슨 원수가 두께로 져서 싫은데도 붙어다녀야 하고 신물이 나도 쑤셔박아야 한다는 거니? 너 날보구 걸핏하면 배반타령인데 너야말로 뭇 사내를 배반해 온 건 생각 못혀? 하긴 남의 손톱 밑에 가시 든 건 알고 제 등때기에 등창 난 건 모른다는 말이 있긴 하지만서두."

"자기, 날 그렇게 쫑코줘야 돼?"

"쫑코 좋아하네. 니 팔자나 내 팔자에 쫑코주면 뭘 하고 배반한들 상처입고 자시고 할 게 어디 있겠냐? 눈이 맞으면 그게 사랑이고 헤어지면 또한 무상인데."

"자기 정말 너무너무 철학적으로 나올래?"

"이것아 담배 좀 작작 피워."

"자기 철학할 동안 잠깐 한 대 피는 건데 어때."

"철학하고 담배하고가 무슨 상관이 있다고 철학할 때마다 피워 조지는 게여?"

"방도 못 얻어주겠다. 배반도 자기 맘대로 해야겠다. 신물나면 그만두겠다. 그럼 난 뭐야."

"넌 언제부터 담배질이었냐?"

"배반이란 두 글자 알고부터."

"그래, 그 배반 가르쳐준 게 사내임이 분명한데 또 사내에게 매달려서 이 지랄이지. 모르고 덤벙대면 떡이나 주지."

"떡은 내 거지 자기 건가 뭐."

"어이쿠──."

"방 얻어줄 거야?"

"한탕하면 얻어주지."

"차라리 시걸이처럼 약이나 팔아보면 어떨까."

"그것도 이젠 한 시절 갔어."

"그래두, 동업하자구 졸라봐."

"싫어, 사내자식이 메스껍게 약장사가 뭐야. 그놈도 틀은 호랑이 틀을 해가지고 하는 짓은 족제비야, 약장사가 뭐야."

"야바위꾼은 호랑이틀인가 뭐."

"이게 왜 또 사람 간장을 박박 긁어대고 지랄이야."

"자기 너무너무 흥분 잘한다, 정말."

나는 방에서 나왔다. 시계를 보았다. 그러나 버스가 오려면 아직도 한 시간 이상이나 남아 있었다. 걷기로 하였다. 걸어가다가 버스를 만나면 타기로 하고 나는 우선 이 장거리에서 떠나고 봐야 한다고 생각했다. 시오 리 정도를 혼자 걸었다고 생각되었다. 길 왼편으로 개천이 흐르고 오른편으로 깎아지른 듯한 석벽이 이어지는 비포장도로였다. 버스가 오지 않는다 하여도 한 시간만 더 걷는다면 기차가 닿는 읍내에 당도할 수 있을 것이었다. 그때 내 뒤쪽에서부터 한 대의 트럭이 모습을 드러냈다. 먼지를 뽀오얗게 뒤집어쓴 그 트럭은 덜컹거리며 다가오더니 손을 들고 있는 내 앞에 지나쳐 저만치 십여 미터 앞으로 가서 멎었다. 나는 달려가서 운전석에 대고 소리쳤다.

"읍내까지만 태워다 주십시오."

선글라스를 낀 트럭운전사가 대답했다.

"곧장 안 가요."

"곧장 안 가다니요?"

"중간에서 서너 시간 쉬었다 갈 거요."

나는 공연히 싱글싱글 웃고 있는 운전기사의 기분나쁜 웃음 너머로 나를 바라보고 있는 그녀를 발견하였다. 그녀 역시 나를 모른 척하였고 그녀의 한 손이 운전사의 허리를 끼고 있는 것을 보았다. 그 야바위꾼이 피곤에 지쳐 낮잠에 늘어진 시간에 여자는 또 방을 나와 이 트럭을 잡은 것이었다. 공교롭게도 그 트럭도 빈 차였다.

"서너 시간을 쉬어요?"

"예. 서너 시간요."

서너 시간 후라면 역시 야바위꾼도 잠에서 깨어날 것이었다.

천궁(天宮)의 칼

콧등에 가벼운 통증을 느끼면서 나는 겨우 눈을 떴다. 어섯눈을 뜨고 있는 옆에 그녀의 희미한 옆얼굴이 떠올랐다. 그녀는 웃고 있었다. 언제부턴가 나는 자동차의 동요에 전신을 실어부은 채 잠 속으로 빠져들었던 모양이었다. 그녀가 귤을 까먹던 손을 털고 차창을 조금 열었다. 상쾌한 바람이 얼굴에 끼얹혀졌다. 껍질을 알뜰히 깐 귤 하나를 그녀는 내 입에다 구기듯 밀어넣었다. 과육의 달고 새큼한 물이 잇몸으로 배어나오는 것을 느끼며 나는 전신에 실어부었던 가벼운 피곤을 떨쳐냈다.

나는 시계를 보았다. 버스는 벌써 두 시간 이상이나 포장도로와 비포장도로를 번갈아 밟으며 달려온 셈이었다. 하품을 하려다 말고 나는 입 안에 남아 있는 과육을 씹어 삼켰다. 잠에 빠져 있는 내 콧등을 튕겨놓고는 그녀는 웃거나 말을 걸어오지 않았다. 그녀의 스커트 위에 펼쳐진 신문지 위엔 그녀가 두 시간 동안이나 손톱으로 알뜰하게 벗긴 귤의 속껍질들이 엉킨 실타래처럼 쌓여 있었다. 그

306

녀는 신문지의 양끝을 키질해서 속껍질들이 바깥으로 흩어지지 않
도록 하였다. 우린 서로가 어울려 있으면서도 그러나 시간을 보내
는 방식들은 서로가 엄청나게 달랐다. 내가 시간을 흘려보내는 데
익숙해져 있다면 그녀는 도마 위의 무토막을 자르듯 시간을 자르는
데 익숙한 편이었다. 시간을 설거지 해치우는 그녀의 모습은 단련
되어 있었고 나는 그것을 구경하는 것에 숙달되어 있었다.

"기차를 타지."

맨 처음 나는 막연하게 그렇게 말했다. 그녀는 금방 내 말을 되
받았다.

"기차는 다섯 시간, 버스는 세 시간 반이에요. 한 시간 반을 왜
길바닥에 뿌리죠?"

우리는 버스를 타기로 했다. 한 시간 반을 길바닥에 뿌리고 싶지
않은 그녀의 절약심은 한 시간이라도 빨리 우리 어머니를 만나보아
야겠다는 그녀의 충정에서가 아니라 한 시간 반의 허송이 무조건
싫었기 때문이었다.

그녀는 버스를 타기 전에 매점에서 귤 한 봉지를 샀다. 그리고
버스가 출발하기 시작하면서 그녀는 귤을 먹기 시작했다. 그런 모
습을 보면서 나는 문득 여자란 도저히 거짓말을 하면서 살아갈 수
는 없는 동물이로구나 하고 생각했다. 그녀는 임신 중이었기 때문
이었다. 가운뎃손가락 세 개를 쫙 펴올리면서 그녀는 다그치듯 내
게 말했다.

"삼 개월 째예요. 아셨죠?"

"알았어."

"자길 사랑했던 기억은 긴가민가한데 임신한 거는 왜 이렇게 덜
컥 겁이 나죠?"

그랬다. 우린 정말 덜컥 겁이 났다. 덜컥 겁이 나면서 머리에 문

득 떠오른 사람이 어머니였다. 문득이란 말이 그러하듯이 나는 이 년여 동안 그이를 거의 잊어버리고 있었다. 내가 묘희에게 너무 열중해 있었던 탓도 있었겠지만 그것보단 그이 편에 책임이 있다고 나는 생각하고 있었다.

어머니는 일체 간섭이 없었다. 물론 서로간의 안부 정도는 편지로, 혹은 풍편이란 막연하기 짝이 없는 방법으로 주고받은 터였지만 그때마다 매우 상투적인 사연이었거나 단편적이고 의례적인 소식들뿐이었다. 그런 상투적인 편지나 풍편의 소식을 들을 적마다 나는 뒷문 밖으로 내쫓기는 개처럼 뜨끔한 모욕감을 느끼곤 했다. 객지에 나둥그러진 한 어미의 자식으로서 마땅히 받아야 할 간단없는 관심이나 일상적인 염려로부터 무자비하게 내동댕이쳐진 듯한 소외감이 거기에 있었기 때문이었다.

그이는 일 년에 한두 번 정도 내가 살고 있는 독신자 아파트로 대필의 편지를 보내오곤 하였다. 그것은 내가 석 달 만에 한 번꼴로 송금해 주고 있는 생활비조의 돈에 대한 답신일 때가 거의 전부였다. 그런 편지는 거두절미하고 내가 송금한 돈의 액수만 정확하게 적혀 있기가 보통이었다. 나는 답신을 보내실 필요가 없다는 편지를 내게 되었고 그이는 내 제안에 말없이 승복했다.

"이제 한 시간이죠?"

그녀가 이번엔 손가락 하나를 꼬나 보이면서 말했다. 나는 세 개가 아닌 것에 적이 안심하면서 대답했다.

"그래 이제 한 시간이다."

물론 그녀는 어머니에 대한 사전지식이 없었다. 아니 그런 것들을 주절주절 늘어놓기도 전에 우리는 서로가 좋아지게 되어버렸고, 좋아지게 되어버렸으니까 어머니가 어떻고 시골집이 어떻고 하는 따위는 군더더기가 되어버린 것이었다. 우린 이해하고 해결되어야 할 문제들을 가지고 만난 사이가 아니었고 만나고 나서부터 문제들을 이해하고 해결해 나가는 쪽을 택한 것이었다. 그것이 결코 심각한 것은 아니었다. 세상사란 어차피 그렇게 마련이었고 또한 다소 앞뒤가 뒤틀린 감이 없지 않다 하더라도 겸양이나 도덕적인 것으로 그런 것들을 곧잘 해결해 나가고 있기 때문이었다.

"우리 시골 가야겠죠?"

손가락 세 개를 내게 펼쳐 보이던 그 이튿날 오후 그녀는 가까스로 심각한 표정이 되어 그렇게 말했다. 물론이었다. 확실한 건 내가 하늘에서 떨어진 사람이 아니란 것이었다. 하늘에서 떨어지는 사람도 더러는 있었으면 좋겠다는 생각을 하면서 나는 대답했다.

"물론이지."

"전 준비됐어요. 언제라도 좋아요. 아이 밴 여자란 언제든지 준비하고 있어야 하니깐요."

그러면서도 묘희는 묘하게도 결혼식이란 말을 입 밖으로 흘려내지 않는 희한한 재간을 갖고 있었다. 하긴 그 희한한 재간이 오히려 나를 철저하게 옭아매는 재간이란 생각을 하지 않았던 건 아니었다.

"내일도 좋아? 마침 토요일이니까."

"그래요. 월요일이었으면 더욱 좋았겠지만 괜찮아요."

"월요일은 왜?"

"일주일의 시작이니깐요."

그녀는 그처럼 가벼운 기분으로 어머니를 만나려 하고 있었다. 그건 나 역시 마찬가지였다. 어머니가 우리들의 결혼에 굳이 반기를 들고 나올 까닭이 없었고 묘희란 여자가 또한 어머니의 눈에 들지 않을 만큼 못난 여자가 아니란 생각 때문이었다. 오히려 당신의 며느릿감으로선 과분한 여자임에 틀림없겠고 보면 당신께서 반기를 드실 수 있다면 그 과분한 때문일 게 분명했다. 그러나 시골 여

자들이란 그 과분한 것에 대처라는 데는 얼마나 의뭉스러우며 또한
단련되어 있는가. 과분하다는 것과 맞닥뜨렸을 때 어머니는 맨 처
음 손을 어떤 식으로 내저어야 하며 나중엔 어떤 식으로 시선을 내
리깔며 승복해야 한다는 것을 익히 알고 있는 것이 틀림없었다.

버스가 멎었다.

"저기죠?"

그녀가 창밖으로 손을 내밀어 가리키는 곳에 낯익은 산구릉이
누워 있었다. 그녀는 내가 고개를 주억거리자 황망히 의자에서 일
어났다. 버들내가 마을 앞을 가로질러 흐르지 않고 있었다면 나는
마을을 그냥 지나쳐버렸을지도 몰랐다. 마을의 이름도 내의 이름을
그대로 따서 버들네였다.

육 년 만에 찾아간 마을은 굉장히란 말이 무색할 정도로 변모되
어 있었다. 마을은 육 년이란 세월의 길이보단 훨씬 더 멀리 내게서
멀어져갔다는 느낌이 그 조그만 정류소에 내려서 내가 느낀 전부였
다. 버들네는 벌써 '옛날에……' 라는 식으로 이야기되어야 할 곳은
아니었다. 그 지긋지긋한 '옛날에' 를 깡그리 까바수고 마을은 일어
나앉아 있었다.

집에서 뒤꼍으로 나가면 탱자울타리가 길게 뻗어 있었다. 탱자
울타리를 마냥 따라올라가면 허리를 굽혀서 표주박으로 물을 퍼올
리던 우물이 있었다. 우물 옆에는 거무튀튀한 등걸을 굽히고 선 감
나무 두 그루가 있었다. 감꽃을 줍기 위해 새벽이면 감꽃 같은 눈곱
을 양눈에 단 악다구니들이 우물가로 모여들어 감꽃을 줍곤 했다.
그 탱자울타리로부터 시작된 좁은 마을 안길은 멀리 산자락 아래에
까지 뻗어 있었고 그 안길에선 항상 개가 짖었다. 그 탱자울타리가
보이지 않았다.

"어디죠?"

묘희가 물었다. 그녀는 조금은 을씨년스러운 모양이었다.

"따라와."

나는 이미 그때 우리 집을 발견하고 있었다. 추녀끝에서 금방 노래기라도 뚝뚝 떨어질 것 같은 초가집으로 들어설 적에 나는 힐끗 그녀를 훔쳐보았다. 그러나 그녀의 표정에서 나는 아무것도 읽을 수가 없었다. 당신께서는 마침 채전밭을 매고 계시다가 예고도 없이 들어서는 우리를 맞았고 툇마루에서 묘희의 절을 받았다.

"참 많이도 변했구나."

묘희의 인사를 받고 난 다음, 당신께서는 밑도 끝도 없이 그 한마디를 불쑥 내뱉었다. 무엇이 변했다는 뜻인가. 나는 그때 어머니의 그 말 속에 숨어 있을 법한 감정의 앙금 같은 걸 건져내보려고 하였다. 그러나 허사였다. 흐뭇하다든가, 섭섭하다든가, 그런 느낌에다 이가 맞게 소속시킬 만한 건덕지가 그 목소리엔 정말 없었다. 어머니의 목소리는 다만 건조했을 따름이었다. 묘희는 어머니의 시선에 얼굴을 빼앗긴 그 순간부터 어머니처럼 굳어져버렸다. 묘희가 거들겠다는데도 한사코 뿌리치며 어머니는 혼잣손으로 저녁밥을 지었다. 어머니는 딱 한 번 그녀로부터 절을 받았을 적에 그녀를 보았을 뿐 저녁 내내 나만을 상대하여 이야기를 나누었다.

"이 마을을 뜰 때가 왔구나."

저녁상을 물린 뒤 어머니는 다시 불쑥 그런 말을 내뱉었다.

"뜨다니요, 어디로 말씀입니까?"

묘희는 줄곧 내 등 뒤로만 붙어다녔다. 어머니는 무턱대고 고개를 주억거리고 있었다.

"니 말이 맞다. 참말로 뜬다는 말이 우습기도 하다."

"그런데요?"

"글쎄 말이다. 뭔지는 모르지만 내가 염치없이 이 마실에 더 이상은 눌러앉아 있으면 안 되겠다는 생각이 자꾸 든다. 하기야 이날 이때까지 이 동네에 들어와 살 수 있었던 것만도 고맙게 생각해야지만서도…… 암 그렇고말고."

어머니는 볼품없이 늙어 있었다. 묘희가 내 곁에 있었으므로 어머니는 더욱 그랬다. 그런 어머니가 지금 무슨 생각을 하고 있는지를 나는 금방 알아차릴 수가 있었다. 어머니는 아직도 그 귀신의 꼬리를 입에 물고 있는 것이 틀림없었다. 나는 그 순간 어머니에게 분노를 느꼈다. 어머니는 기어이 그 말을 묘희에게 들려주고 싶은 것이었다. 나는 도대체 그 귀신의 꼬리를 아직도 입에 물고 있어야 하는 어머니를 이해할 수가 없었다. 그리고 어머니를 용서할 수도 없다는 생각을 했다.

아버지가 돌아가신 지도 벌써 이십 년이 가까워오지 않는가. 세상은 너무나 많이 변해 있었고 그런 것들을 굳이 따지고들려는 사람도 그리고 발설하려는 사람도 이젠 없었다. 그것은 절대로 놀라운 것이 아니었고 지탄받을 것도 아니기 때문에 사람들은 관심 밖의 일로 제쳐두고 있는 문제였기 때문이었다. 그 지긋지긋한 귀신을 지금까지 입과 머릿속에 생생하게 그려내고 있는 어머니의 그 궁색한 모습은 처절하다 못해 차라리 분노를 느끼게 한다는 뜻이었다. 그런 면에서 어머니는 죄인이랄 수 있었다. 내가 버들네를 자주 찾아오지 않고 있는 까닭을 어머니는 알고 있을 터이었다. 그러나 어머니는 내 저항의 모습엔 상관하지 않았다. 내가 육 년 만이 아니라 십이 년 만에 버들네를 찾아왔다 하더라도 어머니는 나를 붙들어앉히고 내가 누구라는 걸, 그리고 누구의 아들이란 걸 확인시키고 또 확인시키려 할 것이었다. 그것은 흡사 이제 얼마 남지 않은 여생을 가진 당신께서 해야 할 마지막 남은 인생의 채무인 것처럼.

어머니는 드디어 오늘 나와의 한판승부를 노리고 있는 셈이었다. 묘희 때문에 내가 물러날 수 없다는 것을 어머니는 벌써 계산에 넣고 있었다. 당신께서는 이른바 그 절호의 기회와 마지막 기회라는 두 개의 카드를 손아귀에 함께 쥐고 있는 폭이었다. 어머니는 묘희에게 그걸 폭로하고 싶은 거였고 그 폭로가 가져올 이차적인 효과조차도 벌써 계산에 넣고 있는 게 분명했다. 어머니가 노리고 있는 것처럼 나는 이젠 그것을 피할 수가 없다는 것을 알았다.

"세상이 변했다는 걸 왜 모르고 계시죠? 아니 어머님이 그걸 모르고 있을 리가 없겠죠."

어머니는 역시 고개를 주억거렸다.

"그런데 왜 그러시죠?"

"니가 잘못 본 게다. 세상이 변했지 우리가 변했느냐."

"우리가 누구입니까? 변하고 있는 세상에 살고 있는 사람이 아닙니까? 그런데 왜 유독 어머니만은 변하지 않겠다고 발버둥을 치는 거죠? 발버둥을 칠 게 따로 있지."

"발버둥친다고 되는 게냐 이게?"

"참 딱하기도 합니다. 아버지가 돌아가신 지는 삼 개월이면 이십 년이 됩니다. 그런데 왜 내가 그 아버지의 굴레를 애써 덮어쓰고 살아가야 한단 말입니까?"

"넌 그 애비 자식이 아니냐?"

나는 그곳에서 그만 자제력을 잃고 말았다.

"그럼 제가 이 버들네로 되돌아와서 대물림의 칼을 받아서 육고간을 내고 푸주질이라도 해야 쓰겠단 말입니까? 아버지처럼 돝고기나 끊어 팔며 살아요? 어머니 지금 읍내에서 푸줏간을 누가 하고 있는지 알고나 계세요? 일 년 전까지 면장질하던 최 누군가 하는 그 사람입니다. 지금 내가 버들네로 돌아와서 육고간을 내겠다면 아마 그 사람이 온갖 이권과 권력을 동원해서라도 허가를 내지 못하게 훼방을 놓을 거란 말입니다. 그걸 아셔야지요. 그런 걸 두고 이른바 세상이 변했다는 것입니다."

"그것은 상관할 게 아니다."

"그럼 어머니의 뜻은 뭐란 말입니까? 뒤에 있는 이 여자에게 우리의 근본을 까뒤집어 보이고 싶어서 안달이 나셨군요."

"이 마을을 떠야겠다는 게지."

"역시 마찬가지입니다. 어머니가 그 망령에 매달려 있는 이상은 이 마을을 떠나 어딜 가신다 하여도 어머니가 살 곳은 없습니다."

"어쨌든 떠나야 하겠다."

"도대체 이 마을에서 어느 호로자식이 어머니를 보고 백정의 내자였다 해서 육고간으로 머리라도 집어넣던가요?"

어머니는 이번엔 고개를 양옆으로 훼훼 저었다. 그이는 또렷한 목소리로 말했다.

"아니다."

"그럼요?"

"버들네 사람들이 오히려 나를 보면 길을 내어줄 정도다. 네가 서울로 가서 크게 출세를 했다고 말이다. 상무가 되었다고."

"그럼 됐지 않았습니까? 무엇이 부족하고 무엇에 심통이 나서 어머닌 자식이 먹으려는 밥에다가 바늘을 꽂는 겁니까?"

"그게 싫어."

"싫다니요? 그게 왜 싫어요? 그 사람들이 속으로야 어떻게 생각하고 있는 건지 그것까지 헤아려줘야 할 운명까지도 어머니가 걸머지고 생각하고 계신다면 그거야말로 큰일입니다."

"그 사람이 내 앞에서 고개를 숙이는 게 난 싫어."

"그게 세상이 변했다는 뜻입니다, 어머니. 어머니는 지금 정당한 대우를 받고 계시는 겝니다. 어머니가 그것에 부담을 가지실 건 없으세요."

"그러니까 세상이 워낙 잘못 돌아가고 있는 게다. 백정의 자손이 업을 바꾸면 대가 끊기거나 병신이 태어나는 법이다. 난 그걸 보아 왔지. 너의 삼촌도 그랬고 사촌도 그랬다. 곰배팔이가 태어나고 벙어리가 태어났지 않았느냐. 그게 다 칼을 받지 않으려고 발버둥을 치다가 받은 업보란다. 백정은 백정의 주작대로 살아야 하고 면장을 하던 사람은 면장의 주작대로 살아야 하는 법이다. 면장이 푸줏간을 하고 백정의 소생이 상무질을 한다면 그것이 뒤죽박죽이지 워째 그것이 세상사란 게냐. 옛날에는 우리 육고간에 와서 여보게들 돝고기 한칼 주게 하던 사람들이 지금 와서 내게 길을 비켜주다니 이게 잘못된 세상이지. 어떻게 넌 세상이 달라졌다는 게냐. 사람이란 백정이든 양반이든 엄연히 뼈대가 있고 조상이 있지 않느냐. 그걸 속이고 살아가는 건 사는 게 아니다. 그게 바로 뿌리가 뽑혀 허공을 도는 게지."

"어머니의 속내가 정녕 그러시다면 어머님이야말로 이 세상에선 살아가실 땅이 없습니다. 어머니를 용납해 줄 사람이 없지요. 그리고 설령 지금에 와서 어머니가 옛날의 모습대로 되돌아가신다 할지라도 누가 어머니를 보고 여보게들 돝고기 한칼 주게 하겠습니까."

"참 이상도 하지, 사람들이 그렇게 변할 수가 있는 겐지 원……."

나는 어머니의 표정이 창피스러움과 곤혹으로 일그러지는 것을 보았다. 그리고 더 이상은 그런 어머니와 대좌(對坐)하고 싶지 않았으므로 나는 묘희를 데리고 밖으로 나와버렸다. 그녀는 말이 없었다. 우린 시멘트로 포장이 된 마을 안길을 따라 옛날엔 표주박으로 떠낼 수 있었던 우물께로 갔다. 그러나 그런 우물은 이제 보이지 않았다. 우물이 있던 자리에 게시판이 서 있었다. 우린 잠시 갈피를 못 잡고 그 어름에서 서성거렸다.

이런 경우 난 익숙해 있지 않았다. 어디로든 꼭 가긴 가야 하겠는데 별로 갈 곳이 없었다. 그래 참 감나무 두 그루가 있었지 하고 나는 생각했다. 그러나 감나무 역시 보이지 않았다. 그 감나무는 마을의 악다구니들에겐 이른바 반복의 역사, 세월이 가고 있다는 것을 정기적으로 우리들에게 일깨워주었고 에너지를 공급해 주는 역할도 하였다. 그 감나무는 어김없이 꽃을 피웠고 어김없이 결실을 맺었으며 다시 꽃을 피우기 위해 잎을 떨구었다. 나는 문득 시간이 정지되었다는 느낌을 받았다. 나는 무작정 옛날에 탱자나무울타리를 따라오르는 길이 있을 법했던 길 쪽으로 걸어갔다. 그녀의 숨소리가 귀에 잡힐 듯 명료하게 들려왔다.

아버지에겐 망건을 쓰거나 탕건을 쓰는 것이 허용되지 않았다. 초례를 치르긴 하였으나 곧장 상투를 트는 것도 허용되지 않았다. 나를 낳은 연후에야 겨우 그는 상투를 틀 수 있었지만 항상 봉두난발이었고 고름 없는 저고리에 검은 동정을 달았고 검정 바지를 입었다. 나는 아버지가 주의(周衣)를 입은 모습을 본 적이 없었다. 아버지는 백정의 후손으로서 그리고 무자리 천출로서 할 수 있는 모든 것을 다 해냈다. 사람들 앞에서 마시거나 피우지도 않았고 길에서 사람을 만났을 땐 입례(立禮)하고 그가 멀리 지나갈 동안 기다렸다. 내가 아이들과 싸움질을 할 수 있는 기회가 없도록 가두어 길렀고 쇠가죽을 깔고 앉아서 혼자 술을 마셨다. 우리는 언제나 가난했고 겨울은 항상 추웠다. 아버지는 방에다 군불지피는 것을 한사코 거부했다. 어느 날 어머니가 말했다.

"우린 괜찮습니다만 이러다간 내지른 소생 한속으로 죽이겠소."

아버지가 퉁명스럽게 대답했다.

"백정의 새끼가 반은 소인데 그렇게 쉽게 죽는 법이 아녀."

"그럼 꼭 죽어야 쓰겠소?"

"어허 이런 놈의 여편네가? 그놈이 한속으로 죽는 걸 보았어?"

"군불 좀 지핀다구 그게 무슨 죄가 된다는 게요?"

"백정놈이 여염집 흉내를 내면 못써. 무자리 천출들이 무슨놈의 춥고 더운 걸 안다구 춥다구 군불을 지펴? 그러다가 지레 죽는다는 걸 몰라서 그 지랄인가? 썩 걷어치워."

아버지는 충혈된 두 눈을 부라렸는데 그 눈은 흡사 천궁(天宮, 도살장)으로 들어가는 소의 두 눈을 연상시켰다.

아버지는 일 년에 두 번, 그러니까 봄에 한 번 가을에 한 번을 짧으면 사오 일 또는 칠팔 일 동안이나 바람처럼 어디를 다녀오곤 하였다. 그때마다 아버지는 몸에다 많은 돈을 지녔다. 그 돈은 이를테면 겨울에서 봄까지 또는 여름에서 가을까지 도살로 벌어들인 돈이었다. 아버지가 일 년에 두 번씩이나 몸에 지니고 나가는 그 엄청난 액수의 돈 때문에 우린 가난을 면치 못하고 있었지만 어머니는 철저하게 그 돈의 행방에 대해서 불평은 물론, 일언반구의 원망도 하지 않았다. 그 돈을 전대에다 넣어 집을 나설 때 아버지의 두 눈은 소의 그것처럼 충혈되어 있었고 어디에다 그 전대를 풀고 돌아오는 날은 항상 허옇게 지친 모습이었다. 나중에사 안 일이었지만 아버지가 가는 곳은 진주(晉州)라는 곳이었고 그곳엔 속박된 백정들의 인권을 되찾자는 운동인 형평사(衡平社)가 있었다는 것이었다. 그 돈을 쓰기 위한 일 년의 두 번의 출타 이외엔 아버진 일체의 바깥출입이 없었다. 진주에서 돌아오는 날은 반드시 술을 마셨다. 그리고 아주 굴신을 못하도록 흠씬 취해 버리던 것이었다. 지치고 지친 모습으로 아버진 대취해서 쓰러져갔다.

내가 일곱 살 되던 해에 면서기가 우리 육고간으로 아버지를 찾아왔다. 아버지가 고름 없는 저고리를 여미며 그들 앞에 꿇어앉았다.

“길상이를 학교에 보내야 합니다.”

그 젊은 면서기가 그렇게 말하자, 아버지는 눈자위를 까뒤집을 만치 놀랐다.

“학교라니요?”

“학교를 몰라요? 글을 배우는 곳.”

“제 소생이 감히 학교를…….”

“왜 그 아이가 어때서요?”

“제 소생이 아닙니까. 백정의 권속이야 반은 소가 아닙니까.”

“그래서요?”

“백정의 자손이 업을 바꾸면 대가 끊기게 되지요.”

“글을 배운다는 게 업을 바꾼다는 뜻입니까?”

“백정에겐 글이 필요가 없습지요. 글을 배우게 되면 칼을 대물림하지 못하니 그것이 바로 업을 바꾸는 게 됩지요.”

“당신네들 사정이야 어찌 되었든 그리고 좋든 싫든 길상이란 아이는 학교를 보내야 합니다. 이건 국가에서 명령하는 것이니까요.”

“누가 백정에게 명령을 한다는 것입니까요?”

“당신 참 뻣뻣하구려. 그러다가 서서 오줌 싸겠소. 국가가 명령하는 일엔 백성이 따라야 한다는 것도 모른 척해야겠다는 것입니까?”

“그간 백정의 소생 하나쯤 쑥 빼줄 수도 있지 않습니까요?”

“그건 위법이오.”

“법이라니요? 백정에게 무슨 법이 필요하십니까? 쇤네는 법없이 평생을 살아왔습지요. 그런데도 아무런 불편이 없었습니다요. 그런 것 지체 높으신 분들이 가지시는 것이지요.”

“당신 보아하니 천출입네 하면서 뻣뻣하긴 지체높은 양반 열을 찜쪄먹겠소.”

“제가…… 감히 어떻게…… 혹이나 동네 어른들이 들으셨다면 큰일입니다요. 백정의 권속이야 반은 소입지요. 소새끼가 지체있는 집안의 도령님들과 섞여서 글을 배운다는 것은 천부당만부당하신 말씀이 아니옵니까. 그래서 공연히 저의 권속들이 관재라도 입게 된다면 저희는 끝장입니다요.”

그 면서기라는 사람이 땅땅 벼르고 돌아간 뒤 아버지는 하루종일 말이 없었다. 그날 해가 빠지고 날이 어두워지자 아버지는 어디가서 몹시 깡마르고 늙은 황소 한 마리를 몰고 왔다.

“타거라.”

소를 마당 귀퉁이에 세워두고 지겟문을 열면서 아버지가 내게 명령한 말이었다. 나는 오들오들 떨었다.

“싫여.”

“길상아?”

아버지는 두 눈을 부릅떠 나를 노려보았다. 나는 힐끗 아버지의 등 뒤를 훔쳐보았다. 천궁에 갈 때처럼 손에 도끼라도 들려 있는가 해서였다. 다행히 아버지의 등 뒤에는 도끼자루가 보이지 않았다. 우정 목소리를 높이고 있는 아버지와 어머니의 침묵 사이에서 나는 거의 속수무책으로 떨고 있었다. 다시 한 번 아버지의 명령이 떨어졌다.

“타거라.”

“싫여…….”

“이놈자식, 웬 고집이 그리 드세냐. 타지 않으면 쫓아낼 테다.”

“싫여…….”

“별종이 태어난 게다.”

나는 그 말뜻을 이해할 수 없었다.

“타거라.”

이번엔 어머니가 독촉하기 시작했다. 그러자 아버지는 더 이상

지체할 틈이 없는 듯 나를 덜렁 안아서 소 잔등에다 태웠다. 길마 위에 나를 앉히고 난 다음 밀삐끈으로 길마에다 나를 꽁꽁 묶었다. 그리고 아버진 소를 몰기 시작했다. 나는 울었고 딸꾹질을 해댔다. 그리고 잠이 들었다. 나를 태운 소는 쉬엄쉬엄 밤을 새워 어디론가 걸어가는 것을 멈추지 않았고 일정한 목적지도 없는 것 같았다. 지 쳐서 잠에 떨어진 내 귀에 아련히 닭이 홰치는 소리가 들려왔다. 내 가 눈을 떴을 때 나는 이슬에 흠뻑 젖은 아버지와 내가 우리 집 마 당에 와 있는 것을 알았다.

우리들 부자의 그 밑도 끝도 없는 하룻밤의 여행에서 돌아온 날 아버지는 앓기 시작했다. 물론 어머니는 앓아누운 아버지를 위해 약을 쓰거나 심지어 조약조차도 쓰지 않았다.

"임자……."

아버지가 꺼져들어가는 목소리로 어머니를 불렀다.

"예."

"절대로 약을 쓰면 안 돼."

어머니가 고개를 주억거렸다. 아버지가 숨질 때까지 그이는 내 내 냉수사발만 들이켰다. 물론 어머니는 아버지의 죽음을 위해 상 여를 쓰지 못했다. 망혼을 달래는 시침굿도 없었고 여막을 짓지도 않았다. 천궁에서 소가 죽어가듯 아버지는 돌아가신 것이었다.

"네놈이 니 애비를 잡아먹은 것이니라."

아버지를 묻고 돌아오던 날 어머니는 내게 밑도 끝도 없이 그렇 게 말하던 것이었다.

"어째서 백정의 소생으로 너 같은 요물이 태어났는 건지 알 수가 없다. 소 잡는 칼을 부엌 시렁에 얹어두면 파(破)가 든다더니 네놈 이 태어날 적에 아비가 칼 간수를 잘못한 게 틀림없지."

며칠 후엔가 어머니는 혼잣소리를 하였다. 세상이 변해 가는 것을 그들은 순전히 내 탓으로만 돌리려 하였고 내가 그들의 생활을 좀먹어 가는 장본인으로만 생각하였다.

"숨차요."

언덕길을 반도 오르지 못해서 묘희가 그렇게 말했다. 그녀의 얼굴은 몹시 창백해져 있었다. 언덕길에 달빛이 차가웠고 멀리서 개 짖는 소리가 들려왔다.

어머니는 묘희가 임신하고 있다는 사실을 알고 있었을 거였다. 늙은 여자들이란 그런 눈치 하나만은 빠르지 않은가. 그런데도 어머니는 아직 태어나지도 않은 뱃속의 아이에게 저주를 퍼부은 것이었다.

——백정의 소생이 업을 바꾸면 대를 끊기거나 병신을 낳는다.

그만치 철저한 저주가 도대체 어디 있을까. 하물며 자기의 며느리가 될 사람을 보고 한 말임에야. 왜 아직도 내가 당신을 어머니로 생각하고 있었으며 당혹을 느꼈을 때 왜 어머니를 맨 처음으로 뇌리에 떠올리게 되었는지 후회스럽고 가슴아팠다.

나는 그녀의 겨드랑이에다 팔을 넣었다. 묵직한 중량감이 내 팔에 얹혀왔다.

"인간이 칠십 평생 동안 가질 수 있는 그 수많은 시간 중에서 정말 자기만을 위해 쓸 수 있는 시간은 아마 열 손가락에 들 만큼 사소한 시간이겠죠."

그녀는 애써 말을 피하고 있는지도 몰랐다. 나는 그녀의 말에 대답할 수 없었다. 아니 그럴 자신도 없었다. 우리는 겨우 언덕을 넘었다.

언덕을 넘고 보면 질펀한 개활지가 나왔다. 개활지에는 억새와 갈대가 엉키어 자라고 있었다. 달빛이 갈대밭 위로 내려앉아 바람을 타고 너울거리고 있었다. 우린 개활지를 오른편으로 끼고 돌자갈길을 한참이나 걸어갔다. 그녀가 앞서서 걸었고 내가 뒤따르는 편이었다. 나는 그녀의 얼굴을 쳐다보지 않기로 마음먹었기 때문이었다. 나는 이제 버들네를 떠나는 이후 묘희와는 헤어져야 할지도 모른다는 생각까지 하고 있었다.

"어머니는 존경할 만한 분이에요."

앞서서 걷고 있는 그녀의 입에서 난데없는 한마디가 불쑥 튀어나왔다.

"그분이야말로 여자죠. 길상 씨의 출세를 속으로는 얼마나 기다리고 있었겠어요? 태어날 때부터 세상의 괄시를 함께 가지고 태어나서 아들만은 그런 괄시를 받지 않도록 해야지 하는 소원이 없었겠어요? 속으로 울고 속으로 빌었을 테죠. 그러나 어머님은 아버님 편을 택한 거예요. 어머님은 이제 우리들에게서 마지막 남은 어머니죠."

"아버진 처음부터 나를 별종으로 생각했더랬지."

"모르겠어요. 그러나 한 가지 확실한 건 어머님은 아버님을 택한 거죠. 온 마을이 전부 현대식 주택으로 개조를 했는데도 어머님은 옛날 육고간이 있던 그 집을 그대로 수리조차 않으신 채 살고 계시는 걸 보면……."

묘희의 목소리가 떨리고 있었다. 그녀는 혹시 울고 있는지도 몰랐다.

"바람이 차지 않아?"

"괜찮아요."

우린 자꾸만 걸어가고 있었다. 그제야 나는 이 길이 천궁으로 가는 길이란 것을 알았다. 그리고 이 길이 천궁으로 가는 길이란 것을 깨달았을 때 우리 둘은 벌써 그 건물의 앞에까지 와 있다는 것을 알았다. 벌써 추녀의 한끝은 무너져 땅에 끌리고 있는 그 집은 마을에서 건초창고 따위로 쓰고 있는 듯 건초들이 높다랗게 쌓여 있었다. 건초가 썩는 냄새가 물씬 풍겨왔다.

"저기로 들어가서 잠깐 추위를 식히죠."

묘희만은 그곳이 옛날 이십 년 전의 아버지가 도살장으로 쓰던 곳이란 것을 모르고 있을 터였다. 그러나 내가 굳이 그녀의 요구를 거절하고 나선다면 아마 눈치빠른 그녀는 그 집의 내력을 캐물으려 할 것이었다. 우린 그 집으로 들어갔다. 그러나 건초가 썩어가는 듯한 냄새 이외엔 아무 냄새도 없었다. 우린 건초더미에 기대어 나란히 앉았다. 손을 부비던 그녀가 부비던 손으로 내 목덜미를 끌어안았다.

"당신을 사랑해요."

그녀가 흐느끼듯 말했다. 역시 나는 대답하지 않았다. 우리들의 헤어짐에 또 다른 잡다한 찌꺼기를 남기고 싶지 않다는 심정에서였다. 나는 아버지와 어머니와 또한 묘희에게서 패배하고 있었다. 그때, 갑자기 묘희가 건초더미에서 일어났다.

그녀는 코트를 벗어 건초더미 위에다 깔았다. 그리고 블라우스의 앞단추를 끄르고 있었다. 그녀가 말했다.

"난 이 집이 무엇 하던 집인지 알고 있어요."

"무슨 소리야?"

나는 온몸의 피가 한 바퀴 역류하는 듯한 느낌이 들었다.

"길상 씨 아버님이 생업을 영위하던 곳이죠?"

"……."

"제 직감이었어요."

"왜 그래?"

"이곳으로 오고 싶었어요. 아니 제 자신도 모르게 찾아온 곳이에요."

“일어서.”

나는 나직하나마 단호하게 말했다.

“우린 여기 있어야 해요.”

“왜? 미쳤어?”

“어머닐 위해서죠.”

“미쳤군, 완전히 돌았어.”

“이리 오세요.”

묘희는 내 대답을 기다리진 않았다. 그녀는 이미 윗도리를 다 벗고 브래지어 차림이었다. 그녀는 내 차가운 손을 끌어당겨 자신의 젖무덤에다 갖다 얹었다. 나는 그녀의 눈자위가 허공에 뜬 걸 보았다.

그녀의 집은 장충동에 있었다. 일 년 전에 나는 그녀의 집에 초대를 받아서 방문한 적이 있었다. 아버지는 시골의 목장에 내려가시고 없었다. 꽃꽂이 전문인 그녀의 어머니가 초대의 수발을 맡아 보았다. 모녀는 완전히 홍분되어 있었다. 묘희는 나를 자기 집으로까지 끌어들일 수 있었다는 성취감에 들떠 있었고 그녀의 어머니는 자신의 사회적 덕망에 대해서 그리고 꽃꽂이 학원의 성황에 대해서 자랑할 수 있는 가장 적절한 상대를 만났다는 것에 들떠 있었다. 그러나 그녀의 어머니에게도 칼은 있었다.

“월급이 얼마가 되죠?”

“얼마가 되죠.”

“총각생활로선 그만하시면 너무 많군요. 그죠?”

오십이 넘은 그녀의 어머니는 어린애들을 흉내내는 말투를 쓰고 있었다.

“아마 그럴 테죠.”

"전부 저축?"

"그런 편이죠. 시골에 계시는 어머님에게 조금 보내는 거 외엔."

"홀어머니시라죠?"

"그런 셈이죠."

"얘 묘희야, 넌 어떻게 생각하니 홀어머니 모시기 힘들다는데?"

"무슨 상관야. 모시지 뭐."

"얜? 넌 나보다 트였구나."

"그럼 난 엄마 닮진 않을래."

"그게 무슨 소리니?"

"할머니 구박하고 있잖어."

"얜, 길상 씨 앞에서 무슨 못된 소리니?"

"길상 씨 하지 마."

"그럼 뭐라고 부르란 게니?"

"홍 선생, 홍 서방 다 있잖아."

"홍 서방이라니 아직 약혼한 사이도 아닌데?"

"그렇지만 우린 벌써 끝간데까지 간걸."

"어마, 어마, 이게 무슨 소리니?"

그녀의 어머니는 식탁에다 이마를 곤두박고 한참이나 앉았다가 겨우 고개를 처들었다. 그때 잽싸게 묘희가 나를 잡아끌었다. 마루를 건너 화장실 옆에 있는 도어를 열고 들어가자는 시늉을 했다. 그 방에 며느리에게 구박을 받고 산다는 묘희의 할머니가 앉아 있었다. 나는 큰절을 했다. 할머니는 내 손을 꼭 쥐었다. 그때 나는 방 한켠에 너무나 윤이 나는 놋요강 하나를 보았다. 그 놋요강은 너무나 잘 닦여 간수되고 있어서 그 방 안에 있는 모든 가구 집기들이 퇴락해 보였다. 묘희 할머니는 나와 몇 마디 얘기를 나누는 동안 줄곧 그 놋요강을 손으로 쓰다듬고 있었다.

"저기에다 소변을 보지 않아요."

묘희가 내게 귓속말을 했다.

"어머니가 저걸 몰래 감춰버린 적이 있죠. 그때 할머니는 하마터면 돌아가실 뻔했지 뭐예요."

우린 건초더미 위에서 일어났다. 정사 후의 그 후줄근한 기분 때문으로 우린 잠시 말없이 서로 부둥켜안고 그대로 누워 있었다.

"이제 가야죠."

그녀는 늙은이들처럼 과거의 냄새가 푸근히 밴 듯한 목소리로 말했다. 나는 일어나서 천천히 건초더미 위에 벗어놓은 옷들을 주워입었다. 멀리 마을에서 개 짖는 소리가 들려왔다.

"내일은 가야죠."

"나두 역시 가야 해."

우리는 천궁에서 나왔다. 그녀의 코트자락엔 건초들의 지푸라기가 묻어 있었다. 우리는 올 때와는 달리 내가 앞장을 서고 그녀가 뒤따랐다. 그녀의 발소리가 너무나 선명하게 들려왔다. 개활지에서 바람을 타고 달빛이 밀려왔다.

우린 벌써 헤어지고 있다는 것을 나는 깨달았다. 그녀는 내 옆으로 다가와서 팔짱을 끼었다.

"삼 개월째라는 거 알죠?"

"그래 알고 있지."

"우린 쑥이었죠?"

"어떡하려는 게지?"

"무서워요."

"누가?"

"내가 무섭단 얘기죠."

“왜?”

“우리 집에 오셨을 때, 우리 할머니 방에 들어가 보셨죠? 그리고 할머니가 애지중지하시던 그 빛나는 놋요강도 보셨죠?”

“알구 있어, 할머니가 왜 그 놋요강을 애지중지하고 있는가를 난 알아차렸지. 그건 할머니가 대물림으로 받으신 거겠지. 묘희가 결혼을 하게 되면 아마 묘희에게 대물림하실 테지.”

“그래요. 우리 증조할아버지가 누구였는지 아세요?”

“선혜청의 당상관이었다구 묘희 어머니가 얘길 하시더군.”

“아녜요. 그이는 유기장(鍮器匠)이었죠. 아마 그래서 그 도살장을 쉽게 찾을 수 있었던가 보죠.”

우리가 집에 도착했을 땐, 벌써 어머니는 싸늘하게 식은 시신으로 남아 있었다. 당신께서는 한 손에 쇠코뚜레를 힘껏 잡고 계셨고, 내가 서울에서 송금했던 돈을 단 한 푼도 축내지 않고 장롱 속에 간직하고 있었다. 나는 어머니의 싸늘하게 식은 시신 위로 이십 년 전에 돌아가신 아버지의 망령이, 돌확에 떠오르는 유월의 구름처럼 떠오르는 것을 보았다. 그 망령이 묘희를 이끌고 밖으로 나가고 있는 걸 나는 등 뒤로 느끼고 있었다.

겨울새

이를테면, 그 여편네는 천성이 화냥년이고 타고난 색골이라는 것이었다. 남자 갈아치우기를, 일찍이 새발의 피로 팔자를 고친 바 있는 흥부 아들놈들의 끼니 굶듯 하였으니 말이다. 하긴 그녀 편에서 한두 번 사타구니에 껴본 남자는 싫다고 해버렸는지, 만나는 남자들이 그녀를 헌신짝처럼 버려온 건지는 당사자가 아닌 타인들이 그 속사정까진 알 수 없었다.

한 가지 기특한 것은 그렇게 수없이 남자를 갈아치워도 한사코 애새끼를 갖는 일은 없었다는 것이었다. 그래서 사람들은 그녀야말로 천상천하에 꼭 찝어내듯 천성으로 타고난 화냥년이며 갈보라고 수군거렸다. 그래서인지는 몰라도 그녀에게만은 고슴도치도 있다는 살친구 하나 없었다. 마을의 어느 배짱있는 여자도 그녀와는 놀아주질 못했다. 개밥의 도토리처럼 언제나 변두리로 밀리거나 그녀만이 외톨이로 남았다.

그녀와 마주치면 그것이 막다른 골목이 기다리는 처지라 하더라도 우선은 냉큼 돌아서고 말았다. 그러나 그 천성엔 모질고 질긴 면도 있는 여편네여서 눈썹 한 번 까딱 않고 그 수모들을 고스란히 받아들였다. 마을의 여편네들이 자기를 두고 지랄을 하든 어깨춤을 벌이든 그녀에겐 강 건너 불난리였다. 그러면서 더욱 보란듯이 기승을 부리며 이 남자에서 저 남자로 건너다녔다.

"망할 년들, 남의 살 얻어먹기는 그리 쉬운 줄 아나뵈."

입을 비쭉거리며 그녀는 때때로 이런 혼잣말을 지껄이곤 하였다. 그랬다. 친구가 없었으므로 그녀는 언제나 미친년처럼 혼잣말을 지껄였다. 심지어 길을 걸어가면서도 자기에게 묻고 그 물음에 자신이 대답하는 것이었다.

"망할 년, 지 에미처럼 신들렸는가뵈."

혼잣말을 곧잘 하는 그녀를 두고 여자들은 이렇게 말했다. 이를테면 그건 이 년 전에 죽은 그녀의 어머니를 두고 하는 말이었다. 그녀의 어머니는 무당이었다. 무당의 무남독녀였던 그녀는 스물일곱에 시집을 갔다.

싸움질이라면, 남의 것이라도 십 리를 단숨에 뛰어가서 도맡아 해야 하는 한(恨) 많고 우락부락하기로는 근동에선 이름깨나 날리는 그 사내는 소몰이꾼이었다. 불알에 솜털이 돋을 때부터 장바닥만 헤집고 다니던 위인이어서 계산이 빠르고 세상물정에 밝은 것이야 탈잡을 게 없었지만 가정이란 곳이 어떤 곳인지 '가' 자도 모르는 생판 화적 같은 망나니였다. 일주일에 한 번꼴로 외장(外場)을 돌다가 집구석으로 돌아왔는데 돌아오는 즉시 다짜고짜로 계집부터 패조지는 것이었다. 무슨 까닭이 있고 구실이 있는 게 아니었다. 그냥 빙판에 나자빠진 황소 눈알처럼 막연한 공포가 가득찬, 그리고 살기등등한 눈알을 굴리며 계집을 때려조지던 것이다.

"이 화냥년, 어느 놈과 붙어먹었지?"

덮어놓고 이렇게 찍어눌렀다. 그것이 구실이었고 시초의 전부였다. 소엉덩이를 사정없이 몰아치던 그 맵고 짠 손바닥이 중치를 꽉 누르면 그녀는 금방 숨이 넘어갈 듯 자지러지고 말았다. 한두 대에 금방 걸레쪽이 되어 방구석에 칵 처박힌 그녀를 가재가 숨어 있는 갯가의 돌을 제치듯 하고는 막바로 그 일을 시작하던 것인데 힘도 또한 황소 같은 사내여서 꼽아놓고 세 고개쯤은 단숨에 해넘길 수 있던 사내였다.

그 일을 일방적으로 치르곤 곧장 술을 퍼먹으러 나갔다간 밤이 이슥해야 집구석으로 돌아왔다.

"어디 갔었소?"

"그 소방대장 있지? 그 사람이 한잔 빨자고 해서."

"그짓말."

"이거 왜 이래? 사람 억하심정 만들지 말어."

"당신이 워쩨?"

"이 허우대를 보더라도 내가 지방유지들하고 못 놀 처지가?"

"술값 당신이 냈제?"

"병신 육갑하네. 내가 왜 술값 물고, 그것들을 따라다녀?"

"거짓말 말어, 소방대장 사흘 전에 서울 갔다던데."

"이런 찢어발길 년이 있나. 니가 소방대장 서울 간 거 워떡케 알어?"

"소문 들어서."

"야, 이 화냥년 봐라? 니가 남의 사내가 출타한 거 워떡케 안단 말여? 이년, 니 그놈하고 몇 번 잤지?"

그것뿐이었다. 변명할 겨를도 몸을 피할 틈도 주지 않았다. 자기의 무릎을 꺾어세우곤 두 손으로 그녀의 머리통을 잡아당겨선 꺾은 무릎에다 칵 찍어누르면 그녀는 다시 까물까물 사그라져버렸다.

기다려지는 남편이 아니고 돌아올까 두려운 남편이었다. 그런데도 그 결혼생활 삼 년을 견뎌온 것은 팔자소관이 그런 것이겠거니 하고 지레 맘먹고 온 때문이었다. 거품을 물고 자빠져죽는 한이 있더라도 한번 시집온 계집이란 갈 곳이 어디 있겠는가 하는 그런 마음가짐 때문이었다.

그러던 어느 날, 여느 때처럼 남편이란 작자가 집구석으로 돌아왔다. 열적게 마당으로 들어서는 남편 뒤에 일곱 살쯤 먹어 보이는 한 사내아이가 오들오들 떨고 서 있었다. 금방 깎은 듯한 파아란 머리의 정수리엔 기계충이 하얗게 피어 있었다.

"방으로 냉큼 들어갓."

남편은 고갯짓으로 아이에게 불쑥 내뱉었다.

"이게 누구고?"

"내 자식새끼지 누군 누구여?"

"내 자식이라니?"

"이런 망할 년, 내가 낳은 자식이 내 자식이지 누구 자식이란 말여?"

"내가 원제 이런 한쪽 눈깔에 백태 낀 자식을 내질렀단 말이고?"

"오입해서 낳은 자식은 자식 아녀? 이 세상에 계집이 워찌 너뿐이던가?"

"당신한텐 웬놈의 계집이 그렇게도 죽으로 있소?"

"죽으로 있던 쌈지로 있건 이년아, 니가 무슨 상관이당가? 애도 못 낳는 년이 웬놈의 심지는 그렇게 길어?"

그랬다. 그때 남편이 씹어뱉던 한마디 말이 그녀의 뒤통수를 회초리로 치는 듯하던 충격을 그녀는 잊을 수가 없다. 그 길로 또 까무러치고 말았던 모양이었다. 깨어보니 윗목 한구석에 혼자 휑뎅그렁하니 누워 있었다.

내가 아이를 못 낳는구나. 결혼 삼 년에 아직 태기가 비치지 않았던 것은 일주일에 한 번씩 화적들처럼 만나게 되는 남편 탓에 있겠거니 하고 가볍게 처신해 오던 것이 남편의 그 한마디 말로 너무나 명료한 현실로 그녀를 짓눌렀다. 그러나 문제가 없는 것은 아니었다. 한쪽 눈에 명씨가 박힌 그 아이는 일곱 살은 실히 될 아이였다. 그 화적은 그녀와 결혼하기 전부터 객줏집의 어떤 화냥년과 좋아지냈다는 거짓말 아닌 과거가 몸서리쳐지도록 가슴아팠다. 뻔뻔스럽고 본때없는 사내라 할지라도 세상의 순리를 그런 식으로 거역하며 살아가도 좋다는 법은 이 세상에 있을 수 없다. 한잠 못 잔 하룻밤을 지새웠다.

이튿날 새벽, 그녀는 보따리를 쌌다. 추운 겨울, 황량하게 깔린 들판을 가로질러 길도 없는 논둑을 허겁지겁 기어넘어 그녀는 친정으로 돌아가고 말았다. 친정으로 돌아와 하루 이틀 한 달 두 달 일년이 다 가도 남편은 그녀를 찾지 않았다. 목을 길게 뽑고 담장 너머 멀리 동구 밖 길목에 시선은 항상 가 있었지만 도망쳐나온 그 겨울바람이 다시 한 바퀴를 돌아서 찾아와도 그 화적 같은 놈의 모습은 끝내 동구 밖 길엔 비치지를 않았다. 삭신이 빠그라져내리는 듯한 아픔을 참아가면서 삼 년을 넘긴 결혼생활이 그런 식으로 허망하게 끝나버린 것이다.

친정으로 돌아온 지 이십 년 만에 그래도 의지가 되던 어머니가 죽었다. 푸닥거리를 하다가 멍석 위에 그대로 쓰러진 게 영영 하직한 세상이 되고 말았다. 외사촌이 이웃에 살고 있을 뿐 그녀는 혈혈단신이 되었다. 어머니는 적잖은 유산을 그녀에게 남겼다. 일곱 마지기의 논과 열 마지기의 밭이 그것이었다. 먹고살아가는 데는 불편이 없었다. 어머니와 살아가는 동안 세 남자와 정을 통했다. 한 놈은 소장수였고 한 놈은 염색을 하고 다니는 장돌뱅이였고 한 놈은 옛날에 우체부를 하다가 퇴직한 놈이었다. 그 세 놈 중에 한 놈도 깊은 정은 주지를 않았다.

무당의 딸과 정을 통하고 있다는 사실을 그들은 애써 숨기려 하였고 그것이 들통날 기미가 보이면 미련없이 그녀를 떠나버렸다. 떠나는 남자를 그녀는 애써 붙잡지 않았다. 남편을 버리고 도망쳐 나온 여자가 무엇이 떳떳해서, 하물며 오입질하는 난봉꾼들을 잡을 염치가 있겠는가. 그런데다 이십 년 동안이나 눈앞에 나타나지 않은 남편이었지만 그 이십 년의 헤어진 세월 틈바구니에 남편은 항상 두려운 존재로 그녀의 뇌리 깊숙이에 남아 있었기 때문이기도 했다. 언젠가는 남편이 그 세 잡놈들의 멱살을 한 끈에 대롱대롱 꿰매차고 눈앞에 딱 버티고 서서 "이년아, 그래도 니가 화냥년이 아녀? 이래도 우길 테여?" 하고 대들 것만 같은 강박감 때문으로도 떠나는 난봉쟁이들을 애써 잡질 못했다.

죽 떠먹은 자리. 그 죽 떠먹은 자리처럼 표적이 남지 않는 그 밑천의 조화만이 그녀에겐 다행스러울 뿐이었다. 이 남자 저 남자를 건너다닌 것도 이를테면 소생이나 하나 얻어볼까 했던 욕심이 있었기 때문이기도 했다. 항상 오지랖이 허전했다. 아무리 두꺼운 무명 치마를 지어입었어도 사타구니 앞으로는 설한북풍이 지나가는 것처럼 허전했다. 자식 내기도 못하는 계집이라는 남편의 말이 나이 오십이 넘도록 귀에 쟁쟁 살아 있었다. 이제 세 남자를 갈아치우는 동안, 그것은 너무 급박한 현실로 그녀 앞에 맞닥뜨렸고 그래서 이제 자기의 아기집은 숱한 놈이 들쑤신대도 아이만은 가질 수 없다는 것을 체험한 것이었다.

어머니가 돌아가신 일주일째 되던 날 외사촌인 달구가 찾아왔다. 윗목에 앉아서 한숨 섞어 담배를 뻐끔뻐끔 빨고 앉았던 달구가 불쑥 말했다.

“누님?”

“왜 그래?”

“죽은 사람은 죽은 거고, 이젠 되돌아올 처지가 못 된단 말여. 그러니까 정신차리고 챙길 건 일찌감치 챙기고 봐야 할낀데?”

“무슨 소리로? 내가 뭘 챙길 게 있다고 그래?”

“논밭전지는 누님 앞으로 이전하고 봐야 할 거요.”

“이전이라이?”

“어머님 명의로 된 재산을 누님 앞으로 이전해야지.”

“그런 게 원제버텀 있었나?”

“이런 숙맥을 보았나? 그런 제도는 이조 오백 년 전부터 있었지.”

“그래 가지고 워쩐댜?”

“누님 명의로 해놔야 딴 놈이 채가질 않지. 어떤 세상인데 이러고 앉았지요?”

“일자무식인 내가 그런 걸 어떡한다더냐?”

“그런께 내가 수속 밟아줄 터인즉 어머님 도장만 내놔여.”

역시 외롭지만은 않구나 하는 감동이 가슴 깊이 응어리져 그녀는 왈칵 울음을 내쏟았다. 이젠 외사촌만 의지하고 살리라. 그런 마음을 다져먹고 그녀는 도장을 내주었다. 그리고 이제는 남자라는 걸 살결에 붙이지 않으리라, 남자란 건 전부 도둑놈들이고 떴다 봐라 하면 다시 거들떠보지 않는 개자식들이란 생각을 굳혔다.

적잖은 토지를 관리해야 할 홀몸인 바에야 그러나 남정네의 힘을 빌리지 않을 수가 없었다. 생각을 굴리고 끙끙거리던 끝에 생각해 낸 남정네가 박돌석이었다.

역시 그녀와 동년배격인 박돌석은 그걸 못 쓰는 위인이었다. 동네의 날품팔이나 허드렛일로 계집과 남매의 입에 근근이 풀칠이나 해주며 살아가는 흑싸리껍데기 같은 인생이었다. 맞벌이를 해보겠다고 여편네를 장거리 객줏집 식모로 내보낸 게 돌석이 그걸 못 쓰게 된 까닭의 전부였다. 돌석의 여편네는 장거리 객줏집으로 일나가기 시작한 지 석 달이 못 되어 양철 물양동이 땜질하는 권가란 놈과 눈이 맞았다. 눈이 맞은 게 배까지 맞붙이게 된 것을 이 병신 곱삶아먹은 돌석은 모르고 있었다는 것이다. 여편네가 뒤꼍 같은 데서 사타구니를 짝 벌리고 앉아서 궐련을 꼬나 피우는 꼴을 보고서야 돌석은 아차 싶었다는 것이다.

"그년이 글쎄, 그렇게 석 달 만에 골초가 되어서 나한테 한번 들키고 난 후부턴 이젠 내 면전에서 빠끔빠끔 궐련을 빠는디, 그냥 두고 볼 처지가 못 되드만. 그러나 워쩐다냐. 잘나나 못나나 화냥년이든 갈보든 내 기집이 아니던가. 그래서 쫓아내지를 못했지. 그걸 참는디 나도 용깨나 썼지. 하루종일 어금니를 물고 살았지만 그 권가란 놈에게 내가 달려들 수가 없었다네. 그놈의 힘은 항우장사도 못 당하는 동네서 이름난 씨름꾼이 아니던가벼. 그저 속에선 뭐가 지글지글 끓어오르는 것 같드만, 그러나 워쩐다냐, 콧물 한번 제대로 건사 못하는 두 남매는 워쩐다냐 말여. 에미 없는 자슥새끼 될까봐 그저 참고 참았지. 그란데, 결국은 그 권가놈과 월광도주하고 마더구만. 온 장거리 헤매면서 수소문해 봤지만 이날 입때까지 종무소식이여. 그란데 그건 그렇다 치고 그 때려쥑일 년이 집 나간 지 삼사 일이 지났는데 그때부터 좆뿌리가 아파오더란 말이여. 오줌을 누면 그냥 째지는 기분이었제. 그놈으게 매독이란 걸 내가 워찌 알았능가. 조약을 했지. 무대가리같이 팅팅 부어오르는 그걸 달고 낑낑 앓아가며 비봉산을 하루에 두 행비를 하고 나니까 나중엔 골통이 빠그라지는 것 같두만. 그놈의 매독균이란 게 그렇게 무서운 건줄 옛날엔 몰랐지. 나중에사 배겨나다 못해서 읍내 병원으로 갔지. 의사란 놈이 헝겊에 싸인 내 그걸 쳐다보더니만 아가리를 박소가리만하게 벌리고는 하하 하더구만. 대가리를 잘라야 내가 산다누만, 참 앞이 캄캄하드라니. 도리있어, 잘랐지. 안 자르면 오줌구멍이 막혀서 아가리로 오줌똥이 튀어나올 판이란 거야. 난 병신 되고 말았지만, 더욱 같잖은 것은 그년이었지. 도대체 그런 보지를 가지고 조선팔도 어디로 싸질러다니며 멀쩡한 사내자식들 팔자를 고쳐놓고 다니겠으니 말이여. 그런 똥물에 튀겨죽일 년이 있겠느냐고? 권가란 놈도 그렇지. 한 달이 못가서 차버릴 기집이면 차라리 꿰차고 도망질이나 말 것이지. 남의 가정 쑥밭 만들어놓고, 지는 또 집구석으로 돌아와 있잖느냔 말여. 허긴 그놈도 병신 됐지. 지 병신 되고 남의 기집 데리고 나가서 어디다 쑤셔박았는지 어디에다 내버렸는지 말이라도 해줘야 할 거 아니냔 말이여. 허기사 그런 계집 다시 데려다 어디다 써먹겠는가마는.”

하소연 쏟아놓는 돌석의 거무죽죽하니 물이 간 낯짝을 쳐다보며 그녀는 이상하게 희미한 연민도 느꼈다. 남자에 배반당하고 계집에 배반당한 그런 입장들이 이상하게도 눈물겨워 그녀는 좋았다.

품삯도 적잖이 집어주었다. 돌석도 아침저녁으로 부담없이 그녀의 집을 드나들었다. 밤중에 오나 낮에 오나 그런 입장인 남정네라면 명색이 남자란 것뿐이지 구실할 길이 없으니 동네에서 오해살 까닭도 없으리란 계산이 들었다. 그와 어울려 한 해 농사는 그런대로 손쉽게 추수했다.

그런데 문제는 그게 아니었다. 그녀 편에서 스스럼없이 대해주니까 돌석은 밤중에 찾아와선 뻐끔거리고 담배 피우다가 밤이 이슥해야 돌아갈 엄두를 내던 것이다. 아무리 제구실 못하는 남정네라 할지라도 남자임에는 틀림없어 윗목에 앉혀놓고 잠들 수는 없었기 때문이었다. 그러나 일 년 농사를 수월하게 치러준 당사자 면전에 대고 집으로 돌아가라는 식으로 홀대할 수도 없는 처지여서 다만 속으로 어서 자리털고 일어서 주기를 바랐을 뿐이었다.

사람이 마주앉아 이야기를 주고받으려면, 그것이 하찮은 이야깃거리라 할지라도 주고받으며 씹히는 재미가 있어야 하는 법이다. 그런데 돌석과는 무슨 이야기를 주고받아도 씹히는 것도, 감동스러운 것도, 재미도 없었다. 통나무 같은 남자와 마주앉아 씨알머리없는 얘기를 건성으로 주고받자기, 그게 또한 사람 미치게 피로하게 만들던 것이다. 견디다 못해 은근히 한마디 던져보았다.

"아들이 걱정 안 되나?"

"그놈이야 아랫목에 처박혀 세상모르고 잘 틴데."

"그래도 에미도 없는 아들이지만 아비라도 곁에 있어 줘야지."

"연습이 돼서 걱정 없어."

"담배 고만 피워요. 목청이 따끔따끔하건마는."

"이봐, 난옥이?"

"웬 쓰다 만 남의 이름은 또 그렇게 각중에 불쑥 내물어."

"잠이 안 와. 집구석에 돌아가도."

"잠을 자야지."

그때까지도 그녀는 건성으로 대답하고 대수롭잖게 돌석을 쳐다봤던 것이었다.

"잠이 안 온다니까 그러네."

"그렇게 뼈 뿌러지게 일하고도 밤에 잠이 안 온다니, 그건 또 무슨 조화여?"

"난옥이 때문이여."

"귀신 씨나락 까먹는 소리."

"난 말이여."

"아, 시끄러."

그런데 이게 무슨 망측한 일일까. 윗목에 엉거주춤 앉았던 돌석이 바쁘게 담배를 부벼 끄더니 성큼 다가앉으며 그녀의 어깨를 순식간에 으스러지도록 당겨안고선 게발같이 성긴 손을 젖무덤 속으로 불쑥 디밀던 것이다.

“이게, 이게 무슨 짓이?”

“나도 모르겠어.”

“무슨 지랄을 이렇게 할꼬?”

젖무덤으로 손을 집어넣고 가쁜 숨을 헐떡거리는 돌석의 어깻죽지를 그녀는 힘껏 물어 비틀었다.

“내가 아무리 팔자 험해 생과부로 지내지만, 그것도 분수 나름이지. 이게 무슨 짓이여? 자기가 무슨 조화로 이런 짓여? 마음 가지고 될 일이 있고 안 될 일이 있지, 이게 무슨 잡스런 짓이냔 말여. 발가락 가지고 될 일이 있고 안 될 일이 있단 말여.”

저만큼 윗목으로 엉거주춤 물러앉은 돌석의 꼬락서니를 측은하게 바라보며 그녀는 내쏘아붙였다. 그렇지, 제가 담배밖에 더 피울 게 있을까. 다시 담배에 불을 붙인 돌석은 불쑥 한마디 내뱉던 것이다.

“병신 육갑 떠네.”

“육갑은 누가 떤단 말이고. 이 방 안에 자기 말고 또 누가 병신이 여기 있단 말이고?”

“자기는 병신 아닌가?”

“억장 무너지는 소리 그만혀.”

“절대로 억장 무너지는 소리가 아녀. 나도 병신이지만 자기는 씨도 못 배는 물건을 꿰차고 있잖느냐 말여. 거기다가 자긴 병신 한 가지가 더 있어. 내 것 가지고 있으면서 명의는 생판 딴 놈 앞으로 돼 있는 것도 모르고 있는, 병신치고는 타고난 병신이 아니냐고.”

“무슨 소린지 내사 모르겠다.”

“석도한테 물어봐여. 니가 병신인가 내가 병신인가.”

“석도가 누구여, 도대체 시방 무슨 소릴 되잖게 씹고 있는 거고?”

“봇도감하는 최석도도 몰라? 그 사람한테 나도 들은 소리가 있단 말여.”

무엇을 탈잡아 저런 맹물 씹는 소리를 내지르고 있는 것일까. 꼴 같잖은 밑천 달고다니면서 마음만은 바빠서 잠시 헐떡이다가 명색이 남자라 측은하기도 해서 더 이상 말대꾸를 않고 덮어두기로 했다. 사내를 밖으로 쫓아내고 나니 그녀는 다시 눈앞이 캄캄해져 오기 시작했다. 내년 농사는 어떻게 짓는단 말인가. 그 몸을 해가지고 여자를 건드려보려던 그 어처구니없는 돌석의 행동을 이해는 해보지만, 그에게 다시 농사일을 맡길 수는 없는 처지가 아닌가. 그런데 봇도감인 최석도가 도대체 무슨 씨알 없는 소릴 저자에게 씨부렸기에 저런 말이 입에서 기어나오는 것일까. 화냥년이라고 했단 말인가. 무당 딸이라고 했단 말인가. 아무리 되씹어 보아도 할 소리는 그것뿐이겠는데 그 소문이야 소싯적부터 딸려다니던 별명이 아닌가. 이튿날로 그녀는 석도를 찾아갔다. 자초지종 돌석에게 들은 소리를 외어 바쳤더니 최석도는 씩 웃었다.

“그건 옳은 말이여.”

“옳은 말이라니요?”

“당신 논밭전지가 생판 다른 사람 명의로 되어 있단 말이여.”

“다른 사람 명의라니요?”

“이난옥이 재산이라면 이난옥이 앞으로 되어 있어야 할 게 아녀? 그런데 그 사정이 그렇지 않더란 말여.”

“최 주사가 그걸 워떡게?”

“수세 멕일려고 토지대장 들춰보다가 알아낸 사실이지.”

“그게 누구여?”

"당신 외사촌 있지? 그 사람 앞으로 명의변경이 되어 있더구만. 나 역시 하도 분통이 터지고 날강도 같은 짓이어서 내 그놈에게 따져보고도 싶었지만, 가만히 생각해 보니 남의 집안일이더란 말여. 그래서 입 다물고 있었지. 남의 속사정은 모를 일이니까 말여. 그자가 당신이 무식쟁이란 걸 알고 이용한 거 아녀?"

"그럴 리가?"

"그럼 팔고 샀거나 재산을 넘겨주었다는 거여?"

"그런 일 없어요. 내 앞으로 명의변경 내주겠다고 어머님 도장을 갖고 갔지."

"워메, 이거 큰일날 일이군! 저런 똥물에 튀겨서 때려죽일 놈이 있나?"

"최 주사님, 저는 워쩐다요?"

"워쩐다니 화적도 분수 나름이지 혼자 사는 사촌이 글발 읽을 줄 모른다고 그래 그런 사기를 쳐?"

"전 워쩐다지요?"

"가만있소. 요런 맹랑한 놈을 그냥 두면 안 돼. 이놈을 처넣어야 돼."

하늘이 두 쪽으로 갈라진다는 말이 무슨 말인가 했다. 남편 몰래 집구석을 도망쳐나올 때도, 세 남자가 자기를 버리고 떠날 때도, 어머님이 돌아가셨을 때도, 하늘이 두 쪽으로 갈라진다는 절망적인 충격만은 받지 않았다.

"여기서 기다리요. 내가 그놈을 냉큼 잡아서 데리고 올 테니께."

두 무릎에서 두두둑 하고 뼈가 엇갈리는 소리를 내고 최석도는 일어섰다. 외사촌이 최석도에게 매맞아서 인중에 시커먼 피를 질질 흘리며 들어서는 걸 마루 건너 뜰로 바라보니 그 또한 가슴 섬뜩한 아픔이었다. 사색이 되어 사촌은 빌었다.

“누님 살려주시오.”

“이놈아, 살려주시오? 야 이놈 낯가죽은 아여 돌로 밀어버린 놈이구나. 다른 사람도 아닌 니 누이 땅을 사기해 처먹어?”

“누님이 세상 뜨면 아무래도 친척은 나뿐잉게, 그때 또다시 명의 변경 할라면 돈 쓰고 수고 드는 것이라 일 더느라고 한 짓입니다.”

더 이상 물고늘어질 형편이 못 되는 이 잘난 사촌을 믿고 선뜻 인감도장이란 걸 건네준 장본인인 그녀가 맞아죽어 싸다는 생각이 얼핏 그녀의 뇌리를 휘어잡았다. 그리고 사촌이 불쌍해졌다. 오죽 땅이란 게 탐이 났으면 그런 짓을 했을까 싶었다. 최석도가 발 벗고 나서서 명의를 바로 잡고 있을 때 그녀의 사촌을 따로 집으로 불렀다. 비맞은 중 모양으로 후줄근하니 고개 떨구고 있는 사촌에게 그녀는 이 년 동안 곡식 팔아서 모았던 적잖은 현찰을 내밀었다.

“알겠지? 내 앞에 자식붙이라도 하나 있다면 기왕 니한테 넘어간 땅을 되돌려받진 않을 게다. 그러나, 그러나 말이다. 내게 그것이라도 없으면 난 죽은 목숨인께 동상이 그걸 알아주었으면 참 고맙겠네마는…….”

남의 땅을 통째로 삼키려던 작자가 심지가 어떻게 틀어진 것인지 그러나 정작 그녀가 주려는 현찰은 받아들이려 하지 않았다.

“누님 그래도 명색이 나도 사람인데 이 돈 받아도 될까?”

“그람, 받아야지. 안 받으면 내가 명대로 살지 못하고 죽을껜데.”

“그래도 어찌 그런댜?”

“걱정 말고 챙겨넣어. 날 살리려거던 썩 받아넣으라고.”

“누님 오래 살아야지. 참말로 받아선 안 되지만 누님 그런 말 하니까 내 그럼 받아넣겠소.”

“그럼, 그래야지.”

고의춤에 돈을 찔러넣는 사촌의 손길이 떨리고 있는 것을 바라

본 그녀는 하마터면 소리질러 울어버릴 뻔했다. 이제 이 외사촌과
도 인연이 멀어지고 정이 뜨게 되겠지 하는 생각이 들자, 그녀는 당
장 최석도에게 뛰어가서 수속이고 뭐고 다 그만두라고 말해 버리고
싶었다. 그러나 동네에서 경우밝기로 이름난 사람이란 건 제쳐두고
서라도 인연도 없는 생과부의 땅을 찾아주겠다고 동분서주인 사람
붙잡고 그런 맥아리없는 말을 무슨 배짱으로 조잘거릴 수 있단 말
인가. 오줄없는 여자라고 지탄받아 마땅할 그런 말을 또한 내뱉을
수는 없는 노릇이었다. 사촌이 돌아간 뒤에 그녀는 방바닥에 엎어
져서 오래도록 울었다. 그렇게 외롭고 서러울 수가 없었다. 천상천
하에 오직 혼자서만 뚝 떨어져 있는 듯한 그런 모질게도 살갗을 파
고드는 외로움으로 일주일이 흘렀다.

그 일주일이 흐른 날 밤에 최석도가 집을 찾아왔다. 쇠발개발 지
렁이가 갯밭을 지나간 자리처럼밖에는 보이지 않는 등기서류를 최
석도는 갖고 왔다. 도대체 이런 고마운 사람이 있을까. 씨암탉을 잡
아서 대접했다. 원래 술을 즐기지 않는다는 건 알고 있었으나 그녀
가 권하는 두 잔의 탁배기도 받아 마셔주어 그녀는 더욱 고마웠다.

"새마댁 이전 안심이제?"

인중을 쓱 문지르고 이렇게 말하며 그녀를 쳐다보는 최석도의
얼굴을 마주 쳐다보는 순간, 그녀는 또다시 자기가 외롭지 않다는
생각이 퍼뜩 들었던 것이다.

"최 주사 내 말 한마디 할까요?"

"물어본 건 뭐 있노? 퍼뜩 말하소."

"사실 내가 화냥년이라고 말들은 하지만 나도 속사정이 있었소."

"에끼, 그런 소리 할라면 아여 그만둬, 듣기 싫응께. 그것 다 남
의 말 좋아하는 작자들이 허는 소리지."

"남정네들 없이는 도대체 앞이 허전해서 살 수가 없었지요. 외로

워서 말이요. 그란데 그 작자들이 꽈리 불듯이 소리날 땐 가지고놀
다가 제가 싫으면 속절없이 떠나버리데요.”

“새마댁, 그만둬요. 그놈들이 도둑놈들이었다는 거 내 모르는 거
아닝까.”

“그래서 말인데, 내 최 주사하고 한번 살아봤으면 좋겠소이.”

“무슨 농담을 침도 안 바르고 쏟아놓는 게지?”

“최 주사 진정이오. 내 최 주사 색시보다는 열 살이나 위지만 안
죽 그렇게 늙어빠지지는 않았소. 누구한테나 의지해야 내가 살아갈
것 같소. 의지한다면 지금이사 최 주사밖에 누가 있겠소? 날 늙었
다 생각 말고 좀 받아주소. 최 주사도 좋지 않겠소? 딸이 다섯이나
되는데 시집보낼 때 내 땅에 곡식 갖다 쓰시고, 일주일에 한두 번
그저 알게 모르게 들러주시면 좋겠소. 늙었지만 몸땡이가 그리 못
쓰진 않소. 내 목간 자주 하께요.”

“누군 목간 자주 하겠소. 나도 한여름에 거랑물맛 보고는 겨울은
그냥 지냅니다.”

“그래도 아새끼를 낳아본 일이 없어서 내 몸때이야 안죽도 사십
이오.”

“여편네가 질투 안 할라?”

“질투는 무슨 질투요. 자긴 젊었고 나는 늙은이라면 늙은인데 무
슨 질투할 거리라도 되겠소? 내 땅에서 소출 나는 거 전부 가져가도
좋소. 다만 그러하고 땅만은 내가 죽을 때까지 내 앞으로 되어 있게
만 해주소.”

한쪽 볼따구니가 벌겋게 달아오른 최 주사 무릎 앞으로 그녀는
바싹 당겨앉았다. 최석도에게 의지해야만 땅이 온전하게 보전될 것
도 같았지만 그 고마운 정을 이런 식으로 보답함이 그녀가 가진 전
부라는 생각도 들었기 때문이었다. 그러나 이 사람이 일언지하에

거절하고 발딱 일어서버리면 어쩌나, 그 수치를 어떻게 감당할 수 있을까. 한번 뱉어버린 말을 주워담을 길이 없다는 것을 그녀 역시 알고 있는 이상, 헌 베잠방이에 다리 쑤셔박듯 헐렁하게 기어들다 간 큰일 나겠다 싶어 그녀는 안달이 났다.

"구리무라도 볼때기에 한번 찍어바를까요?"

"구리무는 무슨 구리무."

말끝을 흐리는 최석도의 한쪽 손을 그녀는 덥석 잡아선 저고리 깃 속으로 쑤셔박았다.

"뭐가 이렇게 바쁜가?"

사내의 목소리가 떨리고 있다는 것을 눈치챈 그녀는 고개를 돌려 호롱불을 휙 꺼버리곤 사내의 앞가슴 위에 덥석 엎어지면서 발갛게 달뜬 목소리로 말했다.

"제발, 오늘 밤은 자고 가소. 외로워서 못 살겠소. 화냥년이라 캐도 나는 괜찮소."

벌렁 나자빠지는 사내의 바지춤을 끄르고 한 발로 바지를 아래로 끌어내렸다.

"워찌 일이 거꾸로 되는 거 아녀?"

위에 올라 있는 그녀를 방바닥 쪽으로 바로 뉘고 그녀 위에 올라간 최석도가 이렇게 씨부렸을 때 그녀는 참으로 행복한 한숨을 푹 내쉬었다. 땀을 흘리며 발버둥을 치며 혹시나 자기 여편네보다 재미가 덜하다고 투덜거릴까봐 젖먹은 힘까지 뽑아서 용을 써준 탓인지 사내는 제법 끼욱거리며 즐거워하였다. 즐거워하는 최석도를 어둠 속에서 황망히 눈 뜨고 바라보면서 그녀 또한 즐겁지 않을 수 없었다. 그래서 차마 묻기 어렵고 부끄러웠지만 그녀는 물어보았다.

"워떻소 어이?"

"뭣이 워떻다는 거여?"

"내 몸땡이가 그리 못쓸 것 같지는 않지요?"

"에끼, 못할 소리 없구만. 몸땡이보다는 마음먹기지."

"그라요. 마음인들 못 주것소."

이튿날 그녀는 새벽이 아직 눈을 덜 뜬 시각에 일어나서 한 마리 남은 씨암탉을 마저 잡았다. 최석도도 나이 오십이었다. 그 나이에 하룻밤 시달린 것도 한 줌 살점은 축이 났으리라. 남의 서방이긴 하지만 하룻밤 살갗을 마주 비볐으니 언제나 그랬던 것처럼 사내가 그녀를 버릴 때까지 서방처럼 섬기리라. 젊은 본처가 소문 듣고 쫓아와서 머리채를 잡아챈다 하더라도 속으로 침 삼키고 겉으로는 끌려다니며 매맞으리라. 그런 마음먹으며 꼭두새벽에 일어나서 닭 한 마리를 삽시간에 먹어치우는 최석도 앞에 그녀는 새색시처럼 다소곳이 앉아 있었다.

일주일이 지나고 다시 한 번 최석도가 자고 갔어도 그녀가 예상했던 것처럼 나이 사십에 아직도 살기등등한 최석도의 본처가 나타나질 않았다. 십 분이면 닿을 수 있는 지척에 최석도의 여편네는 살고 있었지만, 그만하면 소문이 돌고 있어도 보통이 아닐 텐데, 입에 거품을 물고 쳐들어와야 할 그 여편네가 얼씬하지를 않았다. 그런 심상찮은 침묵이 오히려 그녀는 두려웠다. 가랭이가 찢어지든 피를 토하고 엎어지든 이왕 맞을 매라면 일찍 치르고 싶었던 게 그녀가 진작부터 먹은 마음이었기 때문이었다. 그러나 그 집구석에서 사람이 찾아오지 않은 건 아니었다.

최석도가 두 번째로 다녀간 일주쯤 뒤던가. 최석도의 막내아들 놈이 저녁나절에 그녀의 집 뜰 안으로 기웃거리며 들어선 것이었다.

열두 살쯤 보이는 그 녀석은 바지주머니에 두 손을 엉거주춤 찔러넣고는 툇마루 끝에 와서 삐죽하니 서서 저쪽 끝에 앉아 있는 그녀를 힐끔거리더니 불쑥 내뱉었다.

“작은어무이?”

처음엔 이 녀석이 무슨 흰소리를 하는가 해서 그녀는 귀를 의심했다.

“용수야? 니 인자 뭐라 캤노?”

“작은어무이라 캤지.”

“뭐라꼬 작은 어무이라꼬?”

“그래.”

“누가 내한테 그런 말 하라 카드노?”

“엄마가.”

“엄마라이?”

“울 엄마도 모리나?”

“너 엄마가?”

“그라모.”

“원제부터.”

“벌써부터.”

“너 엄마 썽내가주고 그라디?”

“아이 썽 안 냈다.”

“그래서 니가 왔나?”

“작은엄마 심심하다꼬 가서 놀다 오라 카데.”

“누가?”

“울 엄마가.”

무슨 조화가 어떻게 돌아가서 용수란 놈이 여기까지 비척비척 기어들어온 것인지 그녀로선 짐작되는 바가 없었다. 그러나 녀석의 출현으로 한 가지만은 명확해진 게 있었다. 그것은 최소한 그녀가 예상했던 것처럼 용수 어미가 거품을 물고 달려와서 그녀의 머리채를 낚아챌 것 같지는 않다는 것이었다.

그것 한 가지만으로도 고맙고 가슴 찌릿해서 그녀는 툇마루 저쪽까지를 단숨에 들려가서 용수란 놈을 덥석 안아서 꼭 껴안았다. 갑자기 용수란 놈이 자기 뱃구레에서 빼낸 자식처럼 안타깝고 애처롭고 불쌍해 보였다. 그녀의 갑작스런 환대에 용수란 놈도 어리둥절한 모양이었다. 시렁 위에 보관했던 홍시감을 몇 번인가 사양하던 끝에 네 개를 먹고 세 개는 바지주머니에 쑤셔넣었다. 찹쌀 두 되를 녀석의 손에 들려보냈다. 녀석은 하루가 멀다 하고 그녀를 찾아왔다. 제 어미보다 열 살이나 위인 그녀를 보고 녀석은 말끝마다 작은엄마였다. 그러나 작은어미든 난쟁이어미든 그게 무슨 상관이던가. 그런 사내아이로부터 어머니 소릴 듣는다는 게 그녀로선 오직 기쁘고 가슴 벅찰 뿐이었다. 때로는 생선을 사서 들려보냈고 때로는 제 어미 고무신도 사서 들려보냈다. 간혹은 녀석이 제사떡을 싸들고 나타나기도 했다. 장날은 녀석을 데리고 장터에 나가서 옷 한 벌을 사입혀 들려보내기도 했다. 녀석은 이제 눈만 밝아지면 그녀의 집에 와서 살다시피 했다. 이런 고마울 때가 있을까. 이렇게 도량 넓은 여자가 어디 있을까 싶었다. 하루는 녀석이 와서 맹랑한 소릴 했다. 제 어미가 이르기를 몸 약한 네 작은어미 염소라도 잡아 먹여야 하겠더라고 말하더란 것이다. 염소값만 내면 음식 장만은 전부 자기가 맡아서 해주겠노라고 이르더란 것이다.

그녀는 눈물이 왈칵 쏟아지려 하였다. 하긴 몸보신도 해야겠다고 생각해 오던 터였지만 어찌 혼자 사는 과부가 제 몸 생각해서 짐승을 잡을 수 있으랴 싶었기에 차일피일 해오던 터였다. 하긴 언젠가 최석도에게 언뜻 그런 말을 비친 것도 같았다.

서로 사이를 지척에 두고 만나보면 열적을 것 같아 대면하진 않았지만 용수 녀석을 시켜 그런 의사표시를 해온 용수 어미가 그녀는 고맙고 두려웠다. 아이 인편에 염소 한 마리 값을 들려보냈다.

그해 겨울에 그녀는 그런 식으로 네 마리의 염소를 잡아먹었다.

그 네 마리의 염소를 먹는 동안 물론 그녀는 살코기 한 번 구경할 수가 없었다. 뼈를 곤 물이 몸보신되는 거지 살코기는 아무런 효험이 없다는 것이 용수 인편에 건너온 그 어미의 말이었다. 네 마리의 염소를 먹는 동안 그래서 그녀는 뼈 곤 물만 훌훌 들이마셨다. 그것이 설령 효험이 없는 것이라도 살코기를 좀 먹어봤으면 싶었다. 그러나 살코기를 달라고 하면 용수 어미가 얼마나 무안해할까 싶어서 그런 말을 입 밖으로 내뱉을 수가 없었다. 듣건대 용수 어미와 딸 다섯이 염소 고기를 볶아먹고 지져먹고 구워먹고 하더란 얘기가 들릴 적마다 자기도 살코기를 먹어봤으면 한이 없겠다 싶었다. 그러나 뼈 곤 물만 보신이 된다는 용수 어미의 말을 거역한다면 맑은 하늘에서 벼락이라도 떨어질까 겁이 났다.

큰댁이 자기보다 늙은 작은댁을 위해 겨우내 염소를 고아바칠 여자가 이 세상에 어디 있을까 싶었다. 그것이 오직 감사할 뿐이었다. 최석도의 셋째 딸이 시집갈 적에도 이십 년 동안을 끼지도 않고 농짝 아래 숨겨 놓다시피 했던 금가락지를 용수 인편에 보내면서 혼수 장만에 보태쓰라고 일렀다. 그 집 식구에게 쓰일 것이라면 자신의 혀라도 싹둑 잘라주어도 은혜 갚음을 미처 하지 못할 것 같았다. 이제 그녀의 남은 일생이 정착할 곳이 어디인가를 발견한 듯한 느낌이었다. 그래서 어설프나마 최석도에게 자기의 죽음을 맡기리라고 그녀는 마음먹어 버렸다.

사오 일 동안을 이리 뒤척 저리 뒤척 하다가 그녀는 대서방을 하는 김씨에게 땅문서를 들고 갔다. 외사촌에게 넘어갔던 농지를 최석도가 찾아준 바로 그 문서였다. 그녀는 그중 따로 떨어진 세 마지기의 밭을 팔려는 참이었다.

낫 놓고 기역자도 모르는 그녀로서 어느 것이 밭문서이고 어느 것이 논문서인지 모르겠기 때문이었다. 그녀가 세 마지기의 밭을 팔려 했던 건 최석도의 맏사위 때문이었다. 어찌나 가난했던지 굶기를 밥 먹듯 한다는 것이었다.

"그 자식 때문에 맨날 속 썩어여."

틈만 나면 맏사위를 걱정하던 최석도의 모습을 옆에서 볼 적마다 그녀는 무슨 죄라도 짓고 있는 여자처럼 모가지가 움츠러들었다. 물론 최석도가 밭이라도 떼어팔아서 자기의 사위를 도와달라는 소릴 하진 않았다. 그러나 그녀는 사흘이나 생각한 끝에 몰래 그를 도와주기로 작정해 버렸다. 물론 최석도가 이 사실을 안다면 펄쩍 뛰며 만류하고 들 게 분명하다. 아니 오기가 남다른 최석도는 문서를 내동댕이쳐 버릴지도 몰랐다. 명의가 바로 잡힌 문서를 갖다주면서 최석도는 말했던 것이다.

"이젠 어느 놈이 구경을 하잔대도 절대로 내보여주지도 말란 말이야. 그리고 새마댁이 죽을 때까지도 그 땅문서만은 아예 밖으로 꺼낼 요령을 말란 말이여. 꺼냈다 하면 어떤 놈의 손을 탈지도 모롱께."

그것은 옳은 말이었다. 칠칠찮은 자식새끼 길거리에 내놓지 않듯, 그 문서를 밖으로 내돌리다 보면 또 어느 놈이 사기를 칠지도 모르겠기 때문이기에 최석도가 그런 말을 한다는 걸 그녀 역시 모를 리 없었다. 그런 고마운 사람의 사위이기에 그녀는 도와주기로 마음먹은 것이다. 땅뙈기 서너 마지기 팔아서 현찰을 건네준들 그 맏사위가 고질적인 가난에서 벗어날지는 의문이었지만 최석도의 푸념을 듣고 있기가 더 괴로웠다. 자기 한 몸이야 어떻게라도 살면 어떠냐. 젊은 사람이 가난에 찌들다 보면 밖에 나가서 행세를 못할 건 뻔한 노릇 아니겠는가. 그래서 최석도 몰래 문서를 들고 대서방 김씨를 찾아간 것이었다. 아예 그 김씨에게 땅 살 사람도 물색해 달라고 부탁할 작정이었다. 그러나 그녀가 내민 땅문서를 가만히 들여다보고 앉았던 김씨가 매우 의아한 얼굴이 되어 안경 너머로 그녀를 찬찬히 바라보았다. 그녀가 물었다.

"왜 그러요?"

"이 땅을 팔려오?"

"밭 세 마지기만 팔랍니다."

"헛 그거. 같잖은 일이로다."

"무슨 말씀 그렇게 하요?"

"이 땅은 당신 땅이 아니오."

"내 땅이 아니라니요. 외사촌에게 넘어간 땅을 최 주사가 면에 가서 고쳐놓은 문선데요."

"글 모르는 게 탈이오."

"내가 김 선생님 말씀을 통 못 알아먹겠구만요."

"이 땅은 최용수 명의로 돼 있어요. 논밭이 전부 그래요."

"최용수라니요?"

"낸들 워떻게 알겠소. 그 최석도 아들 있지, 막내놈, 그놈 이름이 최용수가 아니던가?"

"그렇구만요."

그 길로 집으로 돌아와서 그녀는 일주일을 앓았다. 가슴속이 찢어지듯 아팠고 사지가 벌벌 떨렸기 때문이었다. 문을 꼭꼭 닫아걸고 일주일 내내 냉수만을 마시며 앓았다.

"그놈의 어마이, 논밭전지 물려주지 말고 글을 가르쳐주었으면 이 고통 안 겪고 살 건데."

일주일 내내 그녀는 이런 혼잣소리를 했다. 최가놈을 찾아가서 그 뻔뻔스러운 낯짝에 가래침이라도 탁 뱉어주고 싶었지만 차마 그럴 수가 없었다. 탓이라면 낫 놓고 기역자 모르는 그 자신의 탓 밖에 더 있겠는가.

그녀는 깨달았다. 지난 겨우내 염소 고기 삶아먹고 구워먹은 건 자기 몸을 생각해서가 아니라 순전히 저들 몸보신하기 위한 것임을. 그리고 자기가 좋아서 드나드는 게 아니라 순전히 그 논밭전지 탐이 나서 최가가 드나든 것임을. 그러나 어쩌랴. 자기가 어디 가서 누굴 삿대질할 수 있을까. 이제 화냥년은 화냥년대로 남았고 무식한 건 또 무식한 거로 남았다. 땅문서를 절대로 바깥에 내놓지 말라던 최가놈의 당부가 무엇 때문이었는지도 이제 알았다. 자기의 허벅지를 송곳으로 내리찍어도 한이 풀릴 것 같지가 않았다.

일주일을 앓고 일어난 그녀는 용수 앞으로 명의가 변경됐다는 그 문서를 꽁꽁 싸쥐었다.

이십 년 전에 버리고 온 아들, 한쪽 눈에 백태가 끼어 있는 남의 아들을 찾아 나선 것이다. 남의 아들이긴 하지만 그러나 정식으로 혼례를 치른 첫 남편의 자식이 아닌가. 버리고 온 자식일망정 땅을 쥐고 가면 그렇게 홀대는 하지 않으리라. 아니 땅을 몽땅 팔아서 아예 그 자식에게 줘버리리라. 그래서 만년을 그 자식에게 의지하고 살리라. 혼자서는 아무래도 외롭고 서러워서 살아질 것 같지가 않았다. 그래서 멋모르고 찾아온 최가놈을 향해 한마디 욕지거리로 그녀는 내쫓았다.

"이놈아 이 육시를 할 놈아, 니놈 좆도 이젠 싫다. 이놈아, 나한테도 자슥이 있다. 니놈만 자슥이 있는 줄 아느냐. 나도 눈 가진 자슥이 있어."

무턱대고 이런 큰소리를 치고 그녀는 길을 떠난 것이다. 이십 년을 헤어져 살았지만 간간이 들려오는 소문으로 그 자식이 멀지 않은 이웃 면에서 농사를 지으며 살아가고 있다는 건 알고 있었기 때문이었다. 차멀미 때문으로 사십 리 길을 하루종일 걸어서 버린 자

식을 찾아갔다. 그동안 안부 한번 전하지 못한 아들을 찾아간다는
게 그녀는 괴로웠다. 그동안 안부라도 서로 전하면서 살아갈 것을
그런 후회가 다시 그녀의 가슴을 후벼파는 듯했지만, 그러나 이젠
다 지나간 세월인 것을. 내 그놈 앞에 엎드려 눈물 흘리며 사죄하리
라고 마음먹었다. 그러나 버리고 온 어미에 그 자식이 그렇듯 석주
는 명색이 어미를 별로 반가워하지 않았다. 뻔뻔스럽고 어처구니없
다는 식으로 석주는, 툇마루 끝에 장난감처럼 오도마니 앉은 그녀
를 보고 불쑥 물었다.

"왜 왔시오?"

"니한테 의지하러 왔데이."

"당신하고 내하고 무신 상관이 있소?"

"그래도 니는 내 자식이 아이가?"

"워메, 억장 무너지는 소리 골라가면서 하네. 앞산이 웃겄다, 웃
겄어."

"앞산이 울어도 소용없제."

석주는 마당 한가운데로 가래침을 탁 뱉었다. 그리고 손가락을
우두둑 꺾었다.

"여긴 당신이 의지할 곳이 못 된다니께. 억지를 써도 어림 반푼
어치 없소. 나도 자식새끼 멕여살리기 바쁜께. 날 버리고 도망갈 땐
원제고 지금 와서 억지요."

"니 애비가 하도 사람을 패기에."

"패는 거 아니라, 잡아죽인대도 남편은 남편이제."

"그것 다 지나간 일 아이냐."

"워디 가서 굴러먹다가 늘그막에 죽을 자리 찾아서 날 찾아온
다냐."

"나도 생각다 못해 니를 찾아왔다. 이 땅 위에 그래도 마지막으

로 생각나는 건 너뿐이더라."

"그렇다면 남편 버리고 떠나지나 말 일이지. 그 남편이 세상을 떠도 안 온 사람이 워찌 뻔새좋게 죽을 자리 찾아온다냐. 낯가죽은 삶아묵어삐렀나?"

"제발 날 좀 맡아도고."

"보시다시피 두 내외가 뼈가 부러지도록 일해서 자식새끼덜 입에 풀칠하기 바쁘요. 당신도 눈이 있으면 보시오. 내가 설령 마음에 있다 할지라도 형편이 이렇소. 소작으로 근근이 살아가는 입장을 보면 모르겄소. 그러나 이왕 날 자식이라고 찾아온 것이니 하룻밤만 자고 당신 갈 길을 찾아가시오."

통명스럽게 쏘아붙이는 아들 앞에 그녀는 싸가지고 온 땅문서를 떨리는 손으로 내밀었다. 그리고 자초지종을 더듬더듬 털어놓았다. 아들은 팔짱을 끼고 외로 꼬고 앉아서 그간의 사정을 덤덤히 앉아서 들었다. 그리고 갑자기 방바닥을 손바닥으로 땅 치면서 흥분했다.

"저런 똥물에 모가지를 처박아 죽일 놈들이 있나!"

"이제 내 속사정 알겠지?"

"그래 그런 화적 같은 놈들을 그냥 둬요?"

"내가 워쩌노? 내가 무슨 힘이 있느냐고."

"이 개새끼덜. 당장 찾아가서 뱃대지에다 칼을 집어넣어 버릴 텡께."

"그럴 필요 없다. 만약 니가 그렇다면 니 죽고 내 죽는다. 그게 다 내가 저지른 일이다. 내가 없었으면 그 사람들이 있었겄냐? 그것이 다 내 팔자 때문이 아니겄냐. 참아라 참아야 한다. 니가 못 참으면 니 죽고 내 죽는다."

"어무이요? 어무이도 참 답답합니다. 그런 놈을 그냥, 어무이를 울메나 무시하겠소?"

"그래도 안 된다. 어서 이 땅이나 팔아라. 이 땅을 그냥 두면 내 명대로 살지 못하고 죽는다. 니가 가서 다 팔아가지고 오너라. 난 이제는 모르겠다. 그 땅 팔아서 니사 땅을 다시 사든지 너 애비메로 소장사를 하든지 니 맘대로 해라. 난 다만 하루에 한두 끼씩 먹고 잠자면 된다. 그거는 해주겠지, 어이? 나도 이젠 지쳤다. 사나도 싫고 재산도 싫다. 니한테 그냥 엉거주춤 의지하고 살어가면 되겠지야?"

"알겠소, 어무이."

그 길로 석주는 옷을 갈아입었다. 입에 거품을 물고 관자놀이가 붉으락푸르락하는 석주를 멀건히 쳐다보면서 그녀는 속담에 씨도 적질은 못한다더니 덩기덩기 뛰는 꼴이 어쩌면 저렇게도 제 애비를 쏙 빼듯 닮았을까 싶었다. 자기와는 아무 상관도 없는, 어느 낯모를 여자의 아들이긴 하지만 그 애비에 그 아들이니 어찌 저것이 내 자식이 아닌가. 그런 생각을 하면서 그녀는 콧속에 가득 고여오는 콧물을 치마폭에다 팽 풀어댄다.

"어무이 여기 가만 계시오. 나도 땅에 코 끌어박고 살아가는 인생이지만 워떤 놈이 나쁜 놈이고 워떤 놈이 사기꾼인지는 용케 가려내는 눈은 있웅게."

"야야, 제발 그 사람을 다치지는 말어라. 내가 죽일 년이지 그 사람들 잘못은 없었다."

"알었습니다, 어무이. 약차하면 내 그놈들 전부 경찰서에 처넣을 텡께."

"아서라. 아예 그런 말 허지 마라. 그 사람들 경찰서 가면 나도 가야 한다. 조용히 그저 조용히 땅이나 찾아갖고 오너라."

"어무이요. 이 답답한 할망구야. 그라면 그놈들을 그냥 둔다 말이라?"

"그럼, 땅이나 찾아가주고 팽 하게 집으로 오니라. 그래야 한다. 그래야 내가 명대로 살다가 죽는다."

"하야튼, 알것소. 약차하면 처넣겠다 이기요."

"곱게 갔다 오니라. 그래야 산다. 내가 없었으면 그 사람덜이 있었겠느냐. 야, 야 제발 홍분하지 마고 곱게 댕겨오이라."

그랬다. 그 길로 집을 나선 아들이 돌아오지 않았다. 하루가 지나고 이틀이 지나고 사흘이 지나도 돌아오지 않았다. 며느리가 안절부절못하다가 닷새째 되는 날 아이들을 그녀에게 맡기고 남편을 찾아 나섰다. 아침에 나갔던 며느리가 밤이 이슥해서 집으로 돌아왔다. 이마에 흙먼지가 뽀얗게 끼어서 돌아왔다. 돌아오는 길로 걸레처럼 지쳐쓰러지려는 것을 그녀는 다잡아 물었다.

"워찌 됐드노? 왜 니 혼자서만 오노?"

"없어진 사나를 어디서 외간사나를 꿰차고 오란 말이요?"

"왜 그런 섭섭한 소리를 하노?"

며느리가 자기의 과거를 어름하여 그렇게 모질게 내뱉는구나 싶어 그녀는 몹시 언짢았다. 그러나 그런 말꼬리는 물고늘어질 수는 없었다.

"왜 혼자서만 오느냐고 물웅께 내사 그 말대답밖에 더 있겠소?"

"워찌 됐다드냐?"

"땅은 도로 찾았는가 보데요."

"도로 찾았는데 왜 안 오고 워딜 갔단 말이여?"

한숨 푹 꺾어 쉬더니 며느리가 조금 수그러지는 소리로 말했다.

"그 땅을 당장 팔아 장사하겠다고 외장도는가 봅디다."

"장사를 나가?"

"소장사하겠다고."

"저럴 수가?"

“옛날부터, 틈만 있으면 노래 부르듯 했으니께요. 돈만 손에 쥐면 시아부지메로 소장사를 나서겄다고 별렀응께요. 시아부지는 그놈의 소장사해서 떼돈이라도 벌었능게 뵈요. 맨날 소장사 소장사했응께. 전지 팔아 손에 쥐니께, 개눈에 똥백에 안 빈다꼬 얼씨구 좋다 하고 장거리로 나섰지 뭐. 애그 돈이나 벌어오면 내사 그런 다행 없지만 워디 가서 홀랑 날리고 계집이나 하나 얻어서 찰랑팔랑 하늘 높은 줄 모르고 해그러싸머 내사 우야꼬.”

“걱정 마라. 지 애비가 소장사하다가 돈도 못 벌고 죽었응께. 그게 한으로 남어서 그랜다. 니는 그것을 알어라. 아직 젊은 놈잉께. 손에 돈 들고 돈 못 벌겄냐.”

“아이고. 원쑤여 원쑤.”

“누가 원쑤냐?”

“어머님이 원쑤지 누가 원쑤겄소? 공연히 가만히 농사짓는 사람한테 바람 집어여서 날 생과부 만드는 게 누군데요? 그래도 어머님은 자식이나 없었지. 나는 이게 뭐요. 자식새끼를 셋씩이나 빼놓고.”

“야는? 무신 소리 그렇게 섭섭하게 하노? 갸가 집으로 돌아올지 안 돌아올지 니가 워째 아노?”

“뻔하지, 그 사람이 소장사해서 돈벌라꼬 집나간 줄 아나뵈? 그럴 사람이면 일단 집으로 돌아와서 선은 이렇고 후는 이렇다고 졸가리 따진 다음에 천천히 나설 일이 아닝교? 바람은 옛날부터 나 있었는데 그 손에 돈 쥐여주었으니, 떴다바라 한 거지 뭐. 글쎄 난 애시당초, 어머님 그 논문서가 달갑잖드라니. 에그 나는 우야꼬.”

그 순간 그 애비에 그 아들이구나 하는 회한이 가슴에 저며오면서도 어쩐 일인지 그녀는 그런 아들이 밉지가 않았다. 좋든 글렀든 아들이 애비를 닮았다는 게 이상하게도 그녀에겐 즐거웠다. 친정으로 도망쳐서 이십 년. 그동안을 얼마나 기다렸던 남편이었던가. 그렇게도 보기 싫었던 남편이었으면 또 그렇게 그리웁지나 말아야지. 딴 사내의 품에 안겨 잠을 자면서도 그리고 숨가쁘게 그짓을 하면서도 항상 돌옷처럼 머릿속엔 남편이 남아 있지 않았던가. 자기와는 아무런 관계도 없다던 그 아들이, 남의 속으로 빠진 아들이, 이제 아무 상관도 없다는 자기의 재산을 손에 쥐고 소장사를 떠났다는 사실이, 이 순간 그렇게 가슴 뿌듯할 수가 없었다. 자기 아들이 아니고서야 그렇게 뻔뻔스럽게 말 한마디 남기지 않고 돈을 손에 쥐는 대로 떠날 수가 없겠기 때문이었다. 그가 자기의 아들이 아닌 다음에사 어떻게 이처럼 분하지 않을 수 있으며, 어디 가서 호소하고 싶은, 어디 가서 억울함을 호소해야겠다는 마음이 생기지 않을 수 있겠는가.

이제 그녀는 정말 자기가 살 곳으로, 그리고 자기가 편안히 누워 죽어갈 수 있는 곳으로 돌아왔다는 것을 명료하게 의식하기 시작했다.

그녀는 며느리의 차가운 손을 꼭 감아쥐며 더듬더듬 말했다.

"야야, 기다리자. 지놈이 워딜 가겄냐? 이 세상 끝이 바로 이 집 구석이라는 걸 진들 알게 될 날이 오지 않겠냐?"

도둑 견습

　그 돼먹잖은 의붓아버지란 작자는, 초저녁부터 어머니와 흘레붙기를 잘하였습니다. 양잿물로 절인 김치를 준대도 먹고 삭일 수 있을 만큼 먹새가 좋은 나는, 초저녁잠이라면 도둑놈이 와서 뱃구레를 밟는대도 모를 지경입니다. 밥을 한 입 문 채 그대로 잠으로 떨어진 적이 한두 번이 아닐 만큼 나의 초저녁잠은 거의 운명적이라 할 수 있겠습니다. 이런 내 잠을 그 두 사람이 곧잘 깨워내곤 하였으니깐요.

　여름날 저녁, 고릴라의 그것과 버금가는 큰 골통에 이글거리는 외짝 눈깔이 박인 괴물이 날이 시퍼렇게 살아 있는 톱으로 내 모가지를 썰어대는 무시무시한 꿈 때문에 들입다 비명을 내지르고 깨어나는 수가 많습니다.

　나로 말하면 예수님처럼 사랑해 주어야 할 원수놈이고 자시고 할 주제도 못되는 푼수에 그런 지랄같은 꿈을 왜 밤마다 꾸어야 하는지 정말 이건 자다가 깨어나도 모를 지경이었습니다. 그런 꿈에서 깨어보면 십중팔구는 실제로 모가지가 쓰리고 아팠습니다.

더운 때라서 어머니와 의붓아버지와 나는 보통 풀기가 깔깔한 홑이불을 함께 덮고 자는 게 예사였는데, 그놈의 풀 먹인 홑이불 한 쪽 귀퉁이가 내 목덜미를 쉴 새 없이 문지르고 있어 결국 내 모가지가 쓰려오게 되고 그래서 잠이 깨어보면, 싸가지없는 어머니가 의붓아버지 가슴 위에 올라가서 맷돌치기를 하고 있기 십상이었습니다. 나는 처음에, 달밤의 유난체조라는 게 바로 저런 거로구나 싶어 두 사람의 동작을 실눈으로 뜨고 누워 바라보고 있었지요. 물론 어스름 달빛이 열린 채로인 문을 통하여 방 안으로 밀려들고 있었기 때문에 의붓아버지의 가슴 위에서 껍죽대는 어머니의 윤곽이 뚜렷이 드러나 보였습니다. 그들은 내가 실눈을 뜨며 보고 있는 것을 아는지 모르는지 키들키들 웃음을 쥐어짜면서 체조를 열심히 씨루어 대는 것이었습니다. 그들은 같은 동작을 열심히 되풀이하면서 징글 맞은 쾌감이 배어 있는 웃음을 토해 냈습니다. 모든 힘과 열기를 오직 그 과정의 일에만 집중시켜 탕진하고 있었습니다.

그러나 홑이불이 들썩거리는 통에 모가지가 쓰라려 도대체 배겨 낼 재주가 없었습니다. 무슨 놈의 장난을 하필이면 이 밤중을 골라서 저러고 있는지 이해할 수가 없었습니다. 벌떡 일어나 버릴 수도 없고 그렇다고 참고 견디자니 그놈의 유난 체조가 언제나 끝장이 나줄지 모를 일 아니겠습니까? 참 이 무슨 기구한 운명의 장난이란 말입니까. 그러나 그때 다급한 어머니의 목소리가 들려왔습니다.

"여봇, 좋지 그지? 기분 좋지? 대답혀."

어머니는 의붓아버지에게 기분이 좋으냐고 몇 번이고 족쳐대며 되묻고 있었지만 의붓아버지는 소죽은 넋이라도 덮어씌웠는지 아가리를 두고 말을 않고 있었습니다. 나 또한 다급하긴 마찬가지로 이대로 조금만 더 오래 가다보면, 내 모가지가 성한 채로 아침까지

가긴 글렀겠으므로,

"이 새캬, 기분 좋다고 칵 뱉아뿌러. 내 모가지 작살내고 말텨?"
내가 느닷없이 버럭 소리치고 일어나앉아 버렸으므로 어머니는 너
무 놀란 나머지 썩은 통나무처럼 뒤로 벌렁 나자빠지고 말더군요.
그들이 너무나 당황하던 꼬라지라서 미안도 하였지만, 우선 끊어지
려다 만 듯한 내 목덜미를 어루만지며 앉아 있을 수밖에 없었습
니다.

어머니는 아무 말 않고 주섬주섬 옷들을 찾아입는 눈치였습니
다. 의붓아버지란 작자는 그제사 배를 척 깔고 엎디더니 성냥을 득
득 그어 담배 한 개비를 빨아 무는 것이었습니다.

방 아래로 쥐들이 찍찍거리면서 어디론가 쭈르르 몰려가고 있었
습니다. 골목 어귀에서 짬뽕통이라도 한 개 발견한 모양이지요.

연기를 한 모금 쭉 빨아 삼킨 의붓아버지란 작자가 트릿한 목소
리로 어머니에게 한마디 쏘아붙였습니다.

"저 자슥이 시방 날보구 이 새끼 저 새끼 하던 말 니 들었지이!"

들었으면 워쩔 테고 못 들었으면 사람 잡을 테냐고, 네가 무슨 순
경 할애비라도 되느냐고 따져묻고 싶었지만, 나는 가만있었습니다.
무엇보다 어머니 입에서 무슨 대답이 나올까 싶어 더 궁금할 따름
이었습니다. 그러나 어머니는 얼른 대답을 못하고 숨 한번 땅으로
꺼지도록 내쉬더니,

"내 못난 탓이오."
딱 세 마디 내뱉고는 위쪽으로 엉금엉금 기어가선, 내장 따놓은 가
오리 모양으로 네 활개를 쫙 뻗고 발랑 누워버리더군요. 어머니 입
에서 별 신통한 대답을 못 들은 의붓아버지는 다소 머쓱해진 어투로,

"쥐부랄만한 긋이 별 훼방을 다 노네! 끝장엔."
하고 제 것도 아닌 홑이불을 사타구니에 뚤뚤 말아끼고는 모퉁잽이

로 누워버립디다. 참 더럽고 치사해서 말이 막히고 숨이 막히더군요. 당장 시비를 걸고 싶었지만 그때 착 가라앉은 목소리로 말했습니다.

"이따, 새로 해보지 뭐."

그러니까 의붓아버지가 잔뜩 볼멘소리로,

"이년아! 잠은 안 자고 그것만 하고 밤새울텨? 씨발."

하더군요.

자기도 우리 집에 빌붙어사는 주제에 죄없는 우리 엄마를 들추어 이년 저년 똥강아지 부르듯 하는 데는 참으로 심통나 못 견딜 지경이더군요. 자기가 그렇게 못마땅한 일이 많다면 조막손이 아닌 바에야 방을 따로 꾸며서 그리로 썩 비키든지 나를 그곳으로 보내주든지 하면 될 텐데 말입니다. 그런 꿍수도 없는 어바리가 꼴때 하나는 살아서 발광이지 뭡니까.

하긴 시방 우리 세 식구가 기거하고 있는 이 방이란 것도 사실은 별것 아닌 '마이크로버스' 라는 거지요.

오방지게 쐬주만 들이켜다 죽은 우리 아버지가 이 폐품집적소 수납실의 최씨한테 적선사정을 일주일이나 끌어온 끝에, 어머니가 최씨와 같이 여인숙에 가서 한 번 같이 자는 것을 아버지가 눈감아준다는 조건으로 여기 들어와 살게 되었습니다.

우리 어머니도 지조없기로는 봉사 지팡이지 뭡니까.

마이크로버스라는 게 뭔지 잘 모르지만, 버스보담은 작고 택시보다는 훨씬 큰 그런 버스가 옛날에는 청량이로, 미아리로, 왕십리로, 중랑천으로, 마포로, 노량진으로 잔솔밭에 노루새끼 뛰듯 왈가닥거리며 누비고 다녔다지 뭡니까. 우리 집적소 안에 그런 버스 차체가 아직 남아 있어 한 식구가 살고 있다면, 아마 사람들은 많이도 놀라겠지요. 그래도 우리 집은 썩어찌든 곳도 있지만 네 바퀴가 아직 온전히 달려 있어서 언젠가는 한번 이 차가 서울 시가지 한복판을 향해 와르륵 달려나갈 수 있으리라는 희망은 갖고 있습니다.

그래도 옛날 대방동 꼭대기에서 살던 판잣집보다는 훨씬 웃질입니다. 사라호 할배가 불어닥친대도 루핑자락이 날아갈 염려도 없고 집적소 안이라 퇴거령이다, 도시계획이다, 해서 완장을 찬 구청말짜들이 들이닥쳐서 거드름피우는 꼬라지도 없고, 장마에 벽 무너질 걱정도 없어 다 좋은데 이렇게 무더운 여름날엔 방 안에 들어서면, 목구멍에 수세미뭉치를 틀어박는 듯 숨통이 막히고 등줄기가 벗겨질 듯 더운 데는 미치고 환장할 노릇입니다. 더욱이 서울 천지의 냄새란 냄새는 전부 이곳으로 왕창 몰아다 놓아선지 들썩거리는 냄새 때문에 여름 한 철 아새끼 숨만 겨우 붙어 있을 뿐입니다.

우리 집구석엔 '악당 파리와 모기를 지옥으로 보내는 애프킬라'도 없어서 그것들이 심지어는 내 사타구니에까지 기어들어와서 피를 빨아대는 극성을 피우는 데다가, 나잇살이나 처먹었다는 어른들이 천사와 같은 어린 나를 옆에 두고 밤마다 거르는 법 없이 그짓들이니 글쎄 난들 신경질 안 났다 하면 그건 곰새끼지요. 하여간 그런 일이 있은 후부턴 그들은, 체조를 시작하기 전에 어머니 편에서,

"이 원수덩어리가 자나 안 자나 보고 합시다."

어쩌구 저쩌구 하며 바로 내 눈두덩 앞에 바싹 갖다댄 손가락을 야바위판 돌리듯 팽글팽글 돌려대는 것이었습니다. 나는 그때마다,

"손 치웠, 사람 눈알 까고 말텨?"

하고 바락 소리치곤 합니다.

"이 원수 덩어리는 퍼뜩 죽지도 않네!"

픽 한숨 내뿜으며 어머니는 힘없이 돌아눕고 만답니다. 그래도 나 역시 인생이긴 하다고 말씀 던질 때마다 내 이름 석 자는 안 잊고 이원수(李源洙)라고 꼭꼭 불러주는 인정이야 어머니께 있습지요.

나는 그런 어머니가 점점 상대하기 싫어졌습니다. 옛날 우리 아버지 이점득(李點得) 씨가 살아 있었다면 적어도 그런 식으로는 나를 몰아붙일 수 없겠기 때문입니다.

의붓아버지만 해도 그렇습니다. 다른 사람들처럼 윤이 자르르 흐르는 밤색 양복으로 착 뽑고 거북선 담배를 빼물면서 금멕기한 송곳니를 들어 싸악 웃는다든지, 캉가루지갑을 열고 오백 원권을 쑥 낚아채서 샤니빵이나 왕사탕이라도 사먹으라고 할 수 있는 주제라도 된다면 하루에 골백번을 좋다 하고 아버지라고 불러줄 수 있겠지만 이건 순 알거지더란 말입니다. 우악스럽게 손아귀에 끼고 있는 쇠가위소리를 한번 신명나게 절그럭거릴 줄 아는 이외에는 아무 짝에도 쓸모없는 인생이더란 것입니다.

그것도 허구 많은 세종로, 태평로, 충무로 같은 탄탄대로로는 아예 다닐 입장이 못 되고 이건 두더지 삼신을 뒤집어쓰고 태어났는지 시궁창 냄새가 계통없이 물씬거리는 양창자 같은 골목길만 골라서 기를 쓰고 쏘다니며 "사이닷병 콜랏병 헌 신문 고물 양재기 삽시다아." 하는 똑같은 언문을 하루에도 수천 번을 되뇌이며 주접떨고 다니는 고물장사 주제이고 보니 내가 어찌 그 사람을 두고 아버지라 이름할 수 있겠느냐 말입니다.

그리하고 다니면서 온종일 만나는 대폿집은 거르지 않고 들락거려 오줌은 또 열 걸음마다 한 번씩 갈겨대는 것이었습니다. 말이 났으니 이야긴데 다른 건 몰라도 우리 의붓아버지 그 좆 하나는 정말 왔다였습니다. 그를 따라다니다가 오줌 눌 때 한번 훔쳐봤는데, 나는 맨 처음 저 사람이 웬 십구 문자리 왕자표 흑고무신을 바짓가랑이 속에서 꺼내는가 싶어 자세히 봤더니 그 고무신코에선 허연 오줌줄기가 뻗지 뭡니까. 난 참 아찔하였습니다. 내가 자기의 그것을 훔쳐보고 있다는 걸 눈치챈 그는 그러나 바쁘지 않게 그 고무신을 툴툴 털고 속으로 넣으며 나한테 말했습니다.

"나? 이래 뵈두 이것 하나는 왕자표야. 왕자표오. 케이에스 렛데루 딱 붙었지. 케이에스가 뭔지 알어? 정부가 품질을 보증한다아 이거야 인마." 하고 뭍에 올라온 물개처럼 끼덕끼덕 웃더군요. 그는 잠시 고개를 숙이고 서 있더니 제법 긴장한 얼굴을 내게로 돌리며 다시 말했습니다.

"이제 두고 보라구 너의 엄니가 곰같이 덩치 큰 놈 하나를 쑥 빼내 놓을 테니깐 씨발. 난 그놈을 대국도둑놈으로 만들 작정이라구."

밉다면 업어달란다고 우리 의붓아버지는 그 푼수에 꼭 나를 데리고 장사를 나서지 뭡니까. 처음에 나는 그가 나를 골탕먹일 심산으로 계획 짜고 그러는 줄 알았습니다.

아침을 먹고 나면 이 폐품집적소를 건덕지로 먹고살아가는 고물장수들과 어울려 의붓아버지는 도심지를 향해 장사를 떠나 해가 완전히 빠져야 우리들의 마이크로버스로 돌아왔습니다. 나는 구두통을 메고 변두리 신흥주택가로, 어머니는 이웃 아주머니들과 어울려 집적소 안의 쓰레기더미로 몰려가는 거지요. 어머니는 거기서 선별작업을 하게 됩니다. 도심지에서 거둬들인 고물더미에선 미원 봉지, 코텍스도 나옵니다. 초키쿠키 껍데기도, 통조림 깡통도, 코르셋도, 나체 사진도, 계란껍질도 나옵니다. 우린 도심지에선 살진 않지만, 매일매일 이 집적소로 쏟아져들어온 그런 쓰레기더미들 속에서 도시의 사람들이 어제 저녁까진 주로 무엇을 하고 살았다는 것을 보름달 쳐다보듯 환하게 알 수 있습지요.

그런 것들은 같은 성질의 것들과 모아지고 다시 그것들이 출생했던 공장으로 되돌려지는 것입니다.

그렇게 우리 세 식구는 모두 제각기 할 일들이 따로 있었습니다.

그런데 어느 날. 그 의붓아버지란 작자가 느닷없이 내 정수리를

콱 쥐어박더니,

"이 자슥아, 오늘부턴 날 따라나섯"

하는 것이었습니다. 분통이 탁 터지데요.

"씨이, 아저씨 혼자 해처먹으라구. 난 그런 시시한 고물장사 못해 먹는다구."

"이 새끼가 웬 잔말이 이리 많어?"

"잔말 못할 건 뭐 있어?"

"이 새캬, 딱쇼딱쇼하는 건 시시한 것 아닌 줄 알어?"

백날을 못 보아도 보고 싶잖을 통대구 같은 눈깔을 팽팽 돌리기에 할 수 없이 따라나섰습니다. 한 사흘 따라다니다 보니 그가 나를 데리고 나선 까닭을 알겠더군요. 나도 문교부 혜택을 받을 사이가 없었던 게 탈이지 눈치 하나는 왔다거든요. 의붓아버지는 물론 사이다병이나 콜라병을 받고 엿이나 돈으로 바꿔주기도 하였지만 그것보다는 걸핏하면 리어카 옆에 나를 세워둔 채 대문이 열린 집이면 무턱대고 안으로 들어가는 것이었습니다. 대문에는 '큰 개 조심'이라고 써붙여 놓았는데도 그는 도대체가 겁없이 그냥 들어가는 것이었습니다. 그의 말대로라면 '개 조심'이란 그야말로 순 공갈일 뿐이란 것입니다. 정말 조심해야 할 개라도 있는 집구석엔 그따위 알량한 종이딱지를 써붙이지 않는다는 것입니다. 또 설령 개가 있다손 치더라도 도둑 예방으로 밖에다 두고 기르는 것이 아니라, 개에게 매니큐어, 아이섀도, 화장까지 시키고 양말에 옷까지 입혀 예방주사 맞춰서 방에다 소록소록 재우곤 하기 때문에 겁낼 일하나 없다는 것입니다.

집에 들어가면 다행히 사람이 없거나 있어도 상추쌈을 가슴미어지도록 처먹고 마루에서 뻗고 자는 식모뿐이기가 십상이지요. 그는 그 집 수돗가에 있는 대야나 양은그릇들을 몽땅 훔쳐들고 밖으로 나오는 것입니다. 그것들을 수채 도랑에다 한번 처박았다 건져내어 선 리어카에다 쑤셔박고 "퍼뜩 가 이놈아!" 하고 나를 재촉해선 그 골목을 빠져나오는 것이지요. 배나무 아래로 갈 적엔 갓끈도 고치 지 말라는 속담이 있는 세상에 순 어거지로 버는 거지요. 어쩌다 들 키기라도 하면, "네에, 수도 검침하러 왔습니다." 하거나 "두꺼비 집이 어디 걸려 있습니까?" 하는 식으로 위기 모면을 할 때도 없었 던 것은 아닙니다. 하여튼 넉살 하나는 타고난 사람이었으니깐요. 실수를 되도록 줄이기 위하여 그가 아무 집이나 들어갈 땐 나와 암 호를 맞추곤 합니다. 나는 밖에 세워둔 리어카를 붙잡고 섰다가 남 자가 나타나면 가위를 절걱거리면서, "사이닷병 삽니다아." 여자가 나타나면, "헌 대야 삽니다아."라고 소리쳐 주면 의붓아버지가 속 차리고 부리나케 밖으로 쫓아나오곤 하지요. 장사라도 더럽게 똥줄 빠지는 장사지요.

그런 식으로 모으는 철물들이 돈으로 환산하면 상당한 액수에 달하는 때가 많았습니다. 순 도둑놈이지요 뭐. 지옥이 만원 아니라 미어터져 나간다 해도 우리 의붓아버지는 그 만원된 지옥 자리날 때까지 밖에서 기다려야 할 놈입니다. 그런데 그에겐 단 한 가지 내 가 이해 못할 점이 있었습니다. 그런 식으로 훔쳐내다 보니까, 나중 엔 요령도 붙고 간땡이가 부어서 마루에 놓인 선풍기 같은 것도 훔 쳐내곤 하였는데, 이 더운 여름날에 선풍기 같은 것이야 우리 집 마 이크로버스 속에다 틀어놓으면 좀 시원하고 간이 뜨겠습니까마는 그 작자는 그것을 응당 망치로 때려부숴 가지곤 고물로만 팔아먹던 심사를 알 도리가 없더란 이야깁니다. 그것만이 아니었습니다. 우 리 집에서 얼마든지 쓸 만한 멀쩡한 세숫대야도, 전기 믹서도, 주전 자 같은 집기도 모양 그대로 팔아넘기면 상당한 현찰과 바꿀 수 있 음에도 꼭 쇠망치로 엎치고 모를 쳐서 뚝심빠진 할망구 뱃가죽처럼

366

만들어서 수납소로 가져가서 몇 푼 안 되는 고물값으로 바꿔오는 것이었습니다. 그 고집은 아무도 꺾지 못할 것 같았습니다. 내 소견에도 하도 딱하고 답답하여,

"씨이, 그냥 팔면 몇 배나 받을 텐데 괜시리 두들겨깨기는 왜 깨는 거여?"

그러나 대답은 항상 한 가지로 내뱉기였습니다.

"이 자식아, 모르는 소리 말고 죽통 닥쳐. 아모리 좋고 신품이라 할지라도 일단 내 손에 들어왔다 하면 고물이 돼야 그기 원칙이야. 그래야 제 값어치가 있는기엿."

젠장, 퉁명스럽게 쏘아붙이기 일쑤입니다. 사람이 오래 살다 보면 멍텅구리도 여러 질 본다더니 나는 열다섯 살이 못 되어 저런 주체 못할 어바리 같은 자식도 보게 되는구나 싶데요. '알래스카의 싱그러운 바람을 몽땅 여러분의 안방에다 운반해 준다.'는 그런 신품 선풍기를 기어이 망치로 때려 고물로만 팔아먹고 있는 그놈의 대갈통은 도대체 무엇으로 채워져 있는 것일까요. 모르는 놈은 손에 쥐여줘도 먼 산만 본다더니 꼭 우리 의붓아버지 같은 놈을 두고 하는 말씀임에 틀림없겠습니다. 그러나 그의 말도 일리가 없는 것은 아니었습니다.

우리 집인 이 마이크로버스라는 게 정말 아무런 보장이 없는 집이었으니까요. 언제 해체되어 주물공장으로 들어가게 될지 모를 불안이 그것이었습니다. 그는 서울 시가지에 널려 있는 쇠붙이들을 고물로 만들어내는 분량만큼 우리 집이 헐릴 시간이 늘어질 수밖에 없다고 말해 왔으니까요. 그것을 가장 유효적절하게 이용하고 있는 놈이 바로 수납소의 최가란 놈이었습니다. 그놈이 요사인 퍽 자주 우리 집 주변을 빙글빙글 돌면서 원료공급이 달린다면서 "이놈을 빨리 해치워야 할 텐데." 어쩌구 해가며 벽을 돌로 탕탕 때려본다

든지 대가리를 주억거려 아래 위쪽을 살펴보곤 하니깐요. 그 새끼가 또 우리 어머니를 여인숙으로 데려갈 욕심 때문에 으름장을 놓고 있다는 것쯤은 의붓아버진들 모를 리 있겠습니까. 그러나 죽은 우리 아버지처럼 허약하고 요령없는 사람이야 당장 어머니를 내줄지는 모르지만 서슬이 퍼렇게 살아 있는 의붓아버지야 그렇게 호락호락한 위인은 아니었습니다. 최가놈이 그런 식으로 으름장을 놓고 돌아간 날의 의붓아버지는 거의 미친 것 같은 상태에서 하루를 보내게 됩니다. 두 눈알은 벌겋게 충혈되어 안정을 잃고 이리 굴리고 저리 굴리며 심하게 술을 퍼마시는가 하면 이 눈치 저 눈치 돌볼 겨를 없이 마구다지로 훔쳐내곤 하였으니까요. 리어카에 쌓인 고철들 거의가 도둑질로 채워진 것뿐이었습니다.

우리는 그날 우연히도 주택가 사이에 끼어 있는 어느 아담한 공원의 어린이놀이터 앞을 지나게 되었습니다. 그 공원 한편에는 조무래기들을 태우고 원형으로 빙글빙글 돌아가는 철마(鐵馬)가 삐걱삐걱 쇳소리를 내고 있었습니다. 우린 맨 처음 빈 깡통이나 주워모을 심산으로 그 공원 속을 어슬렁거리고 들어갔던 것이지요. 그런데 그 철마를 보자 의붓아버지는 그만 걸음을 딱 멈추고 말았습니다. 그는 아가리를 함지박만큼 벌리고 헤헤 웃는 아이들을 잔뜩 싣고 힘겹게 돌아가는 철마틀을 넋을 잃고 바라보고 있을 따름이었습니다. 넋을 잃은 듯이 보이던 그의 표정이 차츰 어떤 득의의 웃음기로 변해 갔습니다. 그는 강에서 걸어나온 강아지처럼 온몸을 한번 부르르 떨었습니다. 드디어 그는 내 정수리를 깡 치면서 이렇게 말했습니다.

"좋다! 저놈을 해치우는 거야, 저놈을."

나는 정수리가 몹시 아팠으나, 그의 결의에 찬 표정이 엄숙하기까지 하였으므로 참는 수밖에 없었지요.

"이 자식아, 아무한테도 얘기하면 죽엇!"

"씨이, 뭘 말예요?"

"저걸 보라구 이 자식아."

"말틀 말예요?"

"그래 이 자식아, 오늘 밤에 저놈을 해치우는 거야. 저런 게 있는 줄을 미처 생각을 못했군."

말하자면, 주제에 그 철마틀을 몰래 해체시켜 고철로 팔아 조질 심산이란 것쯤은 나도 알아차릴 수 있었습니다. 나는 킹 하고 코웃음을 쳤습니다.

"씨이, 잘 안 될걸."

"이 자식아, 쥐새끼도 막다른 골목에 이르면 돌아서서 고양이를 문다구."

"씨이, 잘해 보라구."

말 같아야 상대를 하고 섰지요. 나는 돌아서고 말았습니다. 내가 돌아선 뒤에도 그는 여전히 거기 남아서 철마 근방을 빌빌 돌며 이리저리 궁리를 짜내고 있는 눈치였습니다. 그러나 생쥐가 호랑이새끼를 잉태하는 게 쉽지 자기가 무슨 까딱 수로 그 철마를 몰래 해체시킬 수가 있단 말입니까. 그는 근 삼십여 분이 지난 뒤에사 내 뒤를 어슬렁거리고 따라왔습니다. 그 꼬락서니가 하도 우스꽝스럽고 미워서 나는 의붓아버지를 골탕먹일 궁리를 하고 있었습니다.

우리는 그 공원을 나와서 다시 주택가의 골목길을 들어섰고, 그는 역시 빈 집을 발견해 내고 그 집으로 기어들어갔습니다. 나는 여전히 리어카 근방을 돌며 망을 보고 있었습니다. 그때 골목 어귀에 찰스 브론슨같이 어깨가 딱 벌어진 두 사나이가 나타났습니다. 나는 거기서 응당 가위질을 절그럭거리며 "사이닷병 삽니다." 하고 집안에 있을 의붓아버지께 신호를 해주어야 했는데도 여전히 가만히 서 있었습니다. 공교롭게도 일이 바로 되느라고, 그 두 사나이는 그가 들어간 바로 그 집으로 들어갈 사람들이었습니다. 참 그날 우리 의붓아버지는 직사하게 터졌지요. 하여튼 여물통이 당나발이 되도록 쥐어터졌으니깐요. 그 사람들은 악당영화에 나오는 허장강의 꼬붕들처럼 입에 게거품을 풍기며 의붓아버지를 약장수 북치듯 했습니다. 꽤 오랫동안 맷집좋게 맞고만 있던 그가 뽀빠이에게 쫓기는 털보처럼 갑자기 골목 밖으로 튀어달아나더군요. 토끼는 데는 그도 한가락 하는 사람이란 걸 그때서야 알았습니다. 눈 깜짝할 사이에 사람을 놓쳐버린 그 두 사나이는 잠시 서로를 멍하니 쳐다보더니 충혈된 시선을 서서히 내게로 옮겨왔습니다.

이젠 골로 가는구나, 저 거무침침한 서울의 하늘도 오늘로써 마지막 보는구나 싶었습니다. 아니나 다를까 그들은 내게로 걸음을 옮겨오는 것이었습니다.

"너 이 자식! 그놈과 한패짓?"

그중 한 녀석이 어금니를 잔뜩 사리물며 내게 다그쳤습니다.

"너 인마, 거짓말하면 죽어? 마빡에 피도 덜 마른 녀석이 벌써 도둑질 동업이야?"

다시 한 녀석이 다가서며 이를 앙물었습니다. 물론 나는 처음엔 사시나무 떨듯 했지요.

그러나 바로 그 순간에 아까 공원에서 의붓아버지가 내게 던진 말이 퍼뜩 떠올랐던 것입니다. '이 자식아 쥐새끼도 막다른 골목에 이르면 돌아서서 고양이를 무는 거야.' 바로 그 말이었습니다. 낸들 기죽을 수 있나요. 나는 한 발 앞으로 쓱 나섰습니다.

"씨이, 그렇다. 왜? 잘못된 거라도 있니?"

내가 뱃심좋게 나오자 그들은 금세 얼굴색이 싹 가시더군요.

"야, 요것 봐라. 벼룩이 튄다아?"

"이 새캬! 니 눈깔엔 벼룩밖에 보이는 게 없니?"

나는 이렇게 대거리하며 은연중 리어카 속에 들어 있던 조그만 쇠꼬챙이 하나를 재빨리 챙겨들었습지요.

"야 요놈 봐라아! 너 몇 살이니?"

"몇 살이면 워쩔터? 너 애비 나이라도 보태줄터?"

통수가 그쯤 되면 알조였습니다. 그 두 사나이는 시골장터에 붙들려온 고슴도치라도 구경하듯 내 주위를 조심스럽게 빙글빙글 돌며 나를 요리조리 훔쳐보더니 그만 웃고 돌아섰습니다. 그들의 표정으로 보아한 말로 유치하다 이것이었는데, 사실은 내가 쥐고 있던 쇠꼬챙이에 조금은 겁을 집어먹은 게 분명하였습니다. 나도 휘두르다 보면 저희들이 찔리지 않는다는 보장이 어디 있겠습니까, 악돌이한텐 못 당하는 법이니까요. 어른들이란 틀은 커도 건드리면 움츠리는 족제비처럼 운명적으로 허약하다는 걸 나는 그때부터 깨닫게 되었습니다. 그날 이후 나는 그 쇠꼬챙이를 항상 몸에 지니고 다니는 습성을 길렀습니다.

"짜아식들, 작은 고추가 매운 걸 몰라?"

나는 어깨를 으쓱하며 리어카를 끌고 유유히 골목을 빠져나왔습니다. 그땐, 그렇게 높게 느껴지던 서울의 하늘이 내 턱밑에 내려와 있더군요. 길거리를 걸어가는 사람들도 훅 불면 날아가 버릴 듯 가볍게 보였습니다. 그러나 그다음엔 겁이 덜컥 났습니다. 그건 그때 우리 의붓아버지 생각이 버럭 떠올랐기 때문입니다. 그는 지금쯤 분명 집으로 돌아가서 황소 모양으로 나자빠져누워 어머니를 들볶고 나를 저주하고 있을 것임에 틀림없었겠기 때문입니다.

나는 집으로 돌아갈 엄두가 나지 않았습니다. 리어카를 수채도랑에 칵 처박아버리고 지향없이 떠나버릴까 보다고 생각했습니다. 이 한 몸이야 어딜 가도 먹고 살아갈 재주쯤이야 내게도 있으니깐요.

　작년까지만 해도 나는 시내버스를 탔습니다. 주로 밤에 아무 정류소에나 나가 섰다가 무조건 버스를 집어타는 것입니다. 차가 일단 떠나면 나는 그 많은 사람들 틈에 끼여 악을 쓰기 시작하지요. "차내에 계신 신사숙녀 여러분! 저는 일찍이 조실부모하고 눈보라 치는 서울의 하늘을 지붕 삼아 이 거리 저 거리를 주린 창자를 틀어쥐고 지향없이 떠도는 신세였습니다. ……그리하여 청량리에 위치한 아세아중학교 야간부에 입학은 하였으나, 세파는 거세고 인정은 메말라 더 이상 학업을 계속할 수 없어 볼펜 몇 개를 밑천삼아 인정 어리신 여러분의 동정을 구하고 있습니다. 미이아리 누운물 고개 니이임이 넘던 이별 고오개—." 한 곡 쫙 뽑고 나면, 나도 모르게 울고 있는 자신을 발견합니다. 그러나 내 호소를 귓구멍이 있으면 다 들었으련만 승객들은 길거리에 금송아지라도 지나가는지 고개를 하나같이 창밖으로만 돌리고 있을 뿐입니다. 그러나 그런 건 별 염려 없습지요. 요는 그 차 중에 집으로 돌아가는 바걸이나 작부들이 몇 사람이나 타고 있느냐가 더 문제입니다. 그들이야말로 눈물에 약하거든요. 결국은 한 차에 일이백 원은 쥐고 내리게 마련입니다. 간혹 나를 잘못 알아보고 차비를 달라는 차장도 있습니다. 나는 그때 지체없이 공갈을 칩니다.

　"이년아, 너 더 살고 싶으니?"

　"요 새끼가, 지금 뭐라고 했니?"

　"이년아, 제발 내 창자 뒤틀리게 하지 말어."

　차장을 똑바로 쳐다봅니다. 공갈에는 약하거든요. 또 나를 상대해서 머물 시간도 없는 차니깐요. 붕 떠나고 말지요.

　그때, 내 등을 툭 치는 사람이 있었습니다. 바로 의붓아버지가 그 사람이었습니다. 나는 창자가 끊어질 듯한 놀라움과 두려움에 떨었습니다. 이번에야말로 끝장이구나 싶었습니다. 적어도 그 사람에게만은 내 통수나 공갈이 통하지 않는다는 걸 잘 알고 있기 때문이죠. 그러나 나는 의외에도 씩 웃고 있는 그를 발견한 것입니다.

"히히, 내가 다 봤다, 인마. 너 통수 한번 거뜬하게 치던데! 됐어, 잘하는 짓이라구, 희망이 가득한 놈이야 넌."

그는 내 골통을 툭툭 치면서 팅팅 부어 모과 같은 낯짝을 해가지고선 헤벌쭉 웃기까지 하더라니까요. 그 만족스러워하는 꼬라지란 이루 형언할 수가 없었습니다. 그는 사뭇 달아나진 않고 길모퉁이에 숨어서 내가 노숙하게 굴던 것을 지켜보았음에 틀림없었습니다.

난 그날처럼 기분좋았던 날도 없었습니다. 물론 그날부터 그를 아버지라고 부르기로 작정도 하였지요. 돈도 없고 무식하며, 도둑질이나 하고 오락이라고는 어머니와 흘레밖에 할 줄 모르는 그였지만, 사람을 군더더기없이 용서할 줄 알고 힘을 북돋아줄 줄 아는 그 왕자표 아저씨를 아버지라 부르는 데 내가 거리낄 것은 없었지요.

"이봐, 너 말이야. 오늘 저녁 내 작업에 가담할터?"

그는 조금 전에 공원에서 보아둔 철마의 해체작업에 내가 동행해 줄 것을 은근히 바라는 눈치였습니다. 물론 나는 그의 제의를 쾌히 승낙했습니다. 그때의 내 기분은 공허하게만 느껴지던 그의 계획이 이상하게도 퍽 현실성이 있는 계획으로 받아들여지더군요.

집으로 돌아오자, 아버지는 어머니를 보고 "이봐, 이 자식이 날 아버지라고 불렀어." 하더군요. 아버지의 울긋불긋하게 부어오른 얼굴과 나를 번갈아보던 어머니의 눈시울에 안개 같은 것이 서리는 것을 나는 보았습니다. 어머니는 우리들이 시내에서 겪었던 사건을 대강 짐작하는 눈치였으니깐요. 나는 그때 치사하게도 울고 싶다는 생각이 울컥 치밀어오르더군요. 우리들 세 사람은 낯선 사람처럼 아주 오래간만에 서로들을 쳐다보면서 어설프게나마 웃었습니다. 새로운 음모에 대한 결의가 우리들 웃음 속에 배어 있었지요. 그러나 그날 밤부터 나의 사랑하는 아버지는 앓기 시작하였습니다. 대단한 열이 아버지의 온몸을 휩싸안았습니다. 아버지와 나의 계획이 수포로 돌아간 건 차치하고 그를 어떻게 치료해 주느냐가 당장 발등에 떨어진 불이었습니다. 그러나 아시다시피 이 밤중에 무얼 어떻게 할 수 있단 말입니까. 어머니는 거의 속수무책으로 아버지의 이마에 물수건만 얹었다 내렸다 하였어요. 그러나 아버지를 엄습해 온 열은, 불에 달구어진 돌멩이처럼 도대체 식을 기미를 보이지 않았습니다. 사랑하는 아버지는 굴신 못하도록 얻어터진 게 분명하였습니다.

"이 원수야, 병원에 가서 의사라도 불러오너라."

아버지 옆에 두꺼비처럼 버티고 앉은 나를 보고 어머니는 소리쳤습니다.

"여기 와줄 골빈 의사가 어딨어?"

"그럼 이놈아, 죽을 사람 두고 그대로 죽치고 앉았을 테여?"

나는 어슬렁거리며 밖으로 나왔습니다. 근 일 킬로나 시내 쪽을 향해 걸어서 '중생의원'이란 간판이 걸린 병원 하나를 찾아냈습니다. 그 썰렁한 병원에 마침 발랑코인 간호사 한 년이 어슬렁거리고 있었습니다. 내가 문들 열고 들어서자, "너 어디서 왔니?" 하고 그가 물었습니다. 저 위쪽 폐품집적소에서 왔다고 했지요. 그는 내 아래위를 잠깐 훑어보고는 심드렁하게 말했습니다.

"으응, 거어기? 지금 의사 선생님이 안 계신데?"

싹수를 보니까 그 간호사가 순순히 나를 따라오긴 글렀다 싶었습니다. 참 분통터지데요. 나는 그때 쇠꼬챙이를 척 꺼내서 꼬나들었습니다.

"너 갈텨? 안 갈텨?"

"얘가? 지금 뭘 하고 있어?"

"보면 몰라? 이 작것아?"

"이런 애가 어디 있어?"

"너 오래 살고 싶지?"

나는 쇠꼬챙이를 그녀의 콧잔등에다 바싹 갖다대고 이를 앙물었습지요. 그제사 새파랗게 질린 그녀가 뾰족한 수가 없었던지 주섬주섬 왕진갈 차비를 하더군요. 십구 문짜리 왕자표 흑고무신만한 아버지의 그것이 어머니에겐 절대적으로 작용되듯이 내 십구 문짜리 길이만한 이 쇠끝이 많은 사람들에게 공포를 준다는 흡족감을 다시 한 번 느끼게 되었지요. 하여튼 그 작은 쇠끝 하나에 너무나 허술하게 굴복해 버리는 간호사가 민망할 정도였습니다.

그 간호사는 우리 집에 당도하자, 곧장 아버지에게 주사를 찔러주었고 이틀 분의 약을 주고는 왕진비도 받을 생각 없이 부리나케 달아나 버렸습니다. 어머니는 내가 간호사를 여기까지 불러올 수 있었다는 대견스러움에 "이 원수야 너도 쓸모가 있구나!" 하면서 누런 이를 드러내고 웃었습니다. 나는 지랄같이 눈물이 핑 돌더군요. 아버지는 얼마 후 열이 내리기 시작하였고 혼곤히 잠에 빠져들더군요. 어머니와 나도 그 옆에 아무렇게나 꼬꾸라져 잠이 들었습니다. 그날 밤 나는 꿈을 꾸었습니다. 신나는 꿈이었지요. 우리 집인 마이크로버스 양옆에 은빛 날개가 달려서 짙푸른 하늘을 기분좋게 날아가고 있었습니다. 우리들의 비행기는 조종사도 없었지만 그렇게 쾌적하게 날 수가 없더군요. 시원하고 맑은 바람이 창으로 들어와 발가벗은 채인 우리 세 사람의 더운 몸을 식혀주었습니다. 아래로는 칙칙한 산과 바다가 이어져왔다간 펼쳐서 지나갔습니다. 나는 기분이 좋아서 무좀약 선전광고처럼 간지럽게 웃었습니다. 그때 초원이 펼쳐진 넓은 땅이 보이기 시작했습니다. "착륙 준비잇!" 아버지가 손을 번쩍 들고 소리쳤습니다.

눈을 번쩍 뜨니 아버지가 물을 달라고 소리치고 있었습니다. 젠장 좋다가 말았지요 뭐.

나는 어머니를 깨우지 않으려고 살금살금 기어나가 물 반 바가지를 떠다 아버지께 드렸지요. 그는 내 얼굴을 한참 유심히 쳐다보더니 꿀꺽꿀꺽 물을 마셔댔습니다. 그러나 아버지는 그 이튿날도 털고 일어나진 못했습니다. 아마 아버지도 임자 바로 만났던가 보지요.

자기가 마른 명태가 아닌 이상 그렇게 얼어터졌는데도 아프고 저리지 않을 리 없겠지요.

그렇다고 우리 두 사람이 황달의 붕어 들여다보듯 아버지의 팅팅 부은 낯짝만 내려다보고 앉아 있을 수도 없겠으므로, 마음에 걸리기는 하였습니다만 어머니는 다시 선별작업장으로 나는 리어카를 끌고 시내로 고물장사를 떠났습니다. 더군다나 나는 리어카를 혼자서 끌게 되었다는 사실 때문에 조금은 흥분해 있었습니다. 나 혼자서 일을 벌일 수 있게 되었다는 건 여간 짜릿한 일이 아니었습니다. 물론 나도 아버지처럼 가위를 절걱거리며 가락을 맞추어 "사이다병 콜라병 헌 양재기 삽시다." 하고 외쳐대는 것이었습니다. 조그만 것이 그런 짓을 하고 다니니까, 골목에 모여 서서 제 남편 흉이나 싸지르던 여편네들이 신기한 듯 바라보곤 하더군요. 그 눈길에는 하나같이 너도 출세 일찍 하였구나 하는 말씀들이 담겨 있었는데 그것들이 아직 내 실력을 몰라서 그러고 있는 것이겠지요.

오후 두시쯤 나는 아주 의젓한 어느 집 대문 앞에 멈추어 섰습니다. 제법 산다고 떵떵거리는 집구석으로 보이는 것은, 집을 왼편으로 돌면서 펼쳐진 푸른 잔디밭이 시원하였고 차고도 보였기 때문입니다. 집 안의 문이란 문은 모조리 닫혀 있었고 마루의 문짝 두 개만 열려 있었는데, 바로 그 열린 문 사이로 식모가 네 활개를 쫙 벌리고 낮잠을 자고 있었습지요. 문을 열어놓은 채 식모가 자고 있다면 그 집구석엔 그 외에는 아무도 없다는 증거지요. 누구라도 있다면, 식모 따위가 건방지고 도도하고 물간 통대구 배같이 푸르딩딩한 두 다리를 쩍 벌리고 잠들 수 없다는 건 상식에 속하는 일이니까요. 나는 리어카를 끌고 얼른 그 집 안으로 들어가서 안쪽으로 대문을 걸어 잠갔습니다. 그리고 곧장 마루 앞까지 리어카를 끌고 가서 세운 다음, 쇠꼬챙이를 꺼내들었습니다. 그러곤 쇠끝으로 단잠이 든 식모의 뱃구레를 툭툭 쳤습니다. 어찌나 많이 처먹었던지 뱃구레에서 쇠가죽 소리가 날 지경이었습니다. 그년도 아마 먹새에는 날 뒤지지 않았던 게지요. 한참 만에야 그년은 깜짝 놀라 일어나더니 나를 그윽이 바라보았습니다. 나는 여유를 두지 않고 쇠끝을 그녀의 코앞에 바싹 갖다 대고 말했습니다.

"낮도둑놈이야. 알아둬, 오래 살고 싶지?"

처음에 그녀는 내 몰골을 보고 심드렁한 낯짝이더니 내가 '낮도둑놈'이라고 말하자, 이상한 신음소리를 뱉어내곤 금방 얼굴을 감싸 쥐더니 썩은 통나무이듯이 옆으로 나가뒹굴었습니다. 나는 쇠끝으로 그년의 뒤통수를 두어 번 긁어준 다음, 지체없이 일에 착수했습니다. 선풍기부터 찬장의 그릇들, 믹서, 전화기, 할 것 없이 고철로서 가치가 있는 것이라면 사양않고 리어카로 옮겨실었습니다. 그때까지 식모는 겨울 동태처럼 바싹 얼어서 얌전하게 엎드려 있더군요. 나는 그 집구석을 나오면서,

"이년, 내 꼬붕들이 밖에서 사뭇 지켜볼 테니까, 고함지를 요량 말고 사뭇 엎드려 있엇!" 하고 으름장을 놓았습니다. '이년' 할 때 나는 아랫배에 힘을 잔뜩 넣었지요. 그년 아마 십 년은 감수했을 건 뻔하지요. 하긴 나 역시 아이큐 높다는 배달의 자손이긴 마찬가지니깐요. 나는 그 길로 똑바로 집으로 돌아왔습니다. 나는 손오공이

라도 된 듯 하늘을 날 기분이었지요. 집으로 돌아와서 그 사실을 누워 있는 아버지에게 낱낱이 고해 바쳤습니다. 내 이야기를 상기된 얼굴로 다 듣고 난 아버지는 그때 뉘었던 자세를 후딱 일으키면서 말했습니다.

"넌 이제 내 아들이야. 이 강두표(姜斗杓)의 아들이라구, 딴 놈의 아들이 됐다간 죽엇?" 그리고 그는 덧붙이기를 "열심히 혀, 책임은 내가 져, 이 강두표가 진다구. 그래야 우리 집이 헐리지 않는 기여 인마, 그걸 알아야 혀." 하더군요. 그러나 양계장에서 계란 쏟아지듯 날마다 경기가 좋은 건 아니었습니다. 사실은 대낮에 문도 안 잠근 채 넉살좋게 낮잠자는 여자란 그리 흔한 일은 아니거든요. 나는 열흘에 한두 번씩 식모 혼자 있는 집구석을 털곤 하였습니다.

나의 사랑하는 아버지 강두표 씨는 좀처럼 털고 일어날 기미를 보이지 않았습니다. 영 골병이 진 모양이었습니다. 그렇지 않고서야 그렇게 탄탄하던 사람이 밀가루반죽처럼 늘어질 수가 있겠습니까. 일어나는 건 고사하고 그는 언제부턴가 비쩍비쩍 여위어가는 게 도대체 심상치 않았습니다. 내가 하는 일도 그랬습니다. 빤한 이치로, 서울 시가지를 노루처럼 뛴대도 내가 불가사리가 아닌 바에야 아버지와 같이 다니던 때처럼 실적이 오를 건 아니지요. 또 그것뿐이겠습니까? 아버지가 이십여 일을 앓아눕자, 수납소의 최 주사란 자식이 우리 집에 심심찮게 나타나는 일이었습니다. 그는 수탉 모양으로 고개를 갸우뚱거리며 집 주위를 이리 돌고 저리 돌아보는 꼬라지가 우리들을 몹시 심란하게 만드는 것이었습니다. 조만간 우리 집을 헐어버릴 심산이 아닌가 싶었기 때문입니다. 그 자식이 낯빤대기 실룩거리는 꼬락서니로 보아 아무래도 다시 한 번 그 자식을 따라 여인숙엘 가주어야 할 날이 가까워오는 건지도 모르지요. 그 자식이 우리 어머니를 끈질기게 탐욕하는 걸로 보아, 못할 말이지만 우리 어머니도 어지간히 색골인 모양이지요. 그러나 어찌됐건 남의 여자를 탐내다니, 최 주사란 놈이야말로 염치없기로는 무당 쌀자루보다 몇 배 더한 놈이지요. 물론 내게도, 이 쇠꼬챙이로 그 자식을 위협할 수 있는 용기쯤이야 있습니다. 그러나 이 폐품집적 소를 중심으로 살아가는 사람들은 여느 사람들과는 생판 다르니까 요. 골통에 권총을 들이댄대도 아랑 드롱처럼 눈썹 한 번 까딱하는 법이 없습니다. 빵간에 드나들기를 생콩 먹은 놈 변소 드나들듯 하 더군요. 그중에서도 최 주사 같은 놈은 갔다 하면 서대문이니까요.

우선 마빡에 박 그어진 흉터만 보아도 그놈이 얼마나 계통없게 살아왔던가를 알조였으니까요. 어느 누구도 그 앞에서 대거리했다 간 졸가리 부러지는 변을 당하고 맙니다. 하물며 나 같은 거야 엉겨 붙는다는 건 호랑이 앞에 웃통 벗는 격이지요. 그러니까 난 그저 눈 딱 감고 리어카 밀고 시내 쪽으로 드나들 수밖에 더 있겠습니까. 그 쪽엔 내 공갈이 먹혀가는 사람들이 너무나 많이 살고 있으니까요.

그날도 나는 마침, 밥 한 그릇을 목구멍에 이겨넣고 저쪽 쓰레기 더미에 있던 리어카를 끌어낼 작정으로 어슬렁거리고 걸어가고 있 었습니다. 나보다 한 발 앞서 나갔던 어머니가 그때 어디서 헐레벌 떡 내게로 뛰어왔습니다. 어머니는 불문곡직하고 내 멱살부터 조여 잡았습니다.

"이 원수놈아, 이놈아 널 잡으러 쇠파리가 찾아왔어!"

나는 이게 무슨 흰소린가 했습니다. 무엇 때문에 순경이 나를 잡 으러 오느냐 이겁니다.

"저쪽 수납소에 이놈아, 쇠파리가 와서 너와 똑같은 놈을 찾고 있어, 이놈아."

어머니는 숨이 거의 턱에 걸려 있었지요. 나는 아침 잘 먹은 어 머니가 갑자기 돌았나 싶을 정도였습니다.

"뭐라고? 싸게 주껴봐."

"이 원수놈아. 그래 내가 뭐라던? 아예 도둑질은 하지 말랬잖어? 이 여우새끼 같은 놈아, 도둑질은 지랄한다고 혀? 할 짓이 겨우 그것뿐이더냐?"

"씨이, 엄니가 원제 날보구 도둑질 말랬어? 원제? 늘 가만 보구만 있어 놓구선."

"이 원수놈아, 넙죽거리고 섰지 말고 월런 토껴버려, 저쪽 철조망 구멍으로 싸게 이놈아."

어머니는 거의 사색이 되어 발을 동동 굴렀습니다.

"씨이, 걱정 말어. 엄니가 왜 안달여?"

나는 그제야 수납소 쪽을 힐끗 돌아다보았습니다. 쓰레기더미 너머로 보이는 수납소 문 앞엔 정말 순경 한 사람이 찾아와서 타조처럼 어깨를 쩍 벌리고 서서 최 주사놈과 뭐라고 노가리를 까고 있었습지요. 나는 씩 웃었습니다. 이상하게 전신이 찌릿해 왔습니다. 이제 살맛이 난다 싶었습니다. 나는 다람쥐처럼 날쌔게 철조망을 기어넘어 곧장 시내 쪽을 향하여 냅다 뛰기 시작하였습니다. 쇠꼬챙이를 든 채 말입니다. 이것 하나만 갖고 있으면 어딜 가도 먹고 살 수 있을 것 같았기 때문이지요.

나는 그날 하루를 시내 여기저기를 기웃거리면서 해를 보냈습니다. 집 사정이 매우 궁금하였습니다. 나 대신 아버지나 어머니가 파출소에 붙들려가서 직사하게 얻어터지고 있는 거나 아닌지 모를 일이기 때문입니다. 주둥이에서 말이 튀어나왔다 하면 욕뿐이고, 그 입에서 나온 욕설이 땅에 채 떨어지기 전에 아무거나 손에 잡히는 쇳조각으로 상대방의 도민증을 사악 그어버리기 일쑤인 사람들 틈에 끼여사는 그들이지만 의리 하나는 살아 있어 내가 한 짓거리들을 그렇게 호락호락하게 불어버리진 않을 것입니다. 그러나 한편으로는 나를 잡기 위해서 온 서울바닥에 순경들이 쫙 깔려 있을지도 모른다는 불안도 엄습해 왔습니다.

그래서 나는 쏘가리가 바위틈 기웃거리듯 이 골목 저 골목을 기웃거리며 다닐 수밖에 없었습니다. 해도 저물어가고 배도 고팠습니다. 서글퍼지더군요. 물론 주머니엔 얼마간의 돈도 있었지만 집 사정이 걱정되어 풀빵 한 개라도 목구멍에 넘어갈 것 같지가 않았습니다.

하루를 사그리 굶고 말았지요. 해가 완전히 지고 어둠이 깔려오기를 기다려 나는, 어슬렁어슬렁 집으로 발길을 돌려놓았습니다. '언덕 위의 하얀 집'은 아니더라도 내가 돌아갈 곳은 오직 거기뿐이었으니까요. 집 가까이에 당도하자 나는 둘레의 동정부터 살펴보았습니다. 태풍이 지나간 자리처럼 사위가 조용하더군요. 물론 아침에 나를 찾아왔던 순경의 쌍통도 보이지 않았습니다.

그런데 나는 한 가지 놀라운 사실을 발견하게 되었습니다. 분명 마이크로버스 안에 누워 끙끙 앓고 있어야 할 아버지가 밖으로 쫓겨나와 있더란 말입니다. 몇 개의 사과 궤짝과 수채 냄새가 풍기는 요때기와 홑이불, 몇 개의 그릇들이 우리 재산의 전부였는데, 그걸 전부 밖으로 옮겨놓고 아버지와 어머니가 바보처럼 앉아 있던 것이었습니다. 뭔가 심상치 않다고 생각되었던 나는 황급히 철조망을 기어넘어 두 사람에게로 뛰어들었습니다. 그들은 나의 출현에 조금도 놀라는 기색이 없었을 뿐 아니라 오히려 본 체 만 체였습니다.

"엄니? 뭣 때문여?"

"시끄러 이 원수야, 아가리 닥쳐!"

어머니는 꽥 소리질렀습니다. 참 곤조통 터지데요. 하루종일을 굶고 헤매다 들어온 사람을 보고 위로의 말씀은 못 건네줄망정 당장 욕부터 퍼부어대다니, 참으로 우리 어머니는 문교부 뒷길로도 못 다녀온 모양입니다.

그때, 새까만 기름때가 덕지덕지 묻은 작업복을 걸친 인부들 몇 사람이 두런거리며 우리 집적소 안으로 들어서는 모습이 보였습니다. 그들 역시 리어카 같은 것을 끌고 있었는데, 그건 고철이 실린 리어카가 아니었습니다. 최 주사란 놈이 수납소에서 뛰어나가 그들과 한두 마디 건네는 눈치더니 그들을 곧장 우리 집 쪽으로 몰고 왔습니다. 그들은 우리 집 앞에서 멈추어서자 싣고 온 리어카 속의 기계들에서 선을 뽑아내는가 하면 산소통에 부착된 기계들을 이리저리 돌려 조정도 하였습니다. 최 주사놈이 우리들을 향해 늙은 소처럼 히쭉 웃었습니다. 쌍통 한번 더럽더군요. 인부들은 드디어 돌상어 몸통 같은 산소통에 스위치를 넣었습니다. 그들의 손에 들려 있던 긴 쇠붙이 끝에서 새파랗고 기다란 불길이 비정스러운 소리를 내면서 튀어나왔습니다. 그들은 다시 그 불길을 늘였다 오므렸다 하며 조절하더니 그것을 곧장 우리 집의 바퀴와 몸통 부분이 연이어진 곳에다 갖다 댔습니다. 우리 집을 병신으로 만들 작정인가 보았습니다. 자디 잔 쇳조각이 사방으로 튀어달아나기 시작하면서 불길을 받은 부위가 종기로 팅팅 부은 엉덩이살처럼 붉어지는가 했더니 드디어는 흐물흐물 녹아내리면서 찌들기 시작했습니다.

"저것들이 시방 뭘 하는 기여 아버지?"

나는 요때기 위에 기진한 채 널브러져 있는 아버지를 보고 외쳤습니다. 그는 여윈 얼굴에 쓸쓸한 웃음기를 피워올리면서 띄엄띄엄 말했습니다. 바야흐로 우리 집이 헐리게 되어 주물공장으로 들어가야 한다는 것입니다. 자기로서는 이제 별 통수가 없다는 것입니다. 다만 그동안이라도 시내에 있는 고철들을 훨씬 많이 물어들이지 못한 것이 한이 될 뿐이라는군요. 끝장이 났다는 말은 이런 걸 두고 이르는 말이란 걸 알았습니다. 언젠가는 이 마이크로버스에 새 기름이 처지고 햇볕을 매섭게 반사하는 창문을 끼워달고 서울 시가지 한복판을 향하여 부리나케 달려나갈 수 있으리라던 우리들의 꿈도 역시 산산조각이 났다는 것을 깨달았습니다.

이제 한쪽 바퀴가 완전히 떨어져나가고 차체가 삐거덕 소리를 내며 기울기 시작하였습니다.

"쌰, 우리는 시방부터 살 집도 없어졌고, 너 엄니와 흘레도 못 붙게 되얐어, 이젠, 이것아."

아버지는 역시 쓸쓸한 웃음을 흘리면서 말을 이었습니다.

"케이에스 렛데루 딱 붙은 이 왕자표 좆도 이젠 써먹을 장소가 없어졌다구 이놈아 흐흐."

그러나 나는 실망하지 않았습니다. 우리 세 식구가 기거할 집이 헐리는 것을 감수하면서까지 어머니를 음흉한 최가놈에게 넘겨주지 않았던 아버지는 아무래도 거인(巨人)으로 보였기 때문입니다. 아버지는 기어코 어머니로 하여금 자신이 바라던 대국도둑놈을 낳게 할 심산임에 틀림없었습니다. 나는 그런 아버지를 두었다는 사실에 감동하였고 또한 자랑스러웠지요. 까짓것 그런 집 정도야 이 세상 어느 모퉁이엔들 또 없겠습니까. 나는 그때, 주머니에 쑤셔넣었던 쇠꼬챙이를 꺼내서 저쪽 하늘 멀리멀리 던져버렸습니다. 적어도 대국도둑놈을 낳게 할 거인의 아들이 이 따위 거추장스럽고 비겁한 것쯤은 가지지 않아도 최가 하나쯤은 거뜬하게 때려누일 수 있다는 자신이 불끈 솟아올랐기 때문이지요.

"야 이 새캬, 이리 나오라구 쌰!"

나는 이렇게 소리지르며 최가놈을 향해 사냥개처럼 달려나갔습니다.

"이 원수야, 너 오래 살고 싶엇?"

미처 나를 붙잡을 겨를이 없었던 어머니의 다급한 목소리가 뒤

에서 들려왔습니다. 니기미, 어머니는 끝장까지 겁쟁이 노릇만 합
니다.

에서 들려왔습니다. 니기미, 어머니는 끝장까지 겁쟁이 노릇만 합
니다.

모범 사육

내가 어슬렁거리면서 원장실로 들어서자, 원장은 뽀빠이처럼 웃었습니다. 그 늑대가 우리 원아들 누구에게도 그따위 간지러운 웃음을 보내는 일은 좀처럼 얻기 힘든 영광이었으므로 나는 내심 어리둥절할 수밖에 없었어요. 사실, 늑대가 상냥하게 웃는다는 건 이솝이야기에서나 나올 법한 일이니까요. 게다가 그는 내 더러운 손까지 덥석 잡아안았습니다. 그러나 그런 발작적인 행동에 내가 혹할 리는 없었습니다. 그가 우리들에게 친절하게 굴 땐 반드시 어떤 음모가 뒤에 도사리고 있었으니까요. 국회의원이란 배불뚝이 영감이 비서를 대동하고 우리들 ‘영세보육원’에 나타난다든지, 안경쟁이 부인들로 구성된 봉사단체가 쳐들어온다든지, 수녀들이 방문할 때만 그는 염통에 쉬가 슨 듯 캴캴 웃으며 너스레를 떨곤 하였으니까요.

‘영세보육원’에 수용되어 있는 오십여 원아들치고, 이 보육원이란 것을 맨 처음 창안해 낸 그 어느 작자를 저주하지 않는 아이들은 없었습니다. 도대체 우리들이 기원하여 마지않았던 것은 과자상자를 안고 오지 않아도 좋고, 마음이 가난한 자는 복이 있나니 천국이 저희 것이니라는 개뼈다귀 같은 성경말씀 듣지 않아도 좋으며 돼지 모가지 따는 소리로 짖어대는 찬송가 안 들어도 좋으니 제발 그 위로방문 따위 좀 멈추어달라는 것입니다. 그들이 도착하기 적어도 사흘 전부터 우리들은 그 늑대에게 이리 몰리고 저리 쫓기며 옷을 빨아입는다, 대가리를 깎는다, 뒤꼍을 청소한다, 화단을 새로 가꾼다는 식의 철야작업에 몰려 괴롭힘을 감당해야 하기 때문이죠.

그런데 그 원장이 오십 명의 원아들을 다 제쳐놓고 오직 나 혼자만을 위해서 시방 캴캴 웃고 있다는 것입니다. 나는 갑자기 찬물에 온몸을 담근 놈처럼 뻣뻣해져 서 있었습니다.

"어떻습니까? 마음에 드십니까?"

연방 날 보고 웃고만 있던 원장놈이 옆으로 돌아오며 이렇게 말했습니다. 나는 그제야 원장 건너편 의자에 한 여자가 댕그라니 앉아 있는 걸 발견했습니다.

그 사십대의 여자는, 적당히 살이 찐 볼따구니에 엷은 홍조를 띠고 나를 바라보고 있었어요. 그녀는 벌써 오래전부터 그런 자세로 나를 관찰하고 있었던 게 틀림없었어요. 나는 시방 내가 어떤 상황에 놓여 있다는 걸 단박 알아차릴 수 있었습니다.

그 여자가 양잣감을 고르러 온 여자임을 보육원 생활 삼 년째인 내가 모를 리 있겠어요? 그런데 도저히 헤아려낼 수 없는 한 가지 의문이 있었습니다. 나로 말하면 양자를 얻기 위한 수많은 사람들을 만나왔지만 그때마다 퇴짜를 맞아온 못난 입장이란 것이에요.

그들이 내게 붙여준 딱지는, 불결하기 짝이 없는 것은 고사하고 도무지 덤벙대기 잘하고 불량성이 농후하다는 것이었습니다. 나 같은 아이를 자기 집에 데려다놓는다면, 그 집구석은 한 시간 안으로 지옥이 되어버린다는 것이 내게서 얻어내는 그들의 결론이었어요.

나는 오직 이 보육원에서만은 벗어나야 한다는 욕망 하나에 사로잡혀 내 모든 치부를 간교하게 도사려보았건만 그들은 내 속에 숨어 있는 그것들을 교묘하게 탐색해 내고야 말아왔습니다.

그런데 이번만은 이상하게도 그 원장이 내게 특별지시를 내려, 목욕을 하라는 둥 손톱 발톱을 깎으라는 둥 "예 그렇습니다." 하는 따위의 고분고분한 말대답을 하라는 식의 사전지시가 없었다는 것입니다. 나는 뒤뜰에서 아이들과 흙발로 걷어차기 장난을 하고 있다가 그대로 원장실로 불려왔을 뿐이었어요.

"과연 말씀하신 대로군요!"

나를 바라보고 있던 그 여자가 이렇게 말하면서 원장을 향해 눈웃음을 보냈습니다. 그 여자가 앉아 있는 의자의 맞은편 탁자 위에는 반쯤 마시다 둔 커다란 오렌지주스 잔이 놓여 있었더랬어요.

나는 그 유리컵을 바라보고 있었습니다. 그랬던 것은 주스를 후딱 빼앗아 마시고 달아날 시간을 언제로 잡느냐 하는 주저 때문이었습니다. 두 사람이 주고받는 말이 어떤 음모로 꾸며지고 있든 그것이 내겐 파리똥만큼이나 관심없는 노릇이었으니까요. 그런 내 기분을 대뜸 알아차린 것은 그 여자였어요.

"자, 이것 마셔, 사양 말고."

그 여자는 유리컵을 들어 내게 내밀었으나 그 순간 나는, 내 치부가 그녀로부터 잽싸게 탐색되어 버렸다는 오기 때문에 한참이나 여자를 쏘아보았습니다.

"야, 쌤통이다 안 먹어 씨발."

내가 이렇게 중얼거리자, 금방 늑대의 호령이 내 뒤통수에 떨어졌어요.

"이놈 자식. 왜 안 먹어? 이분이 널 생각해서 그러는데?"

기죽을 수밖에 없었어요. 나는 그녀 손에 들려 있는 잔을 날렵하게 빼앗아 주스를 단숨에 마셔버렸지요. 너무나 조급하게 서둘러 마셨던 나머지 새알이 들려 나는 한참이나 발을 굴러가며 기침을 해댔습니다. 그 꼬락서니가 무엇이 그리 재미있는지 두 사람은 깔깔 웃었습니다. 그 여자가 그때 재빨리 핸드백을 열고 하얀 손수건을 꺼내더니 내 주걱턱에 묻은 침을 닦아주었습니다. 침 흘린 것보다는 땟국이 더 많이 묻어나온 형편이었지만 그녀는 손수건을 다시 곱게 접어서 핸드백 속에 넣었어요. 그 여자의 복숭아 속살처럼 새하얀 가슴팍에 매달린 백금 목걸이가 하늘하늘 가늘게 떨고 있었습니다. 원장이 그녀를 보고 다시 묻더군요.

"만족하십니까?"

"그렇습니다."

"데려가시겠어요?"

"네, 가능하다면 지금 당장……."

"그렇게 하세요."

"그렇게 해주실래요? 감사합니다. 그런데 이 아이가……?"

"염려 마세요. 그 자식은 이 보육원을 떠나지 못해서 안달이니까요."

원장, 그 늑대는 내게로 얼굴을 돌리면서 말했습니다.

"용팔아!"

"왜요?"

"에또, 너 말이야…… 지금 저기 앉아 계시는 분이 너의 어머니 될 분이야. 뭣하면 아주머니라고 불러도 좋아. 넌 이 아주머니를 따라가서 아주 오늘로 그 댁에서 살게 된다. 알았지?"

"알았어요."

"성격이 아주 서글서글하군요."

그 여자가 우리들의 대화에 끼어들었습니다.

"아, 이 녀석 말입니까? 늑대 같은 놈일걸요."

원장이 나를 보고 이렇게 말하자, 나는 기가 찼습니다. 그건 그렇다 치고 이 여잔 도대체 늑대 같은 나를 데려다 어디다 쑤셔박을 작정인지 나는 조금씩 불안해져갔습니다. 내가 그 여자를 따라가버리기로 작정한 것은 이 보육원을 한시라도 빨리 뛰쳐나가고 싶은 욕심 때문에 앞뒤 견주어볼 겨를이 없었던 탓도 있었지만, 그 여자가 여느 때의 여자들과는 달리 생겨먹은 그대로의 나를 고분고분하게 받아들이고 있는 태도에 호감이 갔기 때문이었어요. 적어도 그 여자를 따라가는 데는 아무런 계약도 조건도 강요당하지 않았습니다. 그 여자의 그런 태도를 상식적으로 이해할 수 없었다는 것이 나를 불안하게 만들었어요. 그녀는 일어섰고 핸드백을 다시 열더니 흰 봉투 하나를 꺼내서 그 늑대에게 내밀었습니다.

원장은 방금 쥐갈비라도 뜯어먹은 난처하고 당황해하는 낯짝이 되어 그 봉투를 받아쥐고 왜놈들 뺨치게 굽신거렸어요.

난 그 봉투의 내용물이 뭐라는 것을 알아차렸습니다. 그것이 사례금이란 걸 열세 살이나 처먹은 내가 모를 리 있겠습니까.

그때 내 정수리에 보드라운 그 여자의 손이 와 닿았습니다.

"날 따라가자 응?"

순간, 나는 흠칫 놀라고 말았어요. 막상 그 여자를 따라가야 한다고 생각하니 마지막 가는 기분이 솟아올랐거든요.

"난 안 가 씨발."

내가 너무 큰 소리를 쳐버렸으므로 그녀는 내 정수리에 얹었던 손을 얼른 거두어갔습니다.

"아니, 이 자식이 너 정말 곤조통 부릴래?"

도대체 사회사업을 벌여서 보육원 원장을 한다는 작자가 원아를 보고 이 따위 저속한 말로 공갈을 칠 수 있다고 생각하십니까?

진팔이, 용식이, 수진이, 호섭이, 태일이…… 나하고 가까운 원생들의 얼굴이 내 뇌리를 스치고 지나갔으므로 나는 금방 심란해져 버렸어요. 그러나 그러한 내 심중의 갈등을 그 여자는 재빨리 간파해 내는 것이었어요.

"우리 집에도 너의 친구 될 아이가 둘이나 있단다. 어서 가자, 냉장고에 넣어둔 아이스크림 먹어봤니?"

그 여자는 원장 그것보다는 몇 배나 더 간교한 여자였어요. 물론 나는 그게 나를 꼬시는 것이란 걸 알았습니다. 그러나 나는 망설이지 않을 수 없었어요. 정말 오랜만에 찾아온 이 탈출의 기회를 놓쳐버린다는 것이 죽기보다 싫었습니다.

이 여자의 집에 살다가 기분 잡친다면 도망쳐버려도 된다는 계산이 섰고 또한 내 친구들을 그렇게 만나고 싶다면 이곳을 방문하면 될 거 아니겠어요. 나는 금방 태도를 바꾸어 그 여자를 따라나섰습니다.

문밖으로 나가자, 초록색의 조그만 자가용 한 대가 서 있었습니다. 그녀는 조수석에다 나를 태운 다음 그녀가 직접 차를 운전하였습니다. 매우 시건방진 여자인 것 같았어요. 우리는 시가지 한복판을 꿰뚫고 한참이나 달려가서 미아리고개를 넘어 정릉 쪽으로 갔습니다.

차가 선 곳은 숲 속에 싸인 어느 아담한 주택 앞이었어요. 그 여자가 경적을 울렸습니다. 한참 있다가 물개처럼 미욱하게 살이 찐 오십대의 가정부가 나타나서 대문을 열어주더군요.

"얘, 이젠 내리자. 다 왔다."

그 여자는 나를 돌아보고 상냥하게 웃으며 이렇게 말했어요.

우리는 그 집의 응접실에 도착했고 그 여자는 가정부에게 나를 소개하고 있었습니다.

"어떻수 할멈? 내가 잘 골랐지요?"

할멈이라 불린 그 가정부는 대답은 않고 나를 뚫어지게 내려다 보고 서 있었습니다. 그리고 아주 천천히 말했어요.

"네, 아주 썩 잘하셨어요."

저들이야 어떤 주접을 떨든 말든 내 상관할 바는 아니었습니다. 나는 응접 소파로 가서 한번 덜렁 앉아보았습니다. 쿠션이 아주 멋지더군요. 내 작은 몸이 푹 파묻힐 정도로 내려갔다가 다시 튀어올라왔습니다. 나는 재미있어서 그것을 몇 번인가 되풀이하고 있었어요.

"할멈, 쟬 목욕시키고 헌옷으로 갈아입혀요. 냄새가 나서 원."

그 여자는 이렇게 명령하고 자기 방으로 들어가버렸습니다. 나는 그 순간 흠칫 놀랐습니다. 목욕이라면 나는 염소가 물에 들어가는 만큼이나 싫었기 때문이었어요. 나는 손을 높이 쳐들고 단호히 거절했어요.

"싫어. 난 목욕 안 해 씨발."

내가 씨발이라고 말하자, 가정부의 두 눈이 광화문 앞에 있는 해태 눈깔만큼이나 크게 벌어지더군요. 그녀는 너무나 큰 충격을 받은 나머지 두 어깨를 부들부들 떨고 있었습니다.

나는 그 꼬락서니가 매우 재미있었어요.

"내 몸에 손만 대봐, 죽여버릴 테니까."

내 두 번째의 공갈이 떨어지자, 그녀의 눈깔은 온통 흰창뿐이더고요. 그리고 한참 만에 그녀는 주인 여자의 방으로 뛰어들었습니다. 가정부를 따라 다시 응접실로 나온 주인 여자의 태도는 그러나 퍽 정리된 그것이었습니다. 그녀는 나를 향해 상냥하게 웃으면서 한켠에 서 있는 냉장고로 다가가서 문을 활짝 열어보였습니다.

“용팔아 이것 봐! 목욕을 하고 나오면 이 속에 있는 것 아무것이나 원하는 대로 줄 테니까. 먹고 싶지 않니?”

나는 냉장고 속을 들여다보았습니다. 부엉이 소굴이라더니 그 냉장고 속이 바로 그랬습니다. 통조림, 아이스크림, 바나나, 계란…… 등속들이 빽빽하게 들어차 있더군요. 그것을 본 나는 그만 입을 다물고 말았습니다. 하는 수 없이 가정부를 따라 목욕탕으로 들어갔지요. 집 안은 쥐죽은 듯 고요해서 물을 끼얹는 소리가 그렇게 크게 울릴 수가 없었어요. 그런데 나를 목욕시키면서 가정부는 내 자지에다 자꾸만 비누칠을 해서 만지작거려보는 것이었습니다. 난 화가 머리끝까지 치밀어올라 소리질렀습니다.

“남의 자지는 왜 자꾸 만져? 씨발.”

목욕탕 안이 찌렁찌렁 울렸으므로 가정부는 또 한 번 비눗갑을 떨어뜨리고 자지러지게 놀라버렸습니다. 급히 내게 물을 끼얹어선 비누를 씻고 나를 목욕탕에서 쫓아냈습니다.

물론 나는 가정부가 내준 세탁한 옷으로 갈아입고 그 푹신한 소파에 몸을 파묻고 앉아 아이스크림을 핥고 있었습니다. 주인 여자는 어디로 나갔는지 집 안에 없었습니다. 그때 다시 대문 저쪽에서 경적이 울려왔습니다. 아마 주인 여자가 또 사람을 태워가지고 들어오는 것 같았어요. 가정부가 황급히 뛰어갔습니다. 그녀는 암탉처럼 엉덩이를 실룩거리고 있었어요. 넨장 무던히도 처먹기 좋아하는가 봐요.

얼마 있지 않아서 주인 여자의 뒤를 따라 들어오는 두 아이의 모습이 현관에 나타났습니다. 나이가 나와 엇비슷해 보이는 두 아이들을 보자 나는 우선 깜짝 놀라버렸습니다. 그들은 쌍둥이였어요. 게다가 저의 어머니를 쳐다보고 무어라고 재잘거리는 태도와 목소리가 계집애들의 그것과 너무나 흡사한 데 놀랐다는 것입니다. 그러나 그들은 분명 사내아이들이었어요. 저들의 어머니가 소파로 앉으면서 말했어요.

"얘들아 이리 온."

그러자 그들은 계집아이들처럼 콩콩 뛰어가서 어머니에게 답싹 안기는 것이었어요. 볼우물이 팬다든가 두 녀석이 똑같이 고개를 갸우뚱거리면서 손가락을 빨고 있는 태도는 얄미운 계집아이가 그대로 왔다였습니다.

녀석들은 호기심과 조금은 불안이 섞인 시선으로 나를 말끄러미 쳐다보고 있었습니다. 그 여자는 녀석들을 내 편 가까이로 밀어주면서 말했습니다.

"자, 오늘부턴 너희들끼리만 놀지 말구 얘하고 똑같이 놀아야 한다. 알겠니? 얜 앞으루 우리 집에 쭉 눌러 있을 거야. 이름은 용팔이라구 한다."

그 여자는 단숨에 이렇게 엮어조졌는데 녀석들은 불안함을 감추지 못하면서도 어머니의 당부에 다소곳이 고개들을 끄덕이고 있었어요. 두 아이들의 책가방을 챙겨서 방으로 가지고 가면서 여자가 말했습니다.

"놀구 있거라. 내 옷 갈아입고 나올게."

응접실엔 우리들 셋만 남았습니다. 과일의 속살처럼 살갗이 투명한 두 아이는 흡사 완구점에 진열된 장난감을 구경하듯 두 눈을 동그랗게 뜨고 나를 바라보고 있었어요. 그때 내 뇌리를 스치는 묘한 생각이 있었습니다. 녀석들을 놀려주고 싶었다는 것입니다.

나는 잽싸게 두 손을 얼굴 양옆으로 가져가서 두 눈과 입을 잔뜩 벌려 쥐고는 "어홍! 잡아먹자아." 해버렸습니다. 나는 그냥 놀려주고 싶은 마음뿐이었어요. 그런데 녀석들은 금세 얼굴들이 새파랗게 질리면서 찢어지는 듯한 고함소리를 거의 동시에 쏟아놓았습니다.

그 통에 오히려 내가 놀라버렸습니다. 그들의 한껏 벌린 선홍색의 입 안 저쪽에 매달린 목젖이 바르르 떨리고 있는 것을 나는 보았습니다.

그와 때를 같이하여 여자와 가정부가 응접실로 달려나왔습니다. 나는 그때 벌써 헤헤 웃고 있었지요. 두 아이는 각각 두 여자에게 답싹 매달려 바들바들 떨고 있더군요.

그 사고가 있은 뒤, 난 주인 여자로부터 심한 꾸지람을 들었습니다. 그런 짓을 시키기 위해 나를 자기 집으로 데리고 온 건 아니라는 것이었어요. 그 여자는 앞으로 내가 이 집에서 해야 할 일들을 하나하나 손꼽아 갔습니다. 병정놀이나 땅뺏기, 돌차기, 태권도의 기본동작, 팽이돌리기, 숨바꼭질 등 보육원에서 배운 갖가지 놀이들을 그 녀석들에게 가르치고 같이 놀아주면 된다는 것이었어요. 호랑이놀음 따위는 삼사 개월 후에나 하라는 것입니다.

그리고 그런 놀이를 즐기는 것은 좋으나 절대로 아이들을 다치게 해서는 안 된다는 것이었어요. 그것도 아이들이 학교에서 돌아와 복습과 예습을 끝낸 다음 두세 시간만 같이 놀아주고 그 외의 시간엔 나 혼자 따로 떨어져서 널브러져 자든지 목구멍이 미어지도록 처먹기나 하든지 그건 내 자유라는 것이었어요.

그 녀석들은, 자지를 차고 있는 사내들이면서 소꿉장난 아니면 뜰에 있는 그네나 대롱대롱 타면서 사탕이나 빨고 있거나 새장 주위에 나란히 서서 모이나 주는 것이 소위 논다는 것의 전부라는 것이었어요.

말하자면, 그 녀석들의 간덩이를 키워주는 것이 내 임무의 전부라는 것입니다.

나는 이 따위 금붕어 같은 자식들과 어울린다는 게 싫었지만 이 집 안에 있는 것은 아무거나 '목구멍이 미어지도록 처먹어도 좋다'

는 매력 때문에 이 여자의 요구를 도저히 뿌리칠 수가 없었단 말입니다. 게다가 이 집에서 청소를 하라고 강요하는 일도 없었으며 화단을 가꿀 일도, 더욱이 밥 먹을 때마다 강요당하는 그놈의 썩어빠진 기도나 찬송가를 부를 일도 없었습니다.

그 아이들은 역시 그림을 그리는 솜씨나 바이올린을 켜는 솜씨는 기똥찼지만 심지어 땅뺏기조차도 어떻게 시작되는가를 전연 모르고 있었습니다. 그 여자가 아이들을 너무 지각없이 닦달했던 나머지 녀석들은 학교에 가서도 도대체가 운동장에 나가는 법이 없었다는 거예요. 줄곧 교실에서만 박혀 있다가 그대로 집으로 돌아오고 만대나 봐요. 통조림 깡통같이 앞뒤가 꽉 막힌 이런 맹추들과 수작을 같이하자니 내 속인들 여간 썩었겠습니까?

"야, 이 새끼덜아. 너들은 왜 그렇게 맹추니?"

견디다 못해 나는 가끔 이렇게 녀석들을 윽박질렀습니다. 내 험상궂은 얼굴을 보면 녀석들은 금방 새파랗게 질린 얼굴이 되어 꼼짝달싹 못하고 앉아 있게 마련이었어요.

"야, 도대체 너들은 머슴애들이니, 계집애들이니? 우선 그것부터 물어보자, 이 개똥 같은 자식들아?"

내가 이렇게 꽥 소리치면 가관이었던 게 두 녀석이 똑같이 발딱 일어서면서 바짓가랑이를 아래로 까내려 내게 그 꼴같잖은 자지를 보여주던 것이었어요.

"좋았어, 바지 올려. 그런데 너들 아빤 처음부터 없었니? 살다가 뒈졌니?"

"……."

"이 새끼덜, 대답 안 하면 재미없어."

"우리들이 일학년 때 돌아가셨나봐."

"왜 뒈졌니?"

"큰 광산을 운영하고 계셨는데 현지에 가셨다가 낙반사고루……."

"너네 아빠도 되게 재수없는 자식이었구나."

"욕하지 마."

"이 새끼덜아 내가 지금 욕 안하게 됐니?"

나는 녀석들의 골통을 쥐어박기도 했는데 처음 몇 번은 집 안으로 울고 들어가기도 했지만 어머니가 나를 꾸짖지 않으니까 나중엔 몇 번씩이고 쥐어박아도 울지 않게 되었습니다.

내가 그 집에 들어간 지 석 달이 지나는 동안 난 녀석들의 버르장머리를 사그리 뜯어고쳐 놓았습니다.

녀석들은 그제야 소꿉장난을 한다거나 그네를 타고 노는 따위의 계집아이들 짓거리들을 하지 않았고 또 관심도 없었습니다. 오직 내가 가르쳐준 숨바꼭질이나 병정놀이, 돌차기 등의 재미에만 골몰해 있었어요. 녀석들의 얼굴도 햇볕에 그을려 있었고 간혹은 나처럼 쌍말도 씨부릴 줄 알게 되었습니다. 학교를 다녀와서도 옛날처럼 응접실을 콩콩 뛰어 건너가서 어머니 품에 답싹 안기는 짓거리를 집어치우고 현관에 그대로 서서 "어머니 학교에 다녀왔습니다." 하고 어른스럽게 으스댔으며 제법 가슴팍을 벌리고는 때로 내게까지 반말도 했습니다. 그러나 그게 미루나무에 매미 엉겨붙기지 어디 될 법이나 한 이야깁니까. 그러나 그들은 날이 갈수록 내 상대자로서의 면모를 갖추어가고 있었습니다.

그 여자는 녀석들의 그런 급진적인 변모에 매우 만족한 듯 보였습니다. 하루는 그 여자가 보는 앞에서 내가 맨 처음 이 집에 오던 날, 녀석들을 놀라게 해주었던 '호랑이놀음'을 해보았지요. 그때 녀석들이 똑같이 헤헤 웃으면서 "애 용팔이 너 참 웃기는구나!"라고 말했을 때, 그 여자의 만족한 웃음을 나는 잊을 수가 없군요. 자식들은 이제 그녀가 바라는 만큼 간덩이가 커져 있었습니다. 나는 내 자신이 그런 일을 해낼 수 있었다는 점이 대견하였습니다. 그러나 어느 누구도 나를 칭찬해 주는 사람은 없었어요.

그 집에 있는 동안 나는 보기에도 흉할 정도로 뒤룩뒤룩 살이 쪄 있었습니다. 그리고 나는 아무런 부족함이 없었습니다. 그대로 만족이었어요.

그러나 나는 점점 불안해져 갔어요. 그 녀석들의 사나이 기질을 그만치 개발해 놓았으니 조만간 내가 그 집에 머물러 있어야 할 명분을 박탈당할지도 모른다는 불안이 나를 서서히 괴롭혀왔습니다.

어느 날 갑자기 그 여자가 나를 불러세워 놓고 "얘야, 너 이젠 그만 보육원으로 돌아가야겠다."라고 내뱉는 날이면, 난 그걸로 결말나 버리는 거니까요. 내 그러한 예측을 뒷받침하는 여러 가지의 조짐들이 요사이 와서 부쩍 많이 내 주변에 일어나고 있더란 말입니다. 하루는 내 손으로 냉장고의 문을 열고 바나나 한 개를 잡숫는데, 바로 등 뒤에서 가정부의 신경질적인 목소리가 들려왔습니다.

"용팔아, 얘 이젠 작작 먹어라."

나는 그 예상치 않았던 힐난에 몹시 놀랐고, 머리끝까지 화가 치밀어 올랐습니다.

"왜 아무리 먹든? 네 거야?"

"이놈의 자식이 어디다 말대꾸니?"

"못할 것 어딨어?"

"오냐, 이 녀석 두고 봐라."

그녀는 방으로 들어가더니 자물쇠를 갖고 나와선 냉장고문을 딸가닥 잠가버리는 것이었어요. 난 몹시 신경질이 났지만 왠지 어쩔 수 없다는 생각이 나를 짓눌러서 참고 말았습니다. 그리고 이전처럼 목욕을 하라고 성화를 부리지도 않았으며 주인 여자도 나를 볼 땐 그 상냥한 웃음을 의식적으로 거두어갔습니다. 그때마다 나는

기분이 언짢았어요. 때로는 식탁에 앉아서 내게 충고도 하는 것이
었어요.

"얘, 용팔아. 식량을 조금씩 줄여야 쓰겠다 너?"

그 여자는 정색을 하고 나를 바라보는 것이었어요. 짐작하건대
어른들은 석 달 동안 녀석들과 쌓아놓은 정분을 떼어놓으려고 노력
하고 있었다는 것입니다. 나는 초조하고 불안해졌습니다. 나는 계
속 이 집에 파묻혀살고 싶었습니다. 도망을 친대도 이런 집구석은
아마 얻어걸릴 것 같지가 않았습니다. 그러나 내가 이 집에 눌러있
자면 이 집에서 내 존재의 필요성을 느낄 때뿐이라는 냉혹한 현실
에 부딪치고 만 것입니다.

그래서 나는 매우 교묘하고 기발한 생각을 하게 되었습니다. 내
가 이 집에 계속 붙어 있을 수 있는 명분을 찾아내는 일이 그것이었
어요. 그러니까 그 두 녀석을 다시 옛날의 계집애들의 형태로 되돌
려 놓아야 한다는 것입니다.

녀석들은 지금까지 내가 시키는 대로 해왔고, 내가 앞서서 걸어
가면 그들은 다소곳이 내 뒤를 따라왔습니다. 그러니까 녀석들을
다른 계집애들처럼 만들자면 내 자신이 계집애들처럼 굴어야 한다
는 생각이 들었습니다. 그래서 나는 녀석들이 집으로 돌아오는 시
간쯤 되면 집 뒤꼍으로 가서 갖가지 소꿉장난감들을 늘어놓고 쪼그
리고 앉아 이건 대추, 이건 곶감, 이건 아이스크림 하면서 종알거리
고 있었습니다. 물론 녀석들은 복습과 예습을 마치고 나서야 나를
찾아왔습니다. 나는 속으로 쾌재를 불렀습니다. 그러나 녀석들은
내가 하는 일은 뒷짐지고 서서 구경만 할 뿐 얼른 그 소꿉놀이에 말
려들지는 않았습니다.

"야, 너들은 같이 안 놀래?"

"얘, 용팔이, 너 그게 무슨 짓이니? 계집애들처럼?"

녀석들은 여전히 뒷짐을 지고 서서 이렇게 나를 힐책하는 것이었어요.

"이 새끼들! 같이 안 놀래 정말?"

나는 눈초리에 잔뜩 풀을 먹이고 그 녀석들을 노려보았습니다. 그러나 그들에겐 아무런 동요의 빛이 보이지 않았습니다. 나는 어깨의 힘이 점점 아래로 빠져내려가는 허탈감이 왔습니다. 그중 한 녀석이 제 동생을 보면서 말했습니다.

"얘, 진수야! 우리 태권도 연습하러 갈래?"

"그래, 가자구. 저건 빼구."

그들은 앞뜰로 쭈르르 달려가고 말더군요. 정말 기가 찼습니다. 그러나 나는 그 맛있는 콩자반과 쇠고기 장조림과 주스와 아이스크림을 포기할 순 없었어요. 나는 그들이 멀리할수록 근 열흘 동안이나 그들을 설득하고 회유하기 위해 무진장으로 노력을 기울였습니다.

그러나 그러한 내 노력들은 시간이 갈수록 우매할 뿐이라는 것을 내게 가르쳐주고 있었습니다. 그들은 소꿉장난에도 그네타기에도 새에게 모이를 주는 일에도 전연 관심이 없었고 그러한 놀이에 열중하고 있는 내 꼬락서니를 저들 어머니에게 일러바치곤 손가락질하며 마음껏 비웃었습니다. 그들은 비밀스러운 눈초리를 내게 배치했고 나는 무너져내리는 듯 의기소침해져 있었습니다. 나는 완전히 따돌림을 받았습니다.

녀석들은 그런 나를 아랑곳하지 않았습니다. 저희들끼리 뜰에서 어울려 놀다가 심심하다 싶으면 이젠 대문 밖의 골목에까지 진출해서 동네 아이들을 유도해서 병정놀이를 즐기곤 땀을 뻘뻘 흘리며 집으로 돌아오곤 했습니다. 옛날엔 쌍둥이라고 놀리던 동네 아이들이 너무나 건강해지고 때로는 쌍말도 거침없이 지껄여대는 쌍둥이

형제들에게 짓눌려 녀석들의 유도에 묵묵히 따라주는 모양이었어요. 적어도 석 달 전만 해도 두 녀석들은 동네 아이들의 놀림 때문에 대문 밖을 나설 수가 없었다는 거예요. 한 아이가 옛날처럼 여기곤 놀려대다가 두 녀석이 함께 엉겨붙어 실컷 패주는 바람에 나머지 아이들은 끽 소리 못했대나 봐요. 녀석들은 어느 사이에 동네에서 손꼽히는 악돌이가 되어 있었습니다.

나는 소파에 묻혀 낮잠을 자거나, 그네에 올라타고, 그걸로 긴 하루해를 오직 혼자서만 보내게 되었습니다. 그리고 혼자서 소꿉장난이나 하고 노는 수밖에 딴 도리가 없었어요.

그러던 어느 날, 뒤꼍에서 혼자 놀고 있는데, 바로 내 등 뒤에서 나를 부르고 있는 한 우렁찬 남자의 목소리가 들려왔습니다. 난 맨 처음 그 목소리를 향해 돌아볼 겨를도 없이 까무러칠 듯 놀라버렸습니다. 집 안에서 그렇게 큰 남자의 목소리가 들려올 리도 만무하였지만 그 목소리는 잊혀져가려는 내 심층의 한쪽 끝을 발딱 일으켜세우고 있었기 때문이기도 했어요. 나는 가까스로 숨을 돌리고 뒤를 돌아다보았습니다.

거기엔 '영세보육원'의 원장이 팔짱을 끼고 서 있었어요. 그 순간 나는 잽싸게 몸을 돌려 달아나려고 하였습니다. 그러나 그것보다도 훨씬 빨리 원장이 팔짱낀 손을 풀어 내 어깨와 견골께를 덥석 껴안아잡고 말았습니다. 내가 원장에게 끌려 앞뜰로 나왔을 때 난 그 집의 두 여자가 현관 밖에 나와 서 있는 걸 보았습니다.

주인 여자가 원장에게 말했습니다.

"걜 오래 두었다간 우리 집 애들을 다 버리겠어요. 하루 왼종일을 계집애 짓거리만 하고 돌아간다니까요. 원장님이 직접 확인하셨을 테죠?"

원장이 그녀를 향해 넙죽 절하며 말했습니다.

“그럼 사모님, 이 녀석 데리고 가겠습니다.”

나는 진땀을 뻘뻘 흘리며 원장에게 끌려가고 있었습니다. 골목 저켠에서 때마침 이 집구석의 아이들이 소리맞춰 부르고 있었습니다.

“야——, 돌격 앞으로!”

즐거운 우리 집

병신 같은 아버지의 주변머리를 가지고 어떻게 그런 엄청난 일을 벌여놓았는지 궁금한 일이 아닐 수 없습니다. 우리 세 식구가 일용할 양식을 마련하는 데도 아버지와 어머니는 거의 매일 땀을 뻘뻘 흘리지 않으면 안 될 주제였기 때문입니다. 하긴 내 아버지와 어머니뿐만 아니고 이 청계천 7가의 넝마하치장에서 일하고 있는 모든 사람들이 그렇긴 하였습니다. 나는 우리 부모가 그런 엄청난 계획을 획책하고 있었다는 사실 자체에도 놀라지 않을 수 없었습니다. 그러나 이 사실은 분명 감명깊은 사실이 아닐 수 없었습니다.

내 아버지가 병신 같든 머저리 같든 간에 박병수(朴炳洙)라는 그의 이름 석 자가 박혀진 문패를 걸 수 있는 열두 평짜리 집을 마련했다는 건 분명 놀라운 사실이 아닐 수 없었습니다. 적어도 우리들 세 식구에겐 미대륙같이 큰 땅덩어리 전체가 홍수에 잠겨서 생겨날 수 있는 뉴스의 크기만큼이나 엄청난 소식이 아닐 수 없었습니다. 미국땅 전체가 잠수함처럼 물에 잠겨버린다 하더라도 우리 세 식구를 이처럼 놀라게 할 수는 정말 없겠지요.

우리는 그 감격을 저녁마다 만끽하기로 작정한 것입니다. 전농동에서 장안평 쪽으로 넘어가는 고갯마루의 채석장 절벽 위에 아스라이 걸려 있는 그 열두 평짜리 집을, 우리 세 식구는 저녁마다 들러보곤 하였습니다.

그 집을 사기로 약정하는 계약서라는 걸 작성하고, 계약금 십삼만 원을 치르고 난 이튿날부터 거의 한 달 동안을 우리는 밤마다 집 구경을 나갔던 거죠. 아버지가 하치장에서 돌아와서 저녁밥을 우겨넣고 난 뒤 잠자리에 들기 전까지의 세 시간 동안을 우리는 거의 그 집 앞에서 서성거리는 일로 보내곤 하였던 것입니다.

청계천의 넝마하치장에서 새로 사기로 한 집까지는 빨리 걸어야 사십 분이나 걸리는 먼 거리에 있었습니다.

한겨울의 매서운 바람이 우리들 세 사람의 헤벌린 옷깃 사이로 헤집고 들어와 살갗을 여지없이 갉아대곤 하였지만 우리는 불과 사십 분의 거리 바깥에 우리들이 사들이기로 한 집이 버티고 서 있다는 기대로 그까짓 추위쯤은 거의 잊어먹을 지경이었습니다.

"이 자식아, 천천히 걸어. 그 집을 누가 떠메고 갈까 보아 안달이냐?"

마냥 뛰다시피 바쁘게 앞서 걸어가는 나를 보고 아버지는 때때로 이런 식으로 물을 먹이던 것입니다. 그러나 저는 알고 있었습니다. 그때 아버지가 내게 내뱉던 힐난의 말 속에는 내가 알알이 헤아려내기는 어려웠지만 막연한 만족감 같은 것이 마디마디에 서려 있다는 것을. 그리고 아버지의 코언저리에 불그스레하게 피는 슬픔의 앙금 같은 것도 나는 알아챌 수 있었습니다.

아버지와 나 사이의 그런 거리를 적당히 얼버무려 조정해 주는 것은 언제나 어머니였습니다.

“그냥 두세요. 저도 집이 얼마나 보고 싶어서 그러겠수.”

“맨날 보는 집이잖여?”

“당신은 그럼 왜 맨날 보러 다니우?”

“사고널까봐 그렇지.”

“사곤 무슨 사고예요 불길하게. 오학년짜리가 그렇게 제구실 못할까 봐서 그러우?”

반은 타박조인 어머니의 중재로 아버지는 약간 누그러지고 나 또한 짓까불며 그들과 너무 멀리 떨어져선 안 된다고 생각하면서 대여섯 걸음쯤의 간격으로 줄여서 그들에 앞서 걷곤 했습니다.

우리들의 마냥 즐겁기만 했던 밤의 행각은 그런 식으로 한 달 동안이나 죽 계속되었습니다.

그렇다고 해서, 우리들이 그 집에 도착하는 길로 서슴없이 뜰 안으로 척 들어설 수 있다든지, 그 집에 살고 있는 사람들과 만나서 뻐부러지게 할 말이 있다든지, 이웃의 분위기를 살펴본다든지 하는 따위의 구체적인 일상사가 놓여 있는 것은 결코 아니었습니다.

열두 평짜리 집을 우리가 사기로 하고 계약금 십삼만 원을 치르고, 보름 뒤엔 중도금을 줘야 하고 마지막으로 잔액을 치르고 이삿짐을 옮기면 된다는 그런 상식적인 절차 이외에 우리가 알뜰히 그 집 사람들을 밖으로 불러낸다거나 꼬치꼬치 따지고들어야 할 일이란 만에 하나라도 있을 수 없다는 걸 우리들 세 사람은 너무나 잘 알고 있었습니다. 우리는, 계약서에 명시된 대로 잔금을 성실히 치러나가면 되겠고 그들 편에서는 계약서에 약정한 날짜에 탈 없이 집을 비워주면 모든 거래는 무사하게 끝나게 마련인 것입니다.

요컨대, 우리가 밤마다 그 집을 찾아가게 된 동기는 순전히 우리들 세 식구가 저마다 각기 다른 꿈을 꾸면서 기대와 만족을 보다 현실적으로 만끽하자는 데 있었을 뿐입니다. 처음에 우리는 그 집을 갖게 된다는 장래에 대해서 지극히 평범하고 원리적인 기대만을 갖고 있었더랬습니다. 나는 때때로 어머니에게 묻고 있었습니다.

"엄마, 우리가 이 집 주인이 되는 거지?"

"그럼."

"언제 우리가 주인이 돼?"

"이제 이십 일이 남았다."

"그땐, 우리가 주인이 되는 거야?"

"그래, 그땐 우리가 이 집 주인이 된다."

우리 세 사람은 그 집 대문 밖에 멀찍이 물러서서 조금 있으면 우리가 이 집 주인이 된다는 그런 명백한 사리(事理)에 대해서 맥아리 없는 대화를 주고받았을 뿐이었습니다. 그저 막연하게 우리가 그 집 주인이 된다는 그 엄청난 감격 이외에 우리는 한 발도 앞을 나설 수가 없었더랬습니다. 너무나 배가 고팠던 사람이 예상할 수 없었던 진수성찬을 앞에 놓고 다만 멍청하게 앉아 있는 그런 상태와도 같은 것이었습니다. 그에게 진수성찬이 너무나 엄청난 현실이겠기에 수저만 움직인다면 그 진수성찬이 곧바로 자기의 목구멍을 타고 내려서 그의 뱃구레를 채워줄 수 있다는 사실을 망각해 버리는 그런 상태와 같았을 것으로 생각되었습니다.

사실 그 집은 성실한 우리 세 사람의 시민이 아늑한 삶을 꾸려나가기엔 심히 불안한 위치에 놓여 있긴 했습니다. 왜냐하면 아까도 말씀드린 바와 같이 그 집은 지금은 폐쇄되긴 했지만 메뚜기 이마빡처럼 깎아지른 듯한 채석장의 절벽 위에 아스라이 걸려 있었기 때문입니다. 그러나 지금은 채석장이 폐쇄된 채 있었고 그 절벽 위엔 우리가 산 집말고도 여섯 가구가 주춧돌 아래의 위태로움과는 아무 관계도 없다는 듯이 천연스럽게 그들의 일상을 영위해 나가고 있었기 때문입니다.

  망망대해 위에 떠 있는 배 위에서 한 달이고 두 달이고 선원들이 고기잡이를 할 수 있는 배짱을 키우는 것처럼, 그 절벽이 어느 때 와르르 무너져서 평범한 일상이 하루아침에 아비규환의 참사로 변모한다 하더라도 지금 당장 그 절벽이 무너지고 있지는 않음으로 해서 우리들은 편안하다는 식의 배짱좋은 일상을 천연덕스럽게 이어가고 있었다는 것과 우리의 주제에 그런 집이 아니면 또 어디에다 집을 마련할 수 있겠는가 하는 자포자기가 있었으므로 우리는 그런 위태로움에 신경쓰지 않아도 좋았습니다.

  얼마 있지 않으면 물론 우리도 그들과 공동운명체가 될 것입니다. 그 절벽 위에 지어진 일곱 가구의 집들과 공동운명체 속에 우리가 또한 일원으로 참가한다는 사실은 분명 가슴 뿌듯한 사실이 아닐 수 없었습니다. 왜냐하면 우리들은 아직껏 우리들과 생사고락을 같이해 온 그런 공동운명체라는 걸 한 번도 경험해 보지 못했기 때문입니다. 우리 세 식구는 저마다 절실한 외톨로만 이 도시를 돌처럼 구르며 살아왔기 때문입니다.

  물론 우리가 그 집으로 이사를 간다고 해서 먼저부터 살고 있던 여섯 가구의 사람들이 우리들에게 달려와서, '이제 생사고락을 같이하게 되었군요. 절벽이 무너지는 일이 생길지도 모르겠지만, 그 동안만이라도 우리는 서로 도와가면서 삽시다.' 라고 까놓고 얘기하진 않겠지요.

  아니 그들은 오히려 이 도시에 우리와 같은 병신들이 또 있구나 하는 식의 빈정거림과 의구심이 담긴 시선으로 바라본다는 것이 정확한 예견임에는 틀림없습니다. 그러나 뜻을 같이하는 사람들이 서로를 말하지 않아도 그 심중을 꿰뚫어보는 것처럼 공동운명체로서의 동료가 생겼다는 것에 어렴풋이 만족감을 느낄 것만은 틀림없을 것입니다.

길에 피어 있는 꽃이란 언제 꺾일지도 모르는 위태로운 운명을 갖고 있는 것이지만 그렇다고 해서 제때에 피지 않는 법이 없으며 또한 그렇다고 해서 꽃으로서 갖추어야 할 필수조건들을 빼먹고 얄밉게 피어 있지도 않는 것처럼, 그런 위태로운 땅 위에서 살고 있는 사람들일지언정 그들이 느끼는 가정생활로서의 재미 같은 것은 다 갖추어가면서 살고 있다는 것을 우리는 어느덧 발견하게 된 것입니다.

처음에는 경외의 감정과 또한 어떤 막연한 두려움 때문에 우리는 그 집에 너무 가까이 접근하는 것을 피했습니다. 대문을 멀리 두고 그저 눈짐작 따위로 그 집을 바라볼 뿐이었습니다. 창경원 호랑이 막사도 자주 가보면 가까이 접근할 수 있는 것처럼 우리는 하루하루마다 우리가 살 집 가까이로 접근할 수가 있었습니다. 우리는 아주 조심스럽게 도사견에 접근하는 것처럼 한 발짝 두 발짝 식으로 그 집의 대문 가까이로 접근해 들어갔습니다.

하늘색 페인트가 칠해진 그 집 대문은 아버지가 딱 마주서면 그 윗부분이 아버지의 턱에 와 걸리는 높이였으므로 아버지는 거의 완전하게 그 집 뜰 안의 정경들을 한눈으로 바라볼 수 있었습니다.

"대문을 높여야겠구만."

아버지가 그 집에 대해서 최초로 불만을 표시한 건 그때였습니다. 아버지가 그 집의 행복을 엿볼 수 있었다는 다행스러움을 느끼는 것과 동시에 우리가 이 집에 들어와 살 적에 어떤 식으로든 그렇게 손쉽게 우리 세 식구의 행복의 나날들이 남에게 탐색당할 수 있다는 가능성이 아버지는 싫었던 모양이었습니다.

왜냐하면 우리는 거의 도둑을 맞아서 아깝게 느껴지는 가구들이나 가전제품 따위들을 가지고 있지는 않았기 때문입니다. 이 집을 몽땅 어디로 떠메고 갈 위인도 없을 것이고 사람들 훔쳐갈 도둑놈은 더욱 없을 것입니다. 우리에게 다만 도둑맞을 것이 있다면 그것은 분명 우리 세 식구가 연출해 내는 행복의 몸짓뿐이었기 때문입니다. 그것은 어머니도 똑같은 생각임에 틀림없었습니다. 아버지의 불만에 따라서 어머니는 금방 동의하고 나섰기 때문입니다.

"그래요. 대문을 높여야겠어요. 누가 들여다보는 건 싫어요."

어머니는 우리들의 사랑의 행위가 남에게 엿보인다는 데 우선 부끄러움 같은 걸 느끼는 모양입니다. 어머니도 역시 여자의 속성을 갖고 있음에는 예나 지금이나 변함이 없는 것 같았습니다.

대문에서 바라보면, 바로 맞은편에 두 사람이 누우면 꼭 알맞을 것 같은 넓이쯤의 부엌이 바라보였습니다. 그 부엌을 중심으로 해서 양편으로 두 개의 방이 있었고, 대문에서 왼편 쪽으로 조그만 변소가 있었고 그 변소 옆에는 쓰레기통이 있었고 그 옆에는 슬레이트 두어 장을 덮어서 임시로 만든 헛간 비슷한 것이 있었습니다.

우리가 그 집에 당도하면 보통은 그 좁디좁은 부엌에서 한 여자가 열심히 저녁밥을 짓고 있는 것이 상례였습니다. 우리는 대문 밖에서 확실히 바라볼 수는 없었지만 그 여자가 안간힘을 쓰며 도마 위의 동태를 자르는 소리와 물을 붓는 소리, 냄비 뚜껑을 여닫는 소리를 낱낱이 들을 수 있었고 간혹 구정물을 쏟기 위해 부엌문을 열고 나올 때 냄비에서 뿜어나온 더운 김이 부엌을 희미하게 메우고 있는 광경도 볼 수 있었습니다.

키가 자그맣고 엉덩이가 팡파짐한 그 여자는 저녁밥을 지으면서 방 안에 앉아 있는 그의 남편과 두 딸과 끊임없이 큰 소리로 이야기를 주고받았습니다. 어떤 땐 엄청나게 올라가 버린 찬값에 대해서, 어떤 땐 오늘 시장에서 사온 남편의 양말 색깔에 대해서, 어떤 땐 자기의 남편이 출근하고 없는 사이에 집에 남아 있어야 하는 자기가 두 딸에게 얼마나 시달림을 받아야 하는가에 대해서 조목조목

따져가며 불만을 털어놓거나, 남편에게 이유없는 응석을 부리기도 하였습니다. 여자는 이렇게 말했습니다.

"정말 애들이 너무너무 졸라대지 뭐예요. 웬놈의 과자 이름은 또 그렇게 외고들 있는지 흥부 자식들이 지 에미에게 먹고 싶은 것 주워섬기는 것보다 많다니까요."

방 안에 앉아 있는 그녀의 남편은 보통은 대답이 없었습니다. '그래?' '애들은 다 그런 거야' '보통이지 뭐' 하는 식의 남편으로서의 거드름이 엷게 배어 있고 아내를 감싸주는 그런 식의 말대답은 없었습니다. 그렇지만 그 남편은 방 안에 앉아서 고개를 끄덕이는 시늉을 하고 있는지도 모를 일입니다. 어쨌든 그녀의 이야기는 부엌에서 계속되곤 하였습니다.

"여보 여보, 글쎄 말이에요. 평화시장 이모 있잖아요. 글쎄 당신 내복 사러 갔다가 오늘 거기 들렀지 뭐예요. 그런데 놀랐다니까요. 아유 난 요사이도 그런 일이 벌어지고 있다는 것에 놀랐지 뭐예요."

여자는 거기쯤에서 말을 잠깐 멈추고는 냄비 뚜껑을 딸가닥 열고는 된장찌개 같은 걸 우선 맛을 보는 모양이었습니다. 얼마 동안은 끊어졌던 여자의 말이 다시 계속될 낌새가 보이지 않다가 갑자기 여자는 다음 말로 이어갔습니다.

"이모네 점포에 마침 세금쟁이가 나왔지 뭐예요. 종합소득센가 뭐 그거 조사하러 나왔대요. 그런데 이모가 그 세금쟁이에게 와이로를 줍디다. 떡값이라나요."

다시 여자의 말은 끊어졌습니다. 여자의 말이 끊어진 지 얼마 되지 않아서 분명 스테인리스 요강에서 오줌의 마지막 줄기가 쪽 쪼그르 하고 떨어지는 소리가 났습니다. 그녀는 아마도 부엌에다 스테인리스 요강을 두고 소변을 보는 모양이었습니다. 금방 여자의 말이 계속되었습니다.

"와이로 어떻게 주는지 아세요. 당신? 모르죠? 글쎄 이모가 담배 한 대 피우죠라고 세금쟁이에게 담배 한 갑을 불쑥 내밉디다. 녀석은 담배 한 갑 받아선 휭 하니 가버립디다. 그게 요사이 와서 와이로 주는 방식이래요. 그 담뱃갑 속에 오천 원짜리 여덟 장이 들어 있다고 이모가 나중에 이야기합디다."

여자는 까르르 웃었습니다. 그러나 방 안에서는 아무런 대답이 없었습니다. 쓰다 달다는 식의 반응이 조금도 비껴나오는 법이 없었는데도 그녀의 이야기는 줄기차게 계속되는 것이었습니다. 우리 세 식구는 그렇게 줄기차게 계속되는 여자의 말을 들어본 적이 없었습니다.

"여보 상 받으세요."

부엌 안에서 방문을 여는 소리가 나고 드디어 남자의 기침소리가 두어 번 들려오는 것입니다. 그런데 밥상을 받는 것과 동시에 여자의 이야기는 둑을 막은 듯이 딱 끊기고 마는 것입니다. 그 대신 지금까지 두 번의 기침소리만을 낸 바 있는 남편의 목소리가 두런두런 들려오기 시작하는 것이었습니다.

옆집과 잇대어 있는 집의 한쪽 면만을 제외하곤 집 전체가 골목들과 혹은 절벽 쪽으로 트여 있었기 때문에 우리들의 그러한 노력은 대개 손쉽게 충족되곤 하였습니다.

그의 아내가 내뱉는 말들은 대개 발랄하고 살림에 찌든 주부이지만 대개는 다소 유머가 깃들어 있고 새로운 소식이나 발전된 세상사에 대해 경이로운 발성이었는데 반해 그 집의 가장인 남편의 이야기는 대개 피곤에 잦아드는 듯한 목소리로 시작되는 것이었습니다. 그러나 피곤에 젖어 있는 그의 목소리였다 할지라도 아내에 대한 불만이나 둘이나 되는 딸자식에 대한 불만 따위를 토로하는 법은 없었습니다.

　요컨대 그들은 유별나게 부유한 가정은 아니었다 할지라도 이
도시에서 찾아볼 수 있는 여느 가정들처럼 따뜻하고 적당히 피곤하
며 서로를 위로하고 애틋하게 여겨주는 그런 평범한 가정이었던 것
이었죠.

　우리는 그들의 그런 행복에 겨운 작태들을, 벽틈 사이로, 혹은 그
벽을 타고 은은히 흘러나오는 말소리 따위들을, 혹은 문틈 사이로
아득히 들여다보이는 그들의 몸짓들을 바라보면서 이상하게도 우
리도 그 방 안에 같이 앉아 있는 듯한 착각에 빠지곤 하였습니다.

　말하자면 그것은 상상해선 안 될 건방진 착각이나 혼돈이 아니
라 어디까지나 가능한 현실의 바탕 위에서 이루어지는 착각이었으
므로 우리는 더욱 즐거웠습니다. 우리도 앞으로 이십 여 일이 지나
면 그들과 같은 모든 행복스러운 작태들을 몽땅 우리들의 것으로
수용할 수 있으리라는 가능성 때문이었습니다. 그들의 행복은 우리
가 사기로 한 집 안에서 이루어지고 있는 것임에는 틀림없는 것이
었고 우리는 그 집으로 들어갈 수 있는 확실한 보장 위에 놓여 있었
기 때문입니다.

　땅 위에서 놀던 원숭이는 나무 위에 올라서야만 비로소 우리들
의 시선을 즐겁게 해주는 작태들을 연출할 수 있듯이 우리들도 그
집으로 이사해 가는 그 순간부터 그들이 누리고 있는 행복의 조건
들을 몽땅 누릴 수 있다고 믿어 의심치 않았습니다. 말하자면 우리
세 식구는 그들의 모습들에서 앞으로 우리들이 누릴 수 있는 행복
의 조건과 모든 분위기들을 먼저 가불하는 형식으로 즐기고 있다는
얘기가 되겠습니다.

　우리가, 절벽 아래의 넓은 공지 위를 거칠것없이 건너와서 몰아
치고 있는 겨울바람에 추위를 잊을 수 있었던 것도, 발가락과 손끝
을 고추장에 지진 듯이 쓰리고 아픈 것을 느끼지 못한 모든 착각의

근원은 미래에 우리가 누릴 그런 행복의 순간순간들을 그들로부터 예비받고 있었기 때문입니다.

때로 그 집의 둘째딸이 그러한 행복의 틈바구니에 반란을 일으킬 때가 있었습니다. 심한 감기에 걸려서 기침을 간단없이 쏟아놓았을 때 그 집 식구들은 하나같이 사색의 낯빛이 되어 당황하곤 하였고 때로는 바로 앞의 절벽 위에서 동네 아이들과 어울려 밤늦도록 장난을 치고 있을 때 그 예상할 수 없는 사고에 대해 그 보장받고 있는 그들의 행복은 일시에 무너져버릴 것이 뻔한 일이었기 때문이죠.

우리는 우리들 자신도 모르게 우리들의 입장 같은 건 깡그리 잊어버린 지가 오래되었습니다. 우리들이 앞으로 갚아가야 할 잔금의 처리라든지, 우리들의 움막 같은 집에 놓여 있는 모든 가난을 상징하는 전형적인 가구들이라든지, 우리 세 사람의 건강이라든지 그러한 모든 구차스러운 조건 따위는 깡그리 잊어버리고 우리는 벌써 그들과 깊디깊은 관계에 도달되어 있으며, 운명조차도 같이하지 않을 수 없는 입장에까지 도달되어 있다고 각자의 마음속으로 생각해버린 지가 오래였다는 얘깁니다.

그랬으므로 그들 네 식구 중에 어느 한 사람이 저녁 늦게까지 집에 돌아오지 않고 있다든지, 그중에 누가 병이 났다든지 혹은 소식 없이 어디로 가버렸다든지 했을 때 우리 세 사람은 몹시 불안하였습니다. 그 불안에 대한 확인은 언제나 어머니가 먼저였습니다.

뒷문 봉창 사이로 방 안을 살피던 어머니가 찌그러진 얼굴로 뒤돌아보며 뒤에 선 아버지에게 귓속말을 하였습니다.

"여보, 남편이 아직 안 돌아왔군요."

두 손을 바지주머니에 찔러넣고 우두커니 서 있던 아버지가 역시 귓속말로 어머니에게 말했습니다.

“웬일일까?”

“글쎄 말예요.”

두 사람은 잠시 서로의 얼굴을 쳐다보며 그 집의 사내가 아직까지 집으로 돌아오지 않는 이유에 대해서 갖가지 상상과 가능성을 발기발기 찾아내기 시작하는 것입니다.

“술을 마시고 있는 걸까?”

아버지가 먼저 사내자식들이 퇴근 후에 흔히 집적거리게 마련인 상식적인 일에 대해서 한마디 지껄였습니다.

“그분은 술주정뱅이가 아니에요.”

어머니는 벌써 그가 술꾼이 아니라는 것까지도 알고 있었던 모양이었습니다.

“출장을 갔을까?”

“글쎄요.”

“청소과 직원이 지방출장이 있을 턱이 없지.”

아버지가 제법 당연한 것처럼 거드름을 피우며 결론을 내렸습니다.

“그럼 어디 갔을까요?”

“친구 아버지가 죽었나?”

“여보, 그런 불길한 말을 어디에다 함부로 내뱉는 거예요?”

어머니는 흡사 자기의 아버지가 급사했다는 불길한 농담 따위를 들은 것처럼 발끈했으므로 아버지는 금방 고개를 숙이는 것이었습니다.

“그럼 무슨 사고라도?”

“무슨 사고 말이에요?”

“교통사고?”

“설마 그럴라구요?”

"이봐 설마가 사람 잡는다는 말을 들어보지도 못했어?"

"여보, 불길해요."

"불길해도 도리없지. 사실은 사실이겠으니까."

"정말 그렇담 어떡하죠?"

"그럼 내가 버스종점까지 내려가 볼까?"

"그래요."

어떤 땐 정말 아버지가 버스종점까지 가서 그 집의 사내를 기다렸다가 느릿느릿 뒤따라 집으로 돌아오는 광경까지도 본 일이 있었습니다. 물론 그렇다고 해서 버스종점에서 우리 아버지가 그가 돌아오기를 기다렸다는 것을 알 리도 없었거니와 굳이 아버지가 그런 낌새를 보였다면 아마 그이는 아버지를 미치광이로 치부하기 알맞겠으므로 그러한 사실들은 우리만이 알고 있는 비밀이었습니다.

남편이 집으로 돌아오고 집안에서 초조히 그를 기다리던 가족들이 초인종소리에 구르듯 뛰어나와 그를 맞아들이고 저녁 준비를 시작하는 그 아내의 부산한 움직임 따위를 엿보면서 우리 세 사람은 등골을 타고 내리는 즐거운 전율에 몸을 떨곤 하였습니다.

그리고 그 식구들이 오순도순 텔레비전 앞으로 가앉는 시간을 기다려서 우리는 다시 청계천 7가의 넝마하치장으로 발길을 돌리곤 하였습니다.

돌아서는 길은 항상 무언가 아쉬움이 남았고 또한 피로하기 짝이 없는 것이었습니다. 우리는 그 네 식구가 오늘 밤도 무사안일한 하룻밤을 지낼 수 있기를 돌아오는 길 내내 마음속으로 빌곤 하였습니다. 엷은 미련과 노파심이 항상 우리들 뒤에 남아 있었으므로 우리는 그 밤의 기이한 행각을 단 하루도 거르는 일이 없었습니다. 제발 우리 세 식구가 그 집으로 이사하기 전날까지도 그들의 안일과 무사가 톱니바퀴처럼 어김없이 돌아가고 간직되길 우리는 빌었습니다. 우리 세 사람 어느 누구의 입에서도 그런 구체적인 말을 하는 사람은 없었지만 마음속으로는 저마다 그것을 간절히 바라고 있었던 것만은 틀림없었습니다.

넝마하치장에 돌아오면 우리는 그 집에서 엿보고 들었던 모든 작태들을 그대로 재연하는 것이었습니다. 텔레비전이 없었던 우리는 아버지가 애용하는 과자통조림 깡통으로 만든 재떨이를 중심으로 모여앉아서 그들 네 식구가 저녁에 모여앉아서 나누던 말들을 하나하나 어김없이 그대로 뱉어내곤 하였습니다. 그러한 말들이 얼마나 우리들을 즐겁게 만들었는지 모릅니다.

"여보, 버스 종점이 옮겨진대나봐."

아버지의 걱정스러운 그 말은 전농동 채석장 위의 그 사내가 오늘 집으로 돌아와서 그 아내에게 이르던 말입니다.

"언제요?"

"다음 달 말일쯤 옮긴대나봐!"

"여보, 당신 출근 또 고달프게 되었구려."

"괜찮아, 싱싱한 두 다리 뒀다 뭘 해. 걷기운동도 벌어지는 판국에."

"아빠, 내가 종점까지 업어다줄게."

그 딸이 한 말을 내가 다시 외어바치면 아버지는 내 이마를 뜨겁게 뜨겁게 쓰다듬어주곤 하였습니다. 우리는 냄새나는 방이었지만 가지런히 두 다리를 뻗고 머리끝까지 담요를 뒤집어썼습니다. 자리에 눕자마자 아버지는 어머니의 속바지를 까내렸고 어머니의 한쪽 볼기짝이 내 어깨를 슬쩍 건드려도 나는 깊이 잠든 아이들이 흔히 그러하듯 피곤에 잠긴 잠꼬대 같은 걸 연출해 내어 그들의 밤이야기가 나로 인해 방해되지 않도록 신경써 주었습니다. 그것은 열등생일 뿐인 내가 아버지 어머니에게 바칠 수 있는 최대의 효도이며 구실이라고 생각했기 때문입니다. 끼욱끼욱 마른침을 삼키는 아버지의 가쁜 숨소리, 간간이 얼굴에 끼얹혀지는 마늘 냄새나 담배 냄새를 옆자리에 누워서 참아넘긴다는 것은 물론 내게도 고역이 아닐 수 없었고 무엇보다 견딜 수 없는 노릇은 내 아래가 이상하게 빳빳해지는 곤욕도 함께 치러야 했지만 그러한 아버지와 어머니의 행위가 멀지 않아 집을 가지게 되었다는 기대와 홍분의 발산으로 이루어진다는 것쯤은 나 또한 알고 있었으므로 그것을 참고 참아야 한다고 내 자신을 달래곤 하였습니다.

우리들의 집구경 행각이 매일같이 계속되는 한 아버지와 어머니의 부부행위도 또한 매일같이 빼먹지 않고 계속되어야 한다고 생각되는 것입니다. 어느 날 밤, 일을 치르고 난 뒤 어머니가 피곤으로 지친 목소리로 묻는 것이었습니다.

"이봐요, 그이들도 우리처럼 매일 이 지랄일까요?"

"지랄이라니 무슨 소리야?"

"금방 한 거 말이에요."

"그걸 그럼 말이라고 해?"

"말이라고 하다니, 당신 언제 그 사람들의 그걸 봤다구 그래요?"

"미루어 짐작한다는 거야."

"미루어 짐작이라니요?"

"당신은 그럼 그렇게 금실좋은 부부가 매일 그걸 하지 않고 배겨낼 재주가 있다고 생각해? 도대체 말이 안 되는 소리 좀 작작하라구."

"그래요 그럴지도 모르지요. 그렇게 잘난 잉꼬부부가 이걸 매일 하지 않고 정말 배겨낼 재주가 없을 거예요. 그러나 여보, 그이들이 매일 한다구 해서 우리도 매일같이 해야 할까요?"

"무슨 반편 같은 소리야? 그들의 행복이 바로 우리들의 것이잖어? 그거 우리가 빼앗아오자면 우리도 그들과 꼭 같은 작동을 할 수 있는 사람이란 걸 보여줘야 하지 않아."

어머니는 더 이상 아버지에게 반격을 하진 않았습니다. 그랬습니다. 아버지 어머니 그리고 나는 벌써 우리 자신들의 사람이 아니었습니다. 그 집을 사기로 작정하기 전의 길바닥에 깔린 돌처럼 천하고 이리 채이고 저리 채이는 넝마와 같은 존재는 아니었다는 얘깁니다.

우리는 지금 그 집에 들어 있는 사람들과 똑같이 행복에 겨운 몸짓을 할 수 있는 저력이 있는 것 같았으며 그들이 생각하고 있는 것이 무엇이며, 그들이 괴로움을 당했을 때 어떤 식으로 괴로움을 발산하고 있으며, 그들이 기쁨을 맞이했을 때 어떤 모습으로 그 기쁨의 낟알들과 대치한다는 것도 우리는 유리벽을 통해서 바깥풍경을 내다볼 때처럼 환하게 알고 있었다는 것입니다. 그 기이한 밤의 행각을 통해서 우린 지금까지 우리들이 누리고 있던 생활 저 멀리 바깥에 있는 기이한 세계와 접하게 되었고, 그 기이한 세계의 풍물을 배웠으며, 그것은 얼마 가지 않아서 곧 바로 우리들의 것으로 수용될 수 있다는 자신감이란 또한 지극히 당연한 귀결로 생각되었던 것입니다.

우리는 매일매일 그들의 이야기와 그들의 몸짓을 엿보고 돌아와선 그것들을 꼭 같이 재연시키는 재미에 골몰하고 있었습니다. 아니나 다를까, 모든 것이 정말 그들처럼 잘 풀려나가기도 했다는 것입니다. 그동안 우리는 삼십만 원의 중도금도 치렀는데 그 중도금을 지불하고 나머지 기간인 한 열흘간을 우리는 흡사 열병을 앓는 환자들처럼 열기로 들떠 있어서 몸둘바를 몰라 전전긍긍하였습니다.

우리들에게 찾아오고야 말 그 완벽한 안일과 무사와 기쁨과 행복이 불과 열흘 밖에서 두 손을 쩍 벌리고 기다리고 있다면 그리고 그것이 보장된 것이라면, 어떤 멍텅구리라 할지라도 우리들처럼 들뜨지 않을 수 없을 것입니다.

심리적으로는 벌써 우리는 그들이 누리고 있는 안일을 뛰어넘어 있었습니다. 그 집의 딸아이들이 마루 위를 조용한 걸음으로 걷지 못하고 쾅쾅거리고 달려가거나 장지문 따위를 바스러져라 쾅콩 닫는다든지 하는 거친 행동은 우리를 퍽이나 안달하게 만들었다는 뜻입니다. 마루귀퉁이 한쪽 그리고 장지문의 못구멍 한 개까지도 찌들게 되거나 다치게 된다면 우리가 누리고 있는 그리고 앞으로 누려야 할 무사와 안일의 어느 한귀퉁이가 몽땅 잘려나가 손상을 입을 것 같은 미묘한 피해망상에 빠져들곤 했다는 것입니다.

"저애가 왜 뛰고 지랄이지?"

마루를 쾅쾅거리고 뛰며 오가는 계집아이들을 대문틈으로 바라보면서 아버지는 거의 미칠 지경이 되어 이렇게 부르짖었습니다. 그러나 아버지가 통뼈인들 마루 위로 뛰어가는 그 계집애들을 제지할 아무런 건덕지는 없었습니다. 물론 나 역시 마음 같아서는 금방 마당 안으로 뛰어들어가서 그 계집애들을 마루에서 끌어내려 패대기치면서

"이 계집애야 조용히 굴어."

할 수도 있었습니다. 그러나 나에게나 아버지에게나 그 계집애들의 따귀를 칠 수 있는 권리를 가진 것은 실로 아니었으므로 우리는 가슴을 조여가며 그 계집아이들의 철딱서니없는 짓거리가 어서 멈추어지기를 기다리는 수밖에 딴 도리가 없었다는 것입니다.

게다가 그 집의 여자 또한 어느 때와는 달리 부엌과 안방과 헛간을 불안하게 드나들면서 두 딸의 그런 철딱서니없는 짓거리들을 나무라고 있었으나 계집애들은 막무가내였습니다. 그러나 그 착한 어

머니는 매를 들어 아이들을 때리지는 않았습니다.

다만 그 어머니는 매우 불안정한 목소리로 아이들을 향해 이렇게 소리치는 것이었습니다.

"야 요것들아, 암탉이 울면 집안이 망해, 좀 조용히들 못하겠니?"

물론 우리는 알고 있었습니다. 이 집의 가장인 배팔만(裵八萬) 씨가 집으로 돌아온다면 계집애들의 소요는 멈추어진다는 것을 알고 있었으므로 어서 그가 집으로 돌아오고 그래서 계집애들의 소요가 멎어주기를 기다렸습니다. 그러나 공교롭게도 오늘따라 배팔만 씨의 귀가는 매우 늦어지고 있었습니다. 배팔만 씨 아내의 평소와는 다른 그런 막연한 불안정한 행동 같은 거와 계집아이들의 전례없는 소요 따위 그리고 평소보다 많이 늦어지고 있는 그의 귀가시간 따위는 이상하게도 불길한 예감 따위를 안겨주는 것이었습니다.

"내가 가볼까?"

성급한 아버지가 우리들의 불길한 예감 사이로, 어둠 속에 불쑥 고래를 디미는 몽둥이처럼 이렇게 말했습니다.

"그래야겠어요."

물론 어머니도 배팔만 씨의 귀가가 늦고 있다는 사실에서보다 계집애들의 이유 모를 소요가 마음에 걸리고 안타까웠으므로 대뜸 이렇게 대답했습니다. 예컨대 장마가 닥칠 것을 예상한 까치들이 나뭇가지 사이와 둥우리 사이를 오가면서 지악스럽게 짖어대는 식의 그런 위기를 예감하고 있는 소요 따위의 인상을 어머니는 그 계집애들의 소요에서 느끼고 있는 게 틀림없었습니다. 어머니의 대답이 떨어지기 바쁘게 아버지는 배팔만 씨가 버스를 타고 내리는 종점 쪽으로 발길을 돌렸습니다. 그런데 바로 그때였습니다.

노동자풍으로 보이는 한 사십대의 사나이가 우리들 세 사람이 서성이고 있는 언덕 위를 허겁지겁 뛰어올라오고 있었습니다. 숨이 거의 턱에까지 와닿아 있는 그 사내는 아마 언덕 위의 집을 향해 단숨에 뛰어올라온다는 것에만 열중되어 있어 서성거리고 있는 우리 세 사람을 눈치채지 못하고 있었습니다.

"수혜 엄니?"

그 사내가 이렇게 누구를 불러대며 뛰어든 집은 바로 우리들이 사기로 작정한 배팔만 씨의 집이었습니다. 우리 세 사람은 거의 자기(磁氣)에나 끌린 듯 그 사람을 뒤따라 뜰 안으로 뛰어들었습니다. 수혜 엄마로 불린 그 집의 아내가 부엌문을 열고 황급히 뜰로 뛰어나왔습니다.

"수혜 엄니, 큰일 났어요."

"네?"

"수혜네 아버지가."

"어떻게요?"

"사곱니다."

"사고?"

"빨리 가세요. 빨리."

"어디예요?"

"종점이에요."

"어떻게 됐어요?"

"빨리 가세요."

사십대의 그 사내는 이렇게 말하고 수혜 어머니의 팔을 끌었습니다. 아니 끌었다기보다는 벌써 반쯤은 그녀를 부축하는 자세였다는 게 확실한 표현인 것 같았습니다. 수혜 어머니를 부축부터 하려드는 사내의 행동에서 우리는 뒤통수가 쌉북 잘려내리는 듯한 캄캄한 절망을 느꼈습니다.

수혜 어머니도 그 순간 우리들과 똑같은 절망적인 무엇을 느꼈던 것 같습니다. 그녀는 갑자기 탈기된 모습으로 뜰 한복판에 풀썩 주저앉아 버렸습니다.

"아줌니 이러시면 안 됩니다. 기운을 차리세요. 호랑이에 물려가 도 정신을 차리라고 하지 않았습네까?"

사십대의 사내가 쉬엄쉬엄 내뱉는 그 말이 무엇을 의미하는 건 지 우리는 단박 알아차렸습니다.

"가자!"

아버지가 거의 부르짖듯 이렇게 말했고 아버지의 뒤를 따라 어 머니와 나는 버스종점까지를 거의 구르다시피 뛰어내려갔습니다.

"비켜요 비켜. 비키란 말야. 이 개자식아!"

시커먼 한 대의 버스 앞에 웅성거리고 모여서 있는 한가운데서 두 사람의 순경이 거의 갈피를 잡지 못하고 자꾸만 몰려드는 사람 들에게 무작위로 욕지거리를 퍼붓고 있었습니다. 우리는 금방, 몰 려선 사람들 틈바구니를 비집고 조그맣게 비워진 버스의 앞자리로 들어갔습니다.

한 사내가 거기 누워 있었습니다. 넥타이가 단정하게 매어져 있 는 배팔만 씨의 한쪽 어깨는 으스러져 있었고 그가 들었던 사무용 봉투가 발치에 나뒹굴고 있었습니다. 벗겨진 그의 구두 한 짝이 그 의 머리 위에 엎어져 있었습니다.

"죽었군!"

누군가 이렇게 중얼거렸습니다. 그때 우리들 옆에 서 있던 아버 지가 두 사람의 순경이 지키고 서 있는 그 시체 앞으로 성큼성큼 다 가갔습니다.

"뭐야?"

아버지의 얼굴 정면에다 전짓불을 들이대면서 순경이 물었습니 다. 아버지는 미처 무어라 대답하지 못하고 있었습니다.

“뭐냐 말야? 당신 누구야?”

시체를 향하여 무작정 다가서는 아버지의 멱살을 꽉 부여잡고 순경이 다그쳤습니다. 아버지는 고개를 들어 순경에게보다는 그 순경이 정면으로 들이댄 전짓불을 향해 말했습니다.

“누군지 모릅니다.”

아버지의 입에서 이런 말이 천천히 흘러나왔습니다. 나는 그때까지 아버지의 목소리 중에서 그렇게 비통하고 그만치 맥아리없는 목소리가 있었던가라고 의심스러울 정도였습니다.

“누군지 모르다니? 당신이 누구냔 말야? 피해자의 연고자야?”

순경은 일단 잡아챘던 아버지의 멱살을 풀며 목청을 약간 누그러뜨리고 다시 물었습니다.

“연고잡니다.”

“당신 형이야?”

“아닙니다.”

“그럼 뭐요.”

“바로 납니다.”

“나라니?”

“나란 말이오.”

“이런 맹추가 있나? 촌수도 모르는 사람이 있나?”

“모르겠어요.”

바로 그대였습니다. 순경은 누그러뜨렸던 목청을 다시 돋우고 견골 깊숙이 힘을 넣어 가슴을 불룩하더니 아버지의 한쪽 따귀를 보기좋게 한번 갈겼습니다.

“미친 자식, 꺼져 이 새꺄. 여기 늬 놀이턴 줄 알어?”

아버지가 한 대의 따귀를 얻어맞고 엉거주춤하니 서 있는 그 사이에 수혜의 어머니가 군중들 사이를 무작정 비집고 들어와서 피투성이가 된 채 하늘을 곧바로 쳐다보며 누워 있는 남편의 가슴 위에 넘어지는 짐짝처럼 엎어졌습니다.

"여보, 여보오. 왜 이러세요?"

"비켜 비켜!"

그녀와 시체를 향해 좁혀지는 군중들을 두 사람의 순경은 다시 제지하기 시작했습니다. 그녀가 시체를 안고 제 마음대로 주물러도 좋다는 듯, 그런 자유만은 최대한으로 보장되어야 한다는 듯, 그녀가 몸부림칠 수 있는 최대한의 공간을 마련해 주는 것이 지금 당장 그들이 베풀 수 있는 능력이란 듯 자꾸만 좁혀드는 군중들을 향해 순경들은 소리쳤습니다.

"이 새끼들 못 비켜 못 비켜, 싸가지 없는 자식들 빨리 꺼져!"

그러나 군중들은 좀처럼 물러날 줄 몰랐고 수혜 어머니의 울부짖음은 한층 더 높아갈 뿐이었습니다. 이상하게도 배팔만의 죽음에 대해서 우리들이 무언가 해야 한다는 심정, 이 죽음을 놓고 우리들 세 식구도 무언가 할 말이 많고, 이 불의의 사고에 대해서 따질 건 따지고 가해자를 밝혀내고, 정말 어디를 어떻게 다쳐서 숨지게 되었는가를 밝혀내고 같이 울어야 하고, 그런 모든 죽음과 함께 있어야 할 일들에 우리 세 사람도 단연코 끼어들어야 한다고 생각했습니다.

그러나 그게 아니었습니다. 순경이 아버지에게 배팔만 씨와의 관계를 물었을 때 여기 모여선 모든 군중들이 수긍할 수 있는 대답을 못한 것과 같이 그리고 배팔만 씨의 죽음에 대한 외경심을 빌려 그 순경이 안심하고 아버지의 따귀를 칠 수 있었으므로 우리 세 사람은 배팔만 씨 가족과 우리는 완전한 타인이었음을 알게 되었습니다.

배팔만 씨 가족과 우리들은 실로 아무런 관계가 없었던 것일까,

우리는 그것이 의심스러웠습니다. 그러나 우리가 거기 모여선 모든 사람들이 수긍할 수 있는 관계를 말할 수 없었던 것은 커다란 실책이었고 구멍이었습니다.

어디선가 앰뷸런스가 나타나서 시체와 그 아내와 순경들을 실어가고 모여선 군중들이 이제 하나둘 헤어져간 빈 공터에 우리는 오랫동안 서 있었습니다. 배팔만 씨의 생명을 앗아가는 데 가장 역할이 컸던 그 우람한 버스는 밤이 이슥하도록 그 자리에 뻔뻔스럽게 서 있었습니다. 배팔만 씨의 죽음과는 아무런 상관이 없다는 듯 그 버스는 주행표지판을 이마에다 붙이고 우람하게 서 있을 뿐이었습니다. 바로 그때였다고 생각되었습니다.

"이 개새끼. 배팔만이 너 죽어."

울부짖는 아버지의 목소리가 우리들 뒤에서 들려왔고 버스보다 더 우람하게 느껴지는 아버지가 저만치 비껴서서 이제 막 버스를 향해 돌진해 들어가고 있었습니다. 아버지는 거의 무작정으로 버스와 일전(一戰)을 각오하고 있는 듯 보였습니다.

작가 연보

1939년　경북 청송군 진보면 월전리에서 태어남.

1965년　중앙대 예술대학 졸업.

1971년　「휴면기」로 《월간문학》 신인상을 받고 문단에 데뷔.

1977년　『도둑 견습』, 『칼과 뿌리』 출간.

1981년　『객주』(전9권) 출간.

1982년　「외촌장(外村場) 기행」으로 소설문학상 수상.

　　　　『아들의 겨울』 출간.

1984년　『객주』로 제1회 류주현문학상 수상.

1986년　『천둥소리』 출간.

1987년　『활빈도』(전3권) 출간.

1988년　『고기잡이는 갈대를 꺾지 않는다』 출간.

1993년　대한민국문화예술상 수상.

1994년　『외설 춘향전』 출간.

1995년　『화척』(전5권) 출간.

1996년 제8회 이산문학상 수상.

1998년 『홍어』 출간. 제6회 대산문학상 수상.

2000년 『아라리 난장』(전3권) 출간.

2002년 『멸치』 출간. 제5회 김동리문학상 수상.

오늘의 작가 총서 10

아들의 겨울

1판 1쇄 펴냄 1983년 4월 15일
1판 7쇄 펴냄 1992년 4월 15일
2판 1쇄 펴냄 1996년 5월 30일
2판 4쇄 펴냄 2004년 7월 10일
3판 1쇄 찍음 2005년 9월 20일
3판 1쇄 펴냄 2005년 10월 1일

지은이 · 김주영
편집인 · 박상순
발행인 · 박맹호, 박근섭
펴낸곳 · (주) 민음사

출판등록 1966. 5. 19. 제16-490호
서울 강남구 신사동 506번지 강남출판문화센터 5층 (135-887)
대표전화 515-2000 팩시밀리 515-2007

값 10,000원

© 김주영, 1983. Printed in Seoul, Korea

ISBN 89-374-2010-4 04810
ISBN 89-374-2000-7 (세트)